感谢浙江省新昌县人民政府的大力支持

唐诗之路研究丛书·第二辑

唐诗之路研究会 编

黄贤忠 编

巴渝唐诗之路的文化缘起与地域流布

中华书局

图书在版编目(CIP)数据

巴渝唐诗之路的文化缘起与地域流布/黄贤忠编.—北京:中华书局,2024.7.—(唐诗之路研究丛书).—ISBN 978-7-101-16670-5

Ⅰ.I207.209

中国国家版本馆 CIP 数据核字第 2024YY7863 号

书　　名	巴渝唐诗之路的文化缘起与地域流布
编　　者	黄贤忠
丛 书 名	唐诗之路研究丛书
责任编辑	余　瑾
责任印制	陈丽娜
出版发行	中华书局
	（北京市丰台区太平桥西里 38 号　100073）
	http://www.zhbc.com.cn
	E-mail:zhbc@zhbc.com.cn
印　　刷	三河市中晟雅豪印务有限公司
版　　次	2024 年 7 月第 1 版
	2024 年 7 月第 1 次印刷
规　　格	开本/920×1250 毫米　1/32
	印张 12⅜　插页 2　字数 303 千字
国际书号	ISBN 978-7-101-16670-5
定　　价	92.00 元

"唐诗之路研究丛书"总序

卢盛江

经过多方努力,"唐诗之路研究丛书"终于问世了。

这是中国唐诗之路研究会组织编纂的学术丛书。中国唐诗之路研究会自成立以来,就致力于唐诗之路的研究。2019年11月在浙江新昌召开了成立大会,2020年11月又在浙江天台举办了首届年会,两次会议共收到一百六十余篇论文,对唐诗之路的一系列重要问题进行研究。现在又推出"唐诗之路研究丛书",旨在全面反映唐诗之路研究的高层次成果,将唐诗之路研究推向深入。关于"丛书"和唐诗之路研究,我想应该注意以下几点:

一、要进行细致全面的资料整理。无论是对某条诗路的具体研究,还是对某些问题的综合研究,抑或是学理层面的理论研究,都要立足于坚实的史料。专门的史料整理工作,在唐诗之路研究初期,尤为必要和重要;唐诗之路研究今后走向深入,这项工作也不可或缺。这是一切研究的基础。要围绕唐诗之路的主题发掘整理史料,注重规范性和系统性,特别要与考证辨伪结合起来,以确定史料的可靠性。既致力于新出史料的发掘,又立足于传统文献的梳理;既有典籍文献包括地方文献的爬剔缕析,又有民间调查和出土文献等史料的发掘探微。对于唐诗之路研究而言,实地考察也是发掘新史料的一个重要途径。

二、要弄清每条诗路的面貌。唐诗之路的关键是"路"与"诗"，路是载体，诗是内涵，而作为灵魂主体一定是"人"。"诗""路"与"人"三个方面的面貌都需要弄清。路是怎样形成的？路与交通有关，唐代交通面貌如何？走过这条"路"的诗人有哪些？这些诗人，何时因何而走上这条"路"？又何时因何而离开这条"路"？他们在这条"路"上的生活状况如何？有怎样的创作和其他活动？漫游，宦游，贬谪，寓居，是个人活动，还是群体活动等等，这些面貌都要弄清。就某个诗人而言，要进行重要行迹的考证；就某条诗路而言，要进行诗歌总集的编纂；就诗路发展而言，要进行源流演变的梳理。诗歌之外，这一诗路有怎样的文化遗存？民俗风物、名山胜迹、宗教文化、石刻文献等等，这些方面怎样共同形成诗路文化？这些面貌都要弄清。把国内各条诗路、各种问题的面貌弄清后，再进一步，可以从国内延伸到海外，研究海外唐诗之路。

三、要有问题意识，认清问题研究的重要性。清理史料和面貌的过程，也是清理和研究问题的过程。我们需要现象的描述，更需要问题的研究。史料和面貌的清理，本身就有一系列的问题。我们更要关注，唐代为什么会有诗路？一些诗路为什么流寓的诗人比较多，为什么诗歌创作比较繁荣？为什么一些诗路诗人群体比较多，诗人联唱和唱和比较多？复杂现象的解释，历史原因的分析，学术焦点与前沿问题的回答，一些特有的重要的现象，都是问题。现象与现象之间、事物与事物之间、问题与问题之间的联系，都会有问题。着力于发现、提出和研究问题，从一个问题推向另一个问题，我们就能够把诗路研究由浅入深，层层推进。

四、要有科学严格的主题界定。如从地域来说，一条诗路包括哪些范围？其历史行政区划和当代行政区划有何联系和区别？古代不同时期的区划变化如何？主题界定要符合历史面貌，要特别注意文化特点,既要有整体性,又要有包容性和开放性。没有整体性,无法界定范围;没有包容性和开放性,无法把握复杂面貌。

五、要体现"诗路"的特点。各条诗路都与地方文学有关。唐诗之路研究,还与贬谪文学、流寓文学、地域文学、山水文学、隐逸文学等等密切相关,与文学地理学、历史地理学等等密切相关,还与宗教包括佛教道教等等文化有关。具体诗人的诗路研究,必然涉及这些诗人的生平轨迹、他们的生活与创作道路。不要把唐诗之路研究简单地写成地方文学史,不要写成一般的贬谪文学、流寓文学、地域文学、山水文学、隐逸文学研究,不要写成一般的文学地理学、历史地理学研究和宗教文化研究,不要写成一般的作家论、作家传记,或一般的诗人生活与创作道路研究。既要注意与相关研究和问题的联系,扩大我们的视野,启发我们的思路,又不为之所囿,特别是不要落入固有的模式化的套路,要探讨"唐诗之路"作为一个新的学术增长点的丰富内涵和深刻本质,探寻出符合"唐诗之路"特点的新的研究之路。

六、实地考察可以做成学术著作,但一定要有学术性,一定不要写成一般的游记和一般的行踪介绍。要注意利用实地考察,发掘新的史料,补史之所阙。有意识地在实地考察中,体现"诗路"研究,解决学术问题。实地考察诗人行踪,"路"的点、线、面,"诗路"沿线自然地理和地方人文,从而深入发掘诗路之"诗"的内涵和特色,求得重要的新的理解;分析诗路之"人"的思想心态面貌和变化,提出新的看法;进一步弄清诗及诗路之"史"的脉络和发展,对已有学术问题作出新的判断。

七、要有大格局。可以做具体的局部的问题,甚至是比较小的问题,也可以做着眼全局的大选题。只要是唐诗之路的学术问题,都可以做。就目前的研究来说,更需要综合的研究。问题不论大小,不论是综合研究还是其他形式的研究,都要有大的格局,做高层次的研究,切实地沉下心来,用三年五年,甚至十年八年时间,沉潜到材料和问题的最深处,系统全面彻底深入加以清理和研究。做一个题目,就把它做深做细做全做彻底,把课题内所有相关材料和问题一网打尽,使之成为进一步研究的坚实基础。

八、期待从理论的高度研究唐诗之路。理论研究是一项研究的提升和必然发展趋势,唐诗之路的理论研究和理论认识,应该来源于唐诗之路的研究实践。我们需要切实从材料出发,在诗路各种具体问题研究的基础上,进行更为宏观的综合研究和理论研究。理论研究有它的独特性,有它特有的对唐诗之路的思考方式。它要提出更为普遍的问题,进行更为综合的宏观思考,对唐诗之路的普遍问题从理论的高度进行总结和提升。

九、不论什么研究,都要锐意创新。唐诗之路研究在全国刚刚起步,处处都有待拓荒的领地,每一块领地都有创新的课题。有些领地前人已经耕耘过,就要处理好利用已有成果和创新的关系。不论拓荒还是接续前人的研究,创新都是第一位的。要发掘新材料,寻找新视角,发现新问题。切忌四平八稳的老调重弹,也不要刻意标新立异,求险求怪,而要把研究对象本身的面貌弄深弄透,对事物有更为准确全面的把握,在此基础上,站得更高一些,视野更开阔一些,着眼全局和整体,着眼发展和变化,提出独特的见解。有的时候,观点的某些方面不那么完善,但它新颖,能启发人们关注一些新的问题,对事物和现象作进一层的思考。我们需要这样的独到创新的深入思考。

这也是这套"丛书"的宗旨和写作要求。

感谢中华书局接受"唐诗之路研究丛书"出版。感谢浙江省新昌县慨然资助。他们资助了第一辑、第二辑,还计划继续资助以后各辑。

新昌对唐诗之路的贡献有目共睹。新昌是唐诗之路发源地。新昌学者竺岳兵先生发现并首倡唐诗之路。还在 20 世纪 80 年代，他就努力探寻，并首次提出"唐诗之路"的概念。他提前退休，潜心著书研究，又四处奔走呼吁，组建"唐诗之路研究开发社"，举办十多次国际国内学术研讨会和其他学术活动，首先倡议唐诗之路申报世界文化遗产。临终之际，还念念不忘，用尽生命的最后力气，嘱托成立全国性的唐诗之路研究会。唐诗之路一直得到新昌县委县政府的高度重视和大力支持。批准竺岳兵先生成立"唐诗之路研究中心"，并拨经费，给编制。大力支持竺岳兵先生举办国际国内学术研讨会。比较早就进行唐诗之路的文化建设和旅游开发，积极打造浙东唐诗名城，建成全国首家唐诗之路博物馆，编修唐诗之路名山志，并且在政府层面，联络各方，开展推进唐诗之路文化建设的各项活动。这些努力，最终在浙江省乃至全国各地产生重大影响，唐诗之路被写进省政府工作报告，成为浙江省大花园建设的一项重要工作，唐诗之路被推向全省并开始推向全国。中国唐诗之路研究会成立之际，新昌全力支持，成立大会办得隆重热烈。现在又积极资助"唐诗之路研究丛书"出版，将继续为唐诗之路做出新的贡献。

中国唐诗之路研究会的宗旨，是联络国内外学术力量，进行唐诗之路及相关领域研究和文化建设交流。"唐诗之路研究丛书"的编纂是研究会工作的一个重要方面。唐诗之路研究会自成立以来，得到国内各方，特别是浙江省内各方的大力支持。除新昌之外，浙江天台县就高规格承办了唐诗之路研究会首届年会。我们的理念是会地共建。"唐诗之路研究丛书"的出版，是会地共建的典范。我们希望继续得到各方支持，与各地方联手，与全国各高校联手，共同把唐诗之路事业推向深入。

2023 年 2 月 22 日

目　录

巴渝唐诗之路的文化缘起

"巴蜀文化""巴渝文化"概念及其基本内涵的形成与嬗变

黎小龙

具有当代科学意义的"巴蜀文化"概念,在抗战时期提出和形成。"巴渝文化"概念则是在 20 世纪 80 年代后期提出。对近八十年来"巴蜀文化"研究概况和学术史的梳理研究,已有系列成果[①],但对"巴蜀文化"概念和基本内涵的提出、形成的界定,则歧义纷呈。从"巴蜀文化"到"巴蜀文明"和"巴渝文化"的嬗变研究,则相对阙如。本文拟就此专题做系统梳理和探讨。

一、"巴蜀文化"概念的提出和形成

学术界对于抗战时期"巴蜀文化"概念的提出,有三种说法:一

[①] 研究成果主要有,林向:《巴蜀文化的发现与研究——半个多世纪来的回顾与展望》,《巴蜀文化新论》,成都出版社,1995 年;李绍明、林向、徐南洲主编:《巴蜀历史·民族·考古·文化》,巴蜀书社,1991 年,第 3—22 页;文玉(段渝):《巴蜀文化研究概述》,《中华文化论坛》1994 年第 1 期;谭继和:《巴蜀文化研究综议》,巴蜀文化丛书编委会《巴蜀文化论集》,四川民族出版社,1999 年,第 109—124 页(后收入其所著《巴蜀文化辨思集》,四川人民出版社,2004 年)。

是以卫聚贤于 1941 年发表《巴蜀文化》一文为标志[①]；二是郭沫若
"是提出巴蜀文化研究概念的第一人"[②]；三是认为卫聚贤、王国维二
人提出了"巴蜀文化"概念[③]。具体考察从郭沫若到卫聚贤关于"巴
蜀文化"概念提出的实际情况，这一科学命题的提出和形成呈现出
一个渐进明晰的历程。

　　近代"巴蜀文化"的学术研究，发轫于 1929 年四川广汉县太
平场燕氏宅旁大批玉器的发现，以及此后华西大学博物馆葛维汉
（D. C. Graham）及林名钧对该玉器坑的科学发掘和研究。正是在这
一学术背景下，旅居日本的郭沫若于 1934 年 7 月 9 日致林名钧的信
中提出，"西蜀文化很早就与华北、中原有文化接触"，推论"四川别
处会有新的发现，将展现这个文化分布的广阔范围"[④]，谭继和正是据
此提出，郭沫若是提出巴蜀文化概念和课题的第一人[⑤]。显然，郭沫若
提出的文化概念是"西蜀文化"，而不是"巴蜀文化"。不过，他已从
考古发现的视域将四川作为一个"文化分布"的文化区域，已有"巴
蜀文化"的区域认识和意识。但是，"西蜀文化"的概念毕竟不同于
"巴蜀文化"。在卫聚贤 1941 年明确提出"巴蜀文化"之前，除郭沫
若对四川具有明显文化区域认识和意识外，徐中舒 1940 年 3 月的
《古代四川之文化》[⑥]、顾颉刚 1941 年 5 月的《古代巴蜀与中原的关

---

① 此观点为多数学者的认识。
② 谭继和：《郭沫若与巴蜀文化（上）》，《郭沫若学刊》1996 年第 4 期。
③ 傅征：《关于"巴蜀文化"的命名》，《文史杂志》1993 年第 6 期。
④ 黄淳浩编：《郭沫若书信集》上册，中国社会科学出版社，1992 年，第 398—
　　399 页。
⑤ 谭继和：《郭沫若与巴蜀文化（上）》，《郭沫若学刊》1996 年第 4 期。
⑥ 徐中舒：《古代四川之文化》，《史学季刊》1940 年第 1 期。

系说及其批判》①，同样是把四川或巴蜀作为一个文化区域加以研究。以至当代学者（林向、段渝等）评价顾颉刚一文，首次提出了"巴蜀文化独立发展说"。但是，该文并无"巴蜀文化"概念的术语和称谓。文章有"蜀的文化"，甚至以嘲讽的口气评价汉唐以来建构的巴蜀与中原的关系云"简直应该说巴蜀就是中原，而且是中原文化的核心了"②，全文都是讨论巴蜀文化与中原文化的关系，却不明确称道"巴蜀文化"，可谓有"巴蜀文化"之实，而未正其名。

《说文月刊》3卷4期刊出"巴蜀文化"专号，卫聚贤于该期发表《巴蜀文化》一文，1942年又以《巴蜀文化》之名再次发表。前后两文均以巴蜀青铜器（主要是成都白马寺坛君庙青铜器）为其材料研究巴蜀文化，在当时产生极大影响。卫聚贤在《巴蜀文化》的开篇谈到该文命题的变化，是从《蜀国文化》拓展为《巴蜀文化》：

> 今年四月余到成都，在忠烈祠街古董商店中购到兵器一二，其花纹为手与心，但只有一二件，并未引起余注意。六月余第二次到成都，又购到数件，始注意到这种特异的形状及花纹，在罗希成处见到十三件，唐少波处见到三件，殷静僧处两件，连余自己搜集到十余件，均为照、拓、描，就其花纹，而草成《蜀国文化》一文。
>
> 八月余第三次到成都，又搜集到四五件，在赵献集处见到兵器三件，残猎壶一。林名钧先生并指出《华西学报》第五期（1937年2月出版）有铎于图。其花纹类此，购而读之，知万县、

---

① 顾颉刚：《古代巴蜀与中原的关系说及其批判》，顾颉刚《论巴蜀与中原的关系》，四川人民出版社，1981年，第1—71页。
② 顾颉刚：《古代巴蜀与中原的关系说及其批判》，顾颉刚《论巴蜀与中原的关系》，四川人民出版社，1981年，第31页。

什邡（四川）、慈利（湖北）、长杨（湖北）峡来亦有此特异的花纹兵器出土，包括古巴国在内，故又改此文为《巴蜀文化》。[1]

从这两小段叙文可知，卫聚贤在1941年4—8月间三次到成都搜集巴蜀青铜器，在前两次搜集到的约三十件青铜器的基础上已写成《蜀国文化》一文。文章命名的变化缘于卫聚贤第三次到成都，特别是在林名钧引导下得阅《华西学报》一文，始知此类青铜器分布不限于蜀地，也见于古代巴国之地，实为巴蜀青铜器，遂改名《巴蜀文化》。郭沫若于1934年针对广汉出土的玉器提出"西蜀文化"概念，卫聚贤1941年在巴蜀青铜器的搜集、研究基础上提出"巴蜀文化"概念。从郭沫若的"西蜀文化"到卫聚贤的"蜀国文化"进而"巴蜀文化"的提出，直接的导因无疑是玉器、青铜器等新的出土材料，为巴蜀区域文化的认识提供了可信的佐证。而这一概念提出的认识背景，也呈现出从郭沫若到徐中舒、顾颉刚对四川、巴蜀整体文化区域的认识。卫聚贤在《巴蜀文化》开篇中专门谈到1940年4月重庆江北汉墓的发现以及重庆各地的崖墓[2]。而该期《巴蜀文化》之后的文章，则是郭沫若《关于发现汉墓的经过》，文中详叙与卫聚贤一同赴江北培善桥发现汉墓的经过。由此可知，郭沫若的关于四川文化区域的认识对卫聚贤"巴蜀文化"概念的提出应有直接的影响。但是，明确提出"巴蜀文化"概念的，毕竟是卫聚贤，而不是郭沫若，也不是顾颉刚。

当明确抗战时期"巴蜀文化"概念提出的实际情况后，需要进一步探讨的问题是：抗战时期"巴蜀文化"概念的基本内涵是什么？这一概念形成和确立的标志是什么？

---

[1] 卫聚贤：《巴蜀文化》，《说文月刊》1941年第4期。

[2] 卫聚贤：《巴蜀文化》，《说文月刊》1941年第4期。

　　学界对抗战时期"巴蜀文化"概念的提出和形成,更多的是关注卫聚贤《巴蜀文化》一文对于这一概念的提出,往往忽略刊载该篇论文,并以"巴蜀文化专号"命名的先后两期《说文月刊》。而深入探讨抗战时期"巴蜀文化"概念的提出和形成,不仅要关注《巴蜀文化》一文,更须全面深入研究《说文月刊》两期"巴蜀文化专号"所蕴涵的"巴蜀文化"概念的基本内涵,以及它们对于"巴蜀文化"概念在这一时期形成的作用和意义。

　　《说文月刊》第一期"巴蜀文化专号"出版,是在1941年10月的上海。而第二期"巴蜀文化专号"的出版,则是《说文月刊》西迁重庆后于1942年8月复刊的首期,故特别注明"渝版"。前后两期"巴蜀文化专号",共刊载25篇文章(零散小文、随笔类不计),另有一篇《冠词》、一篇《复刊词》。显然,这批文章的内容和它们所蕴涵的《说文月刊》编辑思想,应是我们深入考察抗战时期"巴蜀文化"概念基本内涵的主要研究对象。

　　"巴蜀文化专号"这批文章所反映的"巴蜀文化"概念的基本内涵,可概括为五个基本的要素:巴蜀文化的地位、巴蜀文化的空间内涵、时间内涵、民族内涵和文化内涵。关于巴蜀文化的地位,金祖同在第一期"巴蜀文化专号"刊载的《冠词》中评价:巴蜀文化"于中华文化,实多所贡献。巴蜀之于中国,虽地近边陲,而于学术文物有与中原、吴越相长相成者,安可不加注意者乎"①?不仅肯定其历史地位,更将长江上游的巴蜀文化与下游的吴越文化、黄河流域的中原文化相提并论,在中国区域文化中确立其特定的独到地位。傅振伦《巴蜀在中国文化上之重大供(贡)献》指出:巴蜀"历史上,均有特殊的供(贡)献,而自成一系统",文章从石经、雕版、陶瓷、织造、钱币交子

————————

① 金祖同:《冠词》,《说文月刊》1941年第4期。

等九个方面论述巴蜀古代文化的贡献和地位[①]，与金祖同的《冠词》两相呼应。

第二，巴蜀文化地理空间的范围。《说文月刊》两期"巴蜀文化专号"刊载的文章，就其所涉地理空间范围而论，除少数专类文章外（如葬制、汉墓、汉砖三文），其主要文章为古代四川历史文化研究，也有少量文章扩展到西康、云南、湖北相邻地区。1941年上海出版的"巴蜀文化专号"有数篇巴蜀汉墓文章。此外，又刊载张希鲁《云南昭通的汉墓》一文。1942年重庆出版的第二期"巴蜀文化专号"，载有郑德坤《华西的史前石器》，该文研究的石器分布范围，除以四川为主外，尚有湖北的宜昌（巴东列入四川）、云南元谋、西康雅安和道孚至泸河[②]。可见，《说文月刊》"巴蜀文化"的地域范围，是四川省（今四川省、重庆市）和邻省的邻近地区。

第三，关于巴蜀文化历史阶段和时限的划分，则多种说法并存。金祖同《冠词》将巴蜀文化划分为"巴蜀古文化"和当代"巴蜀新文化"，并立足抗战"中华新文化"和国家"复兴"的视角，就巴蜀文化的当代意义提出：

> 溯自抗战军兴，国都西徙……巴蜀一隅，遂成复兴我国之策源圣地，政治、经济、人文学圃，蔚为中心……中华崭然新文化当亦将于此处孕育胚胎，植其始基，继吾辈研究巴蜀古文化而发扬滋长……使巴蜀新文化衍而为中华新文化。[③]

金祖同在《冠词》的开首部分，追述了《华阳国志》《春秋》《蜀

---

① 傅振伦：《巴蜀在中国文化上之重大供（贡）献》，《说文月刊》1942年第7期。
② 郑德坤：《华西的史前石器》，《说文月刊》1942年第7期。
③ 金祖同：《冠词》，《说文月刊》1941年第4期。

王本纪》等文献所记巴蜀两国及两族历史,继而接以两汉、三国、唐宋巴蜀历史文化。显然,金祖同所谓"巴蜀古文化",就是巴蜀古代历史文化,而"巴蜀新文化",则是与之相对应的巴蜀现当代文化。可见,金祖同以第一期"巴蜀文化专号"《冠词》名义发表的"巴蜀文化"概念,是包容古今巴蜀地域文化的总称。"巴蜀文化"概念提出的伊始,就包含了"学术文物"之"古文化"和复兴国家民族之"新文化"两种涵义。这是《说文月刊》要担当的历史使命,也是编辑两期"巴蜀文化专号",提出"巴蜀文化"概念的当代意义。金祖同对"巴蜀古文化"的认识,全面体现在《说文月刊》"巴蜀文化专号"的编辑思想之上。第一期"巴蜀文化专号"刊载了 11 篇论文,除卫聚贤《巴蜀文化》一文以出土青铜器研究为主外,其余 9 篇为汉代历史、考古方面的文章,《蜀胜志异录》则由先秦秦汉至隋唐。1942 年渝版"巴蜀文化专号"刊载 14 篇文章,专论先秦巴蜀历史考古的文章共计 8篇,除汉代研究及一篇记叙文外,其余数篇如《四川古迹之调查》《巴蜀在中国文化上的重大贡献》《钓鱼台访古》均为巴蜀古代历史文化研究,全不受先秦秦汉的时代限制。可见,抗战时期《说文月刊》"巴蜀文化专号"的"巴蜀文化"概念,在其"巴蜀古文化"的内涵之中,是包容了整个古代巴蜀的历史文化,不限于巴人、巴国或蜀人、蜀国的石器、青铜时代。

此外,以先秦秦汉巴蜀历史考古为"巴蜀文化"概念内涵的认识,在《说文月刊》"巴蜀文化专号"中也有较为充分、明晰的体现。1942 年渝版"巴蜀文化专号"以"说文月刊社"名义发表的《复刊词》云:"三卷四期为巴蜀文化——成都白马寺的兵器,与重庆江北的汉墓。"[①] 从巴蜀青铜器时期下延至东汉汉墓时代,这应是"说文月

---

① 说文月刊社:《复刊词》,《说文月刊》1942 年第 7 期。

刊社"对 1941 年上海出版的"巴蜀文化专号"关于"巴蜀文化"概念的较为明晰的表述。对于渝版"巴蜀文化专号"(第二期)的具体约稿、编辑工作,缪凤林《漫谈巴蜀文化》开首语云:

> 《说文月刊》迁川继续出版,第一期为"巴蜀文化专号",专考秦汉以前的巴蜀文物,聚贤一定要我为该专号写一篇论文。我说:"历史上对于巴蜀文化的记载,始于汉人,近世发现的巴蜀文物,我所见所知的,亦以汉代者为多,我不能凭空恣论汉前的巴蜀文化,我只能据汉代的记载和遗物,对于古代的巴蜀文化作一个合理的推测。"因草成这篇漫谈。①

从这一段说明可以看到,缪凤林的"巴蜀文化"概念在其历史阶段的划分可分为两类:一是以卫聚贤《巴蜀文化》一文为代表的,"专考秦汉以前的巴蜀文物"的"汉前的巴蜀文化",这是与《说文月刊》两期"巴蜀文化专号"中关于广汉玉器、巴蜀青铜器、华西史前石器等系列文章相对应的特定内涵;二是除先秦时期外,也包括秦汉的巴蜀文化。缪凤林《漫谈巴蜀文化》一文的研究内容,主要是秦灭巴蜀以降战国秦汉时期的巴蜀历史文化。此类划分,与该期"说文月刊社"发布的《复刊词》对巴蜀文化时段的认识,最为接近。

第四,关于"巴蜀文化"概念的民族(族群)与文化内涵。缪凤林从民族的视角将巴蜀文化划分为"广义"和"狭义"。他说:"狭义的巴蜀,指的是'巴人''蜀人'或'巴国''蜀国'","广义的巴蜀,则除巴人蜀人或巴国蜀国外,《史记》和《汉书》西南夷所列举的西

---

① 缪凤林:《漫谈巴蜀文化》,《说文月刊》1942 年第 7 期。

夷南夷,亦皆计入"①。这与《说文月刊》两期"巴蜀文化专号"将四川
相邻的少数民族地区,如西康、云南等地作为同一文化区加以研究,
在民族和族群内涵的认识应相一致。"巴蜀文化"概念的文化内涵,
《说文月刊》分为两类:一是具学术意义的"巴蜀古文化",二是当代
现实意义的"新文化"。金祖同在《冠词》中呼吁:中华新文化"继吾
辈研究巴蜀古文化而发扬滋长……使巴蜀新文化衍而为中华新文
化"②。显然,金祖同的巴蜀"古文化"和"新文化"具有不同的涵义。
巴蜀"古文化"是"学术文物"的传统文化,它在"发扬滋长""中华
新文化"的历史使命中,彰显了极为重大的当代意义;巴蜀"新文化"
当与抗战民族文化精神的"中华新文化"相衔接,即赋予了极为神圣
的时代使命。

　　综而言之,"巴蜀文化"概念的提出,从郭沫若、徐中舒、顾颉刚
到卫聚贤,有一个渐进发展和明晰的进程,但明确提出"巴蜀文化"
的是卫聚贤;而"巴蜀文化"概念和基本内涵的形成,则以 1941 年和
1942 年两期《说文月刊》"巴蜀文化专号"系列文章的出版为标志。
抗战时期形成的"巴蜀文化"概念的基本内涵丰富而宽广,包括诸多
要素:在构成中华文化的各主要地域文化中,巴蜀文化具有独特的
地位;巴蜀文化有狭义、广义之分,狭义的仅限于古"巴国""蜀国"
和"巴人""蜀人",广义的除四川、重庆外,也包括相邻地区的诸多少
数民族;巴蜀文化包容古今,可分为巴蜀"古文化"和"新文化"。巴
蜀"古文化"主要为"学术文物"意义,其时间划分三说并存:先秦时
期"专考秦汉以前的巴蜀文物";包容秦两汉,从先秦迄两汉;由先秦
迄明清,跨越整个古代。在抗战"国府西迁",巴蜀成为中国政治、经

---

① 缪凤林:《漫谈巴蜀文化》,《说文月刊》1942 年第 7 期。
② 金祖同:《冠词》,《说文月刊》1941 年第 4 期。

济、文化中心的背景下,研究巴蜀"古文化",对于"发扬滋长"巴蜀"新文化"和"中华新文化"具有特殊的现实意义,巴蜀文化的研究和发扬,在抗战特定的历史时期被赋予了文化自觉、文化自信的历史使命。

二、"巴蜀文化"概念的嬗变

新中国成立以来,随着考古发掘和新材料的不断出现,以及巴蜀文化研究的深入和拓展,"巴蜀文化"概念的嬗变呈现出明显的阶段性和指向性。以"文革"十年为限,"文革"前的五六十年代为一阶段,"文革"后的八九十年代至21世纪初为一阶段。"巴蜀文化"概念嬗变的指向性呈现出两个趋向:一是在抗战时期形成的概念内涵基础上深化、丰富和拓展;二是以成渝两地学者群为主体,分别由"巴蜀文化"向"巴蜀文明""巴渝文化"新的区域文化概念提升和衍展。

抗战时期对于卫聚贤等人提出"巴蜀文化"概念的质疑和争议,在20世纪50年代巴县冬笋坝、昭化宝轮院等同类青铜器出土的科学发掘证据前而销声匿迹。顾颉刚在抗战时提出的"巴蜀文化独立发展说",得到坚实的支持。正是在50年代考古发掘的基础上,"巴蜀文化"研究在60年代出现了徐中舒、蒙文通、冯汉骥、邓少琴、缪钺、任乃强"第一次学术群体性创获"[1],形成一批具有时代代表性的学术成果,对后世产生极大影响。但是,他们并没有对"巴蜀文化"概念予以明确的界定,从这时期的研究成果范畴可知,先秦秦汉时期巴蜀地区的历史文化是他们主要的研究领域。

---

① 谭继和:《巴蜀文化研究的现状与未来》,《四川文物》2002年第2期。

对"巴蜀文化"予以科学界定的,是《中国大百科全书·考古学》童恩正撰的"巴蜀文化"条目:

> 巴蜀文化——中国西南地区古代巴、蜀两族先民留下的物质文化。主要分布在四川省境内。其时代大约从商代后期至战国晚期,前后延续上千年。从考古学上确认巴蜀族的物质文化,是建国以来商周考古的一大收获。[①]

林向对童恩正的这一界定评价:"这是第一次对'巴蜀文化'的科学界定,大致反映20世纪80年代以前学术界对'巴蜀文化'的主流看法……一系列重大考古新发现,特别是成都平原及长江三峡诸多遗址的发现与研究,对上述'巴蜀文化'的表述,应该有所改观了。"他做出修正后的界定如下:

> "巴蜀文化"应该有"狭义"与"广义"之分。"狭义的巴蜀文化",即中国西南地区以古代巴、蜀为主的族群先民们留下的文化遗产,主要分布在四川盆地及其邻近地区,其时代大约相当于春秋战国秦汉时期,前后延续上千年。"广义的巴蜀文化"是指包括四川省与重庆市两者及邻近地域在内的、以历史悠久的巴文化和蜀文化为主体的、包括地域内各少数民族文化在内的、由古至今的地区文化的总汇。[②]

---

① 中国大百科全书总编辑委员会《考古学》编辑委员会、中国大百科全书出版社编辑部编:《中国大百科全书·考古学》,中国大百科全书出版社,1986年,第29页。
② 林向:《"巴蜀文化"辨证》,《华中师范大学学报(人文社会科学版)》2006年第4期。

从以上二人的界定中可以看到，"巴蜀文化"概念的内涵有四个最为基本的要素：时间（历史阶段的划分）、空间（地理范围的界定）、族群、文化范畴。

就"巴蜀文化"概念狭义、广义的内涵而论，两位学者的界定均包含了两个极端：狭义之最，童恩正仅限巴蜀二族的物质文化，林向仅限春秋战国时期；而广义之最，以林向"由古至今的地区文化的总汇"为其代表。时间是"由古至今"，空间是川、渝两省市及邻近地域，族群是巴蜀两族及各少数民族，文化范畴则是包括政治、经济、社会、文化的"地区文化的总汇"。

林向对"巴蜀文化"狭、广二义划分的方法[①]，受到袁庭栋 1991 年狭义、广义"两种含义"[②]和段渝"三概念说"即"狭义的巴蜀文化"（"小巴蜀文化"）、"考古学上的巴蜀文化""广义巴蜀文化"（"大巴蜀文化"）[③]的影响。从童恩正 20 世纪 80 年代首次对"巴蜀文化"概念的界定到林向 2006 年全面修正的二十余年间，是抗战以来"巴蜀文化"概念发展、演变最丰富多样，也最为重要的历史阶段。就"狭义巴蜀文化"而论，有赵殿增从新石器晚期到西汉前期早、中、晚三段划分[④]，有袁庭栋"秦统一巴蜀之前"[⑤]（战国晚期之前）的界定，还

---

① 林向：《"巴蜀文化"辨证》，《华中师范大学学报（人文社会科学版）》2006 年第 4 期。

② 袁庭栋：《巴蜀文化·前言》，辽宁教育出版社，1991 年，第 2 页。

③ 段渝：《巴蜀文化研究与学科建设》，《中华文化论坛》2000 年第 2 期；段渝：《三星堆与巴蜀文化研究七十年》，《中华文化论坛》2003 年第 3 期。

④ 赵殿增：《巴蜀文化的考古学分期》，中国考古学会编《中国考古学会第四次年会论文集》，文物出版社，1983 年，第 215—224 页。

⑤ 袁庭栋：《巴蜀文化·前言》，辽宁教育出版社，1991 年，第 2 页。

有段渝"先秦巴蜀文化"的断定[①],也有林向的"春秋战国秦汉的划分";就"广义巴蜀文化"的划分,袁庭栋提出"广义的是指整个四川古代及近代的文化"[②],谭洛非认为,"巴蜀文化,是指四川省地域内,以历史悠久的巴文化和蜀文化为主体,包括省内各少数民族文化在内的、由古至今的地区文化的总汇"[③]。谭继和在"泛巴蜀文化"(即广义巴蜀文化)基础上于2002年提出,"一般说来,巴蜀文化是指人类社会出现以来巴蜀地区人群生活方式的总和,它包含旧石器时代、新石器时代等史前时代,也包含整个文明时代"[④]。显然,林向于2006年对于"巴蜀文化"的界定,是对20世纪80年代以来二十余年间关于"巴蜀文化"概念研究和界定的一次综合与提炼,具有明确的时代代表性。

将最近这二十多年学术界对于"巴蜀文化"概念的界定和论述与抗战时期的研究比较,我们可以明显地看到关于"巴蜀文化"概念研究的丰硕成果和极大进步,对"巴蜀文化"概念的科学界定更明晰、规范,其基本内涵构成的主要要素内容的研究更深入、系统,对"巴蜀文化"概念的认识更丰富、多样,从而呈现出异彩纷呈的状态。但是,这些成果的主要论点与抗战时期的研究成果也存在明显的沿袭关系。

对"巴蜀古文化"划分的三种类型的前两种:"专考秦汉以前"历史,与童恩正、段渝的界定相类;而新石器至两汉的研究,则与林

---

① 段渝:《巴蜀文化研究与学科建设》,《中华文化论坛》2000年第2期;段渝:《三星堆与巴蜀文化研究七十年》,《中华文化论坛》2003年第3期。
② 袁庭栋:《巴蜀文化·前言》,辽宁教育出版社,1991年,第2页。
③ 四川省社科院巴蜀文化研究中心(谭洛非):《简论开展巴蜀文化研究的意义、内容及方法》,《社会科学研究》1991年第5期。
④ 谭继和:《巴蜀文化研究的现状与未来》,《四川文物》2002年第2期。

向、赵殿增关于"狭义巴蜀文化"的划分相近。金祖同在《说文月刊》"冠词"中将巴蜀文化划分为"古文化"和"新文化",当应是"广义巴蜀文化"的滥觞。袁庭栋、段渝、林向对巴蜀文化狭义、广义的界定,谭继和对巴蜀文化由古至今六大发展阶段的划分[①],近十年来四川学界《巴蜀文化通史》的编撰,就其文化概念和基本内涵的思想渊源,均肇始于抗战时期关于"巴蜀文化"的学术思想。

"巴蜀文化"概念嬗变的标志,是"巴蜀文明"和"巴渝文化"概念的提出与传播,这是近三十年来川渝学术界对于"巴蜀文化"概念最具时代意义的创新和贡献。据段渝的梳理,"巴蜀文明这个概念,是80年代中叶三星堆考古重大发现以后提出来的"[②]。自此以后的三十年间,巴蜀文明的探讨成为当代巴蜀文化研究的一个重大议题和方向,逐步拓展和深入,呈现出一系列学术性、创新性明显的论题,形成了一批具有较高学术意义和学术价值的成果。在这一过程中,学术思想和学术理念、概念的创新和探索,对巴蜀文化学术研究的推动,起到了尤为关键和重要的作用。

"巴蜀文明"提出以后,在其文明概念与巴蜀文化的研究方面,最具学术意义的应是关于长江上游文明起源和区域文明中心的研究。

赵殿增认为,巴蜀文明有一个孕育于石器时代,形成于青铜时代,融合于铁器时代的完整发展过程,是长江上游古文明中心[③]。林向在1993年提出,巴蜀文化区以古蜀文明为中心,巴蜀文化区是"长

---

① 谭继和:《巴蜀文化研究的现状与未来》,《四川文物》2002年第2期。
② 文玉(段渝):《巴蜀文化研究概述》,《中华文化论坛》1994年第1期。
③ 谭继和:《巴蜀文化研究综议》,《巴蜀文化辨思集》,四川人民出版社,2004年,第24页。

江上游的古代文明中心"①。此后,他分别就"蜀文明"和"巴文明"指出:"夏商周时期的四川盆地和邻近地区是以'蜀'为核心的'古蜀文明'的范围。东周时期……'巴文化'和'蜀文化'一起,共同构成长江上游四川盆地的古代文明中心——'巴蜀文化区'。"②巴蜀文明对于中华文明起源的意义,赵殿增明确提出是中华汉文化的又一源头。林向认为,这为探讨中华文明起源问题,提供了新思路。段渝《酋邦与国家的起源:长江流域文明起源比较研究》一书利用"酋邦理论"的方法,将长江上游的巴蜀文明纳入整个长江流域的文明起源比较研究③。四川的考古发现成果和四川学者的这些研究成就,引起学界的广泛关注和认同。2005年10月,由教育部人文社科重点基地四川师范大学巴蜀文化中心主办的"巴蜀文化研究新趋势国际研讨会"在成都召开,来自美国、韩国、日本和国内各高校和科研单位的五十余位学者参会。巴蜀文化与国家及文明起源是这次会议最为主要的议题。段渝在这次会议论文集《前言》中提出:"近年来,巴蜀文化研究提出了'三星堆文明'、'巴蜀古代文明'和'巴蜀是中华文明的一个发源地'的崭新论断。"李学勤最近总结:"可以断言,如果没有对巴蜀文化的深入研究,便不可能构成中国文明起源和发展的完整图景。""中国文明研究中的不少问题,恐怕必须由巴蜀文化求得解决。"④河北学者沈长云、张渭莲的《中国古代国家起源与形

---

① 林向:《论古蜀文化区——长江上游的古代文明中心》,李绍明、林向、赵殿增编《三星堆与巴蜀文化》,巴蜀书社,1993年,第1页。

② 林向:《"巴蜀文化"辨证》,《华中师范大学学报(人文社会科学版)》2006年第4期。

③ 段渝主编:《酋邦与国家的起源:长江流域文明起源比较研究》,中华书局,2007年。

④ 段渝主编:《巴蜀文化研究》(第三辑),巴蜀书社,2006年,第1页。

成研究》，其主题内容均为夏商周黄河流域的国家起源，唯一例外，是专章讨论的《三星堆与古蜀文明——上古中原以外早期国家的探讨》[①]。中国国家起源研究，"中原以外"的探讨，是以"古蜀文明"为其代表。该著所依托的主要有两方面：一是三星堆考古发掘材料，二是赵殿增、段渝等四川学者的研究成果。

关于"巴蜀文化"和"巴蜀文明"两概念的关系，谭继和认为，"巴蜀文化是比巴蜀文明广泛得多的概念"。"但它（巴蜀文明）是比巴蜀文化更高一个层次的概念。""巴蜀文明"概念的定义很难界定，"大体说来，巴蜀人行为的作用方式，思维的体验方式，知识的积累方式和智慧的创造方式，应该是巴蜀文明史研究的范畴"。所以，他在2002年提出编撰《巴蜀文明史》，并将巴蜀文化的发展划分为六大阶段：一是巴蜀农业文明和城市文明诞生和形成的阶段，大体包括从距今4500年的宝墩文化时期直到三星堆文化一、二期；二是巴蜀文明初步发展的古典期，商周至战国时期；三是秦汉至唐宋，巴蜀文明出现两次鼎盛时期；四是明清时期巴蜀文明的蜕变和沉暮；五是近代巴蜀文化的式微和开新期；六是巴蜀文化的现代化时期[②]。在2013年举办的"第二届巴蜀·湖湘文化论坛"上，谭继和《巴蜀文化概说》将"巴蜀文明"划分为"农业文明"和"城市文明"。巴蜀"农业文明"发生于岷山河谷，开始于以成都平原为中心的三角地带。"巴蜀城市文明形成于4500年前"，它的形成和发展，"同巴蜀山水有直接的关系"。巴蜀四塞的盆地封闭环境，激励、培育了巴蜀人冲出盆地，"开拓与开放，兼蓄与兼容"的"集体文化性格"。所以，巴蜀文化

---

① 沈长云、张渭莲：《中国古代国家起源与形成研究》，人民出版社，2009年，第314—331页。

② 谭继和：《巴蜀文化研究的现状与未来》，《四川文物》2002年第2期。

基本性质的形成和发展,是巴蜀"这两种城乡文明基因与方式长期对立统一和矛盾运动的结果"①。谭继和对"巴蜀文明"的界定,主要偏向于精神文明层面,"巴蜀文明"的内涵应更为宽广。但是,他对巴蜀文化历史发展六大阶段的划分颇具创见,特别是对长达三千余年的农业文明四个阶段的界定,基本符合巴蜀文化和巴蜀文明发展的实际。此外,谭继和认为文化是比文明"广泛得多的概念"和"巴蜀文明"是比"巴蜀文化更高一个层次的概念"的认识,在中国文化史和文明史研究中有充分的依据。"巴蜀文化"和"巴蜀文明"无疑是中华文化和中华文明的构成部分,二者之间具有紧密联系的共性。就中华文化和"巴蜀文化"的起源而论,均可追溯到旧石器时代。而中华文明和"巴蜀文明"的起源,受文明概念诸要素(城市、文字、金属器、大型礼仪)和社会政治组织演进的限定,长时期与国家加以联系。正是"酋邦理论"的运用,使文明起源上溯至新石器时代的"早期国家"时期。所以,谭继和对"巴蜀文化"和"巴蜀文明"关系的界定,前者为"广",后者则"高",二者紧相联系而又有所区别,可谓把握住了两个概念的实质。

"巴蜀文明"概念的提出,在许多方面推动了巴蜀文化研究的发展,扩大了巴蜀文化的影响。区域文明中心、文明起源和早期国家形成等重大课题研究,超越了地域局限,而具全局性的独特意义。

三、"巴渝文化"概念的提出和形成

"巴渝文化"概念的提出和形成,迄今已近三十年。以"巴渝文

---

① 谭继和:《巴蜀文化概说》,徐希平主编《长江流域区域文化的交融与发展——第二届巴蜀·湖湘文化论坛论文集》,四川大学出版社,2014年,第11页。

化"名目发表的论著,对于"巴渝文化"的研究和讨论,从未间断。

对于"巴渝文化"概念,有文章提出质疑,可概括为三点:一是认为一个文化概念的形成是严肃、科学的,而"巴渝文化"概念不是诞生在学科发展的基础上,而是重庆设立直辖市以后,适应政治需要和市民心态需要,由重庆媒体的"煽惑"而提出;二是巴渝文化源远流长是一个"虚假命题","源"与"流"并不一致,巴族、巴国灭于秦而融入中华文化,已终止于秦;三是"巴渝文化"概念提出后的影响仅限于重庆或川东范围,域外应者寥寥①。显然,讨论"巴渝文化"概念的提出和形成,对以上质疑无从回避。

关于"巴渝文化"概念提出的严肃性和科学性问题。追溯"巴渝文化"概念提出、形成的客观历史状况,它与抗战时期"巴蜀文化"概念提出的方式相同,都是历史考古学术界以严肃、科学的精神和态度,通过学术研究的方式提出。时间不是1997年设立直辖市以后,而是1989年。提出"巴渝文化"概念的,不是重庆媒体的记者,而是重庆历史、考古学界的一批学者。提出这一概念的背景和目的,不是迎合设立重庆直辖市的政治需要,也不是适应什么市民心态,而是"巴蜀文化""巴文化"学术研究内在发展与三峡文物抢救性保护的社会推动双重因素的结果。

从1989年重庆市博物馆编辑的第一辑《巴渝文化》论文集正式出版(重庆出版社,1989年),到1999年第四辑《巴渝文化》的出版②,在10年时间内,一百一十余篇关于"巴蜀文化"和"巴渝文化"的历史考古类学术论文以《巴渝文化》刊名连续出版四辑专集,在学

---

① 王定天:《论"巴渝文化"应该缓行》,《四川文学》2007年第5期。
② 按:这期间重庆市博物馆编辑《巴渝文化》共出版4辑:第一辑,重庆出版社,1989年;第二辑,重庆出版社,1991年;第三辑,西南师范大学出版社,1994年;第四辑,重庆出版社,1999年。

界产生了广泛影响。这是重庆"巴渝文化"概念提出的集合方式,也是这一概念形成的学术基础和标志。设立直辖市之后媒体与相关方面推动的"巴渝文化"的宣传,无论其理性的探讨,或其他方式的报道,都根植于此前近十年严谨的学术研究的成果。

关于"巴渝文化"的"源"与"流"是否一致的问题,这是中国区域文化,特别是长江流域及整个中国南方区域文化研究的一个共通性问题。中国大一统多民族国家在秦汉时期的形成,就是建立在先秦诸多方国、民族的融合之上。除中原黄河流域华夏文化区外,长江流域的巴蜀、荆楚、吴越都经历了由先秦方国文化和民族文化向秦汉大一统下的地域文化的转型,这不是源与流不一致问题,而是民族文化融合趋势下的转型问题。"巴渝文化"在其源与流的关系中,与巴蜀文化、荆楚文化、吴越文化有着相同的历史轨迹。作为长江流域一个特定地理单元的地域文化,"巴渝文化"的源远流长是一个客观的历史发展进程。熊笃认为,"如果重庆文化要寻找一个能贯通古今历史源流的、代表主流而又具有地域文化个性特色的文化,那就非'巴渝文化'莫属"①。可见,"巴渝文化"命题,没有"虚假",唯有真实。

"巴渝文化"概念的域外影响问题。这一概念提出伊始,在其形成过程中就逐渐为重庆之外的中国学术界所认同,并积极参与相关学术论题的研究和探讨。从出版的四辑《巴渝文化》论文著者的地域和单位构成,我们可以看到"巴渝文化"概念提出的早期,有一个由文博系统向其他学术领域,由市内向市外及全国扩展的过程。1989 年出版的第一辑《巴渝文化》刊载近三十篇论文,其作者均为重庆市博物馆或重庆文博系统的研究人员。1991 年春,第二辑《巴

① 熊笃:《论"巴渝文化"是贯通重庆古今的主流文化》,《重庆社会科学》2005年第 6 期。

渝文化》出版，作者除以重庆市博物馆为其主体外，收入西南师大两文（黎小龙、蓝勇）、四川大学一文（张勋燎）。这应是高校和四川成都学者参与《巴渝文化》文集的开端。1993年秋，中国先秦史学会、西南师大历史系（现西南大学历史文化学院）、重庆市博物馆等数家单位主办"首届全国巴渝文化学术研讨会暨重庆巴文化研究会成立大会"，来自北京、河北、四川、山东、陕西等省市历史、考古学专家与重庆学者共计六十余人参会。西南师大出版社1994年12月出版的《巴渝文化》第三辑，即是这次参会论文的特辑。该辑刊载文章34篇，重庆市博物馆和文博系统仅9篇，外地学者15篇，重庆各高校为10篇。其中有中国先秦史学会理事长、"夏商周断代工程"首席科学家李学勤的《巴史的几个问题》。而以"巴渝文化"命名的两篇文章，作者均为外地学者：一是中国先秦史学会副理事长、中国社科院孟世凯的《巴渝文化琐论》，另一篇则是南京大学张之恒的《巴渝文化的起源和发展》。这些文章，多为巴渝历史和文化本源性的研究，有很高的学术价值。可见，"巴渝文化"概念的提出，在重庆之外的全国学界，其影响绝非质疑者所谓的"应者寥寥"。

应当说，1989年出版的首辑《巴渝文化》，即是"巴渝文化"概念正式提出的标志。从1989年到1994年第三辑《巴渝文化》的出版，5年间先后有八十余篇论文在《巴渝文化》发表。特别是1993年秋"首届全国巴渝文化学术研讨会"召开，来自全国各地的学者对巴渝历史、文化进行研究和交流。这一系列的成果和学术活动，标志着"巴渝文化"这一概念在重庆设立直辖市以前已正式形成和确立。

在这四辑《巴渝文化》的编撰基础上，刘豫川、杨明在1999年发表《巴渝文化》一文，对"巴渝文化"概念的内涵予以明确的界定：

　　　　所谓"巴渝文化"，是指以今重庆为中心，辐射川东、鄂西、湘西这一广大地区内,从夏商直至明清时期的物质文化和精神文化的总合。①

对于"巴文化"和"巴渝文化"的关系,文章概括了巴地青铜器、陶器和文字系统"巴人图语"的特点,提出:

> 这些特点,构成了先秦时期考古学上所谓的"巴文化"。实际上,这一"巴文化"的概念主要是物资(质)的,如果将这一文化概念扩展到当时社会的物质和精神诸领域,并经与秦汉汉文化交融,传承发展到隋唐以后,这就是我们今天所说的"巴渝文化"。②

以上两小段的概括,应是自"巴渝文化"概念提出以来,最为全面、明确的界定和概括。它们对"巴渝文化"概念基本内涵的诠释极为全面,主要包括三个方面:空间、时间、文化。空间,除"今重庆"为中心外,辐射川东、鄂西、湘西,这一地区是古代巴族、巴文化的分布地,已超出了先秦巴国及秦汉巴郡的地理范围;时间,夏商至明清,并不包括民国以来的近现代,"巴渝文化"在其时间内涵上界定为巴渝之地的古代文化;文化,"物质文化和精神文化的总合",民族文化、地域文化全都包括在这一文化内涵的界定之中。不过,"巴渝文化"之中还包括了考古学上,仅限先秦时期物质文化的"巴文化"。

1989 年第一辑《巴渝文化》出版时,该著正文之前刊登了以"重庆市博物馆《巴渝文化》编委会"名义发布的《编者的话》,摘要

---

① 刘豫川、杨明:《巴渝文化》,《重庆历史与文化》1999 年第 1 期。
② 刘豫川、杨明:《巴渝文化》,《重庆历史与文化》1999 年第 1 期。

如下：

> 两万年前，我们的祖先就在重庆这块土地上生息繁衍。进
> 而广之，一百八十万年前，川东巴渝之地上，就站立着我们的原
> 始先民。其后，部落纷争，王国兴衰，朝代更迭，历史演进，石器、
> 铜器、铁器、大机器渐次发展，乃有今日之川东与重庆。由于地
> 域、人群、历史发展不均衡性等诸多原因，形成了巴渝有个性的
> 文化氛围，蕴于浩茫的历史烟云中。①

"巴渝文化"概念的基本内涵，在这一段"前言"类的说明中，已
完全呈现了出来：地理范围，是川东重庆；历史阶段，跨越了石器、铜
器、铁器、大机器时代，应是包容古今；文化内涵，由地域、人群、历史
发展不均衡等原因形成的，具有"个性"的文化，民族、地域和物质、
精神全都包容在内，这里彰显的无疑是大文化的概念。将刘豫川、杨
明 10 年后的"巴渝文化"概念与之比较，区别在两方面：地理空间有
所扩大，除川东重庆外，扩展至鄂西、湘西；时间划分加以收缩，仅限
铜器、铁器时代（商周至明清）。以"编委会"名义在《巴渝文化》第
一辑出版时表述的关于"巴渝文化"概念和基本内涵的认识，较为完
整地贯彻到以后 10 年间对于《巴渝文化》4 辑的编辑之中。

贯通古今的大文化概念，在《巴渝文化》第一辑的编辑中，即已
显现。该辑共刊载 28 篇论文，大致可划分为重庆古代历史、近现代
历史、考古与文物、民族史几类。就时间内涵而论，纵贯古今。《古代
重庆》一文的时间上限，追溯至 23000 年前旧石器晚期的"铜梁文

---

① 重庆市博物馆《巴渝文化》编委会：《编者的话》，重庆市博物馆《巴渝文化》
编辑委员会编《巴渝文化》第一辑，重庆出版社，1989 年。

化"。而该辑的时间下限,不仅刊载有一组近现代文章,如《周恩来与郭沫若》《周恩来与抗战时期重庆的话剧运动》等,更有当代传统民间艺术研究,如《四川皮影戏艺术》《蜀艺漫话》。该期唯一一篇以"巴渝文化"命名的,也是"巴渝文化"概念正式提出以后第一篇以之命名的文章,是刘豫川《璀璨的巴渝文化遗迹——重庆市文物普查收获综述》。该文记录的文化遗迹的上限,同样是始于远古旧石器时代的铜梁遗址,继而是新石器时代的江津王爷庙遗址、合川沙梁子遗址、巴县干溪沟遗址等。而遗迹的下限,古遗址和古墓葬注明为 1840 年,古建筑则下延至清末光绪年间;"近现代重要史迹及近现代代表性建筑",扩展至"近代开埠到抗战期间作为国民政府陪都及中共南方局、八路军办事处驻地"所遗留下的"遗址、旧居、纪念地及名人墓葬"[①]。显然,该文所蕴涵的"巴渝文化"的时限,是从远古的石器时代,经历铜器、铁器,直至近现代"大机器"时代,这与《巴渝文化》编委会对"巴渝文化"的界定,应是完全一致的。这种状况,一直延续到 10 年后第四辑《巴渝文化》的出版。该辑近三十篇文章分编为 5 个栏目,在其《目录》分别注明:"巴蜀历史考古""本土文化研究""城市文化与近代化""陪都史研究""文物保护与研究",依然是由石器时代至近现代,包括巴渝地区政治、经济、民族、文化的综合研究。可见,1989 年第一辑《巴渝文化》出版时,编委会表述的"巴渝文化"概念,在这 10 年先后 4 辑的《巴渝文化》编辑中,得到始终如一的贯彻。

　　但是,深入探究这 4 辑一百一十余篇文章,与《巴渝文化》编委会关于"巴渝文化"概念不同的认识和界定,集中出现在 1993 年"首

---

① 刘豫川:《璀璨的巴渝文化遗迹——重庆市文物普查收获综述》,重庆市博物馆《巴渝文化》编辑委员会编《巴渝文化》第一辑,重庆出版社,1989 年,第295 页、第 307 页。

届全国巴渝文化学术研讨会"上。综合这次学术研讨会关于"巴渝文化"概念的讨论,有以下数种观点:一是"巴渝文化"与"巴文化"的关系,以及"巴文化"有微观、宏观划分说法的提出。管维良提出:"巴渝文化是否就是巴文化? ……现在所论的巴渝文化与古代巴渝地区的文化是否是一回事。"并认为,"宏观巴文化是……一种具有大跨度时间,大跨度空间的大文化"。从时间角度,应由古迄今;"从空间上,凡出有巴文物的地方,或文献记载巴人活动过的地方;从内容上讲,凡与巴有关的物质文化和精神文化,皆属于巴文化的范畴"①。这一界定,大体与《巴渝文化》编委会的表述相近。不过,管维良的着眼点是古代的巴,而编委会的着眼点是特定地理空间范围(川东、重庆)的地域文化。二是"巴渝文化"历史阶段划分出现与编委会截然不同的观点。孟世凯认为,巴渝文化"有一个产生、发展、演变的过程","巴渝历史文化是颇有特色的区域文化之一",是"古代巴渝先人所创造的历史文化"②。显然,孟世凯是将"巴渝文化"界定为巴渝地区的古代文化。此外,有将"巴渝文化"界定为先秦两汉时期的。张之恒《巴渝文化的起源和发展》以考古发掘材料和考古学方法为主,辅以文献记录,认为巴渝文化的起源和发展,从新石器时期至商周秦汉,可分为三个阶段:前巴渝文化、早期巴渝文化、晚期巴渝文化③。

　　可见,刘豫川、杨明在1999年对"巴渝文化"概念的界定,应是

①　管维良:《巴文化及其功能浅说》,重庆市博物馆《巴渝文化》编辑委员会编《巴渝文化》第三辑,西南师范大学出版社,1994年,第155—156页。

②　孟世凯:《巴渝文化琐议》,重庆市博物馆《巴渝文化》编辑委员会编《巴渝文化》第三辑,西南师范大学出版社,1994年,第135页、第140页、第141页。

③　张之恒:《巴渝文化的起源和发展》,重庆市博物馆《巴渝文化》编辑委员会编《巴渝文化》第三辑,西南师范大学出版社,1994年,第195—201页。

建立在"巴渝文化"概念提出 10 年以来,对各种观点的综合与概括之上,既是对《巴渝文化》编委会表述的修正,也是对这时期有关"巴渝文化"概念和基本内涵思考、认识的概括。

　　不过,《巴渝文化》四期专辑所奠定的,关于"巴渝文化"历史阶段的界定,逐渐成为具有主流概念的认识,为大多数学者所认同。余楚修在 2000 年提出,"巴渝文化……指孕育于巴山渝水间,伴随着这一地区人类语言的产生而产生,在历史长河中发展演变的相对独立的文化"[①]。熊笃于 2001 年将"巴渝文化"归纳为"十大系列":"巴渝文化源远流长,巫山原始文化、巴族巴国文化、三国文化、丰都鬼神文化、巴渝竹枝词民间文艺、大足石刻艺术、宋末抗元军事文化、明玉珍大夏文化、辛亥革命文化、陪都及红岩文化等构成了巴渝文化的完整系列。"[②]2005 年《论"巴渝文化"是贯通重庆古今的主流文化》进一步诠释其大文化观概念[③]。2006 年 6 月,在由重庆市社科联、重庆师范大学主办的"巴渝文化研讨会"上,曾繁模对"巴渝文化"作了最为简要的概括,"巴渝文化应是指以今重庆为中心包括周边地区从古至今具有浓厚地域特色的物质文化和精神文化的总合"[④]。此外,薛新力[⑤]、胡道修[⑥]均在这时期著文,阐释和认同巴渝文化贯通古今的大文化观。

　　在"巴渝文化"概念和基本内涵讨论的同时,"巴渝文化"与"巴

---

① 余楚修:《巴渝文化刍议》,《重庆师院学报(哲学社会科学版)》2000 年第 2 期。

② 熊笃:《论巴渝文化十大系列》,《重庆大学学报(社会科学版)》2001 年第 4 期。

③ 熊笃:《论"巴渝文化"是贯通重庆古今的主流文化》,《重庆社会科学》2005 年第 6 期。

④ 曾繁模:《巴渝文化之含义辩》,《重庆历史与文化》2007 年第 1 期。

⑤ 薛新力:《略论巴渝文化与蜀文化、楚文化的关系》,《湖北民族学院学报(哲学社会科学版)》2002 年第 6 期。

⑥ 胡道修:《巴渝的内涵与巴渝文化的本源探究》,《长江文明》2009 年第 1 期。

蜀文化"的关系成为学界关注的另一个议题。2000年春,余楚修《巴渝文化刍议》指出:"巴蜀文化"仅指"华阳地区的一种地域性的青铜文化","其亚文化只能是巴文化、蜀文化,决不是巴渝文化"[1]。薛新力在此基础上进一步提出:"巴渝文化与蜀文化是既有联系又有区别的两种文化","巴渝文化可以理解为是一种地区文化"[2]。熊笃系统梳理了巴与蜀3000年间的"文明进程史",认为"巴与蜀在行政区划上经历了九分九合。分,形成了不同的文化个性;和,产生了交融的文化共性"。"'巴蜀文化'这个概念就其共性而言固可成立;而'巴渝文化'这个概念就其个性而言,同样可以成立"[3]。进入21世纪初期的关于"巴蜀文化"与"巴渝文化"关系的讨论,应是对前10年"巴渝文化"概念提出和形成的深化与拓展,极大地丰富和完善了巴渝文化的研究。

　　近十年来,四川、重庆分别确立和开展"巴蜀全书"和"巴渝文库"的重大文化工程,对巴蜀历史文献进行全面的整理和研究。而指导和影响这两项文化工程的,则是"巴蜀文化"和"巴渝文化"的概念和基本内涵。在"巴渝文库"的第一个项目《巴渝文献总目》的开展和研讨进程中,与"巴渝文化"概念直接相关的议题,就是对巴渝历史阶段和地理空间的界定。经多次讨论,该著《凡例》将地理范围确定为:古代以秦汉时期的巴郡、晋《华阳国志》所指"三巴"为限,民国时期以重庆直辖后的行政区划为基础,根据民国时期的地理建制,可以根据具体情况适当张弛;时间范围:上溯先秦,下迄民

① 余楚修:《巴渝文化刍议》,《重庆师院学报(哲学社会科学版)》2000年第2期。
② 薛新力:《略论巴渝文化与蜀文化、楚文化的关系》,《湖北民族学院学报(哲学社会科学版)》2002年第6期。
③ 熊笃:《论"巴渝文化"是贯通重庆古今的主流文化》,《重庆社会科学》2005年第6期。

国①。在《巴渝文献总目》的讨论和审定中，系统梳理抗战以来关于"巴蜀文化""巴渝文化"概念和基本内涵的形成及嬗变，成为大家的共识。最终由蓝锡麟撰写的"总序"中，关于"巴蜀文化"与"巴渝文化"关系的论述，颇具新意。他提出："巴蜀文化与巴渝文化不是并列关系，而是种属关系，彼此间有同有异，可分可合……自古及今，巴蜀文化都是与荆楚文化、吴越文化同一层级的长江流域的一大地域历史文化，巴渝文化则是巴蜀文化的一个重要分支。""巴渝文化之于巴蜀文化具有某些异质性……就构成了巴渝文化的特质性。以此为根基，在尊重巴蜀文化对巴渝文化的统摄地位的前提下，将巴渝文化切分出来重新观照，合情合理，势在必然。"②这些观点和认识，可谓近十年"巴渝文化"研究最具创新意义和学术价值的论述。

1989 年提出的"巴渝文化"概念，在重庆设立直辖市以后在社会广为传播，产生了广泛影响。不仅直接推动文化的繁荣，也为学术发展带来活力。学术思想的创新，可谓意义非凡。

探究 1989—1999 年期间，"巴渝文化"概念提出和形成的原因，可归结为"巴蜀文化""巴文化"研究发展的内在学术推动，以及三峡工程和三峡文物保护的紧迫性带来的区域文化意识的增强。正是在这内外两方面因素的交互作用和影响下，"巴渝文化"概念在这时期得以提出和确立。

抗战以来的"巴蜀文化"研究，对于巴、蜀两个在历史和自然地理上紧相联系，又各具特色、相对独立的地域文化的探讨，已是每个时代巴蜀文化研究的共通现象。除综合性问题的讨论外，凡需深入

---

① 任竞、王志昆：《凡例》，任竞、王志昆主编《巴渝文献总目·古代卷·著作文献》，重庆出版社，2017 年，第 1 页。
② 蓝锡麟：《总序》，任竞、王志昆主编《巴渝文献总目》，重庆出版社，2017 年，第 3 页。

研究,均有"巴文化""蜀文化"的专题性讨论。此类现象,从抗战延续至20世纪80年代前期。从80年代中后期以来,重庆继徐中舒、冯汉骥、邓少琴之后的第二代学者,如董其祥、管维良、彭伯通等将主要努力集中于"巴文化"的研究,形成了一批具有时代代表性的成果。当三星堆、十二桥遗址等新的考古发现推动四川学者的巴蜀文化研究步入"古蜀文明""巴蜀文明"的探讨时,重庆历史考古学界则从"巴文化"逐渐向"巴渝文化"研究嬗变。成渝两地学者关于"巴蜀文化"研究中的地域文化概念的创新,在20世纪80年代后期至90年代这一时段上,出现了明显的分流。这一学术现象的内在推动因素,仍然植根于巴蜀文化研究的学术发展和学术研究。

就外在社会因素而论,三峡工程与三峡文物的保护,对于重庆"巴渝文化"概念的提出和形成,有直接的影响和推动。1989年首辑《巴渝文化》的近三十篇文章中,载有刘豫川《璀璨的巴渝文化遗迹——重庆市文物普查收获综述》[①],这篇文章内容是根据1987年以来一年多全市文物普查,对重庆市文物遗迹的总结性综述。但用名"巴渝文化遗迹",足见"巴渝文化"的提出,与重庆的文物保护有直接的关系。而这时期的文物普查,在重庆和三峡地区,随着三峡工程的论证,文物的抢救性保护已成为社会广泛关注的议题。10年后,当《巴渝文化》第四辑于1999年出版时,第一篇文章是王川平的《站在历史新起点上的重庆文博事业》,所列重庆下一步的文物工作中的第二项,即是"继续抓好三峡文物抢救工作"。文章指出,"世界的舆

---

① 刘豫川:《璀璨的巴渝文化遗迹——重庆市文物普查收获综述》,重庆市博物馆《巴渝文化》编辑委员会编《巴渝文化》第一辑,重庆出版社,1989年,第294—311页。

论在看着我们,全国人民在关注着三峡文物"①。重庆文博界和学术界
正是在这样的时代使命和文化责任下,强化重庆和三峡的区域意识,
提出"巴渝文化"的概念。这既是学术文化发展的需要,也是三峡文
物保护这个特定时期社会和区域发展的需要。

当我们系统梳理了近三十余年关于"巴蜀文化"概念的嬗变之
后,我们必须不无遗憾地指出,在20世纪末和21世纪前期"巴蜀文
化"概念的衍展、嬗变最为丰富多彩的这一特定历史时期,川渝两地
学界所关注的焦点,不仅出现明显的分流,而且各自坚守自己研究的
命题,双方甚少交流互动。四川学界专注于"古蜀文明"和"巴蜀文
明",重庆学界则热衷于"巴渝文化"。四川的学者,即便追溯抗战以
来"巴蜀文化"的研究,以至近来"巴蜀文明"的探讨,却共同忽略了
同一时期重庆学界热烈讨论的"巴渝文化"。重庆的学者,即便三峡
考古取得丰硕成果,成都学者在"巴蜀文明"研究中运用三峡考古材
料探讨"峡江流域文明的起源"②,也没有参与诸如巴蜀区域文明中
心、长江上游文明起源和文明进程的研究及讨论。在近二十多年时
间内,当四川、重庆以外的全国不少学者积极参与"巴蜀文明"和"巴
渝文化"的研究和讨论时,相形之下,川渝两地学界在巴蜀区域历史
文化的研究中却呈现高度默契的分离。这样奇特的学术现象,可谓
"巴蜀文化"和"巴渝文化"学术史上的奇葩,值得我们深思和反省。

新的资(材)料的发现、学术研究的发展以及时代和社会发展的
需要,通常会带来学术思想和理论方法的创新。抗战时期"巴蜀文
化"概念的提出、20世纪八九十年代成都学者关于"古蜀文明"和

----

① 王川平:《站在历史新起点上的重庆文博事业》,重庆市博物馆《巴渝文化》编
　辑委员会编《巴渝文化》第四辑,重庆出版社,1999年,第4页。
② 段渝:《酋邦与国家的起源:长江流域文明起源比较研究》,中华书局,2007
　年,第215—217页。

"巴蜀文明"的探讨、重庆学者关于"巴渝文化"概念的提出和研究，都是学术发展和社会推动双重因素交互作用的结果。而学术理念和概念的创新，如"巴蜀文化""巴蜀文明"和"巴渝文化"的提出和传播，不仅直接推动了学术的发展和繁荣，扩大和提高了地域文化的影响，更成为川渝两地促进社会进步，推动社会文化繁荣的文化源泉和精神动力。

作者系西南大学历史文化学院教授

原刊《西南大学学报(社会科学版)》2017年第5期

从鄂西考古发现谈巴文化的起源

杨 华

巴文化（也有人称巴蜀文化）究竟起源于何地，又起源于何时？这是目前历史学界、考古学界、民族学界等所普遍关注和探讨的重要课题。近年来，随着考古工作的不断发现和深入，特别是鄂西地区和川西平原等地发现的大量的巴文化早期的遗物，为我们研究巴文化的起源问题提供了一大批可贵的实物资料。本文拟从鄂西、川西平原等地考古所发现的资料入手来谈谈自己对巴文化起源的一点看法。唯一孔之见，聊供参考。

一、早期巴文化遗址的主要发现与分布

1. 湖北西部及江汉平原地区

从目前考古所发现的资料看，湖北境内的早期巴文化遗址当以鄂西的宜昌地区分布最为密集。在宜昌地区则又以长江沿岸的秭归、宜昌、宜都（现为枝城市）最为集中。再向东已发展到江汉平原的荆州地区。此外，在沮漳河流域、清江河流域及与湖北接壤的洞庭湖流域地区也有不少发现。发现的主要遗址由西向东排列如下：

秭归县的鲢鱼山、柳林溪、五马桥、老鼠岩、王家坝、张家坪、何家

湾、杨泗庙、银街、大沙坝、朝天嘴遗址等[①]。

宜昌县的小溪口、伍相庙、刘家河、李家河、中堡岛、三斗坪、白庙子、杀人沟、苏家坳、朱家台、杨家嘴、路家河、上磨垴、西湾、艾家河遗址等[②]。

宜都县的红花套、古老背、毛溪套、向家沱、吴家岗、鸡脑河、城背溪、石板巷子、莲花垴、白水港遗址等[③]。

清江河流域的长阳县香炉石[④]、深潭湾[⑤]等，这两处遗址正在整理之中。

---

① 杨权喜、陈振裕：《秭归鲢鱼山与楚都丹阳》，《江汉考古》1987 年第 3 期；湖北省博物馆江陵考古工作站：《1981 年湖北省秭归县柳林溪遗址的发掘》，《考古与文物》1986 年第 6 期；杨泗庙、五马桥、老鼠岩、何家湾见《考古》1961 年第 5 期；银街、大沙坝见宜昌地区博物馆调查资料（待刊稿）；朝天嘴遗址见《文物》1989 年第 2 期；张家坪遗址见《江汉考古》1991 年第 1 期。

② 湖北省博物馆江陵考古工作站：《宜昌县小溪口商周战国遗址》，《中国考古学年鉴 1985》，文物出版社，1985 年，第 187 页；卢德佩：《宜昌县艾家河古遗址群调查简报》，《江汉考古》1989 年第 3 期；黄文新：《宜昌伍相庙新石器时代遗址发掘简报》，《江汉考古》1988 年第 1 期；湖北省宜昌专区博物馆、四川大学历史系：《宜昌县中堡岛新石器时代遗址》，《考古学报》1987 年第 1 期；卢德佩、马继贤：《湖北宜昌白庙遗址试掘简报》，《考古》1983 年第 5 期；鄂博三峡考古队第三组：《宜昌县朱家台遗址试掘》，《江汉考古》1989 年第 2 期；湖北省博物馆：《宜昌县杨家嘴遗址简况》，《江汉考古》1985 年第 4 期；三斗坪、杀人沟、路家河见《考古》1961 年第 5 期；余为宜昌地区博物馆调查资料。

③ 红花套遗址见长办库区处红花套考古工作站资料；毛溪套遗址和灰坑是四川省博物馆已故的杨有润先生发现并采集；鸡嘴河遗址见《江汉考古》1985 年第 4 期；城背溪遗址见《江汉考古》1988 年第 4 期；石板巷子遗址见《考古》1985 年第 11 期；余为宜昌地区博物馆普查资料。

④ 湖北省清江隔河岩考古队、湖北省文物考古研究所编著：《清江考古》，科学出版社，2004 年，第 157—191 页。

⑤ 湖北省清江隔河岩考古队、湖北省文物考古研究所编著：《清江考古》，科学出版社，2004 年，第 196—399 页。

　　沮漳河流域的当阳县季家湖上层[①]、国营草埠湖农场的镇头山遗址等[②]。

　　荆州地区的江陵县张家山[③]、荆南寺[④]、陀江寺[⑤]、梅槐桥[⑥]、沙市周良玉桥[⑦]遗址等。

　　洞庭湖流域的桑植庙湾[⑧]、吴家塝[⑨]、石门皂市[⑩]、桅岗[⑪]、宝塔[⑫]、澧县斑竹、保宁桥[⑬]、沪溪浦市[⑭]、麻阳兰里、龙山里耶、辰溪炮台、张家

---

① 湖北省博物馆:《当阳季家湖新石器时代遗址》,文物编辑委员会编《文物资料丛刊》第 10 辑,文物出版社,1987 年,第 1—15 页。

② 见湖北省宜昌地区博物馆普查资料。

③ 陈贤一:《江陵张家山遗址的试掘与探索》,《江汉考古》1980 年第 2 期。

④ 王宏:《湖北江陵荆南寺遗址第一、二次发掘简报》,《考古》1989 年第 8 期。

⑤ 见湖北省荆州地区博物馆普查资料。

⑥ 何驽:《湖北江陵梅槐桥遗址发掘简报》,《考古》1990 年第 9 期。

⑦ 沙市市博物馆:《湖北沙市周良玉桥遗址试掘简报》,文物编辑委员会编《文物资料丛刊》第 10 辑,文物出版社,1987 年,第 22—30 页。

⑧ 师悦菊、周扬声:《湖南桑植县朱家台商代遗址的调查与发掘》,《江汉考古》1989 年第 2 期。

⑨ 师悦菊、周扬声:《湖南桑植县朱家台商代遗址的调查与发掘》,《江汉考古》1989 年第 2 期。

⑩ 周世荣:《湖南石门县皂市发现商殷遗址》,《考古》1962 年第 3 期。

⑪ 王文建、龙西斌:《石门县商时期遗存调查——宝塔遗址与桅岗墓葬》,湖南省文物考古研究所、湖南省考古学会合编《湖南考古辑刊》第 4 集,岳麓书社,1987 年,第 11—20 页。

⑫ 王文建、龙西斌:《石门县商时期遗存调查——宝塔遗址与桅岗墓葬》,湖南省文物考古研究所、湖南省考古学会合编《湖南考古辑刊》第 4 集,岳麓书社,1987 年,第 11—20 页。

⑬ 何介钧、曹传松:《湖南澧县商周时期古遗址调查与探掘》,湖南省文物考古研究所、湖南省考古学会合编《湖南考古辑刊》第 4 集,岳麓书社,1987 年,第 1—10 页。

⑭ 何介钧:《湖南商周时期古文化的分区探索》,湖南省博物馆、湖南省考古学会合编《湖南考古辑刊》第 2 集,岳麓书社,1984 年,第 120—127 页。

溜、潭湾[①]、岳阳铜鼓山[②]、费家河[③]等遗址中都能见到有早期巴文化的遗物。

2. 四川地区（川西平原及丘陵地区）

考古材料得知,分布在四川境内的早期巴文化（或称巴蜀文化）遗址主要是在川西平原及大渡河下游的汉源地区,四川东部的万县地区（主要分布在长江沿岸）也有不少发现。此外,在嘉陵江流域也陆续有发现。

成都平原地区有:青羊宫[④]、方池街[⑤]、指挥街[⑥]、十二桥[⑦]、抚琴小区[⑧]、岷江饭店[⑨]、羊子山下层[⑩]、新繁水观音[⑪]、广汉太平场（即今广汉

① 何介钧:《湖南商周时期古文化的分区探索》,湖南省博物馆、湖南省考古学会合编《湖南考古辑刊》第2集,岳麓书社,1984年,第120—127页。

② 裴安平、郭胜斌、向桃初、周能、符炫、张碧武、易立勤、胡铁南、汪松桂、李建平、胥卫华:《岳阳市郊铜鼓山商代遗址与东周墓发掘报告》,湖南省文物考古研究所、湖南省考古学会合编《湖南考古辑刊》第5集,岳麓书社,1989年,第29—45页。

③ 何介均、张中一、符炫、吴宏:《湖南岳阳费家河商代遗址和窑址的探掘》,《考古》1985年第1期。

④ 四川省博物馆:《成都青羊宫遗址试掘简报》,《考古》1959年第8期。

⑤ 资料存成都市博物馆。

⑥ 罗二虎、徐鹏章:《成都指挥街周代遗址发掘报告》,《南方民族考古》1987年第1期。

⑦ 李昭和、翁善良、张肖马、江章华、刘钊、周科华:《成都十二桥商代建筑遗址第一期发掘简报》,《文物》1987年第12期。

⑧ 宋治民:《早期蜀文化分期的再探讨》,《考古》1990年第5期。

⑨ 宋治民:《早期蜀文化分期的再探讨》,《考古》1990年第5期。

⑩ 四川省文物管理委员会:《成都羊子山土台清理简报》,《考古学报》1957年第4期。

⑪ 四川省博物馆:《四川新繁县水观音遗址试掘简报》,《考古》1959年第8期。

南兴乡）中兴三星堆[①]、中兴月亮湾等。

　　汉源地区的背后山类型遗址,大多分布在大渡河下游的汉源县,目前已发现十余处,主要遗址有背后山、桃坪、青杠、麻家山等[②]。背后山类型与川西平原的一些巴蜀文化早期的内涵比较一致,两地的文化内涵有着密切的关系[③],只不过是因为地域关系,背后山类型表现的自身土著文化的风格稍浓点罢了,但两者之间的共性占主导地位。

　　嘉陵江流域的中下游地区因工作做得不太多,到目前为止,发现属于这一文化类型的遗址略少一些。重点遗址有阆中兰家坝[④]、南充淄佛寺[⑤]、铜梁西郭水库等。

　　四川东部的涪陵地区、万县地区属于早期巴文化的遗址有涪陵陈家坝子[⑥]、垫汉林场[⑦]、忠县的瓷井沟[⑧]、巫山江东嘴[⑨]、南陵村[⑩]、大

① 四川省文物管理委员会、四川省博物馆、广汉县文化馆:《广汉三星堆遗址》,《考古学报》1987 年第 2 期。

② 四川省博物馆、雅安地区文化局:《大渡河水库考古调查收获》(待刊稿)。

③ 赵殿增:《巴蜀文化的研究》,徐中舒主编《巴蜀考古论文集》,文物出版社,1987 年,第 1—21 页。

④ 南充地区文化局、重庆市博物馆:《嘉陵江南充地区河段考古调查纪实》(1979 年铅印稿)。

⑤ 南充地区文化局、重庆市博物馆:《嘉陵江南充地区河段考古调查纪实》(1979 年铅印稿)。

⑥ 四川省博物馆:《川东长江沿岸新石器时代遗址调查简报》《四川省长江三峡水库考古调查简报》,《考古》1959 年第 8 期。

⑦ 四川省博物馆:《川东长江沿岸新石器时代遗址调查简报》《四川省长江三峡水库考古调查简报》,《考古》1959 年第 8 期。

⑧ 袁明森、邓伯清:《四川忠县瓷井沟遗址的试掘》,《考古》1962 年第 8 期。

⑨ 四川省博物馆:《川东长江沿岸新石器时代遗址调查简报》《四川省长江三峡水库考古调查简报》,《考古》1959 年第 8 期。

⑩ 四川省博物馆:《川东长江沿岸新石器时代遗址调查简报》《四川省长江三峡水库考古调查简报》,《考古》1959 年第 8 期。

昌坝[①]等。

　　川东涪陵地区、万县地区与鄂西接壤，远离川西平原，从出土的遗物来看，似乎与鄂西地区发现的早期巴文化更接近（下文有详细介绍），因此有人研究认为"看来，川东丘陵一带，是一个与宜昌此类型有一定关系的文化类型"[②]，故我们将川东地区归入鄂西区域，在探索早期巴文化的历史时，我们不能将今天行政区域的划分与远古时期的地域相提并论。大家知道，大溪文化的分布中心当在鄂西地区，但最早却发现于巫山大溪，这一事实正是最好的例证。

　　以上，我们对四川、湖北、湖南境内的早期巴文化遗址的发现与分布情况大致做了一番介绍，使我们对早期巴文化的分布区域有了一个粗略的印象，那么，这东、西两地早期巴文化的内涵情况又是如何？下文我们再来进行分析。

二、川西、鄂西两地早期巴文化的内涵简述

　　从川西地区考古发现的资料得知，早期巴蜀文化的陶器以夹砂褐陶和夹砂灰陶为主，也有少量的红陶（红陶多呈砖红色或橙黄色）、黑陶等，陶色一般不太纯正，有时难以分辨。常见的器类多为小平底、尖底、圈足、三足器等，主要器物有尖底（小平底）罐、盂、直腹罐、浅圈足盘、筒状器座、喇叭纽器盖、角状尖底（平底）杯、尖底钵、瓶、盂、鬶、瓮、鸟首形器把、釜等。器耳有横鼻、大錾耳、长柱状把手等。最有特征性的器物是小平底罐、尖底罐、鸟首形器把、高柄豆、圈足

---

① 四川省博物馆：《川东长江沿岸新石器时代遗址调查简报》《四川省长江三峡水库考古调查简报》，《考古》1959 年第 8 期。

② 林春：《长江西陵峡远古文化初探》，长江流域规划办公室库区规划设计处编《葛洲坝工程文物考古成果汇编》，武汉大学出版社，1990 年，第 17—46 页。

盘、尖底杯、尖底盏、器盖等。

　　器物的制作方法：以手制为主，器壁内往往凸凹不平，有的器物手捏痕迹明显可见，轮制陶少见，后期如月亮湾上层、羊子山土台基址上层以轮制为主，手制衰退[①]。

　　器物的主要纹饰有粗绳纹、细绳纹、弦纹、平行纹、刻划纹、方格纹、圆圈纹、水波纹、锥刺纹、云雷纹、F纹、镂孔、篦纹、几何形印纹等。

　　在川西平原进行考古发掘最丰富的是广汉三星堆遗址。自1980年5月至1986年10月先后进行了四次发掘。该遗址共有16个文化层，经整理共分为四期，它是目前川西平原最有代表性的早期巴蜀文化的遗址，因此有不少学者称之为"三星堆文化"，川西平原其他遗址大致与此雷同，为了便于湖北、四川两地文化遗物的比较，下面我们先对三星堆遗址的时代做简略介绍。

　　据碳–14测定年代表明，三星堆遗址第一期距今约4170±85年（86III区T1416）[②]，4075±100年（80AT1H）[③]，大约相当于中原地区的河南龙山文化晚期至夏初。月亮湾下层与三星堆第一期时代基本相同。三星堆遗址第二期的时代大致相当于夏末至商代前期（BP4070—3600）。三星堆第三期的时代相当于商代中期。三星堆第四期的时代相当于商末周初。

　　湖北西部地区的考古发掘工作主要是在近十余年。先后发掘数十处，一般所见的巴文化遗址大多叠压在新石器时代晚期遗存之上。

――――――――――

① 宋治民：《早期蜀文化分期的再探讨》，《考古》1990年第5期。
② 中国社会科学院考古研究所实验室：《放射性碳素测定年代报告（一四）》，《考古》1987年第7期。
③ 中国社会科学院考古研究所实验室：《放射性碳素测定年代报告（一〇）》，《考古》1983年第7期。

具有代表性的巴文化遗存有秭归的鲢鱼山、朝天嘴,宜昌的路家河、中堡岛、白庙子,宜都的红花套、城背溪、石板巷子,长阳的香炉石,当阳的季家湖,江陵的张家山、荆南寺等。

早期巴文化遗存中出土的主要器类是小平底、尖底器、圈足器、三足器、圜底器等,常见器物有平底罐、灯形器、平底钵、圜底釜、圜底杯、圈足豆、盉、斝、鬶、簋、盘、瓠、盆、大口尊、壶、瓮、缸、罍、器盖、角状杯、鸟首形器把等;在江汉平原还见有爵、垂腹罐、鬲、鼎(鬲、鼎在峡区较少见)、甗、假腹豆等。

陶质陶色:多以夹砂陶为主,如荆南寺 H17 夹砂陶占 90% 以上,泥质陶不足 10%;又如荆南寺 H10 夹砂陶占 80%,泥质陶占 20%[①]。夹砂灰黑陶、褐色陶也较常见,还有一定数量的红陶、黑衣陶、黄陶(橙黄)。泥质陶以灰色陶为多见,还有少量的黑皮陶、黄陶(橙黄)、褐色陶等。

制作方法:早期多手制,器物的内壁常有凸凹不平的现象,还有的器物有明显的手捏痕。轮制陶器见于中型盛食器。袋足器往往是模制后再加工安上去的,制作精细。

川西平原与湖北西部两地基本相同的器物主要有小平底罐、尖底罐、高柄豆、豆形器座、灯形器、圈足盘、鸟首形器把、三足袋足鬶、盉、圜底釜、器盖、瓠、瓮、尖底或小平底角状杯等。

除上述两地所共见相同器物外,还有一些是两地各自独有的器物,分述如下:

川西平原的镂孔圈足豆、盘口形罐、圈足罐、长颈壶、尖底盏、厚胎尖底宽沿盉、斜壁长尖底杯、曲腹小平底(尖底)罐等器物,到目前为止,在鄂西少见。

---

① 王宏:《湖北江陵荆南寺遗址第一、二次发掘简报》,《考古》1989 年第 8 期。

鄂西地区的甗、小平底缸、圜底缸、釜形鼎、盆形鼎、簋、花边夹砂罐、橄榄形罐（有平底、圜底两种）、大口尊、假腹豆、鬲、罍、垂腹罐、爵、花边圈足碗、弇口瓮、直领瓮、双耳罐等，这些器类在川西同样少见。

上面我们已把川西平原及鄂西地区早期巴文化遗存和文化内涵各做了简要介绍和粗略比较，得知川西、鄂西两地早期巴文化遗物均有相似或相同之处，但也有不同的器类。那么川西、鄂西两地早期巴文化各自的时代与分期情况如何呢？

三、川西、鄂西两地早期巴文化的时代
与分期，以及各个时期之比较

1.川西平原及丘陵地区

前文所述，三星堆文化第一期出土的器物种类较少，主要器物有宽沿器（宽沿盆）、小平底罐、高柄圈足豆、镂孔圈足豆、深腹盆、深腹缸等。

第二期：时代相当于夏至商代前期，出土的器物种类增加，除第一期的极少量器型如高柄豆、小平底罐似乎继续延用外，其他器类均基本消失，高柄豆、小平底罐在器形上也大有改变。新出现的器物有喇叭形大口罐、陶壶、鬶、细长柄高柄豆、矮柄豆、酒瓶、盉瓬、平底杯、尖底杯、喇叭口凹底罐、碗、碟、圈足盘、尖底盏、小圈足杯、器盖、鸟首形器把等。

第三期：时代为商代中期，出土器物种类与第二期差别不大，只是新出现了一些器形，如高颈罐、喇叭形敞口长颈壶、圜底釜、宽沿敛口三足形炊器等。此时期酒器为常见之物，也发现有较多的鸟首形器把、厚胎尖底杯、尖底盉等。值得注意的是此时期增加了大量的尖底器。

第四期:时代为商代晚期至西周初期。第三期的器物继续使用,个别器物开始衰退,如宽沿三足炊器、鸟首形器把都基本上消失。

2. 鄂西地区

第一期:时代为新石器时代晚期至二里头早期,从白庙子、红花套、石板巷子、香炉石、季家湖、毛溪套、荆南寺等遗址的地层叠压关系来看,且多与下层的湖北龙山文化有着密切的联系。这一期器物主要以平底器为多见,袋足器次之,器物的种类有大口罐(平底、圈底、尖底)、大口尊、鬲、盉、鼎、花边罐、灯形器(豆)、瓯、有肩平底罐、高柄豆、鸟首形器把、钵等,盛食器大都为平底。

第二期:时代为二里头晚期至商代早期,前一期的器物继续使用,数量普遍增多。新出现的器物有鬲、杯、簋、甗、斝、长颈罐、瓮、矮柄豆、尖底罐、圈足碗、器盖、卷沿圆肩釜、方唇圆肩釜,釜的最大腹径略偏于上端[①],鸟首形器把有所增加,高柄豆(灯形器)柄端开始出现中部外突。此外,在洞庭湖流域的石门桅岗商代早期墓葬[②],宝塔、皂市[③]等地都发现有与鄂西巴文化同时期的遗物。桅岗 M1 出土的鬲、盉、斝与鄂西基本相似。岳阳铜鼓山遗址出土的遗物如大口缸、平底尖砂罐、鬲、鼎、簋等与鄂西无多大区别,发掘整理者认为,"一类是以 B 型鼎(包括 A、B、D 型鼎足)、A 型釜、D 型夹砂罐为代表。它们均为深褐色夹细砂陶,含砂量高,器物胎壁厚重,器表细绳纹浅而稀疏,

---

① 国家文物局三峡考古队:《湖北秭归朝天嘴遗址发掘简报》,《文物》1989 年第 2 期。

② 王文建、龙西斌:《石门县商时期遗存调查——宝塔遗址与桅岗墓葬》,湖南省文物考古研究所、湖南省考古学会合编《湖南考古辑刊》第 4 集,岳麓书社,1987 年,第 11—26 页。

③ 周世荣:《湖南石门县皂市发现商殷遗址》,《考古》1962 年第 3 期。

横或斜拍,另还见痂斑纹。这些器物及其特点,在荆南寺有发现,但更多更发达的则是长江三峡地区"①。

第三期:时代为商代中期,本期与前二期基本相同,只是器物在造型上略有变化。新出现的器物并不多见。该期的釜为侈口溜肩、最大腹径开始向下偏移,高柄豆(灯形器)数量减少,大口缸底部向外突起,其形如乳状的小把手,角状小平底(尖底)杯开始出现。另外,到商代中期,鄂西与洞庭湖流域出现了多种不同文化渗合在一起,即有巴文化、中原文化、本地土著文化,还有来自东方吴越文化的影响等,形成了一个大区域的文化圈。当然,我们不能排除因地域关系,各地自身的特点和因素。

第四期:时代为商代后期至西周初(西周初期主要分布在洞庭湖流域)。与前期相比,器物种类变化不大,鸟首形器把、高柄豆、尖底器已不见或少见。这时期釜、釜形鼎为常见之物,釜的最大腹径已基本上在下部②,罍、簋、盆等数量有所增加。考古发现的资料证明,该期出现的一组鼎、釜、罐、杯、器盖、纺轮等均为本地土著文化;而另一组罍、簋、盆、瓮等当由中原文化传入。此现象在长江南岸的洞庭湖流域地区也明显存在。

以上只是对川西平原、湖北西部及洞庭湖流域等地早期巴文化遗物的分布及文化内涵、文化的分期做了一些简略的介绍和分析,那么川西、鄂西两地早期巴文化各自渊源于什么文化? 即早期巴文化由什么文化发展而来,这是目前学术界研究探讨的重要课题。大家知道,弄清了巴文化的渊源,它们之间的相互关系也就迎刃而解了。

---

① 湖南省文物考古研究所:《岳阳市郊铜鼓山商代遗址与东周墓发掘报告》,湖南省文物考古研究所、湖南省考古学会合编《湖南考古辑刊》第5集,《求索》杂志社,1989年,第29—45页。

② 见《江汉考古》1989年第2期第47页图二。

因此，我们将运用"地层学""类型学"的原理来继续对两地早期巴文化遗物进行分析比较。

四、试探巴文化渊源

从湖北、湖南考古发现的一系列资料分析，特别是前文对巴文化的初步介绍，使我们已经对巴文化有了一些了解，可以这样认为，巴文化应该先起源于鄂西，后又溯江西上传入川西平原（这只是一部分西上），使得川西平原的原始文化受到强烈冲击，此外鄂西巴文化又与洞庭湖流域的原始文化发生联系。具体分析理由有以下几点。

1. 前文所述，在湖北西部发现的相当于新石器时代晚期至夏朝早期如季家湖、红花套、石板巷子、白庙子、荆南寺、朝天嘴、中堡岛等遗存中出土的器物如盉、鬶（见图一）等，这类器物当是由湖北龙山文化发展而来。众所周知，盉、鬶、斝是黄河流域河南龙山文化的典型器类。而长江中游地区在龙山时期也出现了与河南龙山文化相同的鬶、盉、斝等，显然这是湖北龙山文化受河南龙山文化的影响及文化交流的实物例证。其实，众多的资料已充分证明，早在大溪文化、屈家岭文化时期，长江中游就开始与中原地区进行密切的文化交往了[①]；后到龙山及夏商时期，与中原文化的关系日益加深。勿需多言，盉、鬶等最先发现于中原地区，然后与长江中游地区发生联系。到了二里头时期，这类鬶、盉在鄂西及长江中游地区得到了继承和发展，夏末至商初川西平原的原始文化又受到了来自鄂西的盉、鬶等文化的强烈影响。

[①] 中国社科院考古研究所编著：《新中国的考古发现和研究》，文物出版社，1984年，第130页、第135页。

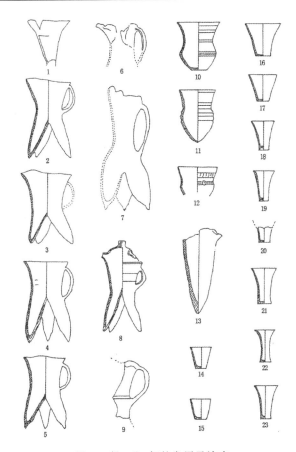

图一　鬶、盉、杯的发展及演变

1.鬶（荆南寺）龙山时期　2.鬶（朝天嘴）二里头早期　3.鬶（荆南寺）二里头早期　4.鬶（中堡岛）二里头晚期　5.鬶（朝天嘴）商代早期　6.盉（石板巷子）龙山晚期　7.盉（毛溪套）二里头早期　8.盉（朝天嘴）二里头晚期　9.盉（向家沱）商代早期　10.小平底杯（荆南寺）商代早期　11.羊角尖底杯（路家河）商代早期　12.羊角杯（路家河）商代中期　13.盉足（中堡岛）商代早期　14.杯（广汉三星堆四期）商末周初　15.杯（广汉三星堆四期）商末周初　16.杯（划城岗）屈家岭早期　17.杯（六合）屈家岭晚期　18.杯（石板巷子）龙山早期　19.杯（划城岗）龙山中期　20.杯（石板巷子）龙山晚期　21.杯（毛溪套）二里头早期　22.杯（广汉三星堆三期）商代后期　23.杯（广汉三星堆四期）商末周初

　　另外,据碳–14测定,湖北龙山文化为公元前2400—2000年;河南龙山文化为公元前2800—2300年左右①,两者距今年代大体相当。

　　2. 大口缸(见图二)是巴文化遗存中常见的器类之一,而这类器形在长江中游地区及鄂西新石器时代的遗存中是最有代表性的典型器物之一,它最早起源于大溪文化,后发展到屈家岭文化、湖北龙山文化及夏商时期。特别是龙山文化至夏商时期,大口缸在鄂西地区非常流行,在中原地区却发现较少,只是在庙底沟二期文化中有零星出土。据此,有不少学者认为,大口缸是在长江中游的某种遗存中发展出来,成为一种具有时代标志的器物②。而这种典型器物在川西平原是少见的。

　　3. 鄂西地区相当于二里头文化时期的器物种类繁多,如二里头遗存中较典型的器类盆形鼎、深腹罐、花边口沿罐、盉、鬶、瓿等在鄂西地区为常见之物。从二里头文化的分布走向来看,在鄂西北交界的丹淅水流域发现的有河南淅川下王岗遗址(二里头文化类型)③,鄂西北均县乱石滩上层(二里头文化早期)④,沮漳河流域的当阳草埠湖镇头山、季家湖、江陵张家山、荆南寺等,在宜昌地区的长江沿岸相当

---

① 夏鼐:《碳–14测定年代和中国史前考古学》,《考古》1977年第4期。

② 裴安平:《鄂西"季石遗存"的序列及其与诸邻同期遗存的关系》,俞伟超主编《考古类型学的理论与实践》,文物出版社,1989年,第36—69页;王宏:《荆南寺商代陶器试析》,湖北省考古学会编《湖北省考古学会论文选集》(一),武汉大学学报编辑部,1987年,第78—82页;彭锦华:《沙市周良玉桥殷商遗址试析》,《江汉考古》1989年第2期。

③ 河南省博物馆长江流域规划办公室、河南省博物馆文物考古队河南分队:《河南淅川下王岗遗址的试掘》,《文物》1970年第10期。

④ 中国社会科学院考古研究所长江工作队:《湖北均县乱石滩遗址发掘报告》,《考古》1986年第7期。

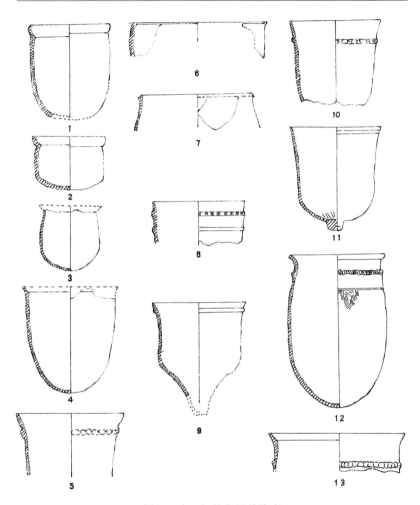

图二 大口缸的发展及演变

1.大口缸（中堡岛）大溪文化晚期 2.大口缸（中堡岛）屈家岭文化早期 3.大口缸（关庙山三期）屈家岭文化晚期 4.大口缸（荆南寺）龙山文化时期 5.大口缸（何家沱）二里头文化时期 6.大口缸（中堡岛）二里头文化时期 7.大口缸（向家沱）二里头文化时期 8.大口缸（朝天嘴）商代早期 9.大口缸（荆南寺）商代早期 10.大口缸（朝天嘴）商代早期 11.大口缸（荆南寺）商代中期 12.大口缸（周良玉桥）商代后期 13.大口缸（梅槐桥）商代后期

于二里头文化时期的遗存更是举不胜举了。值得注意的是,这一类型的遗存往往都叠压在湖北龙山文化遗存之上,充分说明,此类遗存与湖北龙山文化有着密切的叠压关系和继承关系。

从考古资料看,川西平原与中原二里头文化相同或相似的器类还未曾见到。发现极少的个别器物如盉(鬶)却又出土于商代地层[①]。这种现象表明,川西平原与中原二里头文化的关系疏远,反之,鄂西与中原交往密切,同时鄂西巴文化的时代又略早于川西平原。

4.尖底器在鄂西始见于大溪文化,后到屈家岭文化、龙山文化,夏商时期已屡见不鲜,如在关庙山类型遗存里出土有近似尖底的缸形器,梦溪三元宫出土有近似尖底的大口尊;在监利柳关(大溪文化)遗址中发现有尖底罐[②],这种尖底罐从器形上看与川西平原早期巴文化有相似之处;湖北龙山文化时期,尖底器较为常见,如红花套遗址中发现有尖底罐[③],当阳季家湖遗址中出土有尖底缸;相当于二里头文化时期在长江西陵峡的中堡岛遗址中出土有夹砂红陶尖底缸[④](见图三);相当于二里岗时期的遗存如红花套、路家河、朝天嘴、毛溪套等这类尖底器已为鼎盛时期;商代后期(相当殷墟以后),尖底器形已少见。

由此可见,尖底器在鄂西不仅使用的时间较早,而且沿袭的时间也较长。但在川西平原新石器时代晚期至夏代却未见这类器物,只

① 四川省文物管理委员会、四川省博物馆、广汉县文化馆:《广汉三星堆遗址》,《考古学报》1987年第2期。

② 荆州地区博物馆:《湖北监利县柳关福田新石器时代遗址试掘简报》,《江汉考古》1984年第2期。

③ 长办考古队资料。

④ 湖北省宜昌地区博物馆、四川大学历史系:《宜昌中堡岛新石器时代遗址》,《考古学报》1987年第1期。

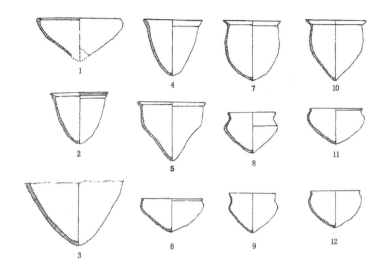

图三　尖底器的发展及演变

1.尖底盆（清水滩）大溪时期　2.尖底缸（关庙山三期）屈家岭晚期　3.尖底缸（中堡岛）二里头晚期　4.尖底罐（监利柳关）大溪文化时期　5.尖底缸（季家湖）龙山早期　6.尖底罐（朝天嘴）二里头晚期　7.尖底罐（监利柳关）大溪文化时期　8.尖底罐（红花套）龙山晚期　9.尖底罐（路家河）商代中期　10.尖底罐（毛溪套）二里头早期　11.尖底罐（毛溪套）二里头早期　12.尖底罐（红花套）商代中期

是到了商代这类尖底器才开始出现。将川西、鄂西两地尖底器进行比较，我们认为川西平原尖底器与鄂西早期巴文化密切相关。

　　5. 釜、釜形鼎（见图四）是长江中游地区大溪文化较常见的器物之一，后到屈家岭文化、湖北龙山文化、夏商时期，这类釜、釜形鼎得到了更大的发展并有所创新，从出土文物观察，还可以推测出它们的发展和演变顺序。以宜都所发现的新石器时代遗址为例，以陶釜和夹炭陶为主要炊器的这一土著文化的两大标志几乎贯穿这里新石器文化的始终[①]。与鄂西接壤的川东县瞀井沟遗址中，这类釜的出土

---

① 黎泽高：《枝城市新石器文化概述》，《江汉考古》1991 年第 1 期。

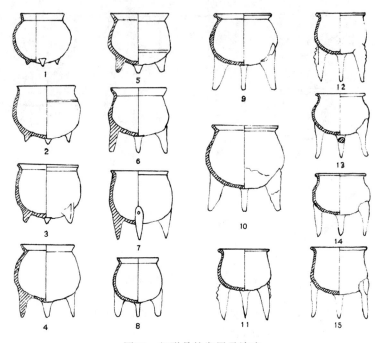

图四　釜形鼎的发展及演变

1.鼎（关庙山）大溪文化早期　2.鼎（毛家山）大溪文化中期　3.鼎（王家岗）大溪文化晚期　4.鼎（桂花树）大溪文化晚期　5.鼎（京山屈家岭）屈家岭文化早期　6.鼎（石家河）屈家岭文化晚期　7.鼎（季家湖）龙山早期　8.鼎（茶店子）龙山中期　9.鼎（石板巷子）龙山晚期　10.鼎（石板巷子）龙山晚期　11.鼎（荆南寺）二里头文化时期　12.鼎（荆南寺）商代早期　13.鼎（周良玉桥）商代中期偏晚　14、15.鼎（官堤）商代后期

占相当大的比例。而在川西平原这类釜形器则出土于商代地层，如1986年7月在成都十二桥发掘的商代建筑遗址T15层中发现有鄂西地区相同的圜底釜①，这种圜底釜无疑是受到了鄂西早期巴文化的

①李昭和、翁善良、张肖马、江章华、刘钊、周科华：《成都十二桥商代建筑遗址第一期发掘简报》，《文物》1987年第12期。

影响。特别是自商代以后，这种圜底釜在川西、川东等地的遗址和墓葬中非常流行。

6. 敞口平底杯、桶形杯、直腹瓶在川西平原甚为多见，主要出土于商代地层，它们渊源于何地？至今还没有一个令人信服的答案。值得我们注意的是，在长江中游地区新石器时代晚期的遗址中尚出土有与川西平原相似的杯，如大溪文化、屈家岭文化、湖北龙山文化等遗存中都可以见到。当然我们还不能武断地说，这类杯是由鄂西传入到川西平原，但这类相似之物无不引人深思。

7. 鸟首形器把（见图五）堪称川西平原早期巴蜀文化的代表作。此类器形主要出现于商代地层中。在鄂西也发现不少，如中堡岛遗址（二里头文化时期），从时代上讲似乎早于川西平原。众所周知，在鄂西大溪文化遗址中，鸟形纹迹相当丰富，如在罐类器物的腹上横饰一周带状的人字纹，相继环绕器壁。这种纹样，实际上是鸟类成行飞翔的模式。在屈家岭文化遗存中，常见有小陶塑鸡；在石家河文化遗存中，不仅有鸟形器，而且还有形象生动活泼逼真的陶捏塑小鸟、小鸡等，反映了长江中游地区原始人们对鸟、鸡的崇拜，到夏代人们又把对鸟的崇拜仿造在器物上也是有可能的。在与湖北交界的江西神墩遗址下层新石器时代晚期出土有鸡首形器把，形制与鸟首形器把区别不大（见图五），这种先进的器形传到鄂西，被这里的土著文化所接受并稍加改进为鸟首形器把安在器物的腹部上也是很正常的事。从川西平原出土的鸟首形器把的形制上还可以看出，其器形要比鄂西先进，大多都饰有彩绘，这种彩绘鸟首形器把在鄂西不见。上述情况表明，鄂西早见，川西平原稍后。看来鸟首形器把起源于长江中游、鄂西地区还是有道理的。

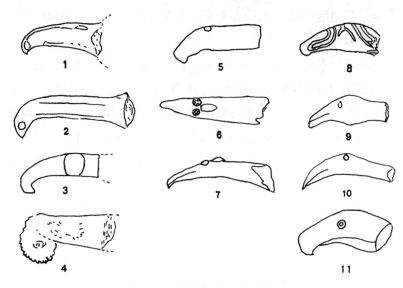

图五　鸟首形器把的发展及演变

1.器把（神墩下层）新石器时代晚期　2.器把（神墩上层）商代前期　3.器把（神墩上层）商代前期　4.器把（神墩上层）商代前期　5.器把（中堡岛）二里头晚期　6、7.器把（路家河）商代前期　8、11.器把（广汉三星堆四期）商末周初　9、10.器把（广汉三星堆二期）商代前期

五、对目前探讨早期巴蜀文化几种不同意见的分析

近年来有不少学者认为,鄂西早期巴文化遗物是受川西平原巴蜀文化的影响[①];也有人提出川西平原发现的盉（鬶）、豆等,当是由中

—————————

① 林春:《宜昌地区长江沿岸夏商时期的一支新文化类型》,《江汉考古》1984年第2期。

原传入川西平原[1];更有人认为,至迟在二里头文化时期,蜀族就与中原有文化交往,商、西周时期交往更为密切[2]。徐中舒先生认为,巴文化中鬶、豆文化是由鄂西沿江西上的[3]。可谓是众说纷纭,莫衷一是。这里我们将综合上文介绍的考古事实进行一番探讨。

第一,笔者认为,鄂西早期巴文化不是受川西巴蜀文化的影响。鄂西早期巴文化发现的时代比川西平原发现的巴蜀文化的时代普遍要早,分布区域也远比川西平原广。从地理环境上看,鄂西又与中原缀连,接受中原文化的影响要快要早,特别是各类器物基本上可以追溯它们的渊源,这都说明巴文化与湖北龙山文化有着明显的继承关系,中间无缺环。而川西平原早期巴蜀文化遗址中所出遗物其时代普遍较晚,相当于二里头文化的遗物非常单一,且不多见。

发掘三星堆遗址的整理者认为,三星堆一期与第二期中间接连不上,出现了空环,即"第一期与第二期文化的年代相去较远"[4]。这样,川西平原就明显地晚于鄂西,所出器物发展顺序又出现空环,只是个别如平底钵、圈足器似乎还可以在后期见到,并且"第一期和第二期文化遗物的特征变化较大,判然有别"[5],第二期文化中很多器物在第一期文化遗存中不曾见到。四川大学历史系教授宋治民曾在《早期蜀文化分期的再探讨》一文中列有巴蜀文化陶器的分期图,同

① 沈仲常、黄家祥:《从新繁水观音遗址谈早期蜀文化的有关问题》,《四川文物》1984年第2期。
② 陈德安、陈显丹:《广汉三星堆遗址一号祭祀坑发掘简报》,《文物》1987年第10期。
③ 徐中舒:《论巴蜀文化》,四川人民出版社,1981年,第5页。
④ 四川省文物管理委员会、四川省博物馆、广汉县文化馆:《广汉三星堆遗址》,《考古学报》1987年第2期。
⑤ 四川省文物管理委员会、四川省博物馆、广汉县文化馆:《广汉三星堆遗址》,《考古学报》1987年第2期。

时还将三星堆第二期、第三期定为商代①。佟柱臣先生在《巴与蜀考古文化对象的考察》一文中也曾说道"三星堆文化在商周之际,相当青铜时代早期"②。

上述这些资料充分说明了川西平原巴蜀文化时代较晚,加上其文化遗物的发展序列也不十分清楚,那么,川西平原巴蜀文化影响鄂西地区巴文化之说,道理上是讲不过去的。

第二,与中原二里头文化相似的盉、鬶、豆等基本上出自商代早期地层,川西平原早期巴蜀文化遗物也多是商代器类,更多的文化遗物也不是夏文化的遗物③。据邹衡先生考证,二里头文化的分布向西发展抵达陕西东部的华县一带④,再往西二里头文化类型已难见踪迹。目前在汉水上游的陕西西南一带也没有发现相当于二里头文化类似的同时期遗物。由此看来,二里头文化越过秦岭向四川发展的路线是不通的。

从地理环境上来分析,四川西北是甘青地区(古代羌人的活动区域),在甘青地区发现与川西平原早期巴蜀文化时代大体相当的是齐家文化、辛店文化、寺洼文化。齐家文化的主要器物有碗、豆、双大耳罐、高领双耳罐、鬲、壶、盆、尊等器物;辛店文化的主要器物有双大耳罐、高领袋足分档鬲、盘、钵、盆、杯、碟、瓮、甗、鼎等;寺洼文化的遗物与辛店文化的器类基本相同,只是特有的马鞍形陶罐为其他文化所不见。辛店文化、寺洼文化时代均较晚,相当于中原商代中期或商周

---

① 宋治民:《早期蜀文化分期的再探讨》,《考古》1990 年第 5 期。

② 佟柱臣:《巴与蜀考古文化对象的考察》,四川大学博物馆、中国古代铜鼓研究学会编《南方民族考古》第 2 辑,四川大学出版社,1989 年,第 188 页。

③ 沈仲常、黄家祥:《从新繁水观音遗址谈早期蜀文化的有关问题》,《四川文物》1984 年第 2 期。

④ 邹衡:《夏商周考古学论文集》,文物出版社,1980 年,第 99 页。

之际①。以上三种文化都共有一大特征是彩陶特别丰富。无论是齐家文化还是辛店文化、寺洼文化的遗存中常见的器类在川西平原是不见的,这也就是说它们根本就没什么关系。与马家窑文化相比较,也看不出蛛丝马迹的联系②。

上述情况表明,川西平原发现的相当于二里头文化的盉、鬶、豆等理当不是从中原传入,也和甘青地区连不上线。那么,这类相当于二里头文化的盉、鬶、豆来源于何地呢? 我们认为它们应该是从鄂西沿江西上的。徐中舒先生曾在《论巴蜀文化》一书中指出:"从黑陶遗物陶鬶、陶豆出土地址的分布,可以清楚地看出古代四川与中原地区的联系,其主要道路应是沿江西上的。如忠县的黑陶与湖北宜昌、京山、天门等处出土的黑陶,在地域上就是紧密联系的。"③

如前所述,川西平原这类早期典型的器物在鄂西地区不仅出现的时代要早,而且也较常见。特别是鄂西地区在地理上有着重要的位置,其北部与中原接壤,其西与四川为邻。从鄂西地区的考古材料来看,如毛溪套、红花套、中堡岛、朝天嘴、白庙子、季家湖等遗址出土器物,多数都相当于二里头文化早期,更重要的是,这类器物在鄂西的龙山文化时期开始流行并向后发展,如此看来,由鄂西二里头文化沿江西上逐渐向川西平原发展的路线之说是可以成立的。

第三,有人认为川西平原的原始文化与中原龙山文化、二里头文化的一些地方类型有不少类似之处。如果将川西平原与中原相比较的话,先就河南龙山文化而言,因其与川西平原相距遥远,我们暂时不去进行比较。川西平原的东北部与陕西西南部接壤,从地理环境

---

① 中国社会科学院考古研究所编著:《新中国的考古发现和研究》,文物出版社,1984 年,第 355 页。

② 李伯谦:《城固铜器群与早期蜀文化》,《考古与文物》1983 年第 2 期。

③ 徐中舒:《论巴蜀文化》,四川人民出版社,1981 年,第 5 页。

上分析尚有可商讨之处。但川西平原新石器时代的遗址目前发现较少，所见的三星堆一期文化是目前川西平原发现的新石器时代晚期具有代表性的遗存，主要器物是平底罐、圈足豆、钵形器、宽沿器等。

在川西平原的东北部的陕西发现的新石器时代晚期遗址，是长安客省庄遗址，故又名客省庄二期文化（即陕西龙山文化）[1]，主要器物有单把鬲、罐形斝、绳纹大口罐、单耳、双耳及三耳罐、豆、瓮等，也见有鼎、鬶、盉等，但这类数量极少。前者鬲、豆、瓮为其主要器形，这在川西平原是不见的。

在嘉陵江上游地区的广元、巴中、阆中等川东北地区也似乎难以找到与陕西龙山文化相同或相似的器类，因此，川西与陕西龙山文化当是两种不同类型的文化。只是到了商代，川西巴蜀文化才开始与中原发生联系。

还应该提出来的是，商代除从川西平原经陕西到中原的这一重要交通路线外，还有另一条交通要道通往中原，这就是由中原走南阳盆地，渡汉水至沮漳河流域后沿江而下进入鄂西地区，再溯江西上进入川西平原，这是一条自古以来的交通要道，考古资料已证实。在沮漳河沿岸地区不仅发现有较多相当于二里头至商代时期的遗址，更重要的是在沙市、宜都、万县等地都发现有相当于二里岗和殷墟时期的青铜重器铜罍、铜尊[2]。因此，有人考证认为，中原商文化先向南推进，后溯江西上进入巴蜀地区[3]。这是有根据的。由此可以这样认为，鄂西早期巴文化与中原华夏文化对川西蜀文化的文明建设和发展起

---

① 中国社会科学院考古研究所编：《新中国的考古发现与研究》，文物出版社，1984 年，第 79—80 页。

② 彭锦华：《沙市近郊出土的商代大型铜尊》，《江汉考古》1987 年第 4 期。铜罍藏于枝城市博物馆。

③ 李学勤：《商文化怎样传入四川》，《中国文物报》1989 年 7 月 21 日第 3 版。

到了极大的促进作用,自此之后川西平原的原始文化得到了迅速的发展,并建立了商周时期我国西部边陲的第一个方国,为中原商王朝的发展和当时边疆的巩固等都起到了重要的作用。

结束语

综上所述,无论是从考古"地层学"层位及时代来考察,还是运用考古"类型学"的原理去对出土遗物进行比较,都有说明巴文化起源于鄂西的充分论证依据。据武汉大学王然先生的研究与分析,巴文化很可能起源于鄂西宜都石板巷子遗址(已有人将这类遗存称之为"季石遗存")[①]。这是值得注意的。不过笔者认为宜都的红花套、毛溪套、茶店子、鸡脑河、蒋家桥、王家渡,宜昌的白庙子,当阳李家湖等也都有可能是早期巴文化的起源地。从这类相当"季石遗存"的遗址分布看,多在清江河下游与长江沿岸的交汇地带宜都境内。更为重要的是,鄂西地区常见的巴文化遗存及遗物多数又都叠压在龙山文化遗存之上,与龙山文化(季石遗存)有着密切的关系,考古发现的巴文化遗物带有浓厚的龙山文化风格,也是很正常的事。不少学者认为巴文化是受川西平原巴蜀文化的影响,从上述种种现象来分析,这种认识至少理论根据还不是十分充足,应该重新考虑。

考古资料证明,川西平原自新石器时代晚期开始就有一支土著文化的势力,这当是目前不少学者认为的"蜀文化",而这支蜀文化初期发展进程非常缓慢,特别是川西平原的二里头(夏文化)文化阶

---

① 裴安平:《鄂西"季石遗存"的序列及其与诸邻同期遗存的关系》,俞伟超主编《考古类型学的论理与实践》,文物出版社,1989年,第36—69页。

段,此现象极为明显,因而其新石器时代晚期的多数遗物发展演变在这一阶段出现空缺,只是极个别的器类如小平底钵、豆还似乎可见,但此类器物已大大改变。后到商代,由于鄂西巴文化对川西的影响强烈,使这里的土著文化(即蜀文化)受到了冲击,在川西平原发现的盉、鬶、鸟首形器把、尖底器、圜底釜形器等这类先进器物正是巴文化传入川西平原而又被蜀文化广为接受的实物例证,再之后蜀文化又与中原商文化频繁交流起来。可以这样说,正是由于巴与中原这两大文化对川西平原蜀文化的强烈影响,才使得蜀文化不断壮大起来。

作者系重庆师范大学历史与社会学院教授

原刊《考古与文物》1995 年第 1 期

巴渝唐诗之路的地理交通

西周巴国疆域考

朱圣钟

巴国与蜀国一样为周王朝在西南边陲的封国,历来与濮、楚、邓等国一起被视为周之南土,在周王朝政权体系中具有重要地位。自20世纪二三十年代以来,学界对巴人巴史的研究热情日渐高涨,研究成果也层出不穷,虽然有些学者的研究涉及巴国疆域,但对巴国疆域疆界及其变化问题未做深入细致的讨论①。本人曾对春秋战国时期

---

① 顾颉刚:《论巴蜀与中原的关系》,四川人民出版社,1981年,第58页及《史林杂识初编》,中华书局,1963年,第26—33页《牧誓八国》,提到巴在鄂西、川东一带,但具体疆域如何、疆域疆界变迁状况如何则未有下文。董其祥:《巴史新考》,重庆出版社,1983年,第8—33页,在论及巴与越的关系时提及商至战国时期巴人活动地域,但对巴国疆域疆界及其变迁未做讨论。徐中舒:《论巴蜀文化》,四川人民出版社,1982年,第18—26页,在通论巴蜀历史文化时论及春秋战国时期巴人活动地域,但对巴国疆域及其变迁未做探讨。蒙文通:《巴蜀古史论述》,四川人民出版社,1981年,第1—27页,在讨论巴蜀历史时提及巴国疆域,对巴、蜀分界等问题也有讨论,但对巴国疆域疆界及其时代变迁问题未做细致梳理。管维良:《巴族史》,天地出版社,1996年,第41—49页,对巴人自湘鄂西西迁入川渝路线、巴国地域等问题有所梳理,但对巴人西迁建国时间、不同时期巴国疆域及其变迁问题则有所忽略。邓少琴:《巴蜀史迹探索》,四川人民出版社,1983年,其中第1—51页《巴史新探》、第52—90页《巴史再探》,二部分笼统地对与巴族杂居部族、巴族入川后情况、古代巴族活动地区域、巴人部族之廪君巴、巴蛇之巴、賨、蜑、獽等活动情况(转下页)

巴国疆域进行过讨论[①]，并对周代巴国疆域疆界问题做过粗略梳理[②]，但仍感对西周巴国疆域疆界问题剖析不够全面透彻，因此在梳理巴地考古材料、文献资料及地名信息的基础上，对西周巴国疆域疆界问题做进一步研讨，撰以成文，藉以求教于方家。

（接上页）进行了梳理，对巴国疆域疆界及其变迁也未予以关注。童恩正：《古代的巴蜀》，重庆出版社，1998年，第11—15页对廪君巴人的迁徙路线及其早期活动区域、第39—51页对巴国境内主要部族进行了梳理，虽对巴人活动地域有所界定，但对巴国疆域疆界及其变迁语焉不详。邓少琴：《巴蜀史稿》，重庆地方史资料组，1986年，第44—81页，对巴人及其部族、巴人兴衰历史过程进行了梳理，但对巴国疆域疆界及其变迁问题也未作阐述。周集云：《巴族史探微》，四川省社会科学院出版社，1989年，第1—59页对西周以前的丹阳巴人、廪君巴人的历史进行讨论，其中也涉及丹阳巴人、廪君巴人的迁徙路线及其活动地域问题，第60—112页对周代巴子国历史进行了讨论，在叙述巴楚交争、巴蜀相争历史时讨论了巴与蜀、楚的政治与军事关系，而对巴蜀、巴楚间疆域疆界及其变动情况疏于阐释。李绍明：《川东南土家与巴国南境问题》，《思想战线》1985年第6期，主要阐述了春秋战国时期川东南（今渝东南）为巴国南部疆域一部分的史实，提及春秋后期巴国疆域的大致范围，但并未涉及西周时期巴国疆域疆界问题。唐昌朴：《先秦巴国都邑与疆域考议》，《巴渝文化》第三辑，西南师范大学出版社，1994年，第122—134页，对先秦巴国疆域只有静态界定，却忽略了巴国疆域疆界的时序变动情况。周兴茂：《巴人、巴国与巴文化》，《徐州师范大学学报（哲学社会科学版）》2007年第4期，只对巴国大致地域有所论及，但对巴国具体疆域疆界及其变迁也未作梳理。陈卫东、周科华：《略论川东地区的巴国》，《四川文物》2018年第4期，对春秋战国时期巴人在鄂西汉水流域和川东、重庆的活动过程及大致范围进行了梳理，而对春秋战国时期巴国具体疆域疆界及其变迁过程涉及不多。徐良高：《周之南土：巴国与巴文化刍议》，《四川文物》2018年第4期，对巴建国及巴国地域大致变化有梳理，但对巴国疆域疆界及其变动过程也未有细致全面的探究。

① 朱圣钟：《春秋战国时期巴国疆域考》，《历史地理》第36辑，复旦大学出版社，2018年，第53—74页。

② 朱圣钟：《族群空间与地域环境：中国古代巴人的历史地理与生态人类学考察》，科学出版社，2019年，第99—141页。

一、巴国北部疆域

早在西周初年,巴国已是为周王认可的一方诸侯国[1],巴国是以廪君巴人为主体建立的部族联盟政权,巴王廪君通过控制巴人各部族首领统治巴国,这种做法与秦汉时代朝廷通过控制巴人部族首领控制巴地的羁縻统治形式是一脉相承的[2]。西周时期巴国疆域及其变化情况如何呢?这是一个值得讨论的问题。最早对巴国疆域问题予以关注的是西晋时期的常璩,其《华阳国志》载巴国"其地东至鱼复,西至僰道,北接汉中,南极黔、涪"[3],这是否就是西周巴国的疆域范围呢?

巴国北部疆域,常璩说"北接汉中",首先我们要确定汉中的地域。西晋以前汉中有楚汉中、秦汉中。据史念海先生研究,楚汉中郡西起今陕西旬阳县,东至湖北丹江口附近,秦汉汉中郡则包括楚汉中郡及其以西至汉中盆地一带的地域,楚、秦汉中郡地域在汉水上游河谷地带,南界大致在今大巴山一带[4],若按常璩"北接汉中"说法,则巴国北界仅至今大巴山一线。据我们对商、西周时期汉水上游

---

① 《左传·昭公九年》载"及武王克商……巴、濮、楚、邓,吾南土也",隐含的意思是周武王克商定鼎天下后,巴、濮、楚、邓为周南土,也即拱卫周王室南部疆土的方国,显然此时廪君巴国的存在已获得周王认可,巴建国时间至迟当在西周初年。杨伯峻编著:《春秋左传注》(修订本),中华书局,2009年,第1308页。

② 〔南朝宋〕范晔撰,〔唐〕李贤等注:《后汉书》卷八六《南蛮西南夷列传》,中华书局,1965年,第2842页。

③ 〔晋〕常璩撰,刘琳校注:《华阳国志校注》(修订版)卷一,成都时代出版社,2007年,第6页。

④ 史念海:《汉中历史地理》,《河山集》第6集,山西人民出版社,1997年,第472—515页。

部族及方国的梳理，发现实情并非如此。

　　殷商以来汉水中上游分布着一些方国和部族，主要有褒、巴、庸、麋等，确知这些方国部族的地理方位后，巴国北部疆域位于何处就比较容易判断了。

　　商、西周时期今汉水上游陕西省汉中市一带有褒国。《水经注》载褒县故城"褒中县也，本褒国矣"[①]；《元和郡县图志》载褒城县"本汉褒中县……古褒国"[②]；《太平寰宇记》载褒中"古褒国"[③]；《舆地广记》载褒城县"故褒国"[④]；雍正《陕西通志》载褒城"周褒国"，"褒国在褒城县东三里许骆驼坪"；《关中胜迹图志》载褒城县"周褒国"[⑤]，则汉至隋的褒中县、唐以后的褒城县即古褒国地，在今勉县褒城镇一带，褒国疆域以褒城镇为中心，包括今留坝县、勉县及汉中市汉台区等地。说褒国疆域包括褒水流域主要是从地名角度分析的，褒水得名当与褒国控制途经褒水河谷的褒斜道有关；又《水经注》载南郑县"故褒之附庸也"[⑥]，《蜀鉴》载"南郑，本古褒国"[⑦]，则南郑本属褒国，

①〔北魏〕郦道元著，〔清〕王先谦校：《合校水经注》卷二七，中华书局，2009年，第411页。

②〔唐〕李吉甫撰，贺次君点校：《元和郡县图志》卷二二《兴元府》，中华书局，1983年，第558页。

③〔宋〕乐史撰，王文楚等点校：《太平寰宇记》卷一三三《兴元府》，中华书局，2007年，第2613页。

④〔宋〕欧阳忞撰，李勇先、王小红校注：《舆地广记》卷三二《兴元府》，四川大学出版社，2003年，第946页。

⑤〔清〕毕沅编撰：《关中胜迹图志》卷一九，广陵书社，2003年，第22册第895页。

⑥〔北魏〕郦道元著，〔清〕王先谦校：《合校水经注》卷二七，中华书局，2009年，第412页。

⑦〔宋〕郭允蹈撰，赵炳清校注：《〈蜀鉴〉校注》卷一，国家图书馆出版社，2010年，第1页。

南郑在今汉中市汉台区,褒国当包括今汉中市汉台区。西周末"周幽王伐有褒,褒人以褒姒女焉"[1],周幽王纳褒姒为嬖妾,遂有使诸侯离心的"烽火戏诸侯"和西周的覆亡,因此褒灭国当在周幽王时。公元前771年犬戎攻杀郑桓公,部分郑人南迁汉中褒地,今汉中市遂名南郑[2]。

楚初受封于丹阳,其地在今汉水流域丹淅之地[3],楚人向西扩张至丹江口以西汉水上游之前,商、西周时期汉水河谷地带还有庸、麇等部族或方国。

今鄂、渝、陕三省市毗邻地带商、西周时期有庸人建立的庸国,汉水流域今陕西省安康市部分地区及湖北省竹山县、竹溪县和房县西部皆属庸国疆域[4]。《通志》载庸"商时侯国"[5],《古今姓氏书辨证》载

---

① 上海师范大学古籍整理组校点:《国语》卷七《晋语》,上海古籍出版社,1978年,第255页。

② 〔北魏〕郦道元著,〔清〕王先谦校:《合校水经注》卷二七,中华书局,2009年,第412页。

③ 徐少华:《周代南土历史地理与文化》,武汉大学出版社,1994年,第242—258页。徐少华:《楚都丹阳地望探索的回顾与思考》,《荆楚历史地理与长江中游开发:2008年中国历史地理国际学术研讨会论文集》,湖北人民出版社,2009年,第51—63。石泉、徐德宽:《楚都丹阳新考》,《江汉论坛》1983年第3期。石泉:《楚都丹阳及古荆山在丹、淅附近补证》,《古代荆楚地理新探》,武汉大学出版社,1988年,第200—210页。刘士莪、黄尚明:《荆山与丹阳》,《楚文化研究论集》第4集,河南人民出版社,1994年,第28—36页。赵世纲:《从楚人初期活动看丹阳之所在》,《楚文化研究论集》第4集,河南人民出版社,1994年,第37—50页。许天申:《关于楚都丹阳的几个问题》,《楚文化研究论集》第4集,河南人民出版社,1994年,第51—58页。鞠辉:《浅析楚始都丹阳地望》,《楚文化研究论集》第4集,河南人民出版社,1994年,第59—63页。李玉山:《楚都丹阳管见》,《楚文化研究论集》第4集,河南人民出版社,1994年,第80—88页。

④ 朱圣钟:《庸国历史地理问题三论》,《地域文化研究》2018年第1期。

⑤ 〔唐〕郑樵:《通志》卷二六《氏族》,中华书局,1987年,第453页。

庸"出自商诸侯之国,以国为氏"①,表明庸为商方国。今陕西省安康市地多属庸国,《史记》载楚顷襄王十九年(前280)"割上庸、汉北地予秦",《史记正义》称"谓割房、金、均三州及汉水之北与秦"②,则楚上庸包括唐代房、金、均三州。又《括地志》载金州"古庸国"③,《太平寰宇记》载金州"周为庸国之地"④,《方舆胜览》载金州"周为庸国之地"⑤,《舆地纪胜》载金州"周为庸国之地"⑥,宋金州辖西城、平利、洵阳、汉阴、石泉五县。《大明一统志》载金州"周为庸国地"⑦,《读史方舆纪要》载兴安州"春秋时庸国地"⑧,明、清兴安州(府)辖安康(兴安所)、白河县、洵阳县、平利县、紫阳县、石泉县、汉阴县(厅)地,宋金州、明清兴安州(府)辖今陕西省安康市、白河县、旬阳县、平利县、镇坪县、岚皋县、紫阳县、汉阴县、石泉县、宁陕县等地⑨,则上述各县

---

① 〔宋〕邓名世:《古今姓氏书辨证》卷三,商务印书馆,1936年,第31页。

② 〔汉〕司马迁:《史记》卷四〇《楚世家》,中华书局,1982年,第1735页。

③ 〔唐〕李泰等著,贺次君辑校:《括地志辑校》卷四《房州》,中华书局,1980年,第203页。

④ 〔宋〕乐史撰,王文楚等点校:《太平寰宇记》卷一四一《金州》,中华书局,2007年,第2727页。

⑤ 〔宋〕祝穆撰,〔宋〕祝洙增订,施和金点校:《方舆胜览》卷六八《金州》,中华书局,2003年,第1189页。

⑥ 〔宋〕王象之原著,李勇先校点:《舆地纪胜》卷一八九《金州》,四川大学出版社,2005年,第5549页。

⑦ 〔明〕李贤等:《大明一统志》卷三四《汉中府》,三秦出版社,1990年,第592页。

⑧ 〔清〕顾祖禹撰,贺次君、施和金点校:《读史方舆纪要》卷五六《陕西五》,中华书局,2005年,第2707页。

⑨ 谭其骧主编:《中国历史地图集》第6册《宋·辽·金时期》,中国地图出版社,1982年,第12—13页。谭其骧主编:《中国历史地图集》第7册《元·明时期》,中国地图出版社,1982年,第59—60页。谭其骧主编:《中国历史地图集》第8册《清时期》,中国地图出版社,1982年,第26—27页。

应属庸国疆域。故《安康史略》载"商、周之际,今安康地区属庸国辖地"①,《安康碑石》载"安康地区商周之际为庸国"②,其说确有所本。宋金州、明清兴安州(府)辖区无镇安、柞水二县,则二县当不属庸国地。今安康市所辖白河县即春秋钖穴(或误作锡穴),秦汉设钖县,《左传》载"潘崇复伐麇,至于钖穴",注载"钖穴当是麇国都城"③,《后汉书》载锡县"春秋时曰锡穴",注引《左传》载"楚伐麇(麇),至于锡穴"④,所载与《左传》同。又《水经注》载"(汉水)又东迳魏兴郡之锡县故城北,为白石滩。县故春秋之锡穴地"⑤,雍正《陕西通志》载锡"古麇国地。楚潘崇伐麇,至于锡穴。《左传》按,锡今白河县"⑥,则白河县为春秋麇国钖(锡)穴地,杨东晨也持此说⑦。又杨东晨以旬阳县为麇国地,旬阳又作郇阳、洵阳,苏秦说楚威王称"(楚)北有陉塞、郇阳"⑧,又雍正《陕西通志》载"'北有洵阳',《国策》按即今洵阳县"⑨,所载与《史记》同,又《关中胜迹图志》载洵阳县"战国,

① 徐信印:《安康史略》,三秦出版社,1988年,第3、7页。
② 张沛:《安康碑石·序言》,三秦出版社,1991年,第2页。
③ 杨伯峻编著:《春秋左传注》(修订本),中华书局,2009年,第580页。
④ 〔南朝宋〕范晔撰,〔唐〕李贤等注:《后汉书》志二三,中华书局,1965年,第3506页。
⑤ 〔北魏〕郦道元著,〔清〕王先谦校:《合校水经注》卷二七,中华书局,2009年,第417页。
⑥ 〔清〕刘于义等监修:雍正《陕西通志》卷三《建置》,《景印文渊阁四库全书》,台湾商务印书馆,1983年,第551册第113页。
⑦ 杨东晨:《春秋战国时期陕南的社会变化》,《汉中师范学院学报(社会科学版)》1996年第1期。
⑧ 〔汉〕司马迁:《史记》卷六九《苏秦列传》,中华书局,1982年,第2259页。
⑨ 〔清〕刘于义等监修:雍正《陕西通志》卷三《建置》,《景印文渊阁四库全书》,台湾商务印书馆,1983年,第551册第113页。

楚洵阳邑"①,则旬阳名始自战国,为楚县②。又《读史方舆纪要》载兴安州"春秋时庸国地",旬阳为兴安州辖县,地属庸国,徐印信也以春秋初旬阳为庸国地③,故杨东晨旬阳麇地说有待商榷。

今湖北省竹山县为古庸国都所在地,《华阳国志》载"上庸郡,故庸国"④,《后汉书》载上庸县"本庸国"⑤,《史记集解》引杜预注"庸,今上庸县",《史记正义》引《括地志》载"房州竹山县,本汉上庸县,古之庸国。昔周武王伐纣,庸蛮在焉"⑥,《元和郡县图志》载竹山县"本汉上庸县,古庸国也"⑦,《太平寰宇记》载竹山县"本汉上庸县,古之庸国也"⑧,《舆地广记》载竹山县"故庸国"⑨,则庸国都即后世上庸县、上庸郡,也即今湖北省竹山县。目前多数学者认可庸都在今竹山

① 〔清〕毕沅撰,张沛校:《关中胜迹图志》卷二八,广陵书社,2003 年,第 23 册第 1372 页。

② 朱圣钟:《秦汉中郡辖县考》,《历史环境与边疆:2010 年中国历史地理国际学术研讨会论文集》,广西师范大学出版社,2012 年,第 146—150 页。

③ 徐信印:《安康史略》,三秦出版社,1988 年,第 7 页。

④ 〔晋〕常璩撰,刘琳校注:《华阳国志校注》(修订版)卷二,成都时代出版社,2007 年,第 65 页。

⑤ 〔南朝宋〕范晔撰,〔唐〕李贤等注:《后汉书》志二三,中华书局,1965 年,第 3506 页。

⑥ 〔汉〕司马迁:《史记》卷四○《楚世家》,中华书局,1982 年,第 1692 页。

⑦ 〔唐〕李吉甫撰,贺次君点校:《元和郡县图志》卷二一《房州》,中华书局,1983 年,第 546 页。

⑧ 〔宋〕乐史撰,王文楚等点校:《太平寰宇记》卷一四三《房州》,中华书局,2007 年,第 2786 页。

⑨ 〔宋〕欧阳忞撰,李勇先、王小红校注:《舆地广记》卷八《房州》,四川大学出版社,2003 年,第 180 页。

县一带的说法①,其具体方位则在今竹山县上庸镇一带②。今湖北省竹溪县原本为竹山县地,明成化十二年(1476)分竹山县尹店设置竹溪县③,竹山县为庸国地,由竹山县分置之竹溪县地也当属庸国地。

今湖北省房县西部早期也属庸国。《太平寰宇记》载房州"古麋、庸二国之地","阚骃云:'防陵,即春秋时防渚'"④,《舆地纪胜》载房州"古麋、庸二国之地"⑤,《舆地广记》载房州"春秋时为麋、庸二国"⑥,宋房州辖房陵、上庸、竹山、永清4县,房陵县及其以东为麋国地,房州西部上庸、竹山县为庸国地。又《左传》载鲁文公十一年(前616)"楚子伐麋,成大心败麋师于防渚"⑦,防渚即房陵县,为麋国地。《元和郡县图志》载房州"古麋国之地"⑧,唐房州即今房县,则房县为

① 童书业:《春秋左传研究》,上海人民出版社,1980年,第242页。吴永章:《湖北民族史》,华中理工大学出版社,1990年,第23页。段渝:《楚熊渠所伐庸、杨粤、鄂的地理位置》,《历史地理》第8辑,上海人民出版社,1990年,第178—180页。鲁西奇:《区域历史地理研究:对象与方法——汉水流域的个案考察》,广西人民出版社,1999年,第134页。顾颉刚:《论巴蜀与中原的关系》,四川人民出版社,2019年,第57页。顾颉刚:《史林杂识初编》,中华书局,1963年,第29页。蔡靖泉:《庸人庸国庸史》,《江汉论坛》2010年第10期。

② 朱圣钟:《庸国历史地理问题三论》,《地域文化研究》2018年第1期。

③〔清〕吴葆仪等编修:同治《郧阳志》卷一《沿革》,《湖北府县志辑》,江苏古籍出版社,2001年,第58册第139页。

④〔宋〕乐史撰,王文楚等点校:《太平寰宇记》卷一四三《房州》,中华书局,2007年,第2783页。

⑤〔宋〕王象之原著,李勇先校点:《舆地纪胜》卷八六《房州》,四川大学出版社,2005年,第2977页。

⑥〔宋〕欧阳忞撰,李勇先、王小红校注:《舆地广记》卷八《房州》,四川大学出版社,2003年,第179页。

⑦ 杨伯峻编著:《春秋左传注》(修订本),中华书局,2009年,第580页。

⑧〔唐〕李吉甫撰,贺次君点校:《元和郡县图志》卷二一《均州》,中华书局,1983年,第545页。

麇国地,雍正《湖广通志》载房县"古麇、庸国地"[1],同治《房县志》载房县"属麇、庸地"[2],因房县西部与竹山县毗邻,则今房县西部当为庸国地,县治及其以东则为麇国地。

　　商、西周至春秋初年庸国以东汉水河谷一带还有麇国。如前文所述,麇国都锡穴即今陕西省白河县;今房县县城及房县东部也属麇国地。又同治《郧阳府志》载郧县、郧西县"古麇国,春秋锡穴,战国楚地"[3],则郧县、郧西县春秋以前为麇国地,楚灭麇国后地入楚,因此有学者说今湖北省郧县、郧西县等地为麇国地[4],也有道理。据此则麇国地域大致包括今陕西省白河县和湖北省郧县、郧西县、房县中东部等地。

　　由麇国沿汉水河谷往东有居于丹淅之地的楚人,活动于湖北省谷城一带的彭人[5],活动于今襄阳市一带的有都、罗、鄢等方国或部族[6],今湖北省南漳县至襄阳市一带还有卢人[7]。这些方国或部族春秋

---

①〔清〕迈柱等纂修:雍正《湖广通志》卷三《沿革志》,《景印文渊阁四库全书》,台湾商务印书馆,1983年,第531册第134页。

②〔清〕杨延烈等纂修:同治《房县志》卷一《沿革》,《湖北府县志辑》,江苏古籍出版社,2001年,第59册第368页。

③〔清〕吴葆仪等编修:同治《郧阳府志》卷一《沿革》,《湖北府县志辑》,江苏古籍出版社,2001年,第58册第138页。

④何浩:《麇国地望与灭年》,《求索》1988年第2期。

⑤顾颉刚:《牧誓八国》,载《史林杂识初编》,中华书局,1963年,第26—33页。

⑥〔后魏〕郦道元注,〔清〕杨守敬、熊会贞疏,段仲熙点校,陈桥驿复校:《水经注疏》卷二八,江苏古籍出版社,1989年,第2371页。

⑦〔后魏〕郦道元注,〔清〕杨守敬、熊会贞疏,段仲熙点校,陈桥驿复校:《水经注疏》卷二八,江苏古籍出版社,1989年,第2371、2386页,载襄阳"古鄢、都、卢、罗之地",中卢县"县即《春秋》卢戎之国",则卢戎在今襄阳西南。蒙默:《试论古代巴、蜀民族及其与西南民族的关系》(《贵州民族研究》1983年第4期)以中卢县在今襄阳市西南、南漳县东。潘新藻:《湖北省建制沿革》(湖北人民出版社,1987年,第187页)以卢戎在今襄阳南次庐村,辖今襄阳南部和南漳北部。据此推断,卢戎分布地当在襄阳市至南漳县间。

以后先后为楚人所灭而被纳入楚国版图。其间并无巴人活动踪迹，早期学者们将巴人活动地域或巴国界定在安康以东的汉水河谷地域，现在看来是失之偏颇的。

既然今安康地区向东至襄阳市汉水河谷地带在商、西周时期并非巴国地域，那巴国地域只能在这些方国或部族以南、以西去寻找了。今陕西省汉中市以东至安康市以西的汉水河谷地带，文献中少有商、西周时期方国或部族的记录，这个区域有没有部族活动呢？答案当然是肯定的。既然少有文献记录，那我们只能从考古材料中寻找线索了。据考古发现，在城固县、洋县、石泉县、汉阴县、紫阳县汉水河谷地带有夏商周时期的巴文化遗迹和遗物，这表明文化遗址所在地有巴人活动，而巴人分布地是巴人迁徙流布和巴国疆域扩展后的结果，因此巴文化遗址在一定程度上也可作为确定巴人活动地域和巴国疆域疆界的参考指标。

在汉水上游陕西省城固县宝山和洋县安冢、张村、范坝等地曾出土大批商周青铜器和陶器，青铜器有虎纹钺、巴式戈、柳叶形铜矛等巴式铜器[1]，而宝山遗址陶器与峡江地区路家河二期后段遗存有很多相似之处，如陶器中夹砂陶以褐陶为主，泥质陶多黑皮红胎，陶器中陶釜数量最多，形制为小口圜底，小底尊形杯、高柄器座也常见，两地共有器物还有高柄豆、高圈足尊形杯、细高柄尊形杯、尖底罐、大口深腹罐、有柄簋，纹饰以绳纹最多，还有方格纹、三角折线纹、贝纹，均以釜为主要炊器，二者应是相同技术、相同文化传统的产物。宝山文化与路家河二期后段遗存密切相关，当是由路家河二期后段遗存分

---

① 黄尚明：《城固洋县商代青铜器群族属再探》，《考古与文物》2002 年第 5 期。西北大学文博学院：《城固宝山——1998 年发掘报告》，文物出版社，2002 年，第 181—188 页。李烨、张历文：《洋县出土殷商铜器简报》，《文博》1996 年第 6 期。

化出来的,路家河二期后段遗存属巴文化[1],因此学者们认为城固、洋县一带巴蜀文化遗物为商周时期巴人遗物[2],商王武丁及妇好伐巴方后,巴人战败退守城固以东、以南地域,并通过巴中、通江、镇巴、寒泉山至汉水河谷道路往来巴、汉间[3]。城固、洋县一带的巴人从何而来呢? 他们应是商代早期或稍晚溯长江而上,从大宁河—任河古道或其他河谷通道北上至汉水流域[4],后溯汉江而聚居于城固、洋县一带的[5]。从安康至峡江地区、清江河谷的古代交通路线推测,汉水流域这支巴人当是从清江河谷经大溪水道入长江,再溯大宁河北上,于神农架与大巴山尾脉交界处沿今宣汉、城口小江与任河进入陕南的[6],迁入时间大致在夏初或更早,夏启派孟涂司巴,其地即在汉水上游一带,可能夏启八年以前巴人已活动在汉水上游一带了。

　　此外,在陕南紫阳县白马石、马家营,汉阴县阮家坝等地考古发现商代遗存中包含有巴蜀文化遗物,这些遗址与巴地更接近,这类遗存或称为巴文化遗存更合适。白马石遗址第一期遗存为老官台文化李家村类型向仰韶文化半坡类型过渡形态,与汉水流域其他地方同期文化相同,其老官台文化、仰韶文化与关中及豫西地区关系密切,

---

① 赵丛苍:《从考古新发现看早期巴文化——附论巴蜀文化讨论中的相关问题》,《华中师范大学学报(人文社会科学版)》2006年第4期。白九江:《巴文化西播与楚文化西渐》,《重庆社会科学》2009年第10期。
② 黄尚明:《城固洋县商代青铜器群族属再探》,《考古与文物》2002年第5期。唐金裕:《汉水上游巴文化的探讨》,《文博》1984年第1期。
③ 周集云:《巴族史探微》,四川省社会科学院出版社,1989年,第27—29页。
④ 彭邦本:《先秦汉水上游与峡江地区的交通试探》,《史海侦迹:庆祝孟世凯先生七十岁文集》,香港新世纪出版社,2005年,第267—276页。
⑤ 西北大学文博学院:《城固宝山——1998年发掘报告》,文物出版社,2002年,第181—188页。
⑥ 刘帝智:《巴人源流·巴人迁徙·宣汉巴人》,《成都教育学院学报》2003年第5期。

而第二期遗存与重庆、峡江地区早期巴文化关系密切,考古工作者将其界定为早期巴蜀文化白马石类型[①],时间上白马石类型文化出现较晚,文化性质又与此前当地文化相异,又与巴地文化相近,因此可以推定这支考古学文化当是从相邻的川东、重庆或是峡江地区迁来的,文化性质当属早期巴文化范畴。又阮家坝遗址夏商遗存中陶器以夹砂黑褐陶、夹砂红褐陶圜底罐为主,纹饰主要有方格纹、绳纹、弦纹[②],这种绳纹圜底釜与重庆忠县瓦井沟夹砂深腹圜底罐有较密切联系[③],这类圜底器在商周巴地很流行,也是后来盛行的浅圜底釜的前身,学者们将其界定为青铜时代巴蜀文化遗存[④],故从大地域文化来说阮家坝夏商时期遗存也可纳入巴蜀文化范畴[⑤],也因地域上与巴地邻近,又与忠县瓦井沟同类文化联系密切,将阮家坝夏商时期遗存界定为巴文化应较为恰当。又马家营遗址夏商陶器以黑皮陶高领器为主的风格与白马石遗址巴蜀文化白马石类型有一定联系[⑥],学者们因其文化与早期巴蜀文化相近,故也界定为汉水上游早期巴蜀文化[⑦]。据前

---

① 陕西省考古研究所、陕西省安康水电站库区考古队:《陕南考古报告集》,三秦出版社,1994 年,第 385—386 页。

② 陕西省考古研究所、陕西省安康水电站库区考古队:《陕南考古报告集》,三秦出版社,1994 年,第 265 页。

③ 四川省长江流域文物保护委员会文物考古队:《四川忠县瓦井沟遗址的试掘》,《考古》1962 年第 8 期。

④ 赵殿增:《巴蜀文化的考古学分期》,《中国考古学会第四次年会论文集》,文物出版社,1985 年,第 214—224 页。

⑤ 陕西省考古研究所、陕西省安康水电站库区考古队:《陕南考古报告集》,三秦出版社,1994 年,第 268 页。

⑥ 陕西省考古研究所、陕西省安康水电站库区考古队:《陕南考古报告集》,三秦出版社,1994 年,第 345 页。

⑦ 王炜林、孙秉君:《汉水上游巴蜀文化的踪迹》,《中国考古学会第七次年会论文集》,文物出版社,1989 年,第 236—248 页。

文所述白马石遗址、阮家坝遗址夏商遗存的早期巴文化属性,则也可判定马家营遗址夏商遗存也属早期巴文化范畴,因此陕南白马石、阮家坝、马家营等地在夏商时代有巴人活动,属巴地应无疑义。至西周时期巴建国后,这些地区当属巴国疆域的组成部分。

另外,1973 年汉中市曾出土带虎形符号的铜矛和虎钮镎于[①],西乡县也曾出土虎钮镎于[②],这些巴式器物说明汉水上游东周时有巴人活动,这些巴人可能是商、西周时期汉水上游河谷地带的巴人后裔。说今汉中市以东,安康市石泉县、汉阴县、紫阳县以西地域为巴国地,还可从《左传》中找到旁证。《左传·昭公九年》载詹桓伯说"巴、濮、楚、邓,吾南土也"[③],表明巴国在周疆域内,方位在周南。邓在今河南省邓县,楚在汉水流域丹淅之会至荆山一带[④],濮在湖北西部[⑤]。《左传》所载邓、楚、濮似乎是从东到西按方位排列,巴地在濮、楚西,

① 童恩正:《古代的巴蜀》,重庆出版社,1998 年,第 15 页。

② 唐金裕:《汉水上游巴文化的探讨》,《文博》1984 年第 1 期。

③ 杨伯峻编著:《春秋左传注》(修订本),中华书局,2009 年,第 1308 页。

④ 顾颉刚、章巽编,谭其骧校:《中国历史地图集·古代史部分》,中国地图出版社,1955 年,第 3 页,以在楚丹阳,即今丹水流域淅川一带。童书业遗著:《春秋左传研究》,上海人民出版社,2019 年,第 241—243 页,认为楚在丹阳、荆山附近。段渝:《楚地初探》,《民族论丛》第 2 辑,四川省民族研究所编印,1982 年,第 150—158 页;《古荆为巴说考辨》,《贵州社会科学》1985 年第 5 期,认为楚在丹阳,即今汉水、丹水、淅水之间。董其祥:《巴史新考》,重庆出版社,1983 年,第 8—33 页,认为楚都丹阳在丹水之阳,今河南淅川县境。

⑤ 童书业遗著:《春秋左传研究》,上海人民出版社,2019 年,第 241—243 页,认为濮亦在今湖北西部。段渝《楚地初探》(《民族论丛》第 2 辑,第 150—158 页)、《古荆为巴说考辨》(《贵州社会科学》1985 年第 5 期)、《试论宗姬巴国与廪君蛮夷的关系》(《四川历史研究文集》,四川省社会科学院出版社,1987 年,第 19—35 页)认为濮在楚西南,居江汉流域,在今湖北省西部。

汉中市以东至安康以西地正在濮、楚之西,当为巴地①。这与前文安康石泉县、汉阴县、紫阳县以西,汉中以东汉水河谷地带为巴国北部疆域的分析也是吻合的。西周时期因汉中盆地还未成为秦、蜀交争之地,而东部庸国局势也相对稳定,因此巴国在汉水上游河谷地带的疆域疆界变化不大。

二、巴国东部疆域

西周成王洛阳会盟诸侯后不久,庸国向南越过大巴山顺大宁河向南扩张,占领巴国大宁河流域巫溪、巫山及峡江沿岸的奉节、云阳、万州、开州、梁平等地。

《逸周书·王会解》载成王洛阳会诸侯,"鱼复鼓钟钟牛",孔晁注:"鱼复,南蛮国也。贡鼓及钟而似牛形者。"又引王应麟言:"《左传》'鱼人'注:'鱼复,音腹,今巴东永安县。'今夔州奉节县。《十道志》:'夔州,春秋时为鱼国,汉为巴郡鱼复县。'"②则是"鱼"或称鱼复,为南方少数民族政权,成王洛阳诸侯会盟,鱼国参与其中,并向成王进献鼓及牛形钟,据此推断西周初鱼国还是一个相对独立的部族政权。又《左传》载鲁文公十六年(前611)楚伐庸,"唯裨、鯈、鱼人实逐之",杜预注载"裨、鯈、鱼,庸三邑"③,又《后汉书》鱼复县注载

---

① 童书业遗著:《春秋左传研究》,上海人民出版社,2019年,第241—243页。段渝:《试论宗姬巴国与廪君蛮夷的关系》,《四川历史研究文集》,四川省社会科学院出版社,1987年,第19—35页。

② 黄怀信、张懋镕、田旭东撰,李学勤审定:《逸周书汇校集注》,上海古籍出版社,2007年,第895页。

③ 杨伯峻编著:《春秋左传注》(修订本),中华书局,2009年,第619页。

"古庸国"[①],《通典》载夔州"春秋时为鱼国"[②],雍正《四川通志》载奉节县"周,庸国之鱼邑"[③],道光《夔州府志》载奉节县"周庸国之鱼邑,春秋时为夔子国"[④],光绪《奉节县志》载"春秋时庸国之鱼邑"[⑤],咸丰《开县志》、光绪《大宁县志》亦载奉节为庸国地[⑥],潘新藻说"庸之领地,南至江矣"[⑦],谭其骧《中国历史地图集》春秋图幅奉节标注"鱼"[⑧],都认可奉节为庸鱼邑,则是春秋时鱼国已成庸国鱼邑。由此推断,鱼国为庸国所灭、庸国疆域向南扩展至峡江地区的时间当在西周成王洛阳诸侯会盟之后。

西周时期巴国东部峡江地区疆域东界庸国,因此弄清峡江地区庸国疆域就可确定巴国峡江地区的疆界。西周至春秋早期,今重庆市奉节县、巫山县、巫溪县、云阳县、万州区、开州区、梁平区均为庸国地[⑨]。据前文所述,今奉节一带古属鱼国,庸灭鱼国为鱼邑。《大清一

① 〔南朝宋〕范晔撰,〔唐〕李贤等注:《后汉书》志二三,中华书局,1965 年,第 3507 页。

② 〔唐〕杜佑撰,王文锦、王永兴、刘俊文等点校:《通典》卷一七五《州郡五》,中华书局,1988 年,第 4596 页。

③ 〔清〕黄廷桂等监修:雍正《四川通志》卷二《建置沿革》,《景印文渊阁四库全书》,台湾商务印书馆,1983 年,第 559 册第 84 页。

④ 〔清〕恩成等修纂:道光《夔州府志》卷二《沿革志》,《四川府县志辑》,巴蜀书社,1992 年,第 50 册第 21 页。

⑤ 〔清〕曾秀翘等修纂:光绪《奉节县志》卷二《沿革》,《四川府县志辑》,巴蜀书社,1992 年,第 52 册第 589 页。

⑥ 〔清〕李肇奎等修纂:咸丰《开县志》卷二《建置志》,《四川府县志辑》,巴蜀书社,1992 年,第 51 册第 403 页。〔清〕高维岳等修纂:光绪《大宁县志》卷一《地理志》,《四川府县志辑》,巴蜀书社,1992 年,第 52 册第 24 页。

⑦ 潘新藻:《湖北省建制沿革》,湖北人民出版社,1987 年,第 121 页。

⑧ 谭其骧主编:《中国历史地图集》第 1 册《原始社会·夏·商·西周·春秋·战国时期》,中国地图出版社,1982 年,第 20—21 页。

⑨ 朱圣钟:《庸国历史地理问题三论》,《地域文化研究》2018 年第 1 期。

统志》载巫山县"春秋时为庸国地"①,光绪《巫山县志》载"周巫为庸国地"②,则西周至春秋早期巫山县属庸国。光绪《大宁县志》载巫山县"周庸国地",又载"四川大宁、奉节、云阳、万县、梁山皆其地也"③,《三峡古栈道·大宁河栈道》载"庸国的中心大约在湖北,领域大致覆盖大宁河流域或其北部地区"④,则庸国灭前巫溪为庸国地。巫溪地处长江与汉江间宁河—堵水古道上⑤,今大宁河、堵河间还残存有古道遗迹,今大宁河沿岸古栈道就是其中一部分⑥,便捷的交通为庸国控制渝东峡江地区提供了可能。云阳县也曾属庸国,咸丰《云阳县志》载云阳"殷、周为庸国地"⑦,光绪《大宁县志》亦载云阳属庸国地,则庸国灭前云阳属庸国地。开州区也曾为庸国地,咸丰《开县志》载开县"周庸国地"⑧,庸国灭后其地再入巴。万州区亦曾为庸国地,光绪《大宁县志》亦载万县为庸国地,清万县即今万州区,则万州亦曾属庸国地。梁平区也曾属庸国,咸丰《开县志》、光绪《大宁县志》

① 〔清〕仁宗敕撰:《大清一统志》卷三〇三《夔州府》,《景印文渊阁四库全书》,台湾商务印书馆,第481册第219页。

② 〔清〕连山等修纂:光绪《巫山县志》卷一《沿革志》,《四川府县志辑》,巴蜀书社,1992年,第52册第293页。

③ 〔清〕高维岳等修纂:光绪《大宁县志》卷一《地理志》,《四川府县志辑》,巴蜀书社,1992年,第52册第24页。

④ 重庆市文物局、重庆市移民局、西安文物保护修复中心编著:《三峡古栈道·大宁河栈道》,文物出版社,2006年,第27页。

⑤ 蓝勇:《四川古代交通路线史》,西南师范大学出版社,1989年,第191—194页。

⑥ 朱圣钟、王高飞、付玉强:《重庆古盐井(场)探访之旅纪实(一)》,西南大学历史地理研究所编《中国人文田野》第5辑,巴蜀书社,2012年,第46—76页。

⑦ 〔清〕江锡麒等修纂:咸丰《云阳县志》卷一《舆地》,《重庆府县志辑》,巴蜀书社,2016年,第31册第464页。

⑧ 〔清〕李肇奎等修:咸丰《开县志》卷二《建置志》,《四川府县志辑》,巴蜀书社,1992年,第51册第403页。

均载梁山古属庸国,清梁山县即今梁平区,则庸国辖有今梁平区。由此我们可推知,西周至公元前611年秦、巴、楚联合灭庸前,巴国峡江地区疆界大致东至今重庆市梁平区、万州区西界一带。

西周中期楚人自荆山向南扩张,鄂西峡江地带原属巴国的今巴东县、秭归县、兴山县、宜昌市峡江地区为夔子国所据。《水经注》载夔子国"古楚之嫡嗣有熊挚者,以废疾不立,而居于夔,为楚附庸,后王命为夔子。春秋僖公二十六年,楚以其不祀,灭之者也"①,则夔子国始于熊挚时,国亡于鲁僖公二十六年(前634)。《史记集解》引服虔载"夔,楚熊渠之孙,熊挚之后。夔在巫山之阳,秭归乡是也"②,《太平寰宇记》载归州"周夔子之国。战国时其地属楚"③,同治《归州志》载"归即夔,归乡即夔乡矣"④,光绪《大宁县志》载"古夔国,在今湖北归州地"⑤,则夔子国治今湖北秭归县境。考熊挚王夔在熊勇前二王,熊勇为熊延子,《史记》载"熊勇六年,而周人作乱,攻厉王,厉王出奔彘"⑥,熊勇六年即公元前842年,由此推测熊挚入夔在公元前9世纪初⑦。熊挚入夔后,巴国失去了鄂西峡江之地。

说自西周中期楚人势力扩展至鄂西峡江地带也有相应的考古材

① 〔北魏〕郦道元著,〔清〕王先谦校:《合校水经注》卷三四,中华书局,2009年,第493页。

② 〔汉〕司马迁:《史记》卷四〇《楚世家》,中华书局,1982年,第1698页。

③ 〔宋〕乐史撰,王文楚等点校:《太平寰宇记》卷一四八《归州》,中华书局,2007年,第2877页。

④ 〔清〕余思训等修纂:同治《归州志》卷一《地舆志·沿革》,《湖北府县志辑》,江苏古籍出版社,2001年,第53册第448页。

⑤ 〔清〕高维岳等修:光绪《大宁县志》卷一《地理志》,《四川府县志辑》,巴蜀书社,1992年,第52册第24页。

⑥ 〔汉〕司马迁:《史记》卷四〇《楚世家》,中华书局,1982年,第1693页。

⑦ 邓廷良:《楚裔入巴王蜀说》,《楚史论丛(初集)》,湖北人民出版社,1983年,第215—227页。

料提供佐证。峡江地区秭归、宜昌、巴东等地考古发现多有西周中期至春秋早期楚文化遗存,如巴东黎家沱①、雷家坪②、茅寨子③、团包④,秭归官庄坪⑤、柳林溪⑥、渡口⑦、庙湾⑧、庙坪⑨、贺家坪⑩、缆子杆⑪、曲溪口⑫、

---

① 山东大学考古系:《巴东黎家沱遗址发掘简报》,《湖北库区考古报告集》第一卷,科学出版社,2003 年,第 11—46 页。中山大学人类学系、巴东县博物馆:《巴东黎家沱遗址 2000 年度发掘简报》,《湖北库区考古报告集》第一卷,科学出版社,2003 年,第 47—65 页。

② 国务院三峡工程建设委员会办公室、国家文物局编著:《巴东雷家坪》,科学出版社,2009 年,第 100—111 页。

③ 厦门大学历史系考古教研室:《巴东茅寨子遗址发掘报告》,《湖北库区考古报告集》第一卷,科学出版社,2003 年,第 101—133 页。

④ 广东省文物考古研究所:《巴东团包遗址发掘简报》,《湖北库区考古报告集》第一卷,科学出版社,2003 年,第 153—167 页。

⑤ 国务院三峡工程建设委员会办公室、国家文物局编著:《秭归官庄坪》,科学出版社,2005 年,第 117—501 页。

⑥ 国务院三峡工程建设委员会办公室、国家文物局编著:《秭归柳林溪》,科学出版社,2003 年,第 177—222 页。

⑦ 宜昌博物馆:《秭归渡口遗址发掘报告》,《湖北库区考古报告集》第一卷,科学出版社,2003 年,第 522—562 页。

⑧ 宜昌博物馆:《秭归庙湾遗址发掘简报》,《湖北库区考古报告集》第六卷,科学出版社,2010 年,第 559—562 页。

⑨ 湖北省文物考古研究所三峡考古队:《秭归庙坪遗址 1995 年试掘简报》,《湖北库区考古报告集》第一卷,科学出版社,2003 年,第 274—282 页。

⑩ 湖北省文物考古研究所:《秭归贺家坪遗址发掘简报》,《湖北库区考古报告集》第一卷,科学出版社,2003 年,第 579—589 页。

⑪ 宜昌博物馆:《秭归缆子杆遗址发掘简报》,《湖北库区考古报告集》第五卷,科学出版社,2010 年,第 157—173 页。

⑫ 宜昌博物馆:《秭归曲溪口遗址发掘简报》,《湖北库区考古报告集》第一卷,科学出版社,2003 年,第 313—319 页。

白水河①、宜昌上磨垴②、黄土包、覃家沱③、周家湾④等遗址,此外秭归县张家坪、鲢鱼山、卜庄河、旧州河、渡口,宜昌小溪口、下尾子、三斗坪等遗址也多西周偏晚时期楚文化遗物⑤。这些遗址中,西周至春秋时期楚文化遗存逐渐增多,而巴文化遗存虽有遗留但已大为减少,这种变化也印证了文献记录的西周中期以后楚人扩张并逐步取代巴人控制峡江东部巴东、秭归、宜昌等地的真实性。

　　鄂西峡江以东、江汉平原西部、北至今襄阳市以南的区域在西周时期也是巴国东部疆域的一部分。据前文对汉江上游丹江口至安康一带方国地域的考订,西周时这一带有庸国、麇国等方国,丹淅之地则有楚国,襄阳一带有邓、申、鄾、卢戎等方国和部族。但据《左传》载,鲁桓公九年(前703)"巴子使韩服告于楚,请与邓为好。楚子使道朔将巴客以聘于邓,邓南鄙鄾人攻而夺之币,杀道朔及巴行人。楚子使薳章让于邓。邓人弗受。夏,楚使斗廉帅师及巴师围鄾。邓养甥、聃甥帅师救鄾。三逐巴师,不克。斗廉衡陈其师于巴师之中,以战,而北。邓人逐之,背巴师;而夹攻之。邓师大败。鄾人宵溃"⑥。这里提到的楚在丹淅之地,邓在今湖北襄阳市西北古邓城,鄾在古邓城南,从楚、邓、鄾的方位看,鄾在邓南,楚在邓西,楚西为麇国,麇国

① 宜昌博物馆:《秭归白水河遗址发掘简报》,《湖北库区考古报告集》第六卷,科学出版社,2010年,第441—462页。

② 湖北省文物考古研究所:《宜昌上磨垴周代遗址发掘简报》,《湖北库区考古报告集》第一卷,科学出版社,2003年,第737—750页。

③ 湖北省博物馆:《宜昌覃家沱两处周代遗址的发掘》,《江汉考古》1985年第1期。

④ 杨权喜:《西陵峡北岸周家湾山岗遗址》,《江汉考古》1994年第1期。

⑤ 宜昌博物馆:《秭归张家坪遗址发掘的报告》,《湖北库区考古报告集》第二卷,科学出版社,2005年,第436—460页。

⑥ 杨伯峻编著:《春秋左传注》(修订本),中华书局,2009年,第124—125页。

西为庸国,因此巴人出使邓国的线路只能是从楚之东,邓、鄾之南向
北行进。早期学者多认为春秋初期楚为巴宗主国,所以巴与邓国结
交须先取得楚国同意[①]。若跳出这种思维定式从地理空间上又可做出
新的解读:至公元前703年时楚势力扩展至邓南,巴在楚南,巴与邓
之间隔着楚国,巴人出使邓国须假道楚国,故巴子命人向楚国借道,
楚王派人领巴人过境,遂有鄾人袭杀巴使团和楚护卫,从而引发巴、
楚与邓、鄾的战争[②],这样的解释也是合理的。又《左传》还载"及文
王即位,与巴人伐申,而惊其师。巴人叛楚而伐那处,取之,遂门于
楚。阎敖游涌而逸。……冬,巴人因之以伐楚。……十九年春,楚子
御之,大败于津"[③],据《春秋左传正义》疏引《世本》载"楚鬻熊居丹
阳,武王迁郢"[④],而《史记》载"文王熊赀立,始都郢"[⑤],楚武王公元
前740—前690年在位,楚文王公元前689—前677年在位,楚都自
丹阳迁郢经历了一个过程,武王虽迁都郢,但都城仍在丹阳,文王始
定都郢[⑥],文王所都郢应在今湖北省宜城一带。今湖北省荆州市纪南
城遗址 C^{14} 测年最早为春秋晚期或战国早期[⑦],因此可排除纪南城为
楚文王、楚武王郢都的可能。楚文王时巴、楚联合伐申,巴人叛楚致
巴楚相互攻伐是在楚自丹阳迁郢的时段内。申在今河南南阳,那处

① 童恩正:《古代的巴蜀》,重庆出版社,1998年,第22页。徐中舒:《巴蜀文化
　初论》,《论巴蜀文化》,四川人民出版社,1982年,第1—47页。
② 朱圣钟:《春秋战国时期巴国疆域考》,《历史地理》第36辑,复旦大学出版社,
　2018年,第53—74页。
③ 杨伯峻编著:《春秋左传注》(修订本),中华书局,2009年,第209—210页。
④ 〔清〕阮元校刻:《十三经注疏》,中华书局,1980年,第1743页。
⑤ 〔汉〕司马迁:《史记》卷四〇《楚世家》,中华书局,1982年,第1695页。
⑥ 孙华:《四川盆地的青铜时代》,科学出版社,2000年,第364页。
⑦ 湖北省博物馆:《楚都纪南城的勘查与发掘(下)》,《考古学报》1982年第
　4期。

在今湖北省钟祥市西北，津在今湖北省宜城县南①。从《左传》所载春秋早期巴人活动地域来看，主要在今湖北省襄阳市以南，今宜城、钟祥等地。由此我们推测在楚人尚未拓疆至襄阳以南的西周时代，今襄樊市以南包括今湖北宜城、钟祥一带应属巴国疆土。

在峡江东口以东长江沿线，西周时巴国东部疆域可能还包括今宜昌市、当阳市、宜都市、枝江市、松滋市、荆州市等地，东界可能在今荆州市荆南寺一带。根据考古发现，在湖北宜昌市、当阳市、宜都市、荆州市一带，殷商时期考古遗存中有圜底釜、圜底罐等巴文化器物，但也有其他文化因素，如荆南寺遗址商代遗存中花边口沿夹砂罐、深腹盆形鼎与二里头同类器物相同，而鬲、甗、簋、盆、爵、斝则多见于郑州二里岗和黄陂盘龙城，考古学表明荆南寺殷商时期文化与中原、鄂东北商文化有密切联系②。峡江东口、江汉平原西部商代遗址中巴文化、商文化因素并存的情况表明巴文化因素是从峡江地区扩展而来的，这一带是商文化与巴文化的交汇之地，为殷商时代巴文化东渐所及地域，殷商时当属巴国疆域。至于商代巴人和巴文化东扩的原因，考古学者分析是"大溪至季家湖这支文化此时也正中衰，早期巴人就趁机从清江流域发展起来，扩展到长江沿岸"③，这种解释也有一定的道理。后来陆续在荆门市、荆州市、枝江市、宜都市、宜昌市、松滋市等地出土有东周时期的虎钮錞于、柳叶形剑、巴式戈、巴式矛等青

① 朱圣钟：《春秋战国时期巴国疆域考》，《历史地理》第 36 辑，复旦大学出版社，2018 年，第 53—74 页。
② 王宏：《湖北江陵荆南寺遗址第一、二次发掘简报》，《考古》1989 年第 8 期。
③ 俞伟超：《先楚与三苗文化的考古学推测：为中国考古学会第二次年会所作》，《文物》1980 年第 10 期。

铜器物①,这些巴式器物应是长期活动于此地的巴人遗物,这或许也可作为西周时上述地区属巴国疆域的佐证。此外,《水经注》载东汉时枝江一带有白虎王君庙②,《荆南志》载松滋县有巴山、巴复村等地名③,这些地名也应该是因早期巴人而得名的,这又可作为周代巴人曾在枝江、松滋一带活动的地名佐证。有学者说春秋时巴国东部疆界在枝江—松滋一线④,结合上文分析,我们认为西周巴国东部疆界也应在这一带。

　　清江流域在西周时仍属巴国疆域。同治《施南府志》载施南府地"周初为巴子国地"⑤,春秋时期楚国势力不断南进,公元前477年巴、楚鄾之战后,"楚主夏盟,秦擅西土"⑥,西陵峡东口以东、江汉平原西部当阳、荆门、江陵、宜都、枝江、松滋等地为楚人所据。至楚肃王四年(前377),"蜀伐楚,取兹方。于是楚为扞关以距之"⑦,巴、楚疆界西退至很山扞关一带,扞关以东山地及平原尽成楚地。至秦孝公

---

① 朱圣钟:《春秋战国时期巴国疆域考》,《历史地理》第36辑,复旦大学出版社,2018年,第53—74页。

② 《水经注》载永元十八年立庙,考汉和帝永元年号仅历时16年,故此处郦道元所载有误,立庙之举可能在和帝永元年间,但不可能在永元十八年。〔北魏〕郦道元著,〔清〕王先谦校:《合校水经注》卷三四,中华书局,2009年,第497页。

③ 〔宋〕乐史撰,王文楚等点校:《太平寰宇记》卷一四六《荆州》,中华书局,2007年,第2842页。

④ 张雄:《"巴氏蛮夷"浅论》,《中南民族学院学报(哲学社会科学版)》1984年第2期。

⑤ 〔清〕松林等修纂:同治《施南府志》卷二《地舆志·沿革》,《湖北府县志辑》,江苏古籍出版社,2001年,第55册第60页。

⑥ 〔晋〕常璩撰,刘琳校注:《华阳国志校注》(修订版)卷一,成都时代出版社,2007年,第9页。

⑦ 〔汉〕司马迁:《史记》卷四〇《楚世家》,中华书局,1982年,第1720页。

元年（前361），楚"南有巴、黔中"[①]，清江流域始成为楚地。清江流域考古发现也证实西周至春秋时该地为巴地，而至战国时期始为楚地，如长阳县香炉石遗址西周遗存中陶器以夹砂褐陶釜、圜底罐为代表，与夏商时期文化遗物相同，属巴文化范畴；东周遗存中陶器除圜底釜、圜底罐等器物组合外，还有鬲、罐、盂、豆等器物组合[②]，具有典型楚文化风格。香炉石遗址西周—东周时期考古学文化的这种差异与变化，表明西周时长阳一带仍是巴地，只是到了东周（战国时期）楚人才进入清江流域并据有其地。

三、巴国东南部、南部疆域

常璩《华阳国志》载巴国疆域"南极黔涪"，但未指明"黔涪"的具体地域，因此也就有了后世对"黔涪"地域的多种解释，主要有黔涪渝东南说、鄂湘渝黔毗邻地带说、贵州全境或部分地域说、湘西地区说等不同说法。想真正理解"黔涪"地域，笔者认为要充分考虑地名的时代性，只能从西晋及其以前的政区及地名中寻找线索：东晋以前黔主要指黔中，与水名无关，黔中则有秦黔中、楚黔中，其地域在今鄂湘渝黔毗邻地带，地域上南至今黔东思南、石阡、黄平、施秉、黎平、湘西通道、城步、武冈等地；涪指水有涪水，即今乌江下游河段，指政区则有汉、蜀汉之涪陵县，东汉末、蜀汉、晋之涪陵郡，地域上包括今重庆市武隆、彭水、黔江、酉阳、秀山，贵州省务川、道真、印江、沿河、德江、思南等地，这大概是常璩的"黔涪"地域，也大致是东周巴国东

---

① 〔汉〕司马迁：《史记》卷五《秦本纪》，中华书局，1982年，第202页。
② 王善才、张典维：《湖北清江香炉石遗址的发掘》，《文物》1995年第9期。

南部疆域最远所及地域[①]。

西周时期巴国东南部疆域所及范围大致也在鄂湘渝黔毗邻地带，但涉及范围比东周时要小。商、西周以前，鄂湘渝黔毗邻地带为少数民族聚居地，中原王朝视之为蛮荒之地，故对这一地域的族群及部族政权疏于记载。因此要探讨这一地域西周时期巴国疆域或巴人分布状况，目前只能从考古材料中寻找线索。

根据考古发现，澧水流域商、西周时期遗址主要有澧县斑竹、文家山、宝宁桥、周家湾、周家坟山、黄泥岗[②]，石门皂市[③]、宝塔、梌岗[④]、东方桥[⑤]、马鞍[⑥]、高桥，慈利县合兴、明潭[⑦]、茅屋台、火烧铺、车渡、碎米地、水磨滩、沙窝[⑧]、合兴村、明潭村[⑨]、桥头、姚仁华田、康家溪、屋场田、樟树塔、大田、柳枝坪、胜岭岗、象鼻嘴、北岗、洞湾，张家界市三兜丘、台上、龚家嘴台地、公王庙，桑植县朱家台、庙湾、吴家塝、长田、

① 朱圣钟:《春秋战国时期巴国疆域考》,《历史地理》第 36 辑,复旦大学出版社,2018 年,第 53—74 页。

② 何介钧、曹传松:《湖南澧县商周时期古遗址调查与试掘》,《湖南考古辑刊》第 4 集,岳麓书社,1987 年,第 1—10 页。

③ 何介钧、王文建:《湖南石门皂市商代遗存》,《考古学报》1992 年第 2 期。

④ 王文建、龙西斌:《石门县商时期遗存调查:宝塔遗址与梌岗墓葬》,《湖南考古辑刊》第 4 集,岳麓书社,1987 年,第 11—18 页。

⑤ 王文建:《石门县东方桥商代遗址》,中国考古学会编《中国考古学年鉴1987》,文物出版社,1988 年,第 210—211 页。

⑥ 尹检顺、何赞:《石门县马鞍商代遗址》,中国考古学会编《中国考古学年鉴2007》,文物出版社,2008 年,第 349—350 页。

⑦ 周能、尚巍:《慈利县江垭库区合兴村与明潭村商代遗址》,中国考古学会编《中国考古学年鉴1996》,文物出版社,1998 年,第 205 页。

⑧ 郑元日:《三江口水电站淹没区新石器时代及商周遗址》,中国考古学会编《中国考古学年鉴1989》,文物出版社,1990 年,第 210 页。

⑨ 周能、尚巍:《慈利县江垭库区合兴村与明潭村商代遗址》,中国考古学会编《中国考古学年鉴1996》,文物出版社,1998 年,第 205 页。

渡口、车坝田、浸水田、南兴台地、楠木岗①，鹤峰县江口、千户坪、唐家河、刘家河②等地，通过对澧水流域考古学文化的分析发现，澧水下游石门皂市商代遗存与郑州二里岗、黄陂盘龙城商文化有相似之处，如方唇长体锥形实足分裆鬲，夹砂红陶附加堆纹大口缸、斝、爵，锯齿状扉棱鼎足，表明商代澧水下游考古学文化与中原、鄂东北商文化关系密切。而澧水中上游桑植县、张家界市、慈利县、鹤峰县境的商、西周陶器以釜、罐为主，文化源头与三峡地区、清江流域以釜、罐为生活器具的巴文化密切相关，这些地方在西周时期当属巴国疆域范围。

沅水支流酉水流域的商、西周时期遗址主要有来凤县杨家堡、葫芦堡、田家河、吊水河、牛摆尾③，酉阳县笔山坝、牛角田，秀山县人口溪、下坪④，龙山县尚家屋场、里耶瓦场、金卡毕、龙洞湾、溪口、婆婆庙、刘家堡，保靖县瓦场、柳树坪、拔茅、普溪、荒地坪、马洛坪、阳对门、大丘堡、团鱼背、大坪、芭蕉湾、大田坎、庄屋、喜鹊溪、溪口、长丘、尚堡、枫香堡、庙堡、庙嘴，永顺县不二门、杨公桥、船铺后头、乌龟包、五合门、半坡、下颗砂、哈水丘、田家寨、巴了坪、新田堡⑤等地。酉水上游来凤、龙

① 师悦菊、周扬声：《湖南桑植县朱家台商代遗址的调查与发掘》，《江汉考古》1989 年第 2 期。柴焕波：《湘西商周文化的探索》，湖南省文物考古研究所、湖南省考古学会编《湖南考古 2002》，岳麓书社，2004 年，第 522—533 页。
② 邓辉：《土家族区域的考古文化》，中央民族大学出版社，1999 年，第 98 页。
③ 邓辉：《土家族区域的考古文化》，中央民族大学出版社，1999 年，第 100 页。
④ 李大地、白九江、袁东山等：《渝东南地区先秦时期的考古发现》，重庆市文物考古所、重庆文化遗产保护中心编《"早期中国的文化交流与互动：以长江三峡库区为中心"学术研讨会论文集》，科学出版社，2012 年，第 24—42 页。
⑤ 邓辉：《土家族区域的考古文化》，中央民族大学出版社，1999 年，第 98、101 页。何介钧：《湖南商周时期古文化的分区探索》，《湖南考古辑刊》第 2 集，岳麓书社，1984 年，第 120—127 页。柴焕波：《湘西商周文化的探索》，湖南省文物考古研究所、湖南省考古学会编《湖南考古 2002》，岳麓书社，2004 年，第 522—533 页。朱圣钟：《区域经济与空间过程：土家族地区历史经济地理规律探索》，科学出版社，2015 年，第 10 页。

山、酉阳、秀山一带商代遗址陶器多夹砂褐陶、红褐陶,器形多釜、罐、缸,纹饰多绳纹,表明商、西周时期酉水上游考古学文化与三峡地区、清江流域和澧水上游巴文化关系密切,应属同一考古学文化系统[①]。此外酉水流域永顺县不二门、杨公桥、船铺后头、乌龟包、五合门、半坡、下颗砂、哈水丘、田家寨、巴了坪,保靖县瓦场、荒地坪、阳对门、喜鹊溪等遗址的商、西周时期遗存与峡江地区及鄂西山区商周文化属性相同或相近,显示它们应属同一文化系统[②]。若此推论成立,则酉水流域的商、西周考古学文化都应归属于巴文化系统,因此我们推测鄂西南、渝东南、湘西北酉水流域在商、西周时期应该也属于巴国东南部疆域。

沅水中上游商、西周时期遗址主要有沅陵县董家坪(高坪)[③],泸溪县浦市,辰溪县炮台、张家溜、潭湾、下湾、沙田,麻阳县城东新区、兰里、龙舌子、步云坪,新晃县朱木山、白洲滩[④]、柏树林,铜仁市施滩、岩

① 朱圣钟:《区域经济与空间过程:土家族地区历史经济地理规律探索》,科学出版社,2015 年,第 10 页。

② 柴焕波:《湘西商周文化的探索》,湖南省文物考古研究所、湖南省考古学会编《湖南考古 2002》,岳麓书社,2004 年,第 522—533 页。邓辉:《土家族区域的考古文化》,中央民族大学出版社,1999 年,第 98、101、136 页。湖南省文物考古研究所、湘西自治州文物管理处著:《湘西永顺不二门发掘报告》,湖南省文物考古研究所、湖南省考古学会编《湖南考古 2002》,岳麓书社,2004 年,第 72—125 页。

③ 郭伟民:《沅陵高坪商时期遗址》,中国考古学会编《中国考古学年鉴 1996》,文物出版社,1998 年,第 205—206 页。

④ 邓辉:《土家族区域的考古文化》,中央民族大学出版社,1999 年,第 98、101、135 页。何介钧:《湖南商周时期古文化的分区探索》,《湖南考古辑刊》第 2 集,岳麓书社,1984 年,第 120—127 页。柴焕波著:《湘西商周文化的探索》,湖南省文物考古研究所、湖南省考古学会编《湖南考古 2002》,岳麓书社,2004 年,第 522—533 页。胡建军:《麻阳县城东新区商周时期遗址及战国两汉墓葬》,中国考古学会编《中国考古学年鉴 2009》,文物出版社,2010 年,第 348—349 页。张兴国:《辰溪县沙田石器时代和商时期遗址》,中国考古学会编《中国考古学年鉴 2010》,文物出版社,2011 年,第 322—323 页。

懂[①]、杜家园(漾头)、落鹅、坳田懂、黄腊关、落箭坪、坳上坪、新屋、坝皂、纸厂、笔架冲、磨刀湾、茅溪、锡堡、宋家坝、方田坝、龙井、寨坝[②],洪江市窑场坪[③]、老屋背[④]、天柱县溪口[⑤]、靖州县斗篷坡[⑥]、芷江县四方园等地。这些遗址商、西周遗存中陶器有圜底釜、圜底罐、尖底钵,也有大口缸,西周时期器物中多了鼎、甗等三足器,纹饰有回纹、云雷纹等,刻画纹图案自商代一直延续到春秋时期,区域性考古学文化中既有巴文化因素,也有本地高庙文化等文化因素的遗留,还有其他非本地文化因素,考古文化具有多元性特点[⑦]。由于区域考古学文化呈现出多元性特点,这些地方在商、西周时期是否为巴国疆域还有待后续的考古发掘和考古学研究,不过从出土的商、西周陶器圜底釜、圜底罐、尖底钵等遗物推断,这些地方可能有部分巴人活动。沅水中上游地区纳入巴国疆域范围内应该是在东周时期。楚国自丹淅之地向南向西扩张,不断蚕食巴国东部疆域,导致了巴国东部地区的巴人不断

① 李飞:《铜仁县施滩新石器时代晚期遗址》,中国考古学会编《中国考古学年鉴2002》,文物出版社,2003年,第366—367页。李飞:《铜仁县岩懂新石器时代晚期遗址》,中国考古学会编《中国考古学年鉴2002》,文物出版社,2003年,第367页。

② 李飞:《铜仁市锦江流域商周至汉代遗址》,中国考古学会编《中国考古学年鉴2010》,文物出版社,2011年,第396—397页。

③ 郭伟民:《洪江市窑场坪商代及明清遗址》,中国考古学会编《中国考古学年鉴2000》,文物出版社,2002年,第217页。

④ 莫林恒、田云国:《洪江市老屋背商周至秦汉时期遗址》,中国考古学会编《中国考古学年鉴2013》,文物出版社,2014年,第343—344页。

⑤ 贵州省文物考古研究所、天柱县文物局:《贵州天柱县溪口遗址商周时期遗存发掘简报》,《四川文物》2015年第2期。

⑥ 贺刚:《靖州县斗篷坡新石器时代至商代遗址》,中国考古学会编《中国考古学年鉴1991》,文物出版社,1992年,第253页。

⑦ 邓辉:《土家族区域的考古文化》,中央民族大学出版社,1999年,第98—104页。

南迁西移,也使巴国东南部疆域向沅水中上游不断扩展,在沅水中上游出土的春秋战国时期的巴人遗迹、遗物就是最好的证明[1]。

　　乌江下游重庆市境内商、西周时期遗址主要有酉阳县清源、邹家坝、大河嘴[2]、范家坝[3]、聚宝[4],彭水县鸭母池[5]等,出土遗物中商、西周陶器组合以圜底釜(罐)、尖底盏、尖底杯、小平底罐、豆、灯形器最常见[6],巴文化特征明显,表明商、西周时期酉阳、彭水一带属巴文化区,是巴人活动的重要区域,商、西周时期应属巴国疆域。此外,乌江下游贵州省境内商、西周时期遗址主要有沿河县大河嘴[7]、中锥堡、李

① 朱圣钟:《春秋战国时期巴国疆域考》,《历史地理》第36辑,复旦大学出版社,2018年,第53—74页。

② 白九江主编,重庆市文物考古所、彭水县文物管理所、酉阳县文物管理所编撰:《乌江彭水水电站工程建设征地(重庆市)文物调查勘探试掘简报》,重庆市文物考古所、重庆文化遗产保护中心编著《酉阳邹家坝》,科学出版社,2011年,第323—347页。

③ 白九江主编,重庆市文物考古所、涪陵区博物馆、酉阳县文物管理所编撰:《酉阳县范家坝石器采集点发掘简报》,重庆市文物考古所、重庆文化遗产保护中心编著《酉阳邹家坝》,科学出版社,2011年,第367—376页。

④ 白九江主编,重庆市文物考古所、酉阳县文物管理所编撰:《酉阳县聚宝遗址发掘简报》,重庆市文物考古所、重庆文化遗产保护中心编著《酉阳邹家坝》,科学出版社,2011年,第394—401页。

⑤ 白九江主编,重庆市文物考古所、黔江区文物管理所、彭水县文物管理所编撰:《彭水县鸭母池遗址发掘简报》,重庆市文物考古所、重庆文化遗产保护中心编著《酉阳邹家坝》,科学出版社,2011年,第386—393页。

⑥ 重庆市文物考古所、重庆文化遗产保护中心、四川大学历史文化学院考古学系编:《酉阳清源》,科学出版社,2009年,第10—245页。

⑦ 白九江主编,重庆市文物考古所、酉阳县文物管理所编纂:《酉阳大河嘴遗址发掘简报》,重庆市文物考古所、重庆文化遗产保护中心编著《酉阳邹家坝》,科学出版社,2011年,第381—385页。白九江主编,重庆市文物考古所、彭水县文物管理所、酉阳县文物管理所编撰:《乌江彭水水电站工程建设征地(重庆市)文物调查勘探试掘简报》,重庆市文物考古所、重庆文化遗产保护中心编著《酉阳邹家坝》,科学出版社,2011年,第323—347页。

家坪、木甲岭、黑獭堡、神渡坝、小河口 [①]，思南县赵家坝、小河口 [②] 等地，出土商、西周遗存中陶器多夹砂陶，纹饰多绳纹，器形有花边口沿罐、釜、三足器、尖底盏、高柄豆、尖底杯、船形杯、陶网坠等，其文化面貌与重庆峡江地区、黔北赤水河流域同期文化相近。有学者将其界定为"巴蜀文化" [③]，黔东北与巴地毗邻，文化性质又相同，因此我们认为若将黔东北所谓的"巴蜀文化"界定为"早期巴文化"或更为恰当。若此说成立，则黔东北乌江流域思南、印江、沿河一带西周时也是巴人活动的重要区域，也当属巴国地域。

　　西周巴国南部疆界可能到达黔北赤水河流域赤水市、习水县、仁怀市至正安县一带。在贵州省习水县官仓坝、黄金湾、东门河，仁怀市牛鼻洞等遗址中，商、西周遗物陶器多夹砂灰褐陶、红褐陶，器形有花边口沿罐、直口尖唇罐、网坠等，纹饰多绳纹、方格纹、压印纹等，文化面貌与重庆峡江地区相同，考古学文化与黔东北沿河、印江、思南乌江河谷地带考古学文化属同一文化系统 [④]，文化性质属巴文化序列。由此推测商、西周时期巴人活动地域扩展到这一带，巴国南部疆域应扩展至黔北赤水河流域仁怀、习水一带。黔北赤水河流域赤水、习水、仁怀等地属巴国疆域还可从文献记录中得到印证。据道光《仁

① 张合荣、吴小华、张兴龙、张改课：《贵州沿河抢救发掘新石器晚期至商周遗址群》，《中国文物报》2007 年 4 月 20 日第 2 版。

② 张改课、汪汉华、覃军：《思南县乌江沿岸商周至汉代遗址》，中国考古学会编《中国考古学年鉴 2010》，文物出版社，2011 年，第 397—398 页。

③ 吴小华：《近年贵州高原新石器至商周时期文化遗存的发现与分区》，《四川文物》2011 年第 1 期。

④ 吴小华：《近年贵州高原新石器至商周时期文化遗存的发现与分区》，《四川文物》2011 年第 1 期。

怀直隶厅志》载"秦为巴郡地"[1]，秦巴郡地乃是以巴国旧地而设置的，则清仁怀直隶厅属巴国地。又嘉庆《仁怀县草志》载"汉时为符县地"[2]，汉符县乃是分秦江阳县地置，秦江阳县属巴郡地，则清仁怀县地亦属古巴国地。清仁怀直隶厅治今贵州赤水市，仁怀县治今贵州仁怀县，辖地还包括今贵州省习水县地，据此推知今黔北赤水市、习水县、仁怀县等地当属巴国疆域。又黔北桐梓县北部、正安县等地早期也曾属巴国疆域，民国《桐梓县志》载"桐在秦时，地近巴、蜀，两郡分领其地"[3]，则是桐梓县境一部分属巴郡，一部分属蜀郡。从地理位置看，桐梓县北部近巴地，则桐梓县北部当属巴郡，早期为巴子国地，南部则隶属蜀郡，民国桐梓县即今贵州省桐梓县，由此推测今桐梓县北部当属巴国南部疆域的一部分。又道光《遵义府志》载"正安一州当是巴之西南鄙"[4]，清正安州即今贵州省正安县，则是今正安县境在昔也当属巴国疆域范围。西周时期巴国的南部疆域疆界变化很小，这可能是巴国的向南扩张受到了活动于贵州高原的夜郎部族政权的强力阻击所致。

四、巴国西部、西南部疆域

《华阳国志》载巴国"西至僰道"，僰道即汉晋时期僰道县，治地

① 〔清〕陈熙晋纂修：道光《仁怀直隶厅志》卷一《疆域志·建置》，《贵州府县志辑》，巴蜀书社，2006年，第39册第12页。

② 〔清〕禹坡纂辑：嘉庆《仁怀县草志·沿革》卷一，《贵州府县志辑》，巴蜀书社，2006年，第38册第4页。

③ 李世祚修，犹海龙等纂：民国《桐梓县志》卷三《舆地志·建置》，《贵州府县志辑》，巴蜀书社，2006年，第37册第35页。

④ 〔清〕平翰等修：道光《遵义府志》卷二《建置》，《贵州府县志辑》，巴蜀书社，2006年，第32册第43页。

在今四川省宜宾市境。僰道在秦汉时期先属蜀郡，后属犍为郡，秦蜀郡以蜀国地而置，故僰道县地秦以前当为蜀国地，因此巴国西界当在汉晋僰道县东界。又据同治《南溪县志》载南溪县"汉僰道县地"[①]，清南溪县即今四川省宜宾市南溪区，清南溪县与江安县邻境，据道光《江安县志》载"汉江阳县地"[②]，而江阳县地"春秋、战国时为巴子国。秦并天下为巴郡地"[③]，清江安县原为秦巴郡江阳县地，西汉中叶割属犍为郡，原本为巴国地，清江安县即今四川省宜宾市江安县。据此我们推知常璩所说"西至僰道"，早期巴、蜀二国分界线大致在今四川省宜宾市南溪区与江安县分界线一带。

巴国西界，即由僰道北至汉中的疆界走向如何，常璩《华阳国志》并未予以交代，这需要我们从纷繁的史料和遗留的史迹中寻找线索。道光《富顺县志》载，富顺县"秦时地介巴、蜀二郡之间"，"汉高帝分巴置广汉郡，建元六年武帝分广汉置犍为郡，领县十二，江阳郡（县）属焉"[④]。清富顺县地在秦朝时地处巴、蜀二郡边界地带，秦属巴郡江阳县地，则清富顺县在巴国时代地属巴国地，西界蜀国地，清富顺县即今四川省富顺县，巴国西界大致在今富顺县西界、北界一线。同治《隆昌县志》载隆昌县"在昔应隶江阳"[⑤]，江阳县地为巴国

① 〔清〕福伦等修纂：同治《南溪县志》卷一《地舆志·沿革》，《中国地方志荟萃·西南卷·第三辑》，九州出版社，2016年，第3册第209页。

② 〔清〕高学廉纂修：道光《江安县志》卷一《地理志·沿革》，《中国地方志荟萃·西南卷·第二辑》，九州出版社，2016年，第6册第233页。

③ 〔唐〕李吉甫撰，贺次君点校：《元和郡县图志》卷三三《泸州》，中华书局，1983年，第864页。

④ 〔清〕张利贞等编纂：道光《富顺县志》卷二《建置沿革志》，李勇先主编《日本藏巴蜀稀见地方志集成》，巴蜀书社，2017年，第16册第485页。

⑤ 〔清〕花映均等修纂：同治《隆昌县志》卷二《建置沿革》，四川省地方志编纂委员会编《四川历代方志集成·第三辑》，国家图书馆出版社，2016年，第11册第308页。

地,则清隆昌县地亦当曾属巴国地。清隆昌县即今四川省隆昌市,今隆昌市北界四川省内江市,则巴国西界大致在今隆昌市至内江市界一线。光绪《增修荣昌县志》载荣昌县"本汉犍为郡资中、江阳、巴郡垫江三县地"[1],又光绪《内江县志》载内江县"汉为资中县地"[2],《汉书·地理志》载资中县属犍为郡,是资中县属蜀地而非巴地,清荣昌县即今重庆市荣昌区,内江县即今四川省内江市,荣昌区西北与内江市邻界,则巴国西界大致在今荣昌区与内江市分界线一带。民国《大足县志》载大足县"本合州巴川县地"[3],乾隆《安岳县志》载安岳县"汉资中、牛鞞、德阳三县地,属犍为郡"[4],民国大足县西北界安岳县东南界,民国大足县即今重庆市大足区,清安岳县即今四川省安岳县,则巴国西界在今大足区与安岳县界线一带。民国《潼南县志》载潼南县"商周蜀国地","秦蜀郡地"[5],民国潼南县即今重庆市潼南区。又《潼南县志》载周秦之际潼南县涪江一带属蜀国,琼江一带属巴国[6],又李膺《益州记》载青石山"昔巴蜀争界,久而不决。汉高帝八年,一朝密雾,石为之裂,自上及下破处,直若引绳焉,于是州

① 〔清〕施学煌:光绪《增修荣昌县志》卷二《建置》,《四川府县志辑》,巴蜀书社,1992年,第46册第42页。

② 〔清〕彭泰士等修纂:光绪《内江县志》卷一《舆地志·沿革》,《中国地方志荟萃·西南卷·第五辑》,九州出版社,2016年,第1册第10页。

③ 郭鸿厚等修撰:民国《大足县志》卷一《方舆·沿革》,《四川府县志辑》,巴蜀书社,1992年,第42册第372页。

④ 〔清〕张松孙等修纂:乾隆《安岳县志》卷一《土地部·建置志》,姚乐野主编《四川大学图书馆馆藏珍稀地方志丛刊》,巴蜀书社,2009年,第5册第287页。

⑤ 王安镇等修撰:民国《潼南县志》卷一《舆地志·沿革》,《四川府县志辑》,巴蜀书社,1992年,第45册第11页。

⑥ 四川省潼南县志编纂委员会编纂:《潼南县志》,四川人民出版社,1993年,第65页。

界始判"①,青石山大致位于今潼南区涪江南岸石镜坝一带②。以现在地域来看,巴、蜀分界线大致在从石镜坝向西北的琼江与涪江分水岭一线,向西北达今潼南区与安岳县分界线一带。今重庆市合川区与潼南区交界处龙多山传说是巴、蜀分界处,今合川区与潼南区分界线仍经过龙多山,则是巴国西界在今合川区与潼南区分界处。光绪《定远县志》载定远县秦属巴郡地,其西界蓬溪县东南界③,道光《蓬溪县志》载蓬溪县"商周为蜀国地,秦为蜀郡地,汉广汉县地"④,清定远县即今四川省武胜县,蓬溪县即今四川省蓬溪县,则是巴国西界大致在今武胜县西界与蓬溪县东南界一带。嘉庆《南充县志》载南充县"春秋战国为巴国地,秦属巴郡,汉置安汉县,属巴郡"⑤,春秋战国时南充县地属巴国,西周时期或亦当如此,清南充县西界蓬溪县,清南充县即今四川省南充市,则巴国西界在今南充市西界与蓬溪县东界一带。光绪《西充县志》载西充县"周为巴国……秦置巴郡,属焉,汉隶巴郡充国"⑥,道光《南部县志》载南部县"汉置充国县,属巴郡"⑦,清

① 〔宋〕乐史撰,王文楚等点校:《太平寰宇记》卷一三六《合州》,中华书局,2007年,第2657页。

② 谭其骧主编:《中国历史地图集》第7册《元·明时期》,中国地图出版社,1982年,第19—20页。

③ 〔清〕姜由范等修纂:光绪《定远县志》卷一《建置沿革》,《中国地方志荟萃·西南卷·第四辑》,九州出版社,2016年,第7册第301、303页。

④ 〔清〕吴章祁修纂:道光《蓬溪县志》卷一《建置》,《中国地方志荟萃·西南卷·第二辑》,九州出版社,2016年,第4册第175页。

⑤ 〔清〕袁凤孙等修纂:嘉庆《南充县志》卷一《舆地志·沿革》,《中国地方志荟萃·西南卷·第三辑》,九州出版社,2016年,第7册第308页。

⑥ 〔清〕高培谷等修撰:光绪《西充县志》卷一《地舆志·沿革》,《四川府县志辑》,巴蜀书社,1992年,第58册第12页。

⑦ 〔清〕王瑞庆、李澍修纂:道光《南部县志》卷二《舆地志·沿革》,《四川府县志辑》,巴蜀书社,1992年,第57册第379页。

西充县、南部县西界盐亭县。乾隆《盐亭县志》载盐亭县"本汉广汉县地"[1]，清盐亭县汉为广汉县地，为蜀地。清西充县即今四川省西充县，南部县即今四川省南部县，则巴国西界大致在今西充县、南部县西界与盐亭县东界一带。同治《剑州志》载剑州"秦始皇三十六年为巴郡地"[2]，清剑州即今四川省剑阁县，秦时为巴郡地，则在周代亦当为巴国地，今剑阁县西南界梓潼县东界，西北界江油市东界，北界广元市，则巴国西界大致在今剑阁县西界、北界一带。《汉书》载广汉郡辖葭萌、梓潼二县[3]，《华阳国志》载"蜀王别封弟葭萌号苴侯，命其邑曰葭萌"，"（秦）许嫁五女于蜀，蜀遣五丁迎之。还到梓潼"[4]，汉葭萌县治即今四川省广元市昭化古城，汉梓潼县治即今四川省梓潼县，则是今广元市、梓潼县皆为蜀地。梓潼县东南界阆中市，东界剑阁县，巴国西界应大致在今梓潼县与阆中市分界线、广元市与剑阁县分界线一带。西周时今四川省旺苍县东部属巴国，西部属蜀国，民国始置旺苍县，则巴国西界大致在从南而北经旺苍中部，由旺苍县北部向北则接巴国，在今汉中市南部、东部的疆界。

　　另据考古发现来看，自四川阆中市至涪江中游的三台县、遂宁市、安岳县、资阳市、简阳市、荣县、自贡市、宜宾市一带先后发现一些悬棺葬、岩棹墓，墓葬风格与峡江地区的岩棹墓、悬棺葬大体相似，这些独具特色的墓葬大多位于前文我们所界定的巴、蜀分界线一带。

① 〔清〕胡光琦等修纂：乾隆《盐亭县志》卷一《舆地志》，《四川府县志辑》，巴蜀书社，1992年，第20册第221页。

② 〔清〕李溶等修纂：同治《剑州志》卷一《疆域志》，《四川府县志辑》，巴蜀书社，1992年，第19册第762页。

③ 〔汉〕班固撰，〔唐〕颜师古注：《汉书》卷二八《地理志》，中华书局，1962年，第1597页。

④ 〔晋〕常璩撰，刘琳校注：《华阳国志校注》（修订版）卷三，成都时代出版社，2007年，第97页。

这些悬棺葬、岩椁墓墓葬的主人,可能属于巴、蜀统一各部建国之前的独立部落①。若此说成立,则这些部族所遗留下来的悬棺墓、岩椁墓就具有巴、蜀二国建国后的疆界指征意义,因为这些地域是巴、蜀二国疆域最后扩展所及的地域,这些部族的遗风遗俗(包括葬俗)最后得以遗留下来也就可以理解了。就已有考古发现来看,部分地处巴国西部边界地带的县(市)域内确实发现有商、西周时期的巴人遗物,如四川剑阁县江口镇颜家沟遗址商周时期遗物陶器器形有尖底盏、尖底杯、圜底钵、花边口沿罐、敛口钵、器盖、纺轮等器物组合②,文化遗物与渝东峡江地区的文化遗物相同,应属商周巴文化的范畴,是巴人遗物,一定程度上也印证了上文据文献分析得出的今四川省剑阁县域属巴国地的推论。又四川省阆中市坪上遗址商周时期遗物陶器多尖底器、平底器,器形有尖底器、细柄豆、钵、罐、器盖等③,器物组合与颜家沟遗址相近,其文化属性也当属巴文化范畴,为巴人遗物,这与文献中今阆中市一带为巴国地域的记载也是吻合的。又四川南充市淄佛寺遗址、南部县报本寺遗址考古发现都有商周时期遗物④,但因考古调查所搜集的遗物有限,我们认为目前还难以做出是商周时期考古学文化的判定,但从已发现的釜、罐、豆、钵等器物组合来看,似与峡江地区商周巴文化有一定的联系。又如重庆市合川区唐家坝商周遗存中陶器器形有花边口沿罐、高领罐、壶、钵、纺轮等,器

---

① 唐昌朴:《先秦巴国都邑与疆域考议》,重庆市博物馆编《巴渝文化》第三辑,西南师范大学出版社,1994年,第122—134页。

② 郑万泉:《剑阁县颜家沟商周汉代宋明清时期遗址》,中国考古学会编《中国考古学年鉴2014》,中国社会科学出版社,2015年,第383页。

③ 胡昌钰、孙智彬:《阆中县坪上商周时代遗址》,中国考古学会编《中国考古学年鉴1990》,文物出版社,1991年,第299—300页。

④ 白九江、蒋晓春、赵炳清:《川东北地区先秦时期考古发现与考古学文化》,《四川文物》2013年第2期。

表以素面为主,纹饰有绳纹、网格纹、凹弦纹等①,颇具渝东峡江地区商周时期考古学文化特点,因此合川唐家坝商周遗存当属巴文化范畴,合川一带西周时期应属巴国地域,这又与历史文献中今合川一带为巴国地域的记载相印证。相信今后随着巴国西部边界地带县(市)域内田野考古工作的持续展开和考古学研究工作的深入,还会发现更多可支撑本文西周巴国西部疆域及边界界定结论的考古学证据。

西周时期巴国西南部疆域大致位于自今江安县境延至今黔北赤水河流域赤水市一带。据前文所述今江安县在昔为巴国地,又嘉庆《长宁县志》载长宁县"汉属犍为郡汉阳、江阳两县地"②,光绪《兴文县志》载兴文县"周、秦时为西南夷,汉建元六年开夜郎置犍为郡,为汉阳县地"③,康熙《叙永厅志》载叙永厅"周、秦为蜀郡地"④,清江安县西界长宁县,南界兴文县、叙永厅,清长宁县为今四川省长宁县,清兴文县为今四川省兴文县,清叙永厅为今四川省叙永县,则古巴国西南界大致在今江安县以西长宁县北境至江安县南界、兴文县、叙永北界一带。同治《合江县志》载合江县"周属巴国,汉置符县"⑤,清合江县南界叙永厅,清合江县即今四川省合江县,则巴国西南界大致在

---

① 林必忠、刘春鸿、于桂兰:《渝南高速公路重庆段唐家坝与沙梁子石器时代至汉代遗址》,中国考古学会编《中国考古学年鉴2007》,文物出版社,2008年,第392页。

② 〔清〕曹秉让等纂修:嘉庆《长宁县志》卷一《沿革》,《四川府县志辑》,巴蜀书社,1992年,第34册第165页。

③ 〔清〕江亦显等修纂:光绪《兴文县志》卷一《舆地志·沿革》,《中国地方志荟萃·西南卷·第三辑》,九州出版社,2016年,第2册第259页。

④ 〔清〕宋敏学等修纂:康熙《叙永厅志》卷一《建置沿革》,《故宫珍本丛刊》,海南出版社,2001年,第211册第8页。

⑤ 〔清〕秦湘等修纂:同治《合江县志》卷三《建置沿革志》,《中国地方志荟萃·西南卷·第二辑》,九州出版社,2016年,第6册第352页。

今合江县南界、叙永县北界一带。今赤水河市一带清为仁怀厅地，南界叙永厅，清仁怀厅周时为巴国地，则巴国西南界大致在今贵州省赤水河市南界、四川省叙永县北界一带。

西周时期巴、蜀同为西周王朝的南土方国，在礼制森严的西周时期，同为周王属国的巴、蜀间发生大规模争斗和疆域变动的可能性不大，因此巴国西部、西南部疆界，也即蜀国东部疆界在西周时期应该相对较为稳定。

五、西周时期巴国的都城

关于巴国都城，常璩《华阳国志》载"巴子时虽都江州，或治垫江，或治平都，后治阆中。其先王陵墓多在枳"①，则是江州、垫江、平都、阆中皆曾为巴国都城。江州即今重庆市渝中区，垫江即今重庆市合川区，平都即今重庆市丰都县，阆中即今四川省阆中市，但它们都是巴国什么时代的都城，其先后次序如何，常璩并未予以交代。笔者曾从巴国疆域变迁的空间轨迹角度入手对春秋战国时期巴国都城进行了梳理。江州作为巴国都城时间最久，自春秋时期一直持续到战国中期，平都做巴国都城大致在战国中期公元前361年前后，垫江做巴国都城时间当在楚将庄蹻西征前后，即公元前339—前329年前后，阆中做巴国都城时间也在庄蹻西征之后，时间应在垫江作都城之后，是继垫江之后的巴国晚期都城②，目前看来这个提法是有一定道理的。

---

① 〔晋〕常璩撰，刘琳校注：《华阳国志校注》（修订版）卷一，成都时代出版社，2007年，第24页。
② 朱圣钟：《春秋战国时期巴国疆域考》，《历史地理》第36辑，复旦大学出版社，2018年，第53—74页。

那么，西周时期巴国都城在哪儿呢？从目前已有史料来看，当以江州为是，即西周都城在今重庆市渝中区一带。首先，据《水经注》载"江州县，故巴子之都也"①。《括地志》载"巴子都江州"②。《元和郡县图志》载渝州"古之巴国也"，"武王伐殷，巴人助焉"，"后封为巴子"，"春秋时亦为巴国"③，唐渝州治江州县。《通典》载"渝州，今理巴县，古巴国"④。《太平寰宇记》载渝州"今理巴县"，"武王克殷，封宗姬支庶于巴，是为巴子"，"春秋时亦为巴国，战国时巴亦不改"⑤。《明一统志》载重庆府"周时为巴子国"⑥。同治《巴县志》载巴县"周巴子国"⑦。则是西周巴国都城在江州县，也即唐宋时渝州治巴县，也即明清时期重庆治巴县，其治地皆在今重庆市渝中区，诸多文献皆以今重庆市渝中区为西周时期巴国都城所在地。其次，《舆地纪胜》载重庆府巴王冢"在巴县西北五里，前后有石兽、石龟各二，麒麟、石虎各一，即古巴国之君也"⑧。《蜀中名胜记》载重庆府"郡学后莲花坝，有石麟

① 〔北魏〕郦道元著，〔清〕王先谦校：《合校水经注》卷三三，中华书局，2009年，第487页。

② 〔唐〕李泰等著，贺次君辑校：《括地志辑校》卷四《渝州》，中华书局，1980年，第202页。

③ 〔唐〕李吉甫撰，贺次君点校：《元和郡县图志》卷三三《渝州》，中华书局，1983年，第853页。

④ 〔唐〕杜佑撰，王文锦、王永兴、刘俊文等点校：《通典》卷一七五《州郡五》，中华书局，1988年，第4584页。

⑤ 〔宋〕乐史撰，王文楚等点校：《太平寰宇记》卷一三六《渝州》，中华书局，2007年，第2658—2659页。

⑥ 〔明〕李贤等：《明一统志》卷六九《重庆府》，三秦出版社，1990年，第1076页。

⑦ 〔清〕霍为棻等修纂：同治《巴县志》卷一《疆域志·建置沿革》，《重庆府县志辑》，巴蜀书社，2016年，第3册第347页。

⑧ 〔宋〕王象之原著，李勇先校点：《舆地纪胜》卷一七五《重庆府》，四川大学出版社，2005年，第5124页。

石虎,相传为古时巴君冢",治北康村,有阜二十余,俗呼古陵,亦曰'巴子冢'矣"[①]。莲花坝在今重庆市渝中区七星岗莲花池一带,巴王冢当为巴国都江州时巴王族墓地,据帝王陵墓近都城的古制,可佐证古巴子国都在今渝中区一带。另外,江州及其附近的历史地名如巴子故宫、巴子岩、巴子石、巴子鱼池、巴子梁、巴子市(龟亭)、巴子古滩城等[②],也在一定程度上印证了巴都江州的事实。也许正因如此,谭其骧先生主编《中国历史地图集》"西周·西周时期中心区域图"[③]、《简明中国历史地图集》"西周时期全图"[④]均将巴国标注在重庆市渝中区。

六、结论与讨论

通过前文的讨论,我们认为西周时期巴国疆域与常璩《华阳国志》所载"东至鱼复,西至僰道,北接汉中,南极黔涪"有一定出入,或者说常璩《华阳国志》所载并非西周时期巴国的疆域范围。西周时期巴国北部疆域并非止于大巴山一线,而是向北延伸至大巴山以北汉水上游河谷地带,大致包括今汉中市以东,安康市石泉县、汉阴县、紫阳县以西汉水上游河谷地带,西界褒国,东界庸国;东部疆域峡江地带东至今重庆市忠县一带,梁平区、万州区至巫山县境内的峡江地

① 〔明〕曹学佺著,刘知渐点校:《蜀中名胜记》卷一七,重庆出版社,1984年,第238页。
② 〔宋〕王象之原著,李勇先校点:《舆地纪胜》卷一七五《重庆府》,四川大学出版社,2005年,第5118—5124页。
③ 谭其骧主编:《中国历史地图集》第1册《原始社会·夏·商·西周·春秋·战国时期》,中国地图出版社,1982年,第15—16页。
④ 谭其骧主编:《简明中国历史地图集》,中国地图出版社,1991年,第9—10页。

带西周时期为庸国地,鄂西峡江地带今巴东县、秭归县、兴山县、宜昌市等地在西周中期以后为夔子国地,峡江以南清江流域西周时期仍为巴国疆域,峡江东口以东北至襄阳市以南—钟祥—荆门—荆州市荆南寺—枝江—松滋一线以西地带西周时也属巴国东部疆域;东南部疆域大致包括今鄂湘渝黔毗邻地带澧水中上游地区、酉水流域、乌江下游河谷地带;南部疆域大致包括今贵州省北部赤水河流域赤水市—习水县—仁怀县—桐梓县北部—正安县一线以北地域;西南部疆域大致包括今四川省江安县—长宁县北部—合江县等地;西部疆域大致包括今四川省江安县—富顺县—隆昌市—重庆市荣昌区—大足区—潼南区(琼江流域)—合川区—四川省武胜县—南充市—西充县—南部县—阆中市—剑阁县—旺苍县东部一线以东地域。西周时期巴国疆域除东部有一定程度的变化外,其他区域疆域疆界相对较为稳定。西周时期巴国都城在今重庆市渝中区一带。

作者系西南大学历史文化学院教授

原刊《西部史学》2020 年第 1 期

唐宋四川馆驿汇考

蓝　勇

对于唐宋四川馆驿之考证,前人虽有文涉及,但至今无专文系统汇考①。就所考证之文观之,多仅辑录驿名,有一点方位考证也多仅注明落实到县域,不够明确;从考证手段观之,几乎都局限于文献资料的考证,缺乏实地考察之印证,误漏甚多。笔者拟在前人基础上,考较史料,辅以实地考察,增补一些站名,考证一些前人不明地望的馆驿,提出一些自己的看法。

成都市:1.成都驿:宋成都陆驿。陆游《剑南诗钞》卷五《寓驿舍》诗小序:"予三至成都,皆馆于是。"知宋有成都陆驿,驿名暂难考,姑以成都驿称之。从诗中称"闲坊古驿掩朱扉"来看,此驿气势甚古,疑为成都当时要驿,位于今成都市内。2.合江亭:唐宋水驿。早在战国时从成都江桥便可扬帆直下今江浙一带。唐代剑南西川节度使韦皋在今成都市东南南河口建一合江亭,以二江合流处得名,为峡路水运第一水站。杜诗有"门泊东吴万里船"之句。到宋代,李唐、吕大防对合江亭加以修葺。吕大防以之为官驿船的办事处②。

---

① 现涉及此专题的有陈沅远、姚家积、严耕望和冯汉镛四位先生,具体文章见后引文。
② 蓝勇:《四川古代交通路线史》,西南师范大学出版社,1989 年。

3. 沱江驿：唐陆驿。《全唐诗》卷六七二有唐彦谦《奏捷西蜀题沱江驿》诗，《唐语林》卷五也谈及此驿。阅《资治通鉴》卷二五二："宋（威）进军沱江驿，距成都三十里。"胡注称：沱江驿在成都府新繁县。旧新繁县在今新都县西新繁镇。其镇南 15 里为龙桥乡，清为龙桥铺，从新繁到成都大道，南距成都正好约三十里，也濒临沱江支流毗河。今新都县龙桥乡当唐沱江驿旧址。4. 天回驿：《全唐诗》卷九有蜀太后徐氏《题天回驿》，范摅《云溪友议》卷四"（驿）去府城三十里"，驿应在今成都北 30 里天回镇。5. 新都驿：宋金牛道上陆驿。陆游《剑南诗稿》卷六有《暑行憩新都驿》和《早发新都驿》，驿在今新都县城。6. 柳池驿：宋陆驿。《舆地纪胜》卷一三七《成都府》："谢铺观，在阳安县北三十五里柳池驿。"以今位置推之柳池驿应在今简阳县北养马区治。7. 金雁驿：《全唐诗》卷七〇〇韦庄《汉州》诗有"十日醉眠金雁驿"之句。今广汉有雁江。另《太平广记》卷三三五谈到章仇兼琼"至汉州入驿"，疑此驿当在今广汉市内。8. 两女驿：严耕望《唐金牛成都道驿程考》[①]中有详考，位置在今新都、广汉之间。找以地图推测之，疑在今弥牟（唐家寺）。9. 二江驿：唐宋陆驿，在今双流县治。详考见蓝勇《四川古代交通路线史》、严耕望《唐代成都清溪南诏道驿程考》和赵吕甫《云南志校释》[②]。宋陆游有《夜宿二江驿》诗，知此驿宋代仍存。10. 三江驿：唐陆驿，在今双流花园场附近。详考见上注。11. 延贡驿：唐陆驿，在今邛崃县延贡镇南。12. 临邛驿：唐陆驿，在今邛崃县治。13. 顺城驿：唐陆驿，在今邛崃

---

① 严耕望：《唐金牛成都道驿程考》，"中央研究院"历史语言研究所集刊编辑委员会编《历史语言研究所集刊》第 40 本上，台湾商务印书馆，1968 年。

② 蓝勇：《四川古代交通路线史》，西南师范大学出版社，1989 年；〔唐〕樊绰著，赵吕甫校释：《云南志校释》，中国社会科学出版社，1985 年；严耕望：《唐史研究丛稿》，新亚研究所，1969 年。

大塘。以上详考均见上注。

陈沅远《唐代驿制考》①据《文苑英华》卷二九八罗邺《春日过寿安山馆》定邛州有寿安山馆，但罗邺本人未曾到蜀，唐邛州也无寿安山，疑陈文有误。陈文据《旧唐书》卷七五《韦云起传》载"敕遣轨息驰驿诣益州报轨"之句，称有益州驿之驿。我觉得，这里"驰驿"系古代的"传驿"，系指取乘官驿路到益州，非特指有益州驿。陈文据《文苑英华》卷二九八杜牧《题青云驿》，称此青云驿在导江县西。导江县西有青城山之名，但从无青云之称。从杜诗中描绘此驿当一通都大驿之盛况及诗中有"襄阳路"三字看，此青云驿非唐四川境之馆驿。

绵阳地区：1. 巴西驿：唐陆驿。《全唐诗》卷二二七有杜甫《巴西驿亭观江涨呈窦使君》，知有此驿。唐巴西县即今绵阳市。此驿当在今绵阳市，为金牛道一要驿。2. 上亭驿：又叫琅珰驿，唐宋陆驿。《舆地纪胜》卷一八六《隆庆府》："上亭驿，在梓潼武连二县之界。"今梓潼县北 20 里有上亭铺，有《唐明皇幸蜀闻铃处碑》。上亭驿应在其地。3. 万安驿：唐宋陆驿。《方舆胜览》卷五四："万安驿，在罗江县西。明皇幸蜀至此，叹曰：'一安尚不可，况万安乎！'"旧罗江县即今德阳市罗江镇。《蜀中名胜记》卷九："按驿在治西一里，昔有碑书：'一安且不可？'云是玄宗亲笔，今亦毁蚀。"以此记载万安驿应在今德阳市罗江镇西。4. 罗江驿：《全唐诗》卷六七二有唐彦谦《罗江驿》诗。唐彦谦久居川中，此驿当旧绵州之罗江驿，与万安驿或一驿二名，或二驿。5. 深渡驿：唐陆驿。《文苑英华》卷二九六张说有《深渡驿》一诗。《读史方舆纪要》卷六八："深渡，在（广元）

---

① 陈沅远：《唐代驿制考》，燕京大学历史系编《史学年报》1 卷 5 期，燕京大学历史系，1933 年。

县北大小二漫天之间,即嘉陵江也。"后唐王宗昱征战和宋初王全斌伐蜀都曾经过深渡驿。应在今广元嘉陵江边,具体位置待考。6. 方期驿：唐宋陆驿。《太平寰宇记》卷八四载剑州剑门县下剑门县旧址为方期驿。唐宋剑门县治在今剑门关附近,驿应在其地。7. 汉源驿：唐陆驿。《太平广记》卷四三二引《北梦锁言》和《资治通鉴》引李昊《蜀高祖实录》都谈到剑门附近有汉源驿。今剑阁县北剑门南有汉源区,其区治古称源坡,即唐汉源驿旧址。8. 潜水驿（朝天驿）：唐金牛道上陆驿,又叫筹笔驿。《全唐诗》卷三五七有刘禹锡《秋日送客至潜水驿》。《读史方舆纪要》卷六八："潜水,在县北八十里,源出县北三十余里之木寨山,经神宣驿,又南二十里经龙洞口至朝天驿北,穿穴而出入嘉陵江……"这里的潜水即今浅溪河,在今朝天区治入嘉陵江,南至广元县正好80里。又《读史方舆纪要》卷六八："筹笔驿,在县北八十里,诸葛武侯出师运筹于此,唐宋皆因旧名,即今朝天马驿。《志》云驿有朝天古渡,即潜水所经。"以此观之,今广元朝天区治原为筹笔驿,唐宋又称潜水驿,文同《利州绵谷县羊摸谷仙洞记》也称其为朝天驿。9. 望喜驿：唐金牛道上陆驿。《全唐诗》卷四一二载元稹《望喜驿》诗。《读史方舆纪要》卷六八："又县北四十五里有望喜驿,唐名也,今曰沙河,马驿。"驿在今广元沙河乡治。另民国《重修广元县志稿》卷三："望喜驿,县西一里,元稹、李义山皆有诗。"此说似误。《太平广记》卷二〇五杜渐鸿条称："利州西界望嘉驿,路入汉川矣。"从称"西界"及"路入汉川"看,此驿当在利州北通汉川大道上,沙河马驿位置正合,"县西一里"之说应误。另本驿原或本取望嘉陵江之意,故曰望嘉驿,也许后才改称望喜驿,或是望嘉驿之误写。10. 嘉陵驿：唐金牛道上水陆驿。《全唐诗》卷四一二载元稹《嘉陵江》诗,中有"今日嘉川驿楼下"。《全唐诗》卷三一七载有武元衡《题嘉陵驿》诗,《文苑英华》卷二九八有薛能《题嘉陵江驿》诗。《读史方舆纪要》卷六八："又县西二里有高桥水驿,亦曰嘉陵驿,今曰问津水马驿,在县西门外。"以此推测,唐嘉陵驿应在今广元市城西嘉陵江边。11. 嘉川驿:唐宋驿站。《全唐诗》卷五五三有《嘉川驿楼晚望》诗,陆游又有《嘉川驿得檄遂行》诗,知此驿唐宋皆存。《读史方舆纪要》卷六八:"嘉川城,县东北五十里……《郡志》嘉川城在今县东百里地。"查《重修广元县志稿》卷三,载嘉川废县有二,一在县东嘉川坝,一在今广元市治。前考广元市治已有嘉陵驿,此驿应在今旺苍县嘉川区治嘉川坝。12. 魏城驿:宋陆驿。陆游《剑南诗稿》卷三《绵州魏城驿有罗江东诗云芳草有情皆碍马好云无处不遮楼戏用》诗,中有"古驿滩声瀄瀄流"之句。此驿应在今绵阳市魏城区治,临魏城河。13. 奉济驿:唐陆驿。严耕望《唐金牛成都道驿程考》有考,在绵州东30里。我以里程推之应在今绵阳市东沉香铺。14. 泥溪驿:唐宋陆驿。此驿屡见于唐宋人文献,但位置一直难明。彭乘《墨客挥犀》卷四:"蜀路泥溪驿,天圣中有女郎卢氏者,随父往汉州作县令,替归,题于驿舍之壁……"《北梦琐言》卷九载唐光化中京兆韦□□到巴南做官,曾经过泥溪。《资治通鉴》卷二六八也谈到五代后梁时,蜀王王建自泥溪到利州,林思谔曾从中巴经泥溪见蜀主。另后唐时李继岌平蜀也曾远至泥溪。从以上记载可看出泥溪驿在汉州与利州之间。又《通鉴胡注》称泥溪当在剑州北利州界,位置就更加明确。查《读史方舆纪要》卷六八:"泥溪河,(昭化)县西四十里,下流入嘉陵江,往来通道也……"据实地考察,此河在今昭化南,东入嘉陵江。入口处叫吴家店,北接昭化,东趋巴中,西走大剑镇,正位于剑州北利州界上。再石介《徂徕诗钞》中有《泥溪驿中作》有序曰:"嘉陵江自大散关与予相别,二十余程至泥溪偕予去,因有是作。"其诗曰:"山驿萧条酒倦倾,嘉陵相背去无情。临流不忍轻相别,吟听潺湲坐到明。"从此诗及序中可看出,泥溪驿濒临嘉陵江,且从此驿以后金牛道完全与嘉陵江分道,这正好与吴家店位置及西通大剑镇的形势相吻合。所以,唐宋泥溪驿应在今广元市吴家店。15. 昭化驿:宋驿。《方舆胜览》卷六六《利州》:"桔柏潭,在昭化驿,有古柏……"可见,宋昭化有昭化驿,应在今广元市昭化区治。16. 剑州驿:宋驿。《宋史》卷六三《五行志》:"(咸平二年)九月,剑州驿厅梁上生芝草……"从此可看出,宋有剑州驿,应在宋剑州治今剑阁县城。17. 武连驿:宋驿。陆游《剑南诗稿》卷三有《宿武连驿》诗。驿应在今剑阁县武连区治。18. 五盘岭驿:唐陆驿。严耕望《唐金牛成都道驿程考》有考,在今广元与陕西交界之七盘岭上。19. 葭萌驿:唐驿。《能改斋漫录》载有唐花蕊夫人《题葭萌驿》词,知唐有葭萌驿。《蜀中名胜记》卷二四引《本志》:"县北百八十里施店驿,即古葭萌驿,驿即故县地也。"明施店驿在今苍溪县五龙乡,驿应在其地。20. 苍溪馆:唐驿。《全唐诗》卷五八六有刘沧《宿苍溪馆》诗,应在今苍溪县。21. 通泉驿:唐宋驿。《全唐诗》卷二二〇有杜甫《通泉驿南去通泉县十五里山水作》。潼川府通泉驿在今射洪县洋溪乡浒溪场,驿应在其地。又《方舆胜览》卷六二载为通水驿,或宋改称通水驿。22. 瑞庆驿:宋驿。《舆地纪胜》卷一五四载郪县有瑞庆驿,宋任炎佐《重修潼川孔庙碑》作瑞庆驿[①],在今三台县。冯汉镛先生《唐五代时剑南道的交通路线考》改为庆瑞驿,为唐驿似误[②]。23. 江滨驿:宋驿。《舆地纪胜》卷一五五《遂宁府》有"孙谔《题江滨驿》"诗,其诗中有"渡江始至长江县"之称,知此驿当在宋长江县对岸,宋长江县在今蓬溪县长江坝,江滨驿应在对岸郪口乡。

---

① 傅增湘纂辑:《宋代蜀文辑存》卷七八引,台北新文丰出版公司,1974年,第993页。

② 冯汉镛:《唐五代时剑南道的交通路线考》,《文史》第14辑,中华书局,1982年。

《玉海》卷一七二载山南西道新置三驿中有垂泉驿。《经世大典》载蜀道上有垂泉陆站，在今剑阁西南垂泉乡治。但唐剑阁之地属剑南道，只有存疑。

陈沅远《唐代驿制考》据卢照邻有《奉使益州至长安发钟阳驿》而认为钟阳驿在今绵阳市，实误。从诗中看此驿应在长安附近，而今绵阳唐有巴西驿，也向无钟阳之地名。陈文又据独孤及有《东平蓬莱驿夜宴平卢杨判官醉后赠别姚太守置酒留宴》认为此蓬莱驿在梓州唐兴县西南。唐兴古有蓬莱溪，但此诗明言是东平之地，应在今山东东平县地。

重庆市：1. 什邡驿：宋驿。《舆地纪胜》卷一五九《合州》下载有何麒《题什邡驿》诗。《元丰九域志》载合州古有什邡候城。《寰宇通志》卷六二："什邡候城，在合州治东北……"此驿当在今合川县治，为宋时合州州驿。2. 牛尾驿：唐宋陆驿。《舆地纪胜》卷一六一《昌州》有郑国华《留题牛尾驿》："龙尾道中退朝客，雕鞍宝马黄金勒。谁怜运使足驰驱，夜半孤村牛尾驿。"参《方舆胜览》卷六四《昌州》牛尾驿下有张孝芳诗"发舟马头岸，驻车牛尾驿"，可知牛尾驿绝非如严耕望先生所称为峡路水驿，而是一陆驿。至于其位置也非在长江边。考《蜀中名胜记》卷一七《永川县》下引《旧志》："六十里有牛尾驿。"以《元和郡县图志》卷三三《昌州》："大足县东南八十里有牛头山。"牛头山即今大足东南之巴岳山，其从东北向西南斜亘在永川县、大足县之间，山西南尾部正处在今通衢邮亭铺，西北距大足县约八十里，东南距永川县正好约六十里左右。所以，今大足县邮亭铺当唐宋牛尾驿旧址。3. 铁山驿：宋驿。宋赵抃《过铁山铺寄交戴吴龙图》"暂留山驿又晨兴，西望旌麾想旧朋"，知宋昌州境有铁山驿。以《元和郡县图志》卷三三、《太平寰宇记》卷八八载永川东南 80 里有大铁山，以位置对证应在今西温泉山。《读史方舆纪要》卷六九："铁山,县东二十里,旧有铁山铺,今为铁山镇,以山石如铁色而名。"今永川县东 20 里有铁山坪,应为铁山驿旧址。4. 南川驿:宋陆驿。《方舆胜览》卷六〇《南平军》载有此驿。宋南平军治南川县,治在今綦江县古南镇北岸,南川驿应在其地。5. 孝义驿:宋陆驿。《舆地纪胜》卷一六五《广安军》:"孝义台,乃唐旌表陈氏孝义七世,不分居,盖射洪拾遗子昂之后,迁居于此。今旌表台在,有孝义驿。"旌表台在广安县治,孝义驿应在今广安县治。6. 茅坝驿:唐水驿。严耕望《唐代成都江陵间蜀江水陆道考》[①]有考,在今江津县治。

南充地区:1. 果州驿:宋陆驿。陆游《剑南诗稿》有《果州驿》一诗,驿应在今南充市内。2. 唐兴客馆:唐陆驿。唐杜甫有《唐兴县客馆记》。唐兴县在今蓬溪县明月场,客馆也或在明月场。道光《蓬溪县志》卷六《古迹》:"客馆,县西一百五十里旧客馆镇,今为蓬莱镇,唐杜甫有《唐兴客馆记》。"又以《蜀中名胜记》卷三〇引《异物记》载宋便有长江县客馆镇,北二里为伏龙山,东至蓬溪县 210 里。可见,唐兴客馆应在今蓬溪县蓬莱镇,而非在今明月场。3. 营山歇马馆:唐陆驿。《太平寰宇记》卷一三九载蓬州郎池县,贞元元年移在州南 35 里的营山歇马馆为理。旧蓬州郎池县在今仪陇县二龙区治,南 35 里有营山天池乡,应为歇马馆旧址。4. 嘉陵驿:宋水驿。《舆地纪胜》卷一五六《顺庆府》载有嘉陵驿,《读史方舆纪要》卷六八载有明嘉陵水驿,在南充县治东,疑宋嘉陵驿为果州水驿。

万县地区:1. 小彭驿。《舆地纪胜》卷一七七《万州》载有小彭驿,道旁有石虎。查《蜀中名胜记》卷二三:"按(彭溪)在县东八十里,巴阳驿是,俗名小江,旧小彭驿设焉。"今小江入口为云阳县双江

---

① 严耕望:《唐代成都江陵间蜀江水陆道考》,《香港中文大学中国文化研究所学报》第十一卷上册(1980 年)。

区治,宋小彭驿应在其地。2. 羊渠驿。《舆地纪胜》卷一七七载:"羊渠驿,在(万)州治,本路提点刑狱司治所。"驿应在今万县市。3. 龙日驿。《太平寰宇记》卷一三七《开州》载:"(开州)东至夔州云安县龙日驿一百九十里,从驿路至夔州二百二十里。"以《吴船录》卷下载云安军至夔州水路仅一百五十余里看,这里谈的绝非水驿路,而龙日驿也绝非如严氏所称为峡路水驿,其驿应在今云阳县境内,具体地望待考。4. 万户驿。《舆地纪胜》卷一八二引《固陵集》载李焘《胊朏记》:"余泊舟云安之西三十里万户驿,下横石滩上,土人云今驿之左右则胊腮故地也。"查《蜀中名胜记》卷二三:"万户驿即万户坝,去县西四十里。"今云阳县西40里为复兴乡治,古名万户坝,万户驿应在其地。5. 高梁驿。《舆地纪胜》卷一七七载万州西24里有高梁驿。今万县市西有高梁乡,驿应在其地。6. 三龟驿。《舆地纪胜》卷一七九载有三龟驿,在梁山军南门之外,应在今梁平县治。7. 梁山驿:唐宋陆驿。《舆地纪胜》卷一七九引《碑目》:"旧梁山驿碑,在军东四十里,耆老相传,李唐时有白虎蛟龙为民害,民至迁居以避⋯⋯"今梁平县东45里为银河桥铺,碑应为驿所在地立,则梁山驿应在今梁平县银河桥。8. 高都驿。《舆地纪胜》卷一七九载:"都梁,又名高都,在县治北十五里,旧有高都驿,乃天宝进荔枝之路也,山壤腴而黄,其民多业种姜。"今梁平县北合兴区星桥乡有高都铺,驿应在其地。今其山仍有驿路遗迹,旧有山门书"高览通都"仍存门基。9. 邡郍驿。范石湖《石湖诗钞》中万州至垫江间有《邡郍驿大雨》一诗,只是具体地待考。10. 大石岭驿:唐陆驿。《全唐诗》卷七六五有王周《大石岭驿梅花》诗。阅《嘉庆一统志》卷三九八《夔州府》:"大石岭关,在巫山县南八十里,明嘉靖中建。"驿在今巫山县南与湖北建始县交界处。11. 瞿塘驿:唐水驿。严耕望《唐代成都江陵间蜀江水陆道考》有考,在今奉节县城和白帝城之间。

陈沅远《唐代驿制考》据岑参有《宿铁关西馆》之诗,而奉节有铁山关,夔关又称铁关而定夔州巫山县西有铁山西馆,似太牵强。以《全唐诗》中岑参《宿铁关西馆》诗前有诗名《焉耆》,后为《轮台》诗来看,所谓铁关西馆应在今西北地区。

达县地区:1. 丁溪馆:唐陆驿。《全唐诗》卷四二一有元稹《通州丁溪馆夜别李景信》诗。此馆驿应在今达县市一带。2. 水清驿:唐宋馆驿。《方舆胜览》卷六八《巴州》载姚彦游《水清驿》诗:"见说巴南一小州,孤城寂寞字江头。"《读史方舆纪要》卷六八《巴州》引《旧志》:"又清水驿,旧在州南三里,唐置,今废。"以州南三里地理位置计之,此驿应在今巴中县南城守乡治。《巴州志》称在州南 30 里三江口,当为一说。3. 恩阳驿:唐驿。《舆地纪胜》卷一八七引《碑目》有:"唐韦苏州诗《送令狐岫宰恩阳诗》,刻石于县之驿亭。"可知有恩阳驿,在旧恩阳县治,即今巴中县恩阳区治。

涪陵地区:唐宋时期今涪陵地区所辖无馆驿可考。以《蜀中名胜记》卷一九引《碑目》载唐人摩围山石刻称:"巴黔路途阔远,亦无馆舍,凡至宿泊,多倚溪岩,就水造餐,钻木出火。"可知当时可能多无馆驿建制。《舆地纪胜》卷一七九《黔州》载有黄山谷《题歌罗驿》,《方舆胜览》卷六一也载,知有歌罗驿在宋黔州境。以《蜀中名胜记》卷一九和《嘉庆一统志》卷三一七载在黔江县东 190 里看,其驿址应在今湖北界内了。

乐山地区:1. 开峡驿:唐水驿。严耕望《唐代成都江陵间蜀江水陆道考》有考,在嘉州平羌县,距今乐山市北 30 里。我以地望推定其在今乐山板桥街附近。2. 通津驿:宋陆驿。《剑南诗稿》卷六有《宿彭山县通津驿大风陵园多乔木终夜有声》,嘉庆《四川通志》卷三三载彭山县北 25 里有沙头津,应在今彭山县青龙场南。3. 清溪驿:唐水驿。严耕望《唐代成都江陵间蜀江水陆道考》有考,在旧犍为县南青溪口。今我以地势察之,应在马边河入口之清水溪新建乡康家附近。4. 四望驿:唐陆驿。陈沅远《唐代驿制考》有考,位置在今乐山犍为县境。5. 眉州驿:宋陆驿。《剑南诗稿》卷八有《眉州驿舍睡起》一诗,另范成大《吴船录》卷上谈到有眉山馆,当即此驿,应在今眉山县治。

　　自贡市:金川驿:宋陆驿。《舆地纪胜》卷一六七《富顺监》载嘉祐七年李昌《金川驿记》。富顺监宋有金川庙,当在今富顺县治内。

　　宜宾地区:唐宋时今宜宾地区处于石门道和蜀江水路交汇点,必有重要馆驿,但至今仍无确考之馆驿名。陈沅远《唐代驿制考》考有临川驿和武宁驿,似误。陈氏据《全唐诗》卷三五一有柳宗元《北还登汉阳北原题临川驿》,但宜宾仅明有汶川水驿,向无临川之称,而柳宗元也未到过蜀地。以题汉阳来看,此驿应在唐江夏汉阳县,地在今湖北境内。又《文苑英华》卷二九八张籍《宿临川驿》:"楚驿南渡口,夜深来客稀。"明言此驿在今湖北境内。

　　雅安地区:1. 百丈驿:唐驿,在今名山县百丈镇。详考见蓝勇《四川古代交通路线史》、严耕望《唐代成都清溪南诏道驿程考》、赵吕甫《云南志校释》[①]。以下驿站考释均见以上三文。2. 顺阳驿:唐驿,在今名山县治。3. 延化驿:唐驿,在今雅安市西。4. 奉义驿:唐驿,在雅安市飞龙关。5. 南道驿:唐驿,在今荥经县治。6. 汉昌驿:唐驿,在今荥经县郑家坝。7. 潘仓驿:唐驿,在今汉源县草鞋坪垭口。8. 白土驿:唐驿,在今汉源县九襄富村。9. 木笔驿:唐驿,在今汉源县治。10. 望星驿:唐驿,在今汉源县晒经关。11. 黎武城:唐驿,在今汉源清溪。

① 蓝勇:《四川古代交通路线史》,西南师范大学出版社,1989年;〔唐〕樊绰著,赵吕甫校释:《云南志校释》,中国社会科学出版社,1985年;严耕望:《唐史研究丛稿》,新亚研究所,1969年。

　　凉山州：1.大定城：唐驿，在今甘洛海棠区治。2.达士驿：唐驿，在今甘洛县寮坪。3.新安城：唐驿，在今越西县保安。4.菁口驿：唐驿，在今越西县治。5.永安城：唐驿，在今越西县南箐。6.瞿竿馆：唐驿，在今越西县小山。7.荣水驿：唐驿，在今喜德县登相营。8.初裹驿：唐驿，在今喜德冕山。9.平乐驿：唐驿，在今冕宁泸沽镇。10.苏祁驿：唐驿，在今西昌礼州北。11.沙野城：唐驿，在今西昌西打罗。12.羌浪驿：唐驿，在今德昌附近。13.俄准岭馆：唐驿，在今德昌甸沙关。14.菁口驿：唐驿，在今会理石窝。15.芘驿：唐驿，在今会理白果。16.会川镇：唐驿，在今会理县。17.目集驿：唐驿，在今会理风营区。18.河子镇：唐驿，在今会理黎溪大海子。19.未栅馆：唐驿，在今渡口市大龙潭。20.贺兰驿：唐驿，在今西昌市附近。详考见陈沅远《唐代驿制考》。21.泸川驿：宋元驿。元《圣朝混一方舆胜览》卷中载在今西昌一带有泸川驿。

　　阿坝州：1.白崖驿：唐驿。《元和郡县图志》卷三二《柘州》："柘县……柏岭在县北八十里，岭北三十里至北崖驿，与吐蕃接界。"另《通典》："（恭州）北至吐蕃白崖镇七十里。"柘县在今黑水县三打古，柏岭即三打古西北的羊拱山，恭州在今红原县刷经寺。今红原县壤口乡在刷经寺北约七十里，其东南为羊拱山（柏岭，即白崖），位置与上面记载合。所以，唐白崖驿应在今红原县壤口乡治。2.了郊馆：唐驿，在今茂汶县治。详考见严耕望《唐代岷山雪岭地区交通图考》[①]。

　　以上可考的唐宋四川馆驿名称及位置的共计为98个，但实际上应远不止此数。《唐六典》卷五《兵部》下载："凡三十里一驿。天下

---

① 严耕望：《唐代岷山雪岭地区交通图考》，《香港中文大学中国文化研究所学报》第二卷第一期（1969年）。

凡一千六百三十有九所,二百六十所水驿,一千二百九十七所陆驿,八十六所水陆相兼。"这 1639 个驿馆名称及位置不可一一考证。以当时十五道平均每道约一百零八个,四川今天版图当时为剑州道和山南西道大部,估计唐代馆驿有近二百个。至于宋代,特别是南宋,四川地理位置较唐代更加重要,馆驿和摆铺密布,馆驿会更多。

作者系西南大学历史地理研究所教授

原刊《成都大学学报(社会科学版)》1990 年第 4 期

文献与田野三视阈:中古州县治城位置考证方法研究

——以唐代昌州治所变迁及静南县治地考辨为例

蓝　勇

在中国历史地理研究中,魏晋隋唐时期的一些州县治位置由于文献史料缺乏或文献记载的矛盾,长期以来争论不休,特别是在旅游开发和文化资源得到重视的今天,有一些争论已经显现为一种利益之争。在这种背景下,通过历史地理研究得出科学的结论就不仅有较大的学术价值,而且有较强的现实意义。从理论上讲,如果对所有争论的地区进行一次系统的地下发掘有可能最好地解决这类问题,但现实并不可能做到。所以,更多时候可能还必须要先将仅有的历史文献与实地考察结合起来,对州县位置进行辨析,这就有了对这种研究途径在理论方法上进行总结的必要。所以,这里,我们拟以唐代昌州治地变迁和静南县的位置考辨为例,总结中古时期州县治所位置确定研究的基本方法。

关于昌州唐代静南县的治地位置,一直是巴蜀历史研究中一个未决的难题。现在对于唐代静南县治地的位置一共有四种说法,以至于今天大足区内各乡镇之间互相争论,各以自己的乡镇为唐代静南县故地。第一是大足区龙水镇说。民国《大足县志》卷二《方舆下·县治》认为,"自其方位度之,龙水镇似即古之静南县。又自碑文究之,亦与《元和郡县图志》所记吻合"①。对四川行政区划治地研究较深的薄孝荣先生的《四川政区沿革与治地今释》一书中也坚持龙水说②。第二是大足区三溪镇说。1996年编《大足县志》就认为,《元和郡县图志》记载"地凭赤水,北倚长岩",因三溪镇南临赤水溪(即濑溪河),北有长冈,方位在大足县西南,所以,静南县治地就在三溪镇③。重庆市勘测院等编印的《重庆历史地图集》第二卷便采用此说。第三是认为在大足区高升镇。1996年《大足县志》谈到高升时认为高升太和坝相传为静南坝,附近宝峰寺明代石刻造像记中有"静南乡"之名,附近有唐代尖子山石刻,故应为静南县治④。第四是大足区东南说。其实,此说历史最为久远,早在《读史方舆纪要》卷六九中就记载:"静南废县,在(大足)县东南。唐乾元中置,属昌州。五代初,废入大足县。"⑤受此影响,道光《重庆府志》卷一记载:"按静南废县在大足县东南,今为旧州坝。"⑥同时,清代《历代地理志韵编今释》也称静南县在大足县东南⑦。后来,民国《大足县志》中也有类

---

① 郭鸿厚等纂修:民国《大足县志》卷二《方舆下·县治》,1945年(铅印本),第1b页。

② 薄孝荣:《四川政区沿革与治地今释》,四川人民出版社,1986年,第228页。

③ 大足县志编修委员会:《大足县志》,方志出版社,1996年,第65—66页。

④ 大足县志编修委员会:《大足县志》,方志出版社,1996年,第66页。

⑤ 〔清〕顾祖禹撰,贺次君、施和金点校:《读史方舆纪要》卷六九《四川四》,中华书局,2005年,第3278页。

⑥ 〔清〕王梦庚修,寇宗撰:道光《重庆府志》卷一《建置沿革》,蓝勇主编《稀见重庆地方文献汇点》,重庆大学出版社,2013年,第435页。

⑦ 〔清〕李兆洛:《历代地理志韵编今释》卷一一,广陵古籍刻印社,1992年,第228页。

似记载，认为在大足县东南，当时名旧州坝①。1996年《大足县志》就谈到此说②。2017年笔者主编的《重庆历史地图集》中由杨光华教授主绘的政区图也采用此说。

一、历史文献中唐宋昌州倚郭县的变迁

这里要说的历史文献中的昌元县、静南县往往都是以昌州州治为核心来定位，所以，首先确定昌州治县的变化尤为重要。关于昌州设立的时间，一般认为是在乾元元年（758）③。昌州初置时的治所仅从州县名称来看，从理论上讲应该是昌元县，有关记载也证明确实如此，如《新唐书·地理志》："（昌州）乾元二年（759）析资、泸、普、合四州之地置，治昌元。"④后来，明代的万历《四川总志》记载"唐置昌元县，为昌州治"⑤。再《读史方舆纪要》卷六九也称："唐乾元二年析置昌元县，并置昌州治此。"⑥

史料证明昌州最初治昌元县，但最初昌元县的具体位置，历史上的记载并不是太具体。《大清一统志》卷三八八《重庆府二》中有这

---

① 郭鸿厚等纂修：民国《大足县志》卷二《方舆下·县治》，1945年（铅印本），第1b页。

② 大足县志编修委员会：《大足县志》，方志出版社，1996年，第66页。

③ 《元和郡县图志》《太平寰宇记》记载为乾元元年，但《舆地广记》《舆地纪胜》和《新唐书》记载为乾元二年。

④ 〔宋〕欧阳修、宋祁：《新唐书》卷四二《地理志六》，中华书局，1975年，第1091页。

⑤ 〔明〕虞怀忠修，郭棐纂：万历《四川总志》卷九《郡县志·重庆府》，明万历刻本，第2b页。

⑥ 〔清〕顾祖禹撰，贺次君、施和金点校：《读史方舆纪要》卷六九《四川四》，中华书局，2005年，第3277页。

样的记载："废昌州,在荣昌县北……今名旧州坝,在大足县东南。"①
但我们在今大足区东南并没有发现有旧州坝之地。万历《重庆府志》
卷三记载明代荣昌县北七十里有昌元镇和昌元里,应即指此②。今荣
昌区盘龙镇昌州村正处荣昌西北,七十里的距离也基本相符。再据
《蜀中广记》卷一七记载："大抵昌州今之旧州坝,是昌元里,即唐昌
元县地也。"③卷五三:"府志,旧州坝有昌州巡检司。又云荣昌治西
昌元里,即唐昌元县址,亦尝充静南军使。"④从方位上来看,称治西
也较为符合。再据《宋会要辑稿·食货一六》中昌州下记载有"旧
州"⑤务,宋代的昌元县在今荣昌区,故唐代的昌元县在宋代已有旧州
之称,也就是说,宋明以来昌元县旧址被称为"旧州""旧州坝"。故
2000年出版的《荣昌县志》认定昌元县在荣昌盘龙镇昌州村狮子坝。
由此,我们认为狮子坝即宋明时期的旧州坝,所以至今当地人一直认
为狮子坝、狮子林一带为古昌元遗址。1984年,重庆市博物馆和荣
昌县文化馆也在此进行过发掘,发掘出大量墙基石、水沟、灶坑、水
井、烧土及宋代陶瓷⑥。

　　但是由于州治和县治都在变化,唐宋文献对昌元县位置的记载

① 〔清〕穆彰阿、潘锡恩等纂修:《大清一统志》卷三八八《重庆府二》,上海古籍
　　出版社,2008年,第180—181页。
② 〔明〕张文耀修,邹廷彦纂:万历《重庆府志》卷三《疆域》,蓝勇主编《稀见重
　　庆地方文献汇点》,重庆大学出版社,2013年,第179页。
③ 〔明〕曹学佺:《蜀中广记》卷一七,《景印文渊阁四库全书》第591册,台湾商
　　务印书馆,1983年,第212页。
④ 〔明〕曹学佺:《蜀中广记》卷五三,《景印文渊阁四库全书》第591册,台湾商
　　务印书馆,1983年,第723页。
⑤ 〔清〕徐松辑:《宋会要辑稿·食货一六》,中华书局,2006年,第5081页。
⑥ 重庆市荣昌县志编修委员会:《荣昌县志》,四川人民出版社,2000年,第
　　925页。

较为混乱。《元和郡县图志》卷三三记载，昌元县"东至州一百二十里"，而且形势是"东接赖波溪，西临耶水"①。《太平寰宇记》卷八八则记载昌元县在昌州"西一百里"，有"东接赖婆溪"，"赖婆溪，在县南五十步"的地理方位②。我们注意到，元和时的昌州治在静南县，故这里的方位"东"应该是"东北"，"西"应该是"西南"。太平兴国时昌州治大足，昌元在州治的西南，也不是西。两地以盘山曲折之路各计一百到一百二十里也是可以理解的。问题是今天荣昌区狮子坝一带一马平川，无大一点的河流，无两河交汇，更无赖婆溪的任何历史记忆。我们注意到大历四年（769）昌州治和昌元县治都曾迁到赖婆溪的赖婆村，即今荣昌区河包镇。因此，笔者推断《元和郡县图志》《太平寰宇记》记载昌元县的里程是以最早的昌元县治狮子坝来计算的，但州县治形势却是按大历四年后的赖婆村来描述，如《太平寰宇记》卷八八："旧理赖婆溪，南以昌元县为倚郭……东接赖婆溪……因赖婆村为名，旧为州所理……赖婆山，在县南九十里，四面悬绝，大历四年在山上置行州。"③这个赖婆溪就是现在的珠溪河，在今珠溪镇流入赖溪河，称为甘沟子。赖婆村则指今河包镇，明代万历《重庆府志》中称为赖川镇、赖川里④，因曾为昌州治所，当地习惯称赖州。

另据《元和郡县图志》卷三三："（昌州），大历十年（775），本道使崔宁又奏复置，以镇押夷獠。其城南凭赤水，北倚长岩，极为险

---

① 〔唐〕李吉甫撰，贺次君点校：《元和郡县图志》卷三三《剑南道下》，中华书局，1983年，第868页。

② 〔宋〕乐史撰，王文楚等点校：《太平寰宇记》卷八八《剑南东道七·昌州》，中华书局，2007年，第1747页。

③ 〔宋〕乐史撰，王文楚等点校：《太平寰宇记》卷八八《剑南东道七·昌州》，中华书局，2007年，第1746—1747页。

④ 〔明〕张文耀修，邹廷彦纂：万历《重庆府志》卷三《疆域》，蓝勇主编《稀见重庆地方文献汇点》，重庆大学出版社，2013年，第179页。

固。"① 这里重置时昌州的州治在何处？仅有《读史方舆纪要》卷六九称："（大历）十年，复置昌州治此（荣昌县）。"② 好像是指最初的昌州治，其他并无明确记载，所以从大历十年复置到昌州治迁到静南县之间的时间坐标仍存疑。故"南凭赤水，北倚长岩，极为险固"所指，一直不明。如果从山川形势来看，不可能是荣昌昌村州狮子坝的昌元县，因狮子坝一带没有较大河流，一马平川，更无一点山岗。也不可能是静南县所处的太和村太和坝静南县，因为虽然此地也邻近高升河（即唐代始龙溪，现在又称窟窿河），但距离太和坝附近的一些山岗较远，体现不了"倚"的感觉。因此，"其城南凭赤水，北倚长岩，极为险固"，更像大历四年后的荣昌河包镇的昌元县形势。《元和郡县图志》卷三三记载昌元县濑波溪在县南五十步。（昌元县）东接濑波溪，西临耶水③，实际描绘的是河包镇昌元县的情况，南依赖婆溪，可能在古代流入赖溪河统称赤水，且河包镇北靠一条南北长岗（金凤山），与同书记载的"城南凭赤水，北倚长岩，极为险固"相合。同时，从《元和郡县图志》记载的"始龙溪，在县东，南流屈曲五十里合赤水溪流也"④ 来看，这里的"县"也是指今河包镇的昌元县。也就是说，从大历十年复置到元和八年（813）的38年之间，有关昌州的治所在昌元县还是静南县、昌元县在何地并无唐宋文献的直接记载，我们只能肯定元和八年昌州治所肯定已经从昌元县改为静南县。道光

---

① 〔唐〕李吉甫撰，贺次君点校：《元和郡县图志》卷三三《剑南道下》，中华书局，1983年，第867页。
② 〔清〕顾祖禹撰，贺次君、施和金点校：《读史方舆纪要》卷六九《四川四》，中华书局，2005年，第3277页。
③ 〔唐〕李吉甫撰，贺次君点校：《元和郡县图志》卷三三《剑南道下》，中华书局，1983年，第868页。
④ 〔唐〕李吉甫撰，贺次君点校：《元和郡县图志》卷三三《剑南道下》，中华书局，1983年，第868页。

《重庆府志》记载的大历十年复置昌州治静南县，并无任何前代史料可依，不足为信。而《读史方舆纪要》卷六八认为大历十年复置时，称"治此"相当含糊，是指昌元县初址今昌州村狮子坝，还是改移的昌元县赖婆村今河包镇，还是指静南县，不得而知。关于昌州治所从静南县迁到大足县的时间，存在《舆地广记》《新唐书·地理志》认为的光启元年（885）和《太平寰宇记》《舆地纪胜》认为的景福元年（892）两说[①]，我们依1996年《大足县志》所考[②]，认为景福元年可能性更大一些。

　　综上所述，从唐代乾元元年设立昌州开始，昌州治所在昌元县，宋明时期开始称为旧州坝，即今荣昌区盘龙昌州村狮子坝狮子林会龙桥的古昌州城。大约是大历四年昌州治所因战乱迁往赖婆村，昌元县作为"倚郭"，也迁到赖婆村，这个赖婆村当时显现的形势正是"南凭赤水，北倚长岩，极为险固"，即今荣昌区河包镇。大历六年战乱后昌州治废去，大历十年重置时，昌州治是在原狮子坝昌元县、赖婆村昌元县还是静南县，因史料记载少且混乱而无法确定。但可以肯定的是至迟到元和八年昌州治所已经迁到静南县。到唐末景福元年，昌州治迁到大足县。以前以曾治于永昌寨而认为昌州治五迁，因永昌寨就在大足县城边，与大足县城相近[③]，故认定为一次。所以，昌

---

① 〔宋〕欧阳忞撰，李勇先、王小红校注：《舆地广记》卷三一《梓州路》，四川大学出版社，2003年，第912页；〔宋〕欧阳修、宋祁：《新唐书》卷四二《地理志六》，中华书局，1975年，第1092页；〔宋〕乐史撰，王文楚等点校：《太平寰宇记》卷八八《剑南东道七·昌州》，中华书局，2007年，第1746页；〔宋〕王象之原著，李勇先点校：《舆地纪胜》卷一六一《昌州》，四川大学出版社，2005年，第4877页。

② 大足县志编修委员会：《大足县志》，方志出版社，1996年，第64页。

③ 大足县城曾在虎头大足坝、永昌寨、河楼滩等地，几处相互邻近，只能认定为一地。

州治城历史上确考的只有四迁，即昌元县、赖婆村昌元县、静南县、大足县，总的迁移规律是从西南向东北推移。

二、历史文献中有关唐代静南县治地考

我们对昌州的治所迁移时空规律研究清楚后，才可能进一步分析静南县治地的位置所在。传统历史文献中有关静南县的相关记载是我们研究唐代静南县治位置的重要参考资料，所以，这里首先需要系统梳理一下有关静南县的相关历史记载。

据《元和郡县图志》卷三三记载：“皇朝乾元元年，左拾遗李鼎祚奏以山川阔远，请割泸、普、渝、合、资、荣等六州，界置昌州，寻为狂贼张朝等所焚，州遂罢废。大历十年，本道使崔宁又奏复置，以镇押夷獠。其城南凭赤水，北倚长岩，极为险固……静南县，中。郭下。乾元元年与州同置。铜鼓山，在县北八十里。赤水溪，经县南，去县九十步。始龙溪，在县东，南流屈曲五十里合赤水溪流也。”[1] 仅以此记载我们可以得出以下几点结论：

1. 从乾元元年所割六州设立的昌州来看，泸州在昌州的南面，普州在昌州西北，渝州在昌州东南，合州在昌州东北，资州在昌州西，荣州在昌州西南。从理论上，大足西北应该是从普州普康县分出，而且《舆地广记》和《舆地纪胜》也都确实称光启元年是“以普州普康县地置静南县”[2]，所以静南县治地只可能是在昌州的西部，即大足县的

①〔唐〕李吉甫撰，贺次君点校：《元和郡县图志》卷三三《剑南道下》，中华书局，1983 年，第 867—868 页。
②〔宋〕欧阳忞撰，李勇先、王小红校注：《舆地广记》卷三一《梓州路》，四川大学出版社，2003 年，第 912 页；〔宋〕王象之原著，李勇先点校：《舆地纪胜》卷一六一《昌州》，四川大学出版社，2005 年，第 4877 页。

西北或西南的地域内。

2. 昌州设立最初治地在昌元县，但大历十年复置昌州时的治地记载并不明确，可以肯定唐宋元明时期文献并无记载此时已经改治静南县，只是道光《重庆府志》卷一记载："大历六年，州废，十年移州治静南县。"[1]其实并无任何前代资料支持，故在清代乾隆、嘉庆、光绪的《大足县志》中并无大历十年昌州治移静南县的记载。所以，《元和郡县图志》记载的"南凭赤水，北倚长岩"的州治形势并不明确是指何地。

3. 静南县成为昌州治所的时间在唐宋历史文献中并无记载，所以静南县为昌州治的具体时间待考，但可以肯定元和年间静南县已经成为昌州治所。因《元和郡县图志》的成书时间是在元和八年，所以我们只能认定静南县为昌州治所的时间不会晚于元和八年。

4.《元和郡县图志》此处记载相当乱，如记载"赤水溪，经县南，去县九十步。始龙溪，在县东，南流屈曲五十里合赤水溪流也"[2]。赤水溪即今濑溪河，始龙溪即今窟窿河（库录河），以今两河位置来看，如果一个城镇同时在这两河的只有大足双河，但如果是在一起，又不可能流五十里才汇合，十分矛盾。我们注意到，这里可能是将赖婆村昌元县与静南县的空间记忆混杂在一起的缘故。因"赤水溪，经县南，去县九十步"与"南凭赤水"正好应该是描述赖婆村的情况。而"始龙溪，在县东，南流屈曲五十里合赤水溪流也"[3]，正好是描述赖婆

① 〔清〕王梦庚修，寇宗撰：道光《重庆府志》卷一《建置沿革》，蓝勇主编《稀见重庆地方文献汇点》，重庆大学出版社，2013年，第434页。

② 〔唐〕李吉甫撰，贺次君点校：《元和郡县图志》卷三三《剑南道下》，中华书局，1983年，第868页。

③ 〔唐〕李吉甫撰，贺次君点校：《元和郡县图志》卷三三《剑南道下》，中华书局，1983年，第867—868页。

村东北较远处始龙溪（窟窿河）的情况。

　　这里有关铜鼓山的记载更可以证明这一点。因铜鼓山在今荣昌区铜鼓镇，位置完全是确定了的。中华书局本《元和郡县图志》在静南县下记载铜鼓山"在县北八十里"[①]方向就完全不对，实际情况是铜鼓山在静南县西南，在赖婆村昌元县西北，在旧昌元县东北。所以，这里明显是在静南县下用旧昌元县的坐标来记载的，是一种地域坐标记忆混杂。到了明代和清代乾隆到光绪年间，人们才记载铜鼓山在荣昌县北一百里或一百二十里[②]，方位才准确了。

　　《太平寰宇记》卷八八也记载："唐乾元元年，左拾遗李鼎祚奏以山川阔远，请割泸、普、渝、资、荣等界地置昌州；至二年，张朝、杨琳作乱，为兵火所废。大历十年，西川节度使崔宁奏复置，以御蕃戎。旧理赖婆溪南，以昌元县为倚郭。景福元年移就大足县，即今理……赤水溪，源从普州安居县界来……赖婆溪，在（昌元）县南五十步。源自静南县来，多有石碛，不通舟行。因赖婆村为名，旧为州所理……赖婆山，在县南九十里。四面悬绝。大历四年在山上置行州……废静南县，在州西五十里。与州同置。西接龙溪，地名静南坝，因为县名。以地荒民少，皇朝并入大足等三县。铜鼓山，在县北八十里……始龙溪，在县东七十五里。"[③]对此，我们可以有三点认知：一是从《太平寰宇记》的记载来看，昌州旧理赖婆溪，南以昌元县为倚郭，这是

① 〔唐〕李吉甫撰，贺次君点校：《元和郡县图志》卷三三《剑南道下》，中华书局，1983 年，第 868 页。

② 〔明〕刘大谟等纂修：嘉靖《四川总志》卷九《重庆府》，明嘉靖刻本，第 8a 页；〔清〕许元基纂修：乾隆《荣昌县志》卷一《山川》，乾隆二十九年（1764）刻本，第 15b 页；〔清〕文康撰：光绪《荣昌县志》卷三《山川》，光绪十年（1884）增修本，第 3a 页。

③ 〔唐〕乐史撰，王文楚等点校：《太平寰宇记》卷八八《剑南道七·昌州》，中华书局，2007 年，第 1746—1748 页。

以昌州治静南或大足时回忆赖婆村旧理的语气；二是其记载"废静南县，在州西五十里。与州同置。西接龙溪，地名静南坝"[①]，因当时昌州治大足县已经没有任何争议，所以静南县在今大足西五十里肯定无误。所以，仅从方位来看，唐代静南县在高升太和坝应可确定；三是其在永川县条或废静南县下记载始龙溪在县东七十五里似均不正确，亦似以赖婆村昌元县为基点的记载。

《元丰九域志》卷七载："上，昌州，昌元郡，军事。唐中都督。皇朝乾德元年为上州。治大足县。……上，大足。五乡。大足、龙水、陔山、安仁、永康、河楼滩、刘安、三驱磨、獠母城、静南、李店、龙安、米粮一十三镇。"[②]这一则记载相当重要，因为在十三镇中同时有龙水、静南并存，所以，这条史料可以作为铁证，说明今大足龙水镇绝不可能是静南县之治地。

欧阳忞《舆地广记》卷三一载："昌州……唐属资、普、泸、合四州，乾元二年析置昌州，大历六年，州、县废，其地各还故属。十年复置，后曰昌元郡。皇朝因之。今县三……（大足县）光启元年州徙治焉，及以普州普康县地置静南县，属昌州。"[③]此处有一重要信息，昌州于大历十年复置后称"昌元郡"，这从侧面证明了大历时昌州的州治并没有改为静南县，仍在昌元县，但是否仍置于初置昌元县时的今狮子坝或是河包镇则不得而知，不过从山川形势来看，可能在今河包镇的昌元县。这里称"光启元年州徙治焉，及以普州普康县地置静南

① 〔唐〕乐史撰，王文楚等点校：《太平寰宇记》卷八八《剑南道七·昌州》，中华书局，2007年，第1748页。

② 〔宋〕王存撰，王文楚、魏嵩山点校：《元丰九域志》卷七《梓州路》，中华书局，1984年，第326页。

③ 〔宋〕欧阳忞撰，李勇先、王小红校注：《舆地广记》卷三一《梓州路》，四川大学出版社，2003年，第912页。

县,属昌州",说明静南县只能在昌州境内的西北和西北角,不可能在大足东南或龙水镇。

《舆地纪胜》卷一六一载:"如昌州以乾元元年李鼎祚奏请,二年建置,大历六年为贼焚荡而废,至大历十年而复置,其年月初不相乱也……大足县……以界内大足川为名。县旧治在虎头大足坝。景福元年,移理大足……铜鼓山,《图经》:在昌元县东十里……废静南县,在州西五十里,与州同置。西接龙溪,地名静南坝,因为县名。"[①]《方舆胜览》卷六四也称:"唐为泸、普、渝、合、资、荣等六州地,肃宗时割六州界置昌州,寻为狂贼张朝等所焚,州遂废,地各还所属,其后复置,仍充静南军使以镇蛮獠。五代属遂州。皇朝升为上州,隶潼川府路。今领县三,治大足……东临赤水,《元和志》'云云,西枕营山'。北倚长岩,同上,'云云,最为险固'……赤水溪。在大足县。其水源自普州安溪县界来。"[②]从以上两条史料,我们可以看出:一、南宋文献并没有认为大历十年复置昌州时以静南县为州治,只谈到充静南军使以镇蛮獠;二、《方舆胜览》时昌州治所在大足,但仍称"北倚长岩",说明南宋也没有确指是静南县的形势,指向不明;三、《舆地纪胜》引《图经》认为铜鼓山在昌元县东十里,以两个昌元县或静南县、大足县为基点来看均明显有误。

这里有两条关键史料可以进一步证明以上我们的结论。

《宋会要辑稿·食货一六》:

　　昌州旧在城及大足、昌元、永州(川)、龙水、陜山、米粮、李

---

① 〔宋〕王象之原著,李勇先点校:《舆地纪胜》卷一六一《昌州》,四川大学出版社,2005年,第4876、4877、4883、4885页。

② 〔宋〕祝穆撰,祝洙增订,施和金点校:《方舆胜览》卷六四《潼川府路·昌州》,中华书局,2003年,第1121—1122页。

店、龙安、刘安、安仁、静南、河楼、永康、一驱、僚母、颇川、宝盖、龙会、永安、赵市、龙门、清滩、丰安、归仁、砲子、小井、滩子、旧州、永昌、铁山、龙归、来苏、候溪、永祥、牛尾、永兴、权（懽）乐、成昌三十八务，岁五万一千五十七贯。[1]

这一则记载相当重要，因为前面引《元丰九域志》记载的十三镇中同时有龙水、静南二镇并列，所以，今龙水绝不可能是静南县治地，从而首先否定了龙水说。《宋会要辑稿》中又证明龙水、静南并存。同时，《宋会要辑稿》中"颇川"的"颇"字本身识读较乱，从前后关系来看，很有可能就是指明代万历《重庆府志》卷三记载的荣昌县的"赖川里""赖川镇"，在明代荣昌县城北一百里[2]，应该即今河包镇，与我们习惯称河包镇为赖州相符合。

三溪（珠溪）镇在唐宋时期的名称无考，据万历《重庆府志》卷三记载大足县：

> 里凡三十三：安贤、长受、三溪、从顺、昌宁、嘉胜、得阳、青平、遇仙、后院、高峰、同古、雍溪、富春、锡山、米粮、曲水、双山、崇泰、汶水、善庆、伏元、静南、月富、兴昌、丰成、永安、三花、仁政、中山、进德、招贤、存义。镇凡四，县西四十五里老官镇，南四十里珠溪镇，南三十里龙水镇，西南三十二里刘安镇。[3]

---

[1]〔清〕徐松辑：《宋会要辑稿·食货一六》，中华书局，2006年，第5081页。
[2]〔明〕张文耀修，邹廷彦纂：万历《重庆府志》卷三《疆域》，蓝勇主编《稀见重庆地方文献汇点》，重庆大学出版社，2013年，第179页。
[3]〔明〕张文耀修，邹廷彦纂：万历《重庆府志》卷三《疆域》，蓝勇主编《稀见重庆地方文献汇点》，重庆大学出版社，2013年，第179页。

据《舆地纪胜》卷一六一记载："玉溪。在大足县赤水。"[1] 可见珠溪河可能在唐宋称为玉溪。《读史方舆纪要》卷六九记载："又宝珠溪,在县南四十里。志云:唐贞观中渔人郭福得珠于此,因名。"[2] 明代记载中有三溪里和珠溪镇之名,这条史料更为珍贵,一是说明珠溪镇可能为三溪里的驻地,二是三溪里与静南里并存,也成为否定三溪(珠溪镇)为唐代静南县旧址的铁证。

综合以上唐宋文献的分析,我们可以看出,唐代静南县可以肯定不在今大足区龙水镇,也不在今三溪镇。唐代静南县可以肯定是在今大足西五十里之地,仅以区位论之,大足区高升镇太和坝张家坝子为静南坝的可能性最大。昌州治并不是在大历十年迁移到静南县的。"南凭赤水,北倚长岩"可能是对赖婆村昌元县形势的描述,即今荣昌区河包镇。

三、田野考察三视阈:乡土记忆、山川形势、周边文物

田野考察是校正历史文献分析的重要手段,不过,我们对怎样系统地通过田野考察来为历史地理研究提供支持的相关理论总结较少。多年的田野考察实践告诉我们,在研究古代州县治地位置时,乡土历史记忆、实地山川形势、周边历史文物三个方面,可对历史文献的分析提供充分的互证,我们这里简称其为田野考察的三视阈。

1. 通过田野考察,从乡民的历史记忆中,即乡民口述中发现历史

---

① 〔宋〕王象之原著,李勇先点校:《舆地纪胜》卷一六一《昌州》,四川大学出版社,2005 年,第 4880 页。

② 〔清〕顾祖禹撰,贺次君、施和金点校:《读史方舆纪要》卷六九《四川四》,中华书局,2005 年,第 3278 页。

空间的沉淀相当必要。我们在研究唐代静南县位置时，先后前往大足区高升镇、三溪镇，荣昌区盘龙镇昌元村、河包镇考察，询访了当地大量乡土老人，他们的口述记忆成为我们进行历史文献系统分析时的重要互证材料。

我们在大足区首先考察了高升镇，在高升镇我们访问了太和村人龙顺富（退休公务员，73岁），他告诉我们，太和坝的张家坝子以前又称静南坝，而且此说是他的老人传下来的，邻近窟窿河，又称高升河。其中，张家坝子上以前有三尺步道，在田中挖出了大量房屋基脚石和瓦片。这些信息，在后来我们采访太和村万世水（65岁）、万世昌（68岁）老人时也得到了证实。

我们考察了三溪（珠溪）镇，先后采访了刘金民（六十多岁）、毛生海（75岁）等七八位老人，有的已经年近90岁，但几乎都没有任何静南县的历史记忆，只有清代珠溪镇街道和多处寺观庙宇的历史记忆。我们在昌元县遗址考察时，先后采访了昌州村支书田世杰，昌州一队田庆能（87岁）、田庆模（80岁）、王弟富（62岁）、王世连（68岁）等老人，他们一致认为他们孩提时代就从更老的村民口中听闻当地是古昌州城之地，以前在劳动时就曾挖掘出文物，后来又见证了考古工作者的发掘工作。我们在河包镇考察时，当地百姓普遍认为该地曾作为昌州的行州治所，古有赖婆村、赖婆溪之名，故有赖州的简称流行，历史记忆相当强烈。总的来看，乡土历史记忆反映的情况与我们前面系统分析历史文献的结论基本吻合。

2. 对今天山川形势的观察，可以对证历史文献的相关山川记载。应该看到，由于古代历史空间认知的局限性，古代文献中对山脉、河流的分合、名实记载只具有相对科学性，许多方位、里程都是相对数字，所以，我们需要结合实地的山川形势来分析。

我们在考察中发现，今大足区龙水镇虽然也在古代赤水溪（濑溪河）边上，但并无始龙溪的一点痕迹，这就从山川形势上证明了我们从历史文献否定龙水镇的合理性。我们到大足区三溪镇考察时发现，三溪镇确实是南依赤水溪，但附近并没有可以称为"长岩"的山形，只有一处低矮的花碑坡，从山形上也完全不合。附近也没有始龙溪的窟窿河，始龙溪进入濑溪河处远在北面的双河村。附近只有一条干沟，称宝珠河，流入濑溪河。我们考察大足区高升太和坝的形势时，发现其中的张家坝子被称为静南坝子，离高升河（窟窿河）仅几十米，与宋代文献中记载的"西接龙溪"完全吻合。周边有三个连续不断的丘陵山体，似也可以称为"长岩"。但后来我们考察了荣昌区河包镇，发现河包镇更像"南凭赤水，北倚长岩"形势，其核心赖婆村南面正好包裹宝珠河（即赖婆溪），北依金凤山（可能就是历史上的长岩，也可能就是赖婆山，历史文献中记载的赖婆山的位置有误），地形相对于三溪镇、太和坝都更为险要，这与当时迫于战乱而设立行州治"以镇押夷獠，其城南凭赤水，北倚长岩，极为险固"相符。相对来说，昌州初设和设立静南县时更多考量了地势的平坦程度，所以，旧州坝（狮子坝）、静南坝（太和坝张家坝子）就成为设立昌元县、静南县的治所之地。

3. 周边历史文物对州县治所的确定也尤为重要，如果有系统的地下发掘，可能是坐实中古时期州县治地的重要手段。但由于我们不可能对这些地区开展系统的地下发掘，只能依据仅有的地下文物和地面文物来分析，但也不失为分析历史文献结论的重要参考。

对于地下文物，以前老乡们在高升镇静南坝一带挖地时曾发现大量的房基石和瓦片，据《大足县志》记载，明代宝峰寺内石刻中曾有"静南乡"三字，附近又有唐代的尖子山石刻[1]。我们专门考察了被

---

① 大足县志编修委员会：《大足县志》，方志出版社，1996年，第66页。

遗弃的宝峰寺，发现庙宇的基础相当久远。同样，正是考古工作者对古代昌州昌元城周边进行的系统发掘，为我们肯定旧州坝为唐代昌元县提供了可靠的证据。

地面古迹文物更是我们田野考察的重要目标。一个县城废弃后，衙门官署可能很快被破坏而消失，但由于大量居民继续生息于此地，信仰类建筑的功用会继续发挥下去，所以，分析一个地方的寺庙情况就可能发现历史传承的久远程度。静南县太和坝虽然较为荒凉，全是村舍，但我们发现现今仍有半边寨、琼林寺、东岳庙等庙宇地名，可想见其往日的辉煌。在河包镇，我们发现金凤山上有宋代白塔和斜经幢，周边的传统庙宇也较多，透露出唐宋的繁华之气。在昌元狮子坝，老人们也说以前庙宇众多，与古昌州的地位相配。当然，我们在三溪镇也发现了大量的庙寺，有东岳庙、王爷庙、城隍庙、禹王宫、文昌宫、惠民宫等，还有距今三百多年的七孔桥，但大多只是清代以来一般城镇的标准配置，并没有唐代历史的遗留。

四、中古时期州县治地考证的四大途径

总的来看，我们将历史文献的梳理分析与田野考察获取乡土历史记忆、观察山川形势、获取地面地下文物的印证合在一起，构成我们考证中古时期州县治地的四个基本路径，其中最基本的就是历史文献的梳理和判读。应该看到，具体的个案研究中，这四个路径的选用也是需要特别考量的，而这往往是以往我们历史地理学界疏于总结的地方。所以，这里笔者想对路径的相关方法做一些总结。

（一）传世历史文献地理认知的"四大不精"

应该看到在历史地理的研究中，传世历史文献的系统梳理和分析是必需的。历史文献的梳理首先是需要从史源学的角度，从早到晚排列历史文献对相关问题的记载，并从中发现问题。对每个历史文献的记载、刊刻的时间也要做出具体考量，因文献的时代不同，反映的州县分属、治地位置都不一样。这里一定要注意的是，我们需尊重历史文本，但切不可将历史文献记载中的地理认知看得精准无比。实际上，中国古代由于测量技术、交通通信、版本文献等客观条件制约，人们对地理空间的认知往往并不精准，呈现为"大空间不虚，小空间不精"的特点，即对大的空间范围认知往往有明显的空间限制，而对这个范围内具体的点的位置认知并不求也无法达到精准。此处所言传统历史文献中对地理空间认知的"不精"体现为四个方面：里程计算的感性、方位指向的模糊、方位坐标的僵化和简脱衍串的明显。

1. 里程计算的感性。学术界已经对中国古代文献中"四至八到"开展过一些研究，如汪前进、曹家齐、成一农、梁晓玲等①，都认定中国地理总志的"四至八到"是交通里程数据，并不是直线距离。至于一般的山川州县治地相互里程，更有可能只是交通里程，而不是直线距离。由于是交通道路里程，就可能受两种不同形成因素的影响而结论差异巨大，即这种交通里程是一种测量数据里程，还是一种体验感性里程呢？如果是一种测量数据，我们在历史文献中很少发现实测这些数据的过程史料，特别是在传统中国的技术水平下，采用

① 汪前进：《现存最完整的一份唐代地理全图数据集》，《自然科学史研究》1998年第3期；曹家齐：《唐宋地志所记"四至八到"为道路里程考证》，《中国典籍与文化》2001年第4期；成一农：《"非科学"的中国传统舆图：中国传统舆图绘制研究》，中国社会科学出版社，2016年；梁晓玲：《疆理天下：中国传统地学视域中"四至八到"研究》，西南大学硕士学位论文，2017年。

传统的步测、绳测、计里车在山高水险的山地上实测,必定难以精准。而且,中国古代是否进行过系统的州县间里程实测仍然存疑,成一农就认为掌握了测量技术并不等于实际测量中就运用了这些技术①。如果是一种体验感性里程,因具体道路的地形地貌千差万别,坡度和弯度系数完全不一样,由于行者体力、负重状况等差异,感知的道路里程更是差异巨大。如《元和郡县图志》卷三三记载昌元县"东至州一百二十里",《太平寰宇记》卷八八记载昌元县"在西一百里"。这里,我们如果用"一百二十里""一百里"来硬算,在直线距离上就完全达不到。如乾隆年间才记载铜鼓山在荣昌县北一百里,到光绪年间就变成了县北一百二十里②。所以,我们在考证历史交通地理和古代州县治所时,切不可简单以文献中的里程数据按图索骥,纸上走马,而必须与乡土历史记忆、山川形势、周边文物结合起来分析。三十多年的田野考察体验告诉我们,历史文献中的里程数据只是一种参考数据,早在二十多年前,笔者就引宋代洪迈《容斋随笔》中的"古今舆地图志,所记某州至某州若干里,多有误差",认为切不可对此太为死板较真③。

　　2.方位指向的模糊。中国历史上的方位认知同样并不精准,虽然历史上使用的方位词众多,除了用东西南北"四正"和西北、西南、东北、东南"四隅"外,还有"正向微偏"的表示,但不论何种形式都

---

① 成一农:《"非科学"的中国传统舆图:中国传统舆图绘制研究》,中国社会科学出版社,2016年,第358页。

② 〔清〕许元基纂修:乾隆《荣昌县志》卷一《山川》,乾隆二十九年(1764)刻本,第15b页;〔清〕文康撰:光绪《荣昌县志》卷三《山川》,光绪十年(1884)增修本,第3a页。

③ 蓝勇:《对古代交通里程记载的运用要审慎》,《中国历史地理论丛》1995年第1期。

是一种不精准的认知。具体表现为两种形式：一是"四正"与"四隅"往往区别并不明显，北与东北、西北，东与东北、东南，南与西南、东南，西与西北、西南往往并用。如我们前面谈到万历《重庆府志》载明代荣昌县北七十里有昌元镇和昌元里，实际上今盘龙昌州村正处荣昌西北，而不是正北。前面还谈到《元和郡县图志》所载昌元县"东至州一百二十里"，但元和时的昌州治在静南县，故这里的方位"东"应该是"东北"。太平兴国时昌州治大足，昌元在州治的西南，而不是西。乾隆《荣昌县志》中记载赖婆山、赖婆溪都在荣昌县西北，光绪《荣昌县志》又改为在县西北四十五里①，但正确的方位应该是北。二是大的格局方向认知与小生境方向认知存在误差。我们知道，在地理方位认知上整体方位与区域方位有差异，一条河流、一座山脉，整体方位与区域方位会出现位移现象，如长江在整体方位上是东西向的，但在个别河段会出现南北走向的情况。由于长江整体上是东西向，所以，人们在整体上形成了江分南北的认知，但在重庆渝中半岛从朝天门到太平门一段长江实际呈现为南北走向，但重庆人仍然以为此处江分南北，而不是江分东西。

3. 方位坐标的僵化。由于中国古代的乡土地理认知不可能进行不断的系统的修改校正，地理志往往都是不断转抄之前的结论，但是历代由于州府治、县治地点不断变化，坐标体系随之发生变化，后来在转抄山川方位里程时却并未顾及这一点，往往简单因袭以旧治为坐标基点的方位和里程，造成方位与里程的错乱不清。如《元和郡县图志》记载昌州时，州治为静南县（今大足太和坝），但随后记载的铜鼓山、始龙溪从方位里程来看却是原来以州治昌元县（今荣昌河包

①〔清〕许元基纂修：乾隆《荣昌县志》卷一《山川》，乾隆二十九年（1764）刻本，第15b页；〔清〕文康撰：光绪《荣昌县志》卷三《山川》，光绪十年（1884）增修本，第4a页。

镇）为坐标基点^①。而《太平寰宇记》记载昌州时昌州治大足县（今大足区），在永川县（今永川区）下记载废静南县本身是错误的，同时将以昌元县（今荣昌河包镇）为坐标基点的铜鼓山仍记载在废静南县下，将以昌元县（今荣昌河包镇）为坐标基点的始龙溪记载在永川县坐标上，一片混乱^②。造成这种状况是可以理解的，当传统地理认知一旦形成后，即使认知坐标发生变化，如州治变易、县治迁移，但人们很少去对每一条地理认知进行系统修正，所以大多数旧的地理认知往往会被后代的地理志书简单地沿袭。

4. 简脱衍串的明显。中国传统文献中文字的表述简约精练，有其优点，但同时存在简约不清的弊端，在地理文献中也表现得较为明显。另外，文献版本转抄过程中脱漏、串文、多衍现象明显。如我们在研究过程中就发现，《元和郡县图志》卷三三："皇朝乾元元年，左拾遗李鼎祚奏以山川阔远，请割泸、普、渝、合、资、荣等六州界置昌州，寻为狂贼张朝等所焚，州遂罢废。大历十年，本道使崔宁又奏复置，以镇押夷獠。其城南凭赤水，北倚长岩，极为险固。"^③这里表述简约的"其城"是指何城，何时之城？不明。怀疑此处有脱漏。再如《太平寰宇记》卷八八也记载："唐乾元元年，左拾遗李鼎祚奏以山川阔远，请割泸、普、渝、资、荣等界地置昌州。至二年，张朝、杨琳作乱，为兵火所废。大历十年，西川节度使崔宁奏复置，以御蕃戎。旧理赖婆溪，南以昌元县为倚郭。景福元年移就大足县，即今理……（大

① 〔唐〕李吉甫撰，贺次君点校：《元和郡县图志》卷三三《剑南道下》，中华书局，1983年，第868页。
② 〔宋〕乐史撰，王文楚等点校：《太平寰宇记》卷八八《剑南东道七·昌州》，中华书局，2007年，第1748页。
③ 〔唐〕李吉甫撰，贺次君点校：《元和郡县图志》卷三三《剑南道下》，中华书局，1983年，第867页。

足县)赤水溪,源从普州安居县界来……(昌元县)赖婆溪,在县南五十步。源自静南县来,多有石碛,不通舟行。赖婆村为名,旧为州所理。赖婆山,在(应为大足)县南九十里,四面悬绝,大历四年在山上置行州……(永川县)废静南县,在州西五十里,与州同置。西接龙溪,地名静南坝,因为县名。以地荒民少,皇朝并入大足等三县。铜鼓山,在县北八十里……始龙溪,在县东七十五里。"[①]此处在描述山川时,时用州为坐标基点,时以县为坐标基点,时又不署何县,方位错乱让我疑窦丛生。中华书局点校本将废静南县、始龙溪置于永川县的废县中来谈,显然是受上下对齐格式误导而出现的错误。

所以,我们在研究中古州县治地的位置时,对历史文献记载的山川名胜方位和里程切不可深信不疑地在地图上死板对应,而应该进行系统分析,特别是要将田野考察获取的乡土历史记忆、实地的山川形势和发掘的地上地下的文物胜迹结合起来分析。也就是用田野考察的"田野三视阈"来克服历史文献的"四大不精"。

(二)田野三视阈对历史文献记载的校正

第一视阈:乡土历史记忆。我们知道乡土历史记忆是我们重构乡土历史的重要来源,但是应该看到口述中的历史记忆对不同性质的内容、内容的时间、口述者多少在科学信度上有很大差异。就内容和时间来看,一般来说,对于历史人物和历史事件的记忆传承失真更大,所以信度相对不高,特别是时代久远的事件和人物。但一般来说,口述记忆中的地域空间认知相对传承失真率小一些,故科学信度相对更高。正如我们的经验中,家谱所载历史地名的科学信度要远

---

① 〔宋〕乐史撰,王文楚等点校:《太平寰宇记》卷八八《剑南东道七·昌州》,中华书局,2007年,第1746—1748页。

远高于同时期的历史人物和历史事件。所以，在历史地理研究中，大量运用口述历史地域记忆也相当重要。

这次考证中，我们在四个地方进行了大量长者的口述记忆印证，如在大足区高升镇太和坝人们的"静南记忆"、荣昌盘龙昌州村的"昌元记忆"、荣昌河包镇的"赖州记忆"都相当深刻，现在许多八十多岁的老人都认为他们孩提时所见老人就有这种记忆。只是我们要注意的是，在田野考察中，对地域记忆在询访对象的数量、性别、年龄、文化上尽可能遵循四个准则，即数量多、文化高、多访男、多访老。比如，这次我们为了考证昌州及静南县的位置，在相关采访询问中一般相同的问题会询问三人以上，尽量采访中老年男性，即使是在乡下，我们也尽可能采访一些有声望的长者。当然，我们仍需注意乡土历史记忆中存在科学性不高的问题，地域空间方面，也存在一些失忆或地域泛化的问题。

第二视阈：实地山川形势。史地田野考察中对山川形胜的观察尤为重要，这具体体现在两个方面，一是在历史文献中记载的一些山川是否精准需要实地考察印证，二是许多历史文献中没有记载的山川形胜，对我们做出科学判断也相当重要。不过，在我们观察山川形胜时一定要注意传统中国历史文献中山川形胜记载的感性化，传统文献对山川形势的记载并没有现代科学这样精准统一、分类系统，如对山的高低主要是用一些形容词来表达，如"高耸""雄险""悬绝"等，并不是用海拔来表述，所以往往相当感性，不同文献、不同作者之间的描述往往没有可比性。特别是对于河流的分合关系、名实所指往往相当凌乱，《水经注》中的河流分合、名实很多地方就是一笔糊涂账。乾隆《大足县志》中谈到长桥河即今濑溪河，但认为赤水溪即始龙溪①,如我们在讨论中发现许多文献将今濑溪河称为赤水溪,将流入濑溪河的窟窿河称为始龙溪,将今宝珠河称为赖婆溪,但有时文献将赖婆溪、始龙溪都统称为赤水,用主流名称统称支流,有时又将主流某一段另外命名,相关记载较为凌乱,令我们在定位时疑窦丛生。

所以,我们在田野考察中一定要注意历史文献中山川形势记载的相对性,对于山体大小高低、河流长短宽窄一定要放在田野考察中去比对,而不是仅在历史文献中去比对。如我们在考察时,从历史文献中感受不到河流的大小长短,我们正是在考察中发现了历史文献记载的赤水溪、始龙溪、赖婆溪、耶溪的区别,感受到"南凭赤水"的赤水应该是指河包镇的古赖婆溪。同样,之前我们在大足太和坝考察时,发现太和坝中张家坝子也临高升河,周围的山体也有"长岩"的感觉,最初以为这就是文献中"南凭赤水,北倚长岩"的地方,但后来我们又考察河包镇、昌元镇、三溪镇后,在比较中发现太和坝的山体形势并不明显,河包镇更有"南凭赤水,北倚长岩"的形势。所以,在田野考察中尽可能考察所有地点后再进行山川形势比较,这相当重要。

第三视阈:文物胜迹支撑。考古学与历史地理学是在历史学中最有技术支持的学科,但我们更需要向考古学学习和借鉴。在坐实古代城址的研究中,最好是通过地下城址发掘来确定,用最能体现具体州县特征的文物来证明,如考古工作者在重庆刘家台发现的巴将军印为确定汉代北府城位置提供了具体依据。我们这次在研究时,虽然没有可能进行地下发掘而发现文物,但早在1984年重庆市博物

---

① 〔清〕李德纂修:乾隆《大足县志》卷二《山川坊里》,乾隆十五年(1750)刻本,第6b、7a页。

馆和荣昌县文化馆曾在荣昌县盘龙昌州村狮子坝地下发掘出大量水沟、灶台、墙基石，这对于确定唐代昌元县治地在狮子坝提供了较好的支撑。2019年，我们在田野考察中发现，这个古昌州昌元县的遗址在昌州村狮子坝狮子林会龙桥旁曾有土主庙，当地老乡专门让我们观察从老庙拆下来的大木柱修的民房，还发现一些老的条石、石礅等遗物。据说狮子坝地名也得名于城址内有一对石狮子。在大足高升乡太和坝，我们发现老乡们在张家坝子一带田地中不时挖到古代的墙基石和瓦片，附近的宝峰寺虽然残破，但据说寺庙中的明代石刻中有"静南乡"三字，均为确定静南县在高升镇太和坝提供了依据。

在确定古代州县治所所在地时，城墙和房屋建筑相当重要，但无字墙砖和条石的具体年代鉴定困难，考古学在城镇发掘时往往形同盲人摸象，大多数情况下一时难以发现城址城墙。不过，地面传统建筑中的寺庙道观、经幢碑塔都是重要的城市标志，如在河包镇金凤山的宋代白塔和斜经幢，显现了荣昌河包镇历史的悠久。唐宋时期城镇附近除有大量佛道寺观外，民间信仰的寺庙较多且杂，名目繁多。到了明清时期，虽然信仰仍然繁杂，但是一些官府倡导的民间标准信仰出现，如城隍庙、土地庙、文昌宫、王爷庙、武庙、文庙及清代以来的移民会馆禹王宫、万寿宫、南华宫、天上宫等都有明显的年代特征。一般而言，由于州县治地的迁移，官府衙门、城墙等可能很快被破坏，但传统聚落中的信仰场所变化相对不大，所以在确定唐宋州治所时，分析寺观庙宇的时代特征也是一个重要方法。

作者系西南大学历史地理研究所教授

原刊《历史地理研究》2020年第1期

杜甫诗"白帝夔州各异城"考析

马　剑

　　唐代宗大历元年（766）春末至三年（768）初，杜甫迁居夔州（今重庆市奉节县城附近），在不到两年的时间里，写下了四百五十多首诗歌。诸多学者已从文学、历史等方面进行了研究探讨，可以说，对夔州诗的研究已成为杜甫研究的一个重要内容。杜甫夔州诗中有许多是描写当地的自然山水、风土民情、名胜古迹，这些内容对我们复原和研究当时长江三峡地区的自然、人文地理面貌有重要的史料价值，但是还有颇多值得进一步探讨的地方，对"白帝夔州各异城"的解读就是其中之一。

　　杜甫《夔州歌十绝句》其二曰：

　　　　白帝夔州各异城，蜀江楚峡混殊名。英雄割据非天意，霸王并吞在物情。[1]

　　对其首句"白帝夔州各异城"，《九家集注杜诗》中引宋人赵彦材注曰："白帝以言公孙述之城，夔州以言刘备之城，盖永安宫所在也。

---

[1]〔唐〕杜甫著，〔清〕仇兆鳌注：《杜诗详注》卷一五，中华书局，1979年，第1303页。

白帝城,在瀼之东;夔州城,在瀼之西。此所以各异城。"①《杜诗详注》引清代朱鹤龄注亦曰:"古白帝城在夔州城东,故曰'各异城'。"②他们均认为白帝城在瀼水之东,而夔州在瀼水之西,是互不相连的两座城池。而南宋孝宗乾道六年(1170)至夔州任通判的陆游则有不同看法:"(十月)二十六日……至瞿唐关,唐故夔州,与白帝城相连。杜诗云'白帝夔州各异城',盖言难辨也。关西门正对滟滪堆。"③他认为白帝城与夔州是连为一体的。杜甫寓居夔州近两年,创作诗歌数百首,身历其地,以当时人言当时之事,他说白帝城与夔州为"异城",应该有所依据,或是另有其意,似非误言。但后人又为何会对此产生异议? "异城"之说又应当如何解释?

<h2 style="text-align:center">一</h2>

夔州地处长江三峡中瞿塘峡之西端,"坚完两川,间隔三楚"④,自古为兵家重地与交通要道。春秋时为庸国之地,后属巴国。战国时,属楚,秦统一全国后,属巴郡。西汉置江关都尉,以鱼复设尉治,仍属巴郡。后公孙述据其地,更名鱼复曰白帝。蜀汉改巴东郡。西晋仍名巴东郡。刘宋亦置巴东郡,南齐置巴州,梁置信州,皆治白帝城。北周为信州总管府。隋初因之,后改巴东郡。唐武德二年(619),改为夔州,天宝中,改州为云安郡;乾元初,复为夔州。宋元置夔州路,

① 洪业、聂崇岐等编:《杜诗引得》上,上海古籍出版社,1985年,第516页。
② 〔唐〕杜甫著,〔清〕仇兆鳌注:《杜诗详注》卷一五,中华书局,1979年,第1303页。
③ 〔宋〕陆游:《入蜀记》卷六,王五云主编《丛书集成初编》第3190册,商务印书馆,1936年,第58页。
④ 〔明〕吴潜撰修:正德《夔州府志》卷一《形胜》,明正德八年刻本。

明清为夔州府①。

自西汉置鱼复县开始,至唐代设夔州及奉节县,长江三峡地区的政区治所多置于白帝城或其附近,而其城址或有微观变化,对此,学者已有考证②。关于鱼复故城、赤岬城及白帝城之关系及其形态,《水经注》卷三三《江水一》所述较详:

> 江水又东迳诸葛亮图垒南……又东迳赤岬城西,是公孙述所造,因山据势,周回七里一百四十步,东高二百丈,西北高千丈。南连基甚高大,不生树木。其石悉赤。土人云,如人袒胛,故谓之赤岬山……江水又东迳鱼复县故城南,故鱼国也……《地理志》江关都尉治。公孙述名之为白帝,取其王色……(汉末)改为巴东郡,治白帝山城,周回二百八十步,北缘马岭,接赤岬山,其间平处,南北相去八十五丈,东西七十丈。又东旁东瀼溪,即以为隍。西南临大江,窥之眩目。惟马岭小差委迤,犹斩山为路,羊肠数四,然后得上。益州刺史鲍陋镇此,为谯道福所围,城里无泉,乃南开水门,凿石为函道,上施木天公,直下至江中,有似猿臂,相牵引汲然后得水。水门之西,江中有孤石为淫预石,冬出水二十余丈,夏则没,亦有裁出处矣。③

---

① 〔清〕顾祖禹撰,贺次君、施和金点校:《读史方舆纪要》卷六九《四川四》,中华书局,2005年,第3246—3247页。

② 严耕望:《唐代夔府地理与民户生计》,《唐代交通图考》第四卷《山剑滇黔区》,"中研院"历史语言研究所专刊之八十三,1986年,第1145—1153页;赵评春:《白帝城考略》,《四川文物》1995年第1期;陈剑:《汉白帝城位置探讨》,《四川文物》1995年第1期;蓝勇:《关于〈汉白帝城位置探讨〉有关问题的补充》,《四川文物》1996年第3期。

③ 〔后魏〕郦道元注,〔清〕杨守敬、熊会贞疏,段熙仲点校,陈桥驿复校:《水经注疏》卷三三《江水一》,江苏古籍出版社,1989年,第2813—2817页。

又《初学记》卷二四引《荆州图记》曰:

　　鱼复县西北赤甲城,东南连白帝城,西临大江。[①]

　　按:"诸葛亮图垒"即在今重庆市奉节县城南的江边。由这两段记载可知:鱼复故城即白帝城,较小,周长仅二百八十步。白帝城西、南二面濒临大江,东面为东瀼溪(即今之草堂河),北面通过称为"马岭"的狭长地带,与赤岬山相连,其连接处"南北相去八十五丈,东西七十丈"。显然,白帝城所在是突入大江之中的一处小半岛,三面临水,崖壁峭立,一面接陆,地势十分险要。赤岬城则位于赤岬山上,在白帝城西北,其规模远较白帝城为大,"因山据势,周回七里一百四十步",是典型的山城。白帝城和赤岬城地势较高,而连接两者的"马岭"则相对低平,在长江三峡水库蓄水后,这一段"桥梁"被淹没,白帝城成为一个江中孤岛。

　　当六朝时期,白帝、赤岬二城虽然相距甚近,但各自为城,相对独立,其功能亦各自有别:白帝城因面积较小、临江特险,当主要为军政机构所据;赤岬城则规模较大,是居民聚居之处。至若隋唐之世,特别是唐后期,二城或已联为一体,或当时人已将其视为一体。《通鉴地理通释》卷一一引《元和郡县图志》(今本阙文,见《阙卷逸文》卷一)谓:

　　白帝山,即州城所据也,与赤甲山接……城周回七里,西南二里,因江为池,东临瀼溪,惟北一面小差,逶迤羊肠,数转然后

---

① 〔唐〕徐坚等:《初学记》卷二四《城郭二》,中华书局,1962年,第556页。

得上。①

　　这里的白帝城周回七里，显然已经不是六朝时突入江中孤立半岛之上狭小的白帝城，而当是合六朝白帝城与赤岬城二城而言之。又由其"西南二里"观之，则其西、南二面当沿用六朝白帝城之旧，而西北面则扩展至接连六朝赤岬城。"惟北一面小差"，小差，即是形容前引《水经注》中所言之"马岭"，意为稍平愈，然后"逶迤羊肠，数转然后得上"，显然是将六朝时连接白帝城与赤岬城的部分包括在内了。

　　唐武宗会昌年间任夔州刺史的李贻孙曾作文，叙夔州城景物、建筑及形势：

　　　　（夔）州初在瀼西之平上，宇文氏建德中，王述徙白帝城，今衙是也。东南斗上二百七十步，得白帝庙……艎宇饰偶，焕如神功，怪树峰笋，疏罗后前，罅山险涛，望者惊眙。又有越公堂，在庙南而少西，隋越公素所为也，奇构隆敞，内无撑柱，夐视中脊，邈不可度，五逾甲子，无土木之隙，静而思之，以见其人之环杰也。直南城一里，得巨石为滟滪，地载之险，此其渊壑，独峰兀顶，万仞萃拔，高涛坳洑，岳跃坑转，狞龙护堆，沸泳潏浪，穷年缱绻，不究其次，瞿塘暗导，势列根属，水魅施怪，阴来潜往……城东北约三百步有孔子庙，赤岬山之半，庙本源乾曜廨，常（尝）为郡参军，著图经焉，其后为宰相，今其地又为孔子庙，

───────────

① 〔唐〕李吉甫撰，贺次君点校：《元和郡县图志·阙卷逸文》卷一《夔州》，中华书局，1983年，第1057页。

传者称为盛事矣。①

白帝庙耸立于城之高处,美奂华丽;越公堂建筑奇巧;城南一里的滟滪堆当江道之险,这种具有重要军事、政治象征意义的建筑都集中于白帝城。而孔子庙曾作为参军源乾曜的官廨,他在此编纂《夔州图经》,孔子庙作为文教建筑,参军廨署作为一个级别不高官吏的办公场所,则位于白帝城西北的赤岬山半山腰一带,可见,白帝城和赤岬城当已作为一个整体来布置官署、建筑,但赤岬城一带的重要性当不及白帝城。

严耕望先生在以杜诗"赤甲、白盐俱刺天,闾阎缭绕接山巅"来探讨唐代夔府地理与民户生计时曾谓:"唐世夔州城住民极多,致闾阎缭绕,达于山巅。两城既连基,势必房舍相接,连为一片,故城虽各异,但闾阎市廛实已不分,白帝城较出名,故唐人或含混书之,以为夔州即治白帝城耳。"先生所论确当。但他同时以杜甫"白帝夔州各异城"为据,认为夔州当治于赤岬城之中,不当在白帝城②。此说则未必确当。从上引《夔州都督府记》中可知,文教建筑和低级官署多在赤岬城,民居住户以在这一带为宜,而不是在军事意义更为重要、地势

①〔唐〕李贻孙:《夔州都督府记》,〔清〕董诰等编《全唐文》卷五四四,中华书局,1983年,第5515页。北周时,信州(即唐夔州)治所原在白帝城,武帝天和、建德年间,信州群蛮频频叛乱,攻占治城。天和元年(566),陆腾讨平叛乱后,即迁治于瀼西,以破除叛蛮据险以守的凭借。但如此一来,也使自身无险可依,因此,建德五年(576),又将信州治所移回白帝城。这即是文中所说"州初在瀼西之平上,宇文氏建德中,王述徙白帝城"之由来,治于瀼西仅十年。参阅《周书》卷四九《蛮传》、《刘禹锡集》卷九《夔州刺史厅壁记》、《太平寰宇记》卷一四八《夔州》。
②严耕望:《唐代夔府地理与民户生计》,《唐代交通图考》第四卷《山剑滇黔区》,"中研院"历史语言研究所专刊之八十三,1986年,第1146页。

高险且面积狭小的白帝城。盖唐时军府衙署,多据城中险要之地[1];观夔州城内外形势,则知白帝城扼守峡口,当冲要之处,实属子城性质,当为军府所治,故以白帝城为夔州所治,并不为误;上引《元和郡县图志》逸文并不能轻易否定。若然,则赤岬城以及联系白帝城与赤岬城之部分,则属罗城性质,为普通居民聚居之区。

既然与《元和郡县图志》的记载相悖,那么,杜甫言之凿凿的"白帝夔州各异城"该如何解释呢?唐时夔州的东面为归州,相传两者在周代"为夔子国"[2],后为楚地。归州有夔子城,在秭归县东二十里[3]。而宋以前多有将白帝城与夔子城均称作"夔城"者,如唐人齐己所作《送周秀游峡》曰:

> 又向夔城去,知难动旅魂。自非亡国客,何虑断肠猿?滟滪分高仞,瞿塘露浅痕。明年期此约,平稳到荆门。[4]

而《水经注》卷三四《江水二》在记述江水东过秭归县南后,又载:

> 江水又东南迳夔城南。跨据川阜,周回一里百一十八步,西

---

[1] 郭湖生:《子城制度——中国城市史专题研究之一》,(京都)《东方学报》第57册,1985年3月。

[2] 〔清〕恩成等修纂:道光《夔州府志》卷二《沿革志》,《四川府县志辑》第50册,巴蜀书社,1992年,第20页。

[3] 《元和郡县图志·阙卷逸文》卷一《归州》载:"《禹贡》为荆州之域。于周为夔子之国。又《乐纬》曰:'昔归典乐,协声律。'注曰:'归即夔,与楚同祖,后王命为夔子,楚以其不祀灭之。'……夔子城,在(秭归)县东二十里。"(第1056页)

[4] 〔清〕彭定求等编:《全唐诗》卷八四一,中华书局,1960年,第9491页。

北背枕深谷,东带乡口溪,南侧大江。①

　　前者指白帝城(即夔州治所),后者则指夔子城。对比前面所引《水经注》中对白帝城的描述,可见,两者之山川形势颇为相似,时有混淆,连官修正史也未能避免。《旧唐书》卷三九《地理志》"归州"条载:

　　　　归州……(武德)三年,分秭归置兴山县,治白帝城。②

　　唐时兴山县约当今湖北兴山县及秭归县的一部分,其治所不可能远在上游的白帝城;同书同卷"兴山"条则记作:

　　　　武德三年,分秭归县置。旧治高阳城,贞观十七年,移治太清镇,天授二年,移治古夔子城。③

　　前一条因是归州的总叙,记载简略,省略了分置兴山县后其两次迁治过程,因而可知,其所言"治白帝城"当为"治夔子城"之误,或即是因白帝城较为出名才导致这一误笔。及至宋代,仍有人将夔州城称为"夔子城",神宗元丰年间知夔州的王延禧在任时作有《制胜楼》,其诗曰:

①〔后魏〕郦道元注,〔清〕杨守敬、熊会贞疏,段熙仲点校,陈桥驿复校:《水经注疏》卷三四《江水二》,江苏古籍出版社,1989年,第2835—2839页。
②〔后晋〕刘昫等:《旧唐书》卷三九,中华书局,1975年,第1554页。
③〔后晋〕刘昫等:《旧唐书》卷三九,中华书局,1975年,第1555页。

夔子城新筑,长江便作壕。[①]

　　由此可见,从实际的地理状况和政区设置来看,白帝城与夔州治城并非"异城",对夔州山水相当熟悉的杜甫乃是针对人们容易将白帝城与夔子城混淆而写出"白帝夔州各异城"之句,其诗中的"夔州"当理解为位于下游楚地归州的"夔子城"。而从诗句前后对仗的情况来看,这样的理解也颇为合理:其下句为"蜀江楚峡混殊名",以"蜀江"上之"白帝(城)"对应"楚峡"中的"夔州(夔子城)",两者恰如其分。

二

　　那么,本文开篇所引后世对杜诗此句所作的注解又是因何而来呢?

　　以上唐代夔州城的格局,或可由已发掘的宋代白帝城遗址得以窥知其面貌。据报道,已发掘的宋城遗址面积约五平方公里,包括白帝山、鸡公山(即唐宋以前之赤甲山)、马岭等在内,残存城墙七千多米,最厚处达五十多米[②]。这虽然是南宋末年为抵御蒙古而营设之城垣,但以白帝城周围地势推测,唐时夔州城之格局亦必大致如此。

　　白帝城—马岭—赤岬城的地理形势特点,以险要而著称。其城池是作为军事要塞而兴起,注重其易守难攻的军事意义。白帝—赤岬城控夔门,踞白帝、赤岬山之巅,江水自城南而过,凭山临江,正所谓"借

① 〔宋〕王延禧:《制胜楼》,《全蜀艺文志》卷六,《景印文渊阁四库全书》第1381册,台湾商务印书馆,1983年,第64页。

② 黄豁、陈敏:《白帝城宋城遗址大规模发掘》,《瞭望新闻周刊》2002年第13期。

问夔州压何处,峡门江腹拥城隅"①。杜甫诗中不乏对白帝城的描述:

> 城峻随天壁,楼高望女墙。②
> 白帝城中云出门,白帝城下雨翻盆。③
> 城尖径仄旌旆愁,独立缥缈之飞楼。④

均极称其地势险峻,城壁高耸,得易守难攻之形胜。

白帝山突入江中,地形狭蹙,夔州军府及奉节县衙署乃至驻军虽集于城中,但其本身显然只是一个军事要塞性质的城池,不适宜民众居住。所以,早在六朝时期,就于白帝城北之赤岬山另筑一城,以存居民。至若唐代,二城乃渐次相联,形成子城—罗城之分别。然赤岬—马岭间亦不宽阔,由白帝山经马岭至赤岬山,更是"逶迤羊肠,数转然后得上"。北宋初丁谓对其城池面貌有很形象直观的描述:

> 雉堞登降,里闾重复,倚山抱江,逶迤数里,而南北咫尺,冲门比屋,构之磴道,往往编苦架竹……居无巷市,无阡陌,或人火为灾,则东西路绝,扑灭无所,层甍叠栋,尽煨烬而后已。⑤

---

① 〔唐〕杜甫著,〔清〕仇兆鳌注:《杜诗详注》卷一五《夔州歌十绝句》其十,中华书局,1979年,第1306页。

② 〔唐〕杜甫著,〔清〕仇兆鳌注:《杜诗详注》卷一五《上白帝城》,中华书局,1979年,第1272页。

③ 〔唐〕杜甫著,〔清〕仇兆鳌注:《杜诗详注》卷一五《白帝》,中华书局,1979年,第1350页。

④ 〔唐〕杜甫著,〔清〕仇兆鳌注:《杜诗详注》卷一五《白帝城最高楼》,中华书局,1979年,第1276页。

⑤ 〔明〕曹学佺:《蜀中广记》卷五七,引丁谓《移城记》,《景印文渊阁四库全书》第591册,台湾商务印书馆,1983年,第760页。

　　由于地处陡峭的山坡之上，街道回环弯曲，住家高下层叠，重屋累居，空间局促，火灾频发，居民生活十分不便。故自唐代中后期起，就在东距白帝——赤岬城约十里的"瀼西"（大瀼水之西，即今梅溪河西侧奉节县城）一带形成了较大的聚居区。

　　所谓"瀼西"，即《水经注》卷三三所言刘备临终托孤、诸葛亮受遗诏的永安宫附近一带，蜀汉时曾短时间设永安县治于此，地形多平旷：

　　　　其间平地可二十里许，江山迥阔，入峡所无。城周十余里，背山面江，颓墉四毁，荆棘成林，左右居民多垦其中。[①]

　　此地原亦有城，只是在魏晋南北朝那个动乱频生、割据成风的时代，这里开阔平坦的形势并非建城据守的理想之处，因而到郦氏注书之时，曾经广阔的城池已经是草莱丛生，只剩下残垣断壁。但这里却并非就此而荒废，"左右居民多垦其中"也正说明普通百姓对这一带的青睐。

　　杜甫至夔州，也曾寓居瀼西，其诗谓：

　　　　瀼东瀼西一万家，江北江南春冬花。[②]

　　唐穆宗长庆年间曾任夔州刺史的刘禹锡亦有诗曰：

_____

① 〔后魏〕郦道元注，〔清〕杨守敬、熊会贞疏，段熙仲点校，陈桥驿复校：《水经注疏》卷三三《江水一》，江苏古籍出版社，1989年，第2813页。
② 〔唐〕杜甫著，〔清〕仇兆鳌注：《杜诗详注》卷一五《夔州歌十绝句》其五，中华书局，1979年，第1304页。

江上朱楼新雨晴，瀼西春水縠文生。桥东桥西好杨柳，人来人去唱歌行。

两岸山花似雪开，家家春酒满银杯。昭君坊中多女伴，永安宫外踏青来。①

"一万家"虽非确指，且包括"瀼东"，而"瀼西"尚是宴游之处，但已成为居民自发的聚居地；且为"西市"所在②，乃贸易之处，杜、刘诗歌即在一定程度上传达了人口增殖、居民颇多的事实，其繁荣亦可想见。

宋初伐蜀，白帝城之险峻与瞿塘峡口长江水道中心的滟滪堆成为东路军队进军的最大障碍③，以致不得不绕道而行，《丁晋公谓夔州移城记》曰：

太祖皇帝出师平蜀，由剑门、巫峡分兵以入。而滟滪激射峻恶，楼船战舰难进易退。步骑自襄州西山裹粮兼行，林麓无际，涧壑相接，不知道路之所从。得蜀民诣王师献画，由大宁路直取

---

① 〔唐〕刘禹锡撰，《刘禹锡集》整理组点校，卞孝萱校订：《刘禹锡集》卷二七《竹枝词九首》其三、其五，中华书局，1990年，第359页。永安宫在瀼西，参阅前揭严耕望先生的考证。

② 〔唐〕韦绚撰，阳羡生校点：《刘宾客嘉话录》，丁如明编《唐五代笔记小说大观》上册，上海古籍出版社，2000年，第817页。

③ 滟滪堆即《水经注》中所言之"淫预石"。宋初人吴淑所撰《事赋类》引《夔州图经》曰："滟预在瞿唐口，夏水迅激，至为艰难。"《太平寰宇记》卷一四八《夔州》载："滟滪堆，周回二十丈，在州西南二百步，蜀江中心，瞿塘峡口。冬水浅，屹然露百余尺，夏水涨，没数十丈，其状如马，舟人不敢进。又曰犹与，言舟子取途，不决水脉，故曰犹与。谚曰：'滟滪大如朴，瞿塘不可触；滟滪大如马，瞿唐不可下；滟滪大如鳖，瞿塘行舟绝；滟滪大如龟，瞿塘不可窥。'"极言其险。

夔州,平蜀之师实取道于此也。[①]

　　宋军由陆路经今襄樊、巫溪,进而才攻占夔州,可见,白帝城对于扼守峡路水道的重要性。巴蜀既平,此前作为后蜀东面屏障的白帝城已无存在的必要;且随着城市经济的发展与人口的增殖,白帝城亦不适应这一趋势的需要,故逐渐沦为"荒凉废堞"[②],而瀼西则以其优越的地理条件受到统治者的重视。北宋景德三年(1006),夔州路治所从白帝城移至瀼西,"徙置夔州城砦,皆(丁)谓所经画也"[③]。这一"去险阨,就平地居"的举措因方便了居民,得到朝廷的肯定,并下诏褒奖[④]。瀼西之繁盛与发展及夔州迁治于此,为城市空间的扩展创造了条件,乃是经济、社会发展的需要,适应了宋代政治、经济中心南移所带来的沿江长途转运贸易格局的变化[⑤]。

　　此后历元明清(除了宋末元初1276至1285年的约十年之外),瀼西一直为奉节县和夔州府(路)的治所。宋人赵彦材和清人朱鹤龄在注释杜诗时,即以移治后的夔州城来与白帝城相对,从而附会"各异城"之说。然杜甫如何预知两百余年后夔州治所迁移之事?后

---

① 〔宋〕王象之原著,李勇先校点:《舆地纪胜》卷一八一《大宁监·碑记》,四川大学出版社,2005年,第5268—5269页。

② 北宋人宋肇《白帝城》诗:"江雨霏霏白帝城,秋草未枯春草生。古来战垒如云横,万里瞿塘断人行。至今三峡路峥嵘,时清不见屯兵。荒凉废堞没春耕,但见牛羊日西平。"(《全蜀艺文志》卷六,《景印文渊阁四库全书》第1381册,台湾商务印书馆,1983年,第60页)

③ 〔元〕脱脱等:《宋史》卷二八三《丁谓传》,中华书局,1985年,第9566页。

④ 〔宋〕刘攽:《彭城集》卷三六《宋故中大夫守光禄卿分司西京上柱国河东郡开国侯食邑一千三百户赐紫金鱼袋薛公(颜)神道碑》,《丛书集成新编》第61册,台北新文丰出版公司,1985年,第429页。

⑤ 马剑:《唐宋时期长江三峡地区军政地位之演变——以夔州治所及其刺史人选为中心的考察》,《西华大学学报(哲学社会科学版)》2008年第2期。

世注者未明地理之变化,因致谬误。

三

综上言之,杜甫"白帝夔州各异城"之句是针对当时人混淆蜀地之夔州白帝城和楚地之夔子城而言,其中之"夔州"并非指当时他寓居的夔州,而是指下游楚地的"夔子城",且与下句"蜀江楚峡混殊名"相对应。而宋以后各家所注杜诗中的"异城"却是指现在的白帝城和长江三峡水库蓄水前的奉节县城,乃是就宋以后夔州府(路)治所由白帝城移至瀼西而言之,并没有从杜甫作诗时的政区与地理情况来考虑。

地名考定,是舆地之学的重要内容,也是历史地理研究,特别是先秦至唐宋时代研究中的一项重要内容。古代诗词是历史研究中的重要材料,长期以来,历史学者均重视运用诗词歌赋来考察历代的政治、经济、军事、文化、社会、环境等诸多方面,"以诗证史""以诗证地理"的研究方法取得了不少重要成果[①]。然而,由于诗歌在表现形式和措辞上的需要,不仅辞藻精练,倾向于写意,而且致使其在地理指向上具有一定的不确定性和笼统性;同时,因古今地名的废、改、迁、变纷繁复杂,从而影响研究成果的可靠与真实[②]。古今地名之沿革可

---

① 参阅邢东升:《由张衡〈南都赋〉所见之东汉南阳》,《历史地理》第19辑,上海人民出版社,2003年,第322—324页;卢华语主编:《全唐诗经济资料辑释与研究》,重庆出版社,2006年;张金花:《宋诗与宋代商业》,河北教育出版社,2006年。

② 如,有学者以李白《丁都护歌》中"云阳上征去,两岸饶商贾"一句来说明唐代长江三峡地区商业活动的普遍。但实际上,诗中之"云阳"乃是指江苏太湖地区丹阳一带,并非今三峡地区的云阳县。参阅张超林:《关于一则唐诗史料的辨析》,《文史杂志》2001年第5期。关于地名之迁置,可参阅鲁西奇、罗杜芳:《地名迁置漫谈》,《寻根》2002年第2期。

通过梳理相关文献而明晰,但如本文考证所见,欲得其诗中地名之确指,更需要对当时的自然与人文环境、微观地貌、政治制度等方面加以辨析才能明了。因而,对古诗词中地名的考定、辨析及运用仍需细致而慎重。

作者系西南大学历史文化学院教授

原刊《长江文明》2012 年第 1 期

巴渝唐诗之路的诗人行迹

唐五代夔、归二州贬流官考

尚永亮

夔州、归州,今分隶重庆、湖北,然据两《唐书·地理志》,此二州唐时并属山南东道,且归州于隋时本隶夔州,至唐武德二年,始"割夔州之秭归、巴东二县,分置归州";贞观十四年,夔州升为都督府,"督归、夔、忠、万、涪、渝、南七州,后罢都督府"。天宝元年,夔、归二州分别易名云安郡、巴东郡;乾元元年,复为夔、归之名。其领县,夔州有四,即奉节、云安、巫山、大昌;归州有三,即秭归、巴东、兴山①。

就地理位置及形势言,夔州"东取江陵府至长安二千四百一十五里,东至归州三百三十里";其"郡城临江而险,盖据三峡之上"②。自夔由西而东,瞿塘峡、巫峡历其全境,所谓"路入巴渝通两蜀,江连荆楚接三川"③,"高江急峡雷霆斗,翠木苍藤日月昏"④,"不远

---

① 〔后晋〕刘昫等:《旧唐书》卷三九,中华书局,1975年,第1555页。〔宋〕欧阳修、宋祁:《新唐书》卷四〇,中华书局,1975年,第1028—1029页。
② 〔宋〕乐史撰,王文楚等点校:《太平寰宇记》卷一四八,中华书局,2007年,第2872页。
③ 〔唐〕宋之问:《夔州》,陈尚君辑校:《全唐诗补编·续拾》卷八,中华书局,1992年,第766页。
④ 〔唐〕杜甫:《白帝》,〔清〕彭定求等编:《全唐诗》卷二二九,中华书局,1960年,第2505页。

夔州路,层波滟滪连"①,"秭归通远徼,巫峡注惊波"②,正见其地当要冲,极为险要。缘此之故,唐朝廷惩罚负罪官吏,亦多将其贬流此地。兹据相关文献,对唐五代三百余年贬流夔、归二州之人数、时间、原因等稍加搜辑,分置初盛唐、中唐、晚唐五代三节,考订如下。

一、初盛唐：夔州独盛期

高宗永徽六年（655），秘书省著作郎颜勤礼,坐柳奭亲累,贬夔州都督府长史。

颜真卿《秘书省著作郎夔州都督长史上护军颜公（勤礼）神道碑》："君讳勤礼,字敬,琅瑘临沂人。……永徽元年三月制曰：'君学艺优敏,宜加奖擢。'乃拜陈王属,学士如故。迁曹王友。无何,拜秘书省著作郎。君与兄秘书监师古、礼部侍郎相时齐名……当代荣之。六年,以后夫人兄中书令柳奭亲累,贬夔州都督府长史。显庆六年加上护军。"③

按：据《资治通鉴》卷一九九,永徽六年七月戊寅,贬吏部尚书柳奭为遂州刺史,奭行至扶风,复贬荣州刺史④。因知颜勤礼坐柳奭亲累贬夔州当在本年七月或稍后。

武周圣历（698—700）前后,蒲州司户参军事岑植,以亲累,左

---

① 〔唐〕张祐：《送曾黯游夔州》,〔清〕彭定求等编：《全唐诗》卷五一〇,中华书局,1960 年,第 5799 页。

② 〔唐〕韦应物：《送别覃孝廉》,〔清〕彭定求等编：《全唐诗》卷一八九,中华书局,1960 年,第 1932 页。

③ 〔清〕董诰等编：《全唐文》卷三四一,中华书局,1983 年,第 3455 页。

④ 〔宋〕司马光编著,〔元〕胡三省音注：《资治通鉴》卷一九九,中华书局,1956 年,第 6288 页。

授夔州云安县丞。

张景毓《县令岑君德政碑》："君名植,字德茂,南阳棘阳人也。……课效居多,恩腴俯逮,特授蒲州司户参军事,俄以亲累,左授夔州云安县丞。……秩满,丁府君忧去职。……服阕,调衢州司仓参军事。……寻沐恩旨,雪其亲累。……擢授润州句容县令。"①

按:《新唐书》卷七二中《宰相世系表二中》南阳棘阳岑氏:岑植为"仙、晋二州刺史"②,岑参为其第三子。又,《宝刻丛编》卷一五《唐句容令岑植德政碑》下引《集古录》曰:"植……自润州句容县令召还,县人为立此碑,以景龙二年二月立。"③据此,合计其任云安丞"秩满""服阕"及任衢州司仓、擢授句容令并离任之时间,知岑植左授云安丞,至迟当在景龙二年前十年左右之武周圣历前后。

约睿宗朝(710—712),太常博士薛重明,出为武功令,转夔州都督府司马。

韦述《唐故夔州都督府司马薛府君(重明)墓志铭》："君讳重明,河东汾阴人也。……弱冠,孝廉登科,历鄂州司仓、秦府户曹、蒲州司法,入拜太常博士,出为武功令,转夔州都督府司马。……是故出入六职廿余载……开元初,郭将军知运节度陇右,及陆尚书象先按察河东,皆钦其风猷,征以赞事。……春秋卌有六,以开元十五年三月廿六日遘疾,终于夔州之官舍。"④

按:依《志》文所载重明开元前之仕历,二十余载出入六职,则其

---

①〔清〕董诰等编:《全唐文》卷四〇五,中华书局,1983年,第4145—4147页。

②〔宋〕欧阳修、宋祁:《新唐书》卷七二中,中华书局,1975年,第2670页。

③〔宋〕陈思辑次:《宝刻丛编》卷一五《唐句容令岑植德政碑》,中华书局,1958年,第406页。

④赵文成、赵君平:《秦晋豫新出墓志蒐佚续编》,国家图书馆出版社,2015年,第583页。

末任夔州司马当在中宗至睿宗朝间,今姑系于睿宗朝。

玄宗开元(713—741)中、前期,宁远将军刘智才,贬云安郡束阳府折冲。

《唐故宁远将军左卫翊府右郎将军内供奉彭城刘府君(智才)墓志铭并序》:"公讳智才,字智才,彭城沛人也。……起家特敕授右骁卫中候……转左骁卫司阶。……迁左卫郎将。岁年增级,拜宁远将军。……开元中,无何,贬云安郡东阳府折冲。……以开元廿载十一月卅日遘厉虐疾,终于云安郡奉节县之里第,春秋六十一。"①

开元二十一年(733),镇军大将军程伯献,坐恃恩贪冒,出为夔州刺史。

《唐故镇军大将军行右卫大将军赠户部尚书广平公墓志铭并序》:"公姓程氏,讳伯献,字尚贤,东郡东阿人。……上又亲谒五陵,以公为营幕置顿使,事毕,加镇军大将军,进封广平郡公……才号文儒,遭绛灌而犹黜。痛矣哉。乃出为夔州刺史。无何,换仙州刺史。寻召入,复拜右金吾大将军。"②《旧唐书》卷九八《韩休传》:"开元二十一年,侍中裴光庭卒,上令萧嵩举朝贤以代光庭者,嵩盛称(韩)休志行,遂拜黄门侍郎、同中书门下平章事。休性方直,不务进趋,及拜,甚允当时之望。俄有万年尉李美玉得罪,上特令流之岭外,休进曰:'美玉卑位,所犯又非巨害,今朝廷有大奸,尚不能去,岂得舍大而取小也!臣窃见金吾大将军程伯献,依恃恩宠,所在贪冒,第宅舆马,僭拟过纵。臣请先出伯献而后罪美玉。'上初不许之,休固争

---

① 陈长安主编:《隋唐五代墓志汇编》第 11 册,天津古籍出版社,1991 年,第 211 页。

② 陈长安主编:《隋唐五代墓志汇编》第 10 册,天津古籍出版社,1991 年,第 153 页。

曰：……上以其切直,从之。"①参看《新唐书》卷一二六《韩休传》、
《唐会要》卷五二《忠谏》、《册府元龟》卷三一七《宰辅部·正直》。

按:《唐刺史考全编》卷二〇〇谓伯献刺夔约开元十八年前后,
恐误。据《资治通鉴》卷二一三:玄宗谒桥、定、献、昭、乾五陵在开
元十七年十一月,其时伯献为营幕置顿使;十九年春正月王毛仲等
远贬,"自是宦官势益盛。高力士尤为上所宠信。……金吾大将军程
伯献、少府监冯绍正与力士约为兄弟;力士母麦氏卒,伯献等被发受
吊,擗踊哭泣,过于己亲"②。知伯献斯时尚在朝。又,检诸文献,伯献
除神龙元年"一窜炎海,六迁霜露"外,于玄宗朝更无贬谪经历,直至
二十一年,因韩休固争"请先出伯献而后罪美玉",方使得"上从之",
则伯献贬地当即《墓志》所载之夔州。

开元末,李少府,疑遭谤,贬夔州某县尉。

高适《送李少府贬峡中,王少府贬长沙》:"嗟君此别意何如,驻
马衔杯问谪居。巫峡啼猿数行泪,衡阳归雁几封书。青枫江上秋天
远,白帝城边古木疏。圣代即今多雨露,暂时分手莫踌躇。"③

按:李少府、王少府,名不详。《容斋随笔》卷一:"唐人呼县令
为明府,丞为赞府,尉为少府。"④高适《途中酬李少府赠别之作》云:
"终嗟州县劳,官谤复迭遭。虽负忠信美,其如方寸悬。连帅扇清风,
千里犹眼前。曾是趋藻镜,不应翻弃捐。"⑤细详诗意,此遭谤之李少
府当与贬峡中者为同一人。刘开扬《高适诗集编年笺注》据其"余亦

---

① 〔后晋〕刘昫等:《旧唐书》卷九八,中华书局,1975 年,第 3078 页。
② 〔宋〕司马光编著,〔元〕胡三省音注:《资治通鉴》卷二一三,中华书局,1956
　　年,第 6793—6794 页。
③ 〔清〕彭定求等编:《全唐诗》卷二一四,中华书局,1960 年,第 2233 页。
④ 〔宋〕洪迈:《容斋随笔》卷一,上海古籍出版社,1978 年,第 4 页。
⑤ 〔清〕彭定求等编:《全唐诗》卷二一二,中华书局,1960 年,第 2203 页。

愜所从,渔樵十二年"句谓:"当在开元二十二年,作于大梁。"① 然该书《年谱》又将此二诗系于开元二十四年,并谓:"自开元十二年东归计之,当为本年作于大梁。"② 前后抵牾,今姑系于开元末。又,峡中,固可泛指三峡中任一地,然细详前引高诗,明言"白帝城边古木疏",则李某贬地为夔州属县之可能更大,故系于此。

天宝五载(746)**七月,监察御史杨惠,坐韦坚案,贬巴东尉。**

《旧唐书》卷一〇五《韦坚传》:"(天宝)五载……玄宗惑其(林甫)言,遽贬坚为缙云太守……七月,坚又长流岭南临封郡……仓部员外郎郑章贬南丰丞,殿中侍御史郑钦说贬夜郎尉,监察御史豆卢友贬富水尉,监察御史杨惠贬巴东尉,连累者数十人。"③ 参看《新唐书》卷一三四《韦坚传》、《资治通鉴》卷二一五天宝五载条、《全唐文》卷三二玄宗《贬韦坚并免从坐诏》。

二、中唐:归州反超期

代宗大历(766—779)**中,库部员外郎孔巢父,出授归州刺史。**

《旧唐书》卷一五四《孔巢父传》:"巢父早勤文史,少时与韩准、裴政、李白、张叔明、陶沔隐于徂来山,时号竹溪六逸。……大历初,泽潞节度使李抱玉奏为宾幕,累授监察御史,转殿中、检校库部员外郎,出授归州刺史。建中初,泾原节度留后孟皞表巢父试秘书少监、兼御史中丞、行军司马。"④《新唐书》本传未及出刺归州事。

---

① 〔唐〕高适著,刘开扬笺注:《高适诗集编年笺注》,中华书局,1981年,第83页。
② 〔唐〕高适著,刘开扬笺注:《高适诗集编年笺注》,中华书局,1981年,第8页。
③ 〔后晋〕刘昫等:《旧唐书》卷一〇五,中华书局,1975年,第3224—3225页。
④ 〔后晋〕刘昫等:《旧唐书》卷一五四,中华书局,1975年,第4095页。

德宗建中三年（782）五月，太子詹事邵说，坐为严郢事申诉，贬归州刺史。

《旧唐书》卷一二《德宗纪上》："（建中三年五月）丁亥，贬太子詹事邵说归州刺史，卒于贬所。"[1] 同书卷一三七《邵说传》："邵说，相州安阳人。举进士，为史思明判官，历事思明、朝义，常掌兵事。朝义之败，说降于军前，郭子仪爱其才，留于幕下。累授长安令、秘书少监，迁吏部侍郎、太子詹事。……建中三年，严郢得罪，说与郢厚善，劝朱泚抗疏申其冤，说为草其奏，上知之，贬说归州刺史，竟卒于贬所。"[2] 参看《新唐书》卷二〇三《邵说传》、《册府元龟》卷九四五《总录部·朋党》。

贞元三年（787）正月，中书舍人、平章事齐映，以张延赏奏其非宰相器，贬夔州刺史。

《旧唐书》卷一二《德宗纪上》：贞元三年正月壬子，"中书舍人、平章事齐映贬夔州刺史[3]。《旧唐书》卷一三六《齐映传》："映于东都举进士及宏词时，张延赏为河南尹、东都留守，厚映。及映为相，延赏罢相为左仆射，数画时事令映行之，及为所亲求官，映多不应。延赏怒，言映非宰相器。三年正月，贬映夔州刺史，又转衡州。七年，授御史中丞、桂管观察使。"[4] 参看《新唐书》卷七《德宗纪》、卷六二《宰相表中》、卷一五〇《齐映传》、《资治通鉴》卷二三二贞元三年条、《唐摭言》卷四《师友》、《全唐文》卷四五〇齐映《出官后自序表》《卧疾辞官表》。

按：《唐刺史考全编》卷一六七谓齐映出刺衡州约在贞元五年，

① 〔后晋〕刘昫等：《旧唐书》卷一二，中华书局，1975年，第333页。
② 〔后晋〕刘昫等：《旧唐书》卷一三七，中华书局，1975年，第3765页。
③ 〔后晋〕刘昫等：《旧唐书》卷一二，中华书局，1975年，第355页。
④ 〔后晋〕刘昫等：《旧唐书》卷一三六，中华书局，1975年，第3751页。

则其在夔州历时约两年有余。

贞元六年（790），殿中侍御史柳镇，坐覆理穆赞事为执政所忌，贬夔州司马。

《全唐文》卷五八八柳宗元《先侍御史府君神道表》："先君讳镇，字某。……迁殿中侍御史，为鄂岳沔都团练判官。……后数年，登朝为真，会宰相与宪府比周，诬陷正士，以校私仇。有击登闻鼓以闻于上，上命先君总三司以听理，至则平反之。为相者不敢恃威以济欲，为长者不敢怀私以请间，群冤获宥，邪党侧目，封章密献，归命天子，遂莫敢言。逾年，卒中以他事，贬夔州司马。作《鹰鹯诗》。居三年，丑类就殛，拜侍御史。"[1]同书卷五九三柳宗元《祭穆质给事文》："公之伯仲（按：此指穆质兄穆赞），信为先执，感激之风，道同义立。中司守直，奸权是袭，致之徽纆，诬以贿入；琐琐其徒，榜讯愈急；诏下三司，议于洛邑。噫我先君，邦宪是辑，平反群枉，大忤三揖；危法旋加，谮言俄及，左宦夔国，义夫掩泣。邪臣既黜，乃进其级。"[2]

按：贞元五年，柳镇参与三司覆理穆赞事，"覆理无验，（赞）出为郴州刺史"[3]；柳镇之贬夔州司马在"逾年"后，即贞元六年，至"丑类就殛"之贞元八年返朝拜侍御史。又，镇在夔州"居三年"，则由贞元八年逆推三年，亦当为本年。

贞元（785—805）中、前期，东都留守将令狐运，以曾捕掠人于家，配流归州。

《旧唐书》卷一二四《令狐运传》："运为东都留守将，逐贼出郊，其日有劫转运绢于道者，杜亚以运豪家子，意其为之，乃令判官穆员

---

[1]〔清〕董诰等编：《全唐文》卷五八八，中华书局，1983 年，第 5942—5943 页。

[2]〔清〕董诰等编：《全唐文》卷五九三，中华书局，1983 年，第 5996 页。

[3]〔后晋〕刘昫等：《旧唐书》卷一五五，中华书局，1975 年，第 4116 页。

及从事张弘靖同鞫其事。员与弘靖皆以运职在牙门,必不为盗,抗请不按。亚不听,而怒斥逐员等,令亲事将武金鞫之。金箠棰运从者十余人,一人笞死,九人不胜考掠自诬,竟无赃状。亚具以闻,请流运于岭表。德宗令侍御史李元素、刑部员外崔从质、大理司直卢士瞻三司覆按运狱,既竟,明运迹非行盗,以曾捕掠人于家,配流归州。武金肆虐作威,教人通款,配流建州。后岁余,齐抗捕得劫转运绢贼郭鹄、朱瞿昙等七人及赃绢,诏令杜亚与留台同劾之,皆首伏。然终不原运,运死于归州,众冤之。”① 参看《新唐书》卷一四八《令狐运传》、卷一四七《李元素传》,《全唐文》卷五一二李吉甫《请录用令狐通奏》,《册府元龟》卷六一九《刑法部·案鞫》、卷六九九《牧守部·枉滥》。

　　按:《旧唐书》卷一三《德宗纪下》:“(贞元五年十二月)辛未,以淮南节度使杜亚为东都留守……(十四年五月)甲午,前东都留守、东畿汝都防御使、检校吏部尚书杜亚卒。”② 据此,知令狐运配流归州在贞元六年后数年内。《唐会要》卷六二《御史台下》载其事于元和五年四月,误。

　　贞元十九年(803)冬,开州刺史唐次,为《辨谤略》三篇上之,帝益怒,移夔州刺史。

　　《旧唐书》卷一九〇下《唐次传》:“唐次,并州晋阳人也……贞元初,历侍御史,窦参深重之,转礼部员外郎。八年,参贬官,次坐出为开州刺史。在巴峡间十余年,不获进用……改夔州刺史。宪宗即位,与李吉甫同自峡内召还,授次礼部郎中。”③《新唐书》卷八九《唐次传》:“(窦)参贬,(唐次)出为开州刺史,积十年不迁。韦皋镇蜀,

---

① 〔后晋〕刘昫等:《旧唐书》卷一二四,中华书局,1975 年,第 3531 页。
② 〔后晋〕刘昫等:《旧唐书》卷一三,中华书局,1975 年,第 368—387 页。
③ 〔后晋〕刘昫等:《旧唐书》卷一九〇下,中华书局,1975 年,第 5060—5061 页。

表为副使,德宗谕皋罢之。次身在远,久抑不得申,以为古忠臣贤士罹谗毁被放,至杀身,君且不悟者,因采获其事,为《辨谤略》三篇上之。帝益怒曰:'是乃以古昏主方我!'改夔州刺史。"①《全唐文》卷五八八柳宗元《先君石表阴先友记》:"唐次……以尚书郎出为刺史,屏弃。永贞中,召以为中书舍人。道病,去长安七十里,死传舍。"②参看《册府元龟》卷六〇七《学校部·撰集》、卷九一五《总录部·废滞》,《太平御览》卷六〇一《文部·著书上》。

按:《全唐文》卷四九〇权德舆《唐使君盛山唱和集序》:"(贞元)八年夏,佩盛山印绶……十九年冬,既受代,转迁于夔。……理盛山十二年,其属诗多矣。"③因知唐次贞元十九年冬始移刺夔州,至永贞元年八月宪宗即位始被召还京,卒于传舍。

贞元末,考功员外郎王仲舒,为韦执谊弹奏,累移夔州司马。

《全唐文》卷五六二韩愈《唐故江南西道观察使中大夫洪州刺史兼御史中丞上柱国赐紫金鱼袋赠左散骑常侍太原王公(仲舒)神道碑铭》:"公讳仲舒,字宏中。……月余,特改右补阙,迁礼部、考功、吏部三员外郎。……同列有恃恩自得者,众皆媚承,公疾其为人,不直视,由此贬连州司户,移夔州司马,又移荆南……放迹在外积四年。元和初,收拾俊贤,征拜吏部员外郎。"④参看同书卷五六三韩愈《江南西道观察使赠左散骑常侍太原王公墓志铭》、卷五五七韩愈《燕喜亭记》。

按:两《唐书》本传未载其移夔州事。《顺宗实录》卷五:"贞元十九年,补阙张正买疏谏他事,得召见。正买与王仲舒、刘伯刍、裴

---

①〔宋〕欧阳修、宋祁:《新唐书》卷八九,中华书局,1975年,第3761页。
②〔清〕董诰等编:《全唐文》卷五八八,中华书局,1983年,第5945页。
③〔清〕董诰等编:《全唐文》卷四九〇,中华书局,1983年,第5001页。
④〔清〕董诰等编:《全唐文》卷五六二,中华书局,1983年,第5692—5693页。

苣、常仲孺、吕洞相善,数游止。正买得召见,诸往来者皆往贺之。有
与之不善者,告叔文、执谊云:……执谊因言成季等朋宴聚游无度,
皆谴斥之。"①《资治通鉴》卷二三六贞元十九年:"九月,甲寅,正一等
皆坐远贬,人莫知其由。"②因知仲舒贬连州在贞元十九年九月,其间
先后移夔州、荆南,至元和初始得返朝,则其移夔疑在贞元二十年至
二十一年间。

宪宗元和七年(812),庚玄师,因事谪巴东。

《全唐诗》卷四二九白居易《闻庚七左降因咏所怀》:"我病卧渭
北,君老谪巴东。相悲一长叹,薄命与君同。"③

按:《白居易诗集校注》卷六系此诗于元和七年白居易下邽守制
时。《全唐诗人名汇考》据白居易《代书诗一百韵寄微之》自注"庚
七玄师谈佛理有可赏者"考定,庚七为庚玄师④,今从之。

**元和十年(815)七月,太子赞善王承迪,坐王承宗家族累,归州
安置。**

《旧唐书》卷一五下《宪宗纪下》:"诏:'成德军节度使王承
宗……乃敢轻肆指斥,妄陈表章,潜遣奸人,内怀兵刃,贼杀元辅……
宜令绝其朝贡,其所部博野、乐寿两县本属范阳,宜却隶刘总。驸马
都尉王承系、太子赞善王承迪、丹王府司马王承荣等,并宜远郡安
置。'"⑤《全唐文》卷六一宪宗《绝王承宗朝贡敕》:"朝请郎守太子左

---

①〔唐〕韩愈撰,马其昶校注,马茂元整理:《韩昌黎文集校注》卷五,上海古籍出
　版社,1986年,第721页。

②〔宋〕司马光编著,〔元〕胡三省音注:《资治通鉴》卷二三六,中华书局,1956
　年,第7603页。

③〔清〕彭定求等编:《全唐诗》卷四二九,中华书局,1960年,第4729页。

④陶敏著:《全唐诗人名汇考》,辽海出版社,2006年,第814页。

⑤〔后晋〕刘昫等:《旧唐书》卷一五下,中华书局,1975年,第453—454页。

赞善大夫赐紫金鱼袋王承迪、朝请郎守丹王府司马上柱国赐紫金鱼袋王承荣，国有彝章，亦宜从坐。承迪宜于归州安置，承荣宜于通州安置。仍并驰驿发遣。"①

按：元和十年六月癸卯，宰相武元衡被刺后，朝廷即诏中外所在搜捕。《唐大诏令集补编》卷三二宪宗有《捕杀武元衡盗诏》，文末署"元和十年六月辛丑"。《资治通鉴》卷二三九元和十年载七月甲戌，朝廷诏数王承宗罪恶，并下诏讨伐，诏捕其弟驸马都尉王承系等，家族株连者甚众，则承迪徙归州当在此时。

元和十一年（816）七月，邓隋节度使高霞寓，因用兵淮西败，贬归州刺史。

《旧唐书》卷一六二《高霞寓传》："元和十年，朝廷讨吴元济，以霞寓宿将，乃析山南东道为两镇，以霞寓为唐邓隋节度使。霞寓虽称勇敢，素昧机略，至于统制，尤非所长。及达所部，乃率兵趣萧陂，与贼决战。既小胜，又进至文城栅。贼军伪败而退，霞寓逐之不已，因为伏兵所掩，王师大衄，霞寓仅以身免。坐贬归州刺史。后以恩例，征为右卫大将军。"②《资治通鉴》卷二三九元和十一年："上责高霞寓之败，霞寓称李逊应接不至。秋，七月（丁丑），贬霞寓为归州刺史，逊亦左迁恩王傅。"③ 参看《旧唐书》卷一五下《宪宗纪下》、卷一四五《吴元济传》，《新唐书》卷一四一《高霞寓传》，《册府元龟》卷四四〇《将帅部·交结》、卷四四三《将帅部·败衄》。

元和十一年前后，水部员外郎窦常，移夔州刺史。

《全唐诗》卷三五九刘禹锡有《夔州窦员外使君见示悼妓诗顾余

① 〔清〕董诰等编：《全唐文》卷六一，中华书局，1983年，第657—658页。
② 〔后晋〕刘昫等：《旧唐书》卷一六二，中华书局，1975年，4249页。
③ 〔宋〕司马光编著，〔元〕胡三省音注：《资治通鉴》卷二三九，中华书局，1956年，第7723页。

尝识之因命同作》《窦夔州见寄寒食日忆故妓小红吹笙因和之》,前
诗云 :"前年曾见两鬟时,今日惊吟悼妓诗。"①

　　按 :窦常元和八年出刺朗州,约两年后移刺夔州。《旧唐书》卷
一五五《窦常传》:"元和六年,自湖南判官入为侍御史,转水部员
外郎。出为朗州刺史,历固陵、浔阳、临川三郡守。"②《全唐文》卷
七六一褚藏言《窦常传》:"元和六年,繇侍御史入为水部员外郎,亦
既二岁,婚嫁未毕,求牧守之官,出为朗州刺史,转固陵、浔阳、临川三
郡。"③此均未及移夔刺事,然自元和六年经二岁,知其出刺朗州在元
和八年。又,刘禹锡、柳宗元于元和九年底接返京诏书,十年初启程,
期间有数诗寄"朗州窦员外",知窦常是时尚在朗州。《唐才子传校
笺》卷四储仲君据前引刘诗云 :"刘、窦分携在元和十年,即以此诗禹
锡尝见小红言,元和十二年窦常亦已在夔州。"④陶敏《刘禹锡全集编
年校注》卷四谓禹锡前诗作于元和十一年,若此,则疑窦常于十一年
已在夔州。

**穆宗长庆元年 (821) 十一月,连州刺史刘禹锡,母丧服除,量移
夔州刺史。**

　　《旧唐书》卷一六〇《刘禹锡传》:"乃改授连州刺史。去京师又
十余年,连刺数郡。"⑤《新唐书》卷一六八《刘禹锡传》:"乃易连州,
又徙夔州刺史。"⑥

　　按 :《全唐文》卷六〇三刘禹锡《奏记丞相府论学事》:"十一月

①〔清〕彭定求等编:《全唐诗》卷三五九,中华书局,1960 年,第 4056 页。
②〔后晋〕刘昫等:《旧唐书》卷一五五,中华书局,1975 年,第 4122 页。
③〔清〕董诰等编:《全唐文》卷七六一,中华书局,1983 年,第 7908 页。
④傅璇琮主编:《唐才子传校笺》卷四,中华书局,1989 年,第 2 册第 216 页。
⑤〔后晋〕刘昫等:《旧唐书》卷一六〇,中华书局,1975 年,第 4211 页。
⑥〔宋〕欧阳修、宋祁:《新唐书》卷一六八,中华书局,1975 年,第 5129 页。

七日,使持节都督夔州诸军事夔州刺史。"①同书卷六〇一《夔州刺史谢上表》:"臣某言,伏奉某月日制书,授臣使持节都督夔州诸军事,守夔州刺史……先朝追还,方念淹滞,又遭谗嫉,出牧远州。家祸所钟,沈伏草土。礼经有制,羸疾仅存。甘于畎亩,以乐皇化。伏遇陛下大明御宇,照烛无私,念以残生,举其彝典,获居善部,伏感天慈。臣即以今月二日到任上讫……长庆二年正月五日。"②据此,知长庆元年十一月七日为下诏日,二年正月五日为到任日。又,《全唐诗》卷三六三刘禹锡《历阳书事七十韵并引》:"长庆四年八月,余自夔州转历阳。"③知其长庆四年离夔州任。

长庆二年(822)正月,沧州刺史、横海军节度使杜叔良,坐兵败丧所持旌节,贬归州刺史。

《旧唐书》卷一六《穆宗纪》:长庆元年十月,"丙戌,以深冀行营节度使杜叔良为沧州刺史、横海军节度使,以代乌重胤"。二年正月,"壬子,贬叔良为归州刺史,以献计诛幽镇无功,而兵败丧所持旌节也"④。《新唐书》卷二一一《王廷凑传》:"叔良率诸道兵救深州,战博野,大奔,失所持节,以身免,贬归州刺史。叔良者,将家子,本以附会至灵武节度使,坐不职罢,复阶贵近,帅沧景。廷凑知其怯,故先犯之,师由是败。"⑤《册府元龟》卷四四三《将帅部·败衄》:"杜叔良为沧、景节度使。穆宗长庆元年十二月,沧州行营中官谢良通奏:'叔良领诸道兵,于博野县与镇州贼交战,陷没七千余人。叔良脱身投本营。'二年正月,贬叔良为归州刺史。叔良始以结交贵幸用将,家子

---

① 〔清〕董诰等编:《全唐文》卷六〇三,中华书局,1983年,第6088页。

② 〔清〕董诰等编:《全唐文》卷六〇一,中华书局,1983年,第6074页。

③ 〔清〕彭定求等编:《全唐诗》卷三六三,中华书局,1960年,第4100页。

④ 〔后晋〕刘昫等:《旧唐书》卷一六,中华书局,1975年,第492、494页。

⑤ 〔宋〕欧阳修、宋祁:《新唐书》卷二一一,中华书局,1975年,第5960页。

累至灵武节度使,以无功罢。未几,又以计取沧、德。及讨幽、镇二叛,遇贼辄揣其无勇,先犯之。既陷弓高县,寻复奔败,丧所持节,故及于败。"①同书卷四五三《将帅部·怯懦》略同。

三、晚唐五代:夔州复升期

文宗大和九年(835)六月,吏部郎中张讽,坐李宗闵之党,贬夔州刺史。

《旧唐书》卷一七下《文宗纪下》:大和九年七月,"壬子,再贬李宗闵为处州长史……(戊午)贬吏部郎中张讽夔州刺史,考功郎中皇太子侍读苏涤忠州刺史"②。《南部新书·甲》:"大和中,上自延英退,独召柳公权对。上不悦曰:'今日一场大奇也。嗣复、李珏道张讽是奇才,请与近密官。郑覃、夷行即云是奸邪,须斥之于岭外。教我如何即是?'公权奏曰:'允执厥中。'上曰:'如何是允执厥中?'又奏:'嗣复、李珏既言是奇才,即不合斥于岭外;郑覃、夷行既云是奸邪,亦不合致于近密。若且与荆、襄间一郡守,此近于允执厥中。'旬日又召对,上曰:'允执厥中,向道也是。'张遂为郡守。"③参看《资治通鉴》卷二四五大和九年条,《册府元龟》卷四八一《台省部·谴责》、卷九四五《总录部·朋党》。

大和末,屯田员外郎、史馆修撰韦端符,为权幸恶嫉,出牧归州。

张读《唐故尚书屯田员外郎归州刺史韦公(端符)夫人荥阳郑氏

---

① 〔宋〕王钦若等编纂,周勋初等校订:《册府元龟》卷四四三,凤凰出版社,2006年,第4999页。

② 〔后晋〕刘昫等:《旧唐书》卷一七下,中华书局,1975年,第559页。

③ 〔宋〕钱易撰,尚成、李梦生校点:《南部新书》,上海古籍出版社编《历代笔记小说大观》,上海古籍出版社,2012年,第11页。

（霞士）墓志铭并序》："夫人少孤，依从父姊氏。姊婿中书舍人韦公词，又诸舅也，内外慈抚。迨于既笄，有归于京兆韦公讳端符。大和末，以屯田员外郎、史馆修撰，为权幸恶嫉，出牧归州。未几，而夫人抱昼哭之戚。处丧执礼，称重姻族。"① 崔特《唐登仕郎前守左千牛卫胄曹参军崔特自铭》："后婚京兆韦氏，归州刺史端符之女。"②

宣宗大中九年（855）十二月，泾原节度使康季荣，坐擅用官钱，贬夔州长史。

《资治通鉴》卷二四九大中九年："右威卫大将军康季荣前为泾原节度使，擅用官钱二万缗，事觉，季荣请以家财偿之。上以季荣有开河、湟功，许之。给事中封还敕书，谏官亦上言。十二月，庚辰，贬季荣夔州长史。"③

按：据《唐方镇年表》卷一、卷三所考，大中二年康季荣出镇泾原，六年转镇徐州，又于大中八年再镇泾原，并自泾原贬夔州，可参。《旧唐书》卷一八下《宣宗纪下》：大中十二年二月，"以光禄大夫、守左领军卫大将军分司东都、上柱国、会稽县开国公、食邑一千五百户康季荣可检校尚书右仆射，兼左卫上将军分司"④。知其贬夔州长史后，至迟于大中十二年已转左领军卫大将军，分司东都。

僖宗乾符四年（877）仲春，学官袁循，坐事，谪秭归司户参军。

《全唐文》卷八一六袁循《修黄魔神庙记》："循以学官谪秭归，奉太守命，弗敢让所记。乾符丁酉岁仲春九日，司户参军袁循记。"⑤

① 吴钢主编：《全唐文补遗》第 7 辑，三秦出版社，1998 年，第 152 页。

② 吴钢主编：《全唐文补遗》第 9 辑，三秦出版社，2007 年，第 420 页。

③〔宋〕司马光编著，〔元〕胡三省音注：《资治通鉴》卷二四九，中华书局，1956 年，第 8058 页。

④〔后晋〕刘昫等：《旧唐书》卷一八下，中华书局，1975 年，第 643—644 页。

⑤〔清〕董诰等编：《全唐文》卷八一六，中华书局，1983 年，第 8590 页。

按:《舆地纪胜》卷七四《归州·碑记》、《舆地碑记目》卷三《归州碑记》载此记文,并谓:"《唐黄魔神庙记》,载唐兰陵公自右史宰黔南,溯峡,梦神将祐助公出郡,纪载甚详。乾符丁巳,司户袁循记。今其碑在紫极宫。"① 乾符无丁巳,有丁酉,即乾符四年(877),"丁巳"字讹。《太平寰宇记》卷一四八《归州》亦引云:"'咸通壬辰岁,令(今)翰林兰陵公自右史宰黔南……丁酉岁,公从弟侁,自澧阳尹亚西蜀。路出祠下,以囊金致公……乾符丁酉岁,仲春月九日,司户参军袁循记。'兰陵公,即唐朝萧遘,寻为宰相。此异事也,故编于《寰宇记》。"② 因知乾符四年,袁循自学官谪归州司户参军,且仲春已在任。

昭宗乾宁四年(897)八月,秘书监朱朴,被诬,贬夔州司马。

《资治通鉴》卷二六一乾宁四年:二月"乙亥,门下侍郎、同平章事孙偓罢守本官,中书侍郎、同平章事朱朴罢为秘书监。朴既秉政,所言皆不效,外议沸腾。太子詹事马道殷以天文,将作监许岩士以医得幸于上,韩建诬二人以罪而杀之,且言偓、朴与二人交通,故罢相"。八月,"贬礼部尚书孙偓为南州司马。秘书监朱朴先贬夔州司马,再贬郴州司户"③。参看《新唐书》卷一〇《昭宗纪》,《全唐文》卷九〇、《唐大诏令集》卷五八昭宗《贬朱朴郴州司户制》。

按:朱朴所贬官职诸处记载不一。《旧唐书》卷二〇上《昭宗纪》:乾宁四年八月,"寻杀太子詹事马道殷、将作监许岩士,贬平章事朱朴,皆上所宠昵者"④。仅言被贬,未记其官职。同书卷一七九

① 〔宋〕王象之撰:《舆地纪胜》卷七四,中华书局,1992年,第2476页。
② 〔宋〕乐史撰,王文楚等点校:《太平寰宇记》卷一四八,中华书局,2007年,第2879—2880页。
③ 〔宋〕司马光编著,〔元〕胡三省音注:《资治通鉴》卷二六一,中华书局,1956年,第8502、8507页。
④ 〔后晋〕刘昫等:《旧唐书》卷二〇上,中华书局,1975年,第762页。

《朱朴传》未及其贬事。《新唐书》卷一八三《朱朴传》："朴罢为秘书监，三贬郴州司户参军，卒。"① 所记略同《通鉴》，而未及夔州事。今从《通鉴》。盖朱朴先罢秘书监，复贬夔州司马，再贬郴州司户。

　　天复末，兵部侍郎、学士承旨薛贻矩，为崔胤所恶而排斥，贬夔州司户。

　　《旧唐书》卷一七七《崔胤传》："昭宗初幸凤翔，命卢光启、韦贻范、苏检等作相，及还京，胤皆贬斥之。又贬陆扆为沂王傅，王溥太子宾客，学士薛贻矩夔州司户，韩偓濮州司户，姚洎景王府咨议。"②

　　按：据《新唐书》卷六三《宰相表下》，知天复三年正月，崔胤拜相，陆扆、韩偓、王溥、薛贻矩、姚洎诸人皆为胤所逐者。《资治通鉴》卷二六四系其事在天复三年二月。又，薛贻矩贬官记载不一。《旧五代史》卷一八《薛贻矩传》："旋除中书舍人，再践内署。历户部兵部侍郎、学士承旨。及昭宗自凤翔还京，大翦阉寺，贻矩尚为韩全诲等作画赞，悉记于内侍省屋壁间，坐是谪官。天佑初，除吏部侍郎，不至。"③《新五代史》卷三五本传略同。《北梦琐言》卷一六："天复中，翦戮阉官，贻矩尝与韩全诲等作写真赞，悉纪于内侍省屋壁间，坐是谪官。"④ 皆未记具体贬地及官职。《全唐诗》卷六八五有吴融《送薛学士赴任峡州二首》，卷八三七有贯休《送薛侍郎贬峡州司马》，"薛学士""薛侍郎"即薛贻矩，然称贬"峡州司马"，与《旧唐书·崔胤传》所载"夔州司户"不合。贯休诗云："得罪唯惊恩未酬，夷陵山水

① 〔宋〕欧阳修、宋祁：《新唐书》卷一八三，中华书局，1975年，第5386页。
② 〔后晋〕刘昫等：《旧唐书》卷一七七，中华书局，1975年，第4586页。
③ 〔宋〕薛居正等：《旧五代史》卷一八，中华书局，1974年，第243页。
④ 〔五代〕孙光宪著，贾二强校：《北梦琐言》卷一六，中华书局，2002年，第308页。

称闲游。……花落扁舟香冉冉,草侵公署雨修修。"① 吴融诗云:"片
帆飞入峡云深,带雨兼风动楚吟。"② 夷陵郡即唐之峡州,古属楚地,故
薛贻矩确曾贬峡州无疑。《唐五代文学编年史·晚唐卷》据吴融、贯
休诗以为《旧唐书》所记夔州误,《郎官石柱题名新考订·补唐代翰
林两记》卷上谓:"岂《旧唐书》传误欤,抑后来累贬欤,悬以俟考。"③
又,薛廷珪《梁故开府仪同三司守司空同中书门下平章事弘文馆大学
士充诸道盐铁转运等使判建昌宫事河东郡开国公食邑一千五百户食
实封一百户赠侍中薛公(贻矩)墓志铭并序》:"公讳贻矩,字熙用,虢
州府君之子也。……济川有日,去国无辜,鼓枻狎鸥,含毫问鹏,人虽
玷白,道实益丹,两从左迁,在□□署。……自长沙徵,□□□□□,
旋迁吏部尚书。未至,特拜御史大夫。"④ 中云"两从左迁",或先贬峡
州司马,继贬夔州司户欤? 姑系于天复末。俟再考。

**后蜀后主广政(938—965)前期,尚书左丞欧阳彬,出为宁江军
节度使。**

《十国春秋》卷五三《后蜀·欧阳彬传》:"王氏亡,复归高祖。
广政初,后主以为嘉州刺史。……累官尚书左丞,出为宁江军节度
使。既至夔州,寓书楚文昭王,叙畴昔入蜀之由,且以宗族为托。文
昭王得书大惭,悉除彬亲友赋役,凡士无贤不肖,进谒尽加宾礼……
广政十三年卒。"⑤

---

① 〔清〕彭定求等编:《全唐诗》卷八三七,中华书局,1960 年,第 9434 页。
② 〔清〕彭定求等编:《全唐诗》卷六八五,中华书局,1960 年,第 7876 页。
③ 岑仲勉:《郎官石柱题名新考订》,上海古籍出版社,1984 年,第 428 页。
④ 傅清音、王亮亮、夏楠:《新见五代〈薛贻矩墓志〉考》,《文博》2012 年第 4 期。
　　周阿根:《薛贻矩墓志录文商补》,《学术界》2013 年第 2 期。
⑤ 〔清〕吴任臣撰,徐敏霞、周莹点校:《十国春秋》卷五三,中华书局,2010 年,
　　第 780 页。

按：宁江军，后唐天成二年（927）置，治夔州（《旧五代史》卷六一《西方邺传》）。

综上，唐五代三百余年贬流夔、归二州可考者27人，其中夔州18人，归州9人。以时段多寡论，德宗朝6人，玄宗、宪宗朝各4人，穆宗、文宗、昭宗朝各2人，高宗、武周、睿、代、宣、僖、后蜀后主诸朝各1人。由此见其时空变化：初盛唐为夔州独盛期（7人中占6人），中唐为归州反超期（13人中占7人），晚唐五代为夔州复升期（7人中占5人）。

以谪罚性质论，贬24人，流放、安置及官职不明者3人。以贬后任职论，刺史、长史及节度使14人，司马、司户、折冲7人，丞、尉3人。以诗文创作论，有文名或诗文创作者有孔巢父、唐次、窦常、刘禹锡、袁循、朱朴、欧阳彬诸人，就中尤以刘禹锡、窦常知名。

此外，尚有酷吏敬羽贬夔州事存疑。《唐会要》卷四一《酷吏》载："元年建子月，御史中丞敬羽贬夔州刺史。"[1] 然两《唐书·敬羽传》均谓其宝应初贬道州刺史，寻有诏杀之；《旧唐书》卷一一《代宗纪》则谓宝应元年七月庚寅"赐道州司马敬羽自尽"[2]。据此，敬羽贬刺夔州事疑误，本文不取。

作者系武汉大学文学院教授

原刊《武汉大学学报（哲学社会科学版）》2022年第2期

---

[1] 〔宋〕王溥：《唐会要》卷四一，中华书局，1955年，第745页。
[2] 〔后晋〕刘昫等：《旧唐书》卷一一，中华书局，1975年，第270页。

唐代忠、万二州贬流官考

尚永亮

　　忠州、万州，今皆为重庆下辖区县，唐属山南东道。据两《唐
书·地理志》，忠、万二州均于贞观八年更今名，天宝元年分别易名南
宾郡、南浦郡，至乾元元年复为忠、万之名。其所领县，忠州五：临江、
丰都、南宾、垫江、桂溪；万州三：南浦、武宁、梁山①。

　　忠、万二州西邻渝、涪，东接夔、归，前人谓"江水自蜀历渝、涪、
忠、万、夔、归、峡、荆八州界"②，因知其居"长江八州"之中段，又为山
南东道之西首。自中原、江南至其地多走三峡水路。其中忠州"在
京师南二千二百二十二里，至东都二千七百四十七里"；万州"在京
师西南二千六百二十四里，至东都二千四百六十五里"③。由此可见其
路途遥远，交通不便。"山束邑居窄，峡牵气候偏。林峦少平地，雾雨
多阴天。"④ "多才翻得罪，天末抱穷忧。白首为迁客，青山绕万州。"⑤

---

① 〔后晋〕刘昫等：《旧唐书》卷三九，中华书局，1975年，第1556—1557页；
　〔宋〕欧阳修、宋祁：《新唐书》卷四〇，中华书局，1975年，第1029—1030页。
② 〔唐〕李林甫等撰，陈仲夫点校：《唐六典》卷三，中华书局，2014年，第67页。
③ 〔后晋〕刘昫等：《旧唐书》卷三九，中华书局，1975年，第1556—1557页。
④ 〔唐〕白居易：《初到忠州登东楼寄万州杨八使君》，〔清〕彭定求等编：《全唐
　诗》卷四三四，中华书局，1960年，第4798页。
⑤ 〔唐〕郑谷：《寄南浦谪官》，〔清〕彭定求等编：《全唐诗》卷六七四，中华书局，
　1960年，第7713页。

从唐人之吟咏,即可略窥此二州僻塞荒远及贬官谪居之状。兹据相关文献,对唐近三百年间流贬忠、万二州之人数、时间、原因等稍加搜辑,考订如下。

高宗朝:永徽(650—655)初,雍州长史、检校尚书左丞卢承业,坐兄承庆事,左迁忠州刺史。

《大唐故银青光禄大夫行扬州大都督府长史魏县子卢公(承业)墓志铭并序》:"公讳承业,字子绘,范阳人也。……今上嗣历,拜雍州司马,仍迁长史,又兼左丞。……以公事出为忠州刺史。……复为雍州司马,顷除长史。"①《旧唐书》卷八一《卢承庆传附承业传》:"弟承业,亦有学识。贞观末,官至雍州长史、检校尚书左丞。兄弟相次居此任,时人荣之。俄坐承庆事左迁忠州刺史。显庆初,复为雍州长史。"②

按:《旧唐书》卷八一《卢承庆传》:"卢承庆……历雍州别驾,尚书左丞。永徽初,为褚遂良所构,出为益州大都督府长史。遂良俄又求索承庆在雍州旧事奏之,由是左迁简州司马。"③《新唐书》卷一〇六《卢承庆传》:"高宗永徽时,坐事贬简州司马。阅岁,改洪州长史。"④据此,知承业受兄累左迁忠州当在永徽初;至显庆初移雍州司马,顷除长史。

中宗朝:神龙元年(705)春,卫尉少卿崔瑶,坐父神庆案,贬忠州别驾。

卢僎《唐故光禄卿崔公(瑶)墓志铭并序》:"公讳瑶,字淑玉,清河东武城人。……户部侍郎、太常卿、赠太子少傅神庆之第四子

① 吴钢主编:《全唐文补遗》第五辑,三秦出版社,1998年,第160页。
② 〔后晋〕刘昫等:《旧唐书》卷八一,中华书局,1975年,第2749页。
③ 〔后晋〕刘昫等:《旧唐书》卷八一,中华书局,1975年,第2748—2749页。
④ 〔宋〕欧阳修、宋祁:《新唐书》卷一〇六,中华书局,1975年,第4047页。

也。……擢卫尉少卿。……亲累贬忠州别驾,稍改资州别驾。"①

按:《旧唐书》卷七七《崔神庆传》:"神庆尝受诏推张昌宗,而竟宽其罪。神龙初,昌宗等伏诛,神庆坐流于钦州。寻卒。"②《资治通鉴》卷二〇八神龙元年:二月乙卯,"司礼卿崔神庆流钦州"③。因知崔瑶坐父累贬忠州当在同时,未久移资州别驾。

神龙二年(706),虞乡县丞崔璈,坐父玄暐案,贬授万州梁山主簿。

崔涣《故京兆府鄠县崔府君(璈)及王夫人墓志铭并序》:"府君讳璈,博陵安平人也。父□暐,任中书令。盛德懋功,曷可谈悉。府君即中书之子……解褐虞乡县丞,贬授梁山主簿,俄授鄠县主簿。"④

按:《墓志》"□暐"当为"玄暐"。考两《唐书》及诸史,博陵崔氏开元前任中书令者有崔玄暐,曾与张柬之等起羽林兵迎太子,诛张易之、张昌宗等,堪称"盛德懋功",则玄暐当即崔璈之父。又据两《唐书·崔玄暐传》,知玄暐有子名璩,"终礼部侍郎。璩子涣"。而崔璈墓志署名"侄涣撰",则璈与璩皆为玄暐子无疑。惟玄暐本传并《新唐书·宰相世系表二下》均载璩而失璈。又,玄暐于神龙二年左迁均州刺史,贬白州司马,复流古州;而以崔璈卒年、享年推之,是年已四十有二,则其坐父累而贬,当无疑义。另据《志》文,崔璈在梁山主簿任似未久,即移鄠县主簿。

① 吴钢主编:《全唐文补遗》第六辑,三秦出版社,1999年,第65—66页。

② 〔后晋〕刘昫等:《旧唐书》卷七七,中华书局,1975年,第2690页。

③ 〔宋〕司马光编著,〔元〕胡三省音注:《资治通鉴》卷二〇八,中华书局,1956年,第6584页。

④ 毛阳光、余抚危主编:《洛阳流散唐代墓志汇编》,国家图书馆出版社,2013年,第337页。

玄宗朝：先天二年（713）正月，右拾遗严挺之，责让任正古反为所劾，左迁万州员外参军。

《旧唐书》卷九九《严挺之传》："严挺之，华州华阴人。……及（姚）崇再入为中书令，引挺之为右拾遗。……先天二年正月望，胡僧婆陀请夜开门燃百千灯，睿宗御延喜门观乐，凡经四日。……挺之上书谏曰：……上纳其言而止。时侍御史任知古恃宪威，于朝行诟詈衣冠，挺之深让之，以为不敬，乃为台司所劾，左迁万州员外参军。开元中，为考功员外郎。"①《新唐书》卷一二九《严挺之传》所载同。参看《方舆胜览》卷五九《夔州路·万州·名宦》。

约开元（713—741）初，皇甫恂，疑直道被谮，出为万州别驾。

王谞《唐故殿中少监锦州刺史皇甫公（恂）墓志铭并序》："公讳恂，字中孚。……中宗升遐，山陵有事。……未终考，除左率府郎将。顷之，除右虞候率。……属君盗未除，良士先逐，出为渭州刺史，又除银州刺史。……及皇帝践祚，乃下诏曰：'卿以忠贞，东朝侍从。间逢谗慝，远职外蕃。密疏深规，言犹在耳。自我不见，于今三年。……'许入朝奏事。……公直修臣节，不备世疵。出为万州别驾，稍转荣州刺史。"②夜郎后，疑已至天宝中后期。

按：据《志》文，皇甫恂于"中宗升遐"后之睿宗朝出为渭州、银州刺史，至"皇帝（玄宗）践祚"始召还，任职不详；其出为万州别驾，疑在返朝后未久。姑系于开元初。

开元末，刑部侍郎郑少微，为李林甫所恶，累贬万州司马。

《太平广记》卷二二二引《定命录》："开元中有相者不知姓名，

---

① 〔后晋〕刘昫等：《旧唐书》卷九九，中华书局，1975年，第3103—3104页。
② 西安市文物稽查队编：《西安新获墓志集萃》，文物出版社，2016年，第120—123页。

自言衡山来,人谓之衡相,在京舍宣平里。时李林甫为太子谕德,往见之,入门,则郑少微、严杲已在中庭。相者引坐,谓李公曰:'自仆至此,见人众矣,未有如公贵者也。……'顾严、郑曰:'预闻此者,非不幸也。公二人宜加礼奉,否则悔吝生矣。'时严、郑各负才名,李尤声誉未达,二公有辄轹之心,及闻相者言,以为甚不然。唯唯而起,更不复问。李因辞去,后李公拜中书,郑时已为刑部侍郎,因述往事……无何,郑出为岐州刺史,与所亲话其事。未期,又贬为万州司马。严自郎中,亦牧远郡。"①

按:《新唐书》卷七五上《宰相世系表五上》郑氏条下:"少微,岐州刺史。"②《旧唐书》卷一五八《郑馀庆传》:"祖长裕……长裕弟少微,为中书舍人、刑部侍郎。"③《册府元龟》卷四六一《台省部·宠异》:"郑少微为刑部侍郎,开元二十五年,玄宗因听政,问京师囚徒,有司奏有五十人。怡然有喜,下诏曰:'……虽化源自远,亦钦恤使然。其郑少微等一十七人,各赐一中上考,仍兼赐少物,以存劝赏。'"④据此,少微开元二十五年仍在刑部任,则其出刺岐州,当在此后。《唐刺史考全编》卷五谓其刺岐疑在开元二十七年前后,则其再贬万州司马,当已在开元末。

天宝六载(747)十一月,义阳郡司马、嗣虢王李巨,坐杨慎矜案累,解官,于南宾郡(忠州)安置。

《旧唐书》卷一一二《李巨传》:"李巨,曾祖父虢王凤,高祖之第

---

① 〔宋〕李昉等编,张国风会校:《太平广记会校》卷二二二,北京燕山出版社,2011年,第2412—2413页。

② 〔宋〕欧阳修、宋祁:《新唐书》卷七五上,中华书局,1975年,第3329页。

③ 〔后晋〕刘昫等:《旧唐书》卷一五八,中华书局,1975年,第4163页。

④ 〔宋〕王钦若等编纂,周勋初等校订:《册府元龟》卷四六一,凤凰出版社,2006年,第5219页。

十四子也。凤孙邕,嗣虢王,巨即邕之第二子也。……六载,御史中丞杨慎矜为李林甫、王𫓧构陷得罪,其党史敬忠亦伏法。以巨与敬忠相识,坐解官,于南宾郡安置。又起为夷陵郡太守。"①《全唐文》卷三二玄宗《赐杨慎矜等自尽并处置诏》:"……其义阳郡司马嗣虢王巨,虽则不涉凶谋,终与敬忠相识,宜解却官,于南宾郡安置。"② 参看《新唐书》卷七九《高祖诸子》、《册府元龟》卷二六九《宗室部·将兵》。

按:据《旧唐书》卷九《玄宗纪下》:"(天宝六载)十一月乙亥,户部侍郎杨慎矜及兄少府少监慎余与弟洛阳令慎名,并为李林甫及御史中丞王𫓧所构,下狱死。"③ 知李巨解官安置南宾在本年十一月或稍后。

天宝中,嗣薛王鸿胪卿李珶,坐韦坚案,累徙南浦郡(万州)。

《旧唐书》卷九《玄宗纪下》:"(天宝五载)秋七月丙子,韦坚为李林甫所构,配流临封郡,赐死。……坚外甥嗣薛王珶贬夷陵郡别驾。"④ 同书卷九五《睿宗诸子》:"珶封嗣薛王……(天宝)七载,珶于夜郎安置,后移南浦郡。"⑤《新唐书》卷八一《三宗诸子·惠宣太子业附李珶传》:"天宝中,珶舅韦坚为李林甫所构,坐贬夷陵别驾,徙置夜郎、南浦。"⑥ 参看《新唐书》卷五《玄宗纪》、《资治通鉴》卷二一五天宝五载条、《册府元龟》卷一五八《帝王部·诫励》、卷九二五《总录部·谴累》。

---

① 〔后晋〕刘昫等:《旧唐书》卷一一二,中华书局,1975 年,第 3346 页。
② 〔清〕董诰等编:《全唐文》卷三二,中华书局,1983 年,第 361 页。
③ 〔后晋〕刘昫等:《旧唐书》卷九,中华书局,1975 年,第 221 页。
④ 〔后晋〕刘昫等:《旧唐书》卷九,中华书局,1975 年,第 220 页。
⑤ 〔后晋〕刘昫等:《旧唐书》卷九五,中华书局,1975 年,第 3019 页。
⑥ 〔宋〕欧阳修、宋祁:《新唐书》卷八一,中华书局,1975 年,第 3603 页。

按:据上引诸书,李珣徙南浦当在天宝七载迁夜郎后,疑已至天宝中后期。

肃宗朝:乾元二年(759)十一月,户部侍郎、同平章事第五琦,坐变法铸钱致物价腾踊,贬忠州长史。

《旧唐书》卷一〇《肃宗纪》:乾元二年"十一月甲子朔,商州刺史韦伦破康楚元,荆襄平。庚午,户部侍郎、同平章事第五琦贬忠州长史"①。《资治通鉴》卷二二一:乾元二年"十一月……第五琦作乾元钱、重轮钱,与开元钱三品并行,民争盗铸,货轻物重,谷价腾踊,饿殍相望。上言者皆归咎于琦,庚午,贬琦忠州长史。御史大夫贺兰进明贬溱州员外司马,坐琦党也"②。高参《唐故相国太子宾客扶风郡公赠太子少保第五公(琦)墓志铭并序》:"元年成师振振,二年收复中原,再造寰区……于是有中书门下平章事之拜。居二年,幸臣李辅国忌公之大勋,谮公以飞语,贬忠州长史,又隶夷州,间一年为朗州刺史。"③参看《新唐书》卷一四九《第五琦传》,《大唐新语》卷一〇《厘革》,《唐会要》卷八九《泉货》,《册府元龟》卷四八三《邦计部·选任》、卷五一一《邦计部·旷败》,《全唐文》卷四二肃宗《贬第五琦忠州长史制》。

按:《旧唐书》卷一二三《第五琦传》谓第五琦"乾元二年十月,贬忠州长史"④,与上引诸书略有不合,疑误。又,《旧唐书·肃宗纪》:

① 〔后晋〕刘昫等:《旧唐书》卷一〇,中华书局,1975年,第257页。
② 〔宋〕司马光编著,〔元〕胡三省音注:《资治通鉴》卷二二一,中华书局,1956年,第7088—7089页。
③ 赵文成、赵君平编:《秦晋豫新出墓志蒐佚续编》,国家图书馆出版社,2015年,第912页。
④ 〔后晋〕刘昫等:《旧唐书》卷一二三,中华书局,1975年,第3517页。

乾元三年二月"庚戌,第五琦除名,长流夷州"①,则是琦在忠州不足半年即复流夷州。

左金吾卫录事参军张志和,坐事贬万州南浦尉。

《新唐书》卷一九六《隐逸·张志和传》:"张志和,字子同……十六擢明经,以策干肃宗,特见赏重,命待诏翰林,授左金吾卫录事参军,因赐名。后坐事贬南浦尉,会赦还,以亲既丧,不复仕,居江湖,自称烟波钓徒。"②《全唐文》卷三四〇颜真卿《浪迹先生元真子张志和碑铭》:"年十六游太学,以明经擢第。献策肃宗,深蒙赏重,令翰林待诏,授左金吾卫录事参军。仍改名志和,字子同。寻复贬南浦尉,经量移,不愿之任,得还本贯。既而亲丧,无复宦情。"③参看《唐才子传校笺》卷三《张志和传》。

代宗朝:约宝应(762—763)中,仓部郎中崔令钦,出为万州刺史。

《全唐诗》卷一四八刘长卿《寄万州崔使君令钦》:"时艰方用武,儒者任浮沈。摇落秋江暮,怜君巴峡深。丘门多白首,蜀郡满青襟。自解书生咏,愁猿莫夜吟。"④

按:《全唐文》卷三九六崔令钦小传:"令钦,开元时官著作佐郎。历左金吾卫仓曹参军。肃宗朝,迁仓部郎中。"⑤同书卷三二〇李华《润州天乡寺故大德云禅师碑》:"永泰二年某月日,涅盘于润州丹徒天乡寺。……乾元初……尔后……礼部员外郎崔令钦常为丹徒,宗

---

① 〔后晋〕刘昫等:《旧唐书》卷一〇,中华书局,1975 年,第 258 页。

② 〔宋〕欧阳修、宋祁:《新唐书》卷一九六,中华书局,1975 年,第 5608 页。

③ 〔清〕董诰等编:《全唐文》卷三四〇,中华书局,1983 年,第 3447 页。

④ 〔清〕彭定求等编:《全唐诗》卷一四八,中华书局,1960 年,第 1505 页。

⑤ 〔清〕董诰等编:《全唐文》卷三九六,中华书局,1983 年,第 4041 页。

仰不怠。无何，吴越震扰，缁侣窜伏。"①陶敏《全唐诗人名汇考》"刘长卿"1505D条谓："'吴越震扰'谓上元元年刘展之乱，知时崔令钦为丹徒令，永泰二年在礼部员外郎任。"②其说可从。因知崔令钦肃宗上元初在润州丹徒，其入朝为仓部郎中，当在上元末。至其出刺万州，疑已至代宗宝应中。前引刘诗谓"时艰方用武，儒者任浮沈"，正与安史乱尚未终之时势合；至其返朝迁礼外，当在广德、永泰间。吴企明《教坊记·点校说明》谓令钦"大历初，出任万州刺史"③；储仲君《刘长卿诗编年笺注》谓"令钦当由丹徒令迁万州刺史，秩满，始归朝为仓中"，又谓其"由丹徒令擢万州刺史，当在乾元元年"④，因与相关载记矛盾，疑皆误。

大历十二年（777）十月，渭南令刘藻，坐曲附上司瞒报灾情，贬万州南浦员外尉。

《旧唐书》卷一一《代宗纪》："（大历十二年）冬十月丁亥，户部侍郎、判度支韩滉言解县两池生瑞盐，乃置祠，号宝应庆池。……京兆尹黎干奏水损田三万一千顷。度支使韩滉奏所损不多。兼渭南令刘藻曲附滉，亦云部内田不损。差御史赵计检渭南田，亦附滉云不损。……复命御史朱敖检之，渭南损田三千顷。上叹息曰：'县令职在字人，不损亦宜称损，损而不闻，岂有恤隐之意耶！'刘藻、赵计皆贬官。"⑤《旧唐书》卷一二九《韩滉传》："大历十二年秋，霖雨害稼……下有司讯鞫，藻、计皆伏罪，藻贬万州南浦员外尉，计贬澧州员

---

① 〔清〕董诰等编：《全唐文》卷三二〇，中华书局，1983年，第3242页。

② 陶敏著：《全唐诗人名汇考》，辽海出版社，2006年，第220页。

③ 吴企明：《点校说明》，〔唐〕崔令钦撰，吴企明点校：《校坊记》，中华书局，2012年，第5页。

④ 储仲君：《刘长卿诗编年笺注》，中华书局，1996年，第178页。

⑤ 〔后晋〕刘昫等：《旧唐书》卷一一，中华书局，1975年，第313页。

外司户。"① 参看《新唐书》卷一二六《韩滉传》,《册府元龟》卷一五二《帝王部·明罚》、卷六六四《奉使部·失指》、卷七〇七《令长部·黜责》。

按:刘藻,一作刘澡。《资治通鉴》卷二二五大历十二年:十月,"渭南令刘澡阿附度支,称县境苗独不损;御史赵计奏与澡同。……贬澡南浦尉,计澧州司户,而不问滉"②。

大历中,膳部员外郎卢杞,出为忠州刺史。

《旧唐书》卷一三五《卢杞传》:"卢杞字子良,故相怀慎之孙。……杞以门荫,解褐清道率府兵曹。朔方节度使仆固怀恩辟为掌书记、试大理评事、监察御史,以病免。入补鸿胪丞,迁殿中侍御史、膳部员外郎,出为忠州刺史。至荆南,谒节度使卫伯玉,伯玉不悦。杞移病归京师,历刑部员外郎、金部吏部二郎中。……出为虢州刺史。建中初,征为御史中丞。"③《新唐书》卷二二三下《卢杞传》所载略同。

按:《唐刺史考全编》卷二〇二、卷五八系其出刺忠州、虢州于大历中、大历末,今从之。

约大历末,祠部员外郎、盐铁判官张璪,疑坐王缙案,累移忠州司马。

《全唐文》卷六九〇符载《江陵陆侍御宅宴集观张员外画松石图》:"尚书祠部郎张璪,字文通。丹青之下。抱不世绝伦之妙……居无何,谪官为武陵郡司马。"④《历代名画记》卷一〇《张璪》:"张

---

①〔后晋〕刘昫等:《旧唐书》卷一二九,中华书局,1975年,第3600页。

②〔宋〕司马光编著,〔元〕胡三省音注:《资治通鉴》卷二二五,中华书局,1956年,第7248—7249页。

③〔后晋〕刘昫等:《旧唐书》卷一三五,中华书局,1975年,第3713页。

④〔清〕董诰等编:《全唐文》卷六九〇,中华书局,1983年,第7065页。

璪,字文通。吴郡人。初,相国刘晏知之。相国王缙奏检为校祠部员外郎、盐铁判官。坐事贬衡州司马,移忠州司马。"同卷《刘商》:"(商)工画山水树石。初师于张璪,后自造真为意。自张贬窜后,尝惆怅赋诗曰:'苔石苍苍临涧水,溪风袅袅动松枝。世间唯有张通会,流向衡阳那得知。'"①《唐才子传》卷四《刘商传》所载略同。

按:张璪贬地,或谓衡州,或谓武陵,未知孰是,今姑从《名画记》。又,王缙于大历十二年贬括州,张藻为缙所荐,则其贬衡州司马,疑在同年;至其移忠州,或在此后未久,姑系于大历末。

德宗朝:建中元年(780)二月,尚书左仆射刘晏,为杨炎诬构,贬忠州刺史。

《旧唐书》卷一二《德宗纪上》:"建中元年春正月……甲午,诏:'东都河南江淮山南东道等转运租庸青苗盐铁等使、尚书左仆射刘晏……朕以征税多门,乡邑凋耗,听于群议,思有变更,将置时和之理,宜复有司之制。晏所领使宜停,天下钱谷委金部、仓部,中书门下拣两司郎官,准格式调掌。'……(二月)己酉,贬尚书左仆射刘晏为忠州刺史。……(七月)己丑,忠州刺史刘晏赐自尽。"②同书卷一二三《刘晏传》:"德宗嗣位,言事者称转运可罢多矣。初,杨炎为吏部侍郎,晏为尚书,各恃权使气,两不相得。炎坐元载贬,晏快之,昌言于朝。及炎入相,追怒前事,且以晏与元载隙憾,时人言载之得罪,晏有力焉。炎将为载复仇……遂罢晏转运等使,寻贬为忠州刺史。炎欲诬构其罪,知庾准与晏素有隙,举为荆南节度,以伺晏动静。准乃奏晏与朱泚书祈救解,言多怨望,炎又证成其事,上以为然。是月庚午,晏已受诛,使回奏报,诬晏以忠州谋叛,下诏暴言其罪,时年

① 〔唐〕张彦远:《历代名画记》卷一〇,人民美术出版社,2016年,第198、200页。
② 〔后晋〕刘昫等:《旧唐书》卷一二,中华书局,1975年,第324—326页。

六十六,天下冤之。家属徙岭表,连累者数十人。"① 参看同书卷四九
《食货下》、卷一一八《杨炎传》,《新唐书》卷一四九《刘晏传》、卷
一四五《杨炎传》,《唐会要》卷八七《转运盐铁总叙》,《资治通鉴》卷
二二六建中元年条,《册府元龟》卷三三三《宰辅部·罢免》,《全唐
文》卷五〇德宗《罢尚书左仆射刘晏领使诏》、卷五四《赐刘晏自尽
敕》。

　　建中三年(782)四月,卢龙节度要籍朱体微,为朱滔所恶,贬万
州南浦尉。

　　《资治通鉴》卷二二七建中三年四月:"卢龙节度行军司马蔡廷
玉恶判官郑云逵,言于朱泚,奏贬莫州参军。云逵妻,朱滔之女也,滔
复奏为掌书记。云逵深构廷玉于滔,廷玉又与检校大理少卿朱体微
言于泚曰:'滔在幽镇,事多专擅,其性非长者,不可以兵权付之。'滔
知之,大怒,数与泚书,请杀二人者,泚不从。由是兄弟颇有隙。及滔
拒命,上欲归罪于廷玉等以悦滔,甲子,贬廷玉柳州司户,体微万州
南浦尉。"②《新唐书》卷一九三《蔡廷玉传》:"会滔以幽州叛,帝示滔
表,而泚亦白发其书,乃归罪于二人,贬廷玉柳州司户参军、体微南浦
尉以慰滔。"③ 参看《旧唐书》卷一三五《卢杞传》,《新唐书》卷二二三
下《卢杞传》,《册府元龟》卷九二〇《总录部·雠怨》。

　　建中、贞元间,右武卫大将军、充仗内教坊使苏日荣,以小过,贬
万州司马。

　　房次卿《唐故特进行虔王傅扶风县开国伯上柱国兼英武军右厢
兵马使苏公(日荣)墓志铭并序》:"贞元十四年六月廿九日……苏

①〔后晋〕刘昫等:《旧唐书》卷一二三,中华书局,1975 年,第 3515—3516 页。
②〔宋〕司马光编著,〔元〕胡三省音注:《资治通鉴》卷二二七,中华书局,1956
　年,第 7327 页。
③〔宋〕欧阳修、宋祁:《新唐书》卷一九三,中华书局,1975 年,第 5550 页。

公薨于位。……公讳日荣,字德昌,京兆武功人也。……蛮夷乱华,天子巡陕,率纪纲之仆,为腹心之臣,封扶风县开国子,除右千牛卫大将军。主上龙飞,录功班爵,当监抚之日,有调护之勋,改右武卫大将军,充仗内教坊使。……过有小谴,情实寡尤,贬万州司马。……俄而优诏追还,恩遇如旧,迁右监门卫将军,遽升本卫大将军。"①

　　按:《志》文之"天子巡陕"指广德元年代宗避乱陕州事;"主上龙飞",谓德宗即位。疑日荣贬万州在此后未久,姑系于建中、贞元间。

　　贞元十一年(795)四月,太子宾客陆贽,为裴延龄所陷,贬忠州别驾。

　　《旧唐书》卷一三《德宗纪下》:"(贞元十一年四月)壬戌,贬太子宾客陆贽为忠州别驾,京兆尹李充信州长史,卫尉卿张滂汀州长史。"② 同书卷一三九《陆贽传》:"贽性畏慎,及策免私居,朝谒之外,不通宾客,无所过从。十一年春,旱,边军刍粟不给,具事论诉;延龄言贽与张滂、李充等摇动军情……德宗怒,将诛贽等四人,会谏议大夫阳城等极言论奏,乃贬贽为忠州别驾。……贽在忠州十年,常闭关静处,人不识其面,复避谤不著书。家居瘴乡,人多疬疫,乃抄撮方书,为《陆氏集验方》五十卷行于代。……顺宗即位,与阳城、郑馀庆同诏征还。诏未至而贽卒,时年五十二,赠兵部尚书,谥曰宣。"③ 参看《旧唐书》卷一三五《裴延龄传》、卷一四八《李吉甫传》,《新唐书》卷一五七《陆贽传》、卷一六七《裴延龄传》,《顺宗实录》卷四,《唐语林》卷四《企羡》,《资治通鉴》卷二三五贞元十一年条,《册府元

---

① 陈长安主编:《隋唐五代墓志汇编·洛阳卷》第 12 册,天津古籍出版社,1991 年,第 148 页。

② 〔后晋〕刘昫等:《旧唐书》卷一三,中华书局,1975 年,第 381 页。

③ 〔后晋〕刘昫等:《旧唐书》卷一三九,中华书局,1975 年,第 3817—3818 页。

龟》卷四八〇《台省部·奸邪》、卷八五九《总录部·医术》、卷八八二《总录部·交友》、卷八八五《总录部·以德报怨》、卷八九五《总录部·运命》、卷九〇九《总录部·穷愁》,《太平御览》卷二二三《职官部·谏议大夫》,《全唐文》卷四九三权德舆《唐赠兵部尚书宣公陆贽翰苑集序》。

贞元十一年(795)夏,明州长史李吉甫,量移忠州刺史。

《旧唐书》卷一四八《李吉甫传》:"及陆贽为相,(吉甫)出为明州员外长史,久之遇赦,起为忠州刺史。时贽已谪在忠州,议者谓吉甫必逞憾于贽,重构其罪;及吉甫到部,与贽甚欢,未尝以宿嫌介意。六年不徙官,以疾罢免。寻授郴州刺史,迁饶州。"①《新唐书》卷一四六《李吉甫传》:"贽之贬忠州,宰相欲害之,起吉甫为忠州刺史……坐是不徙者六岁。改郴、饶二州。"② 参看《旧唐书》卷一三九《陆贽传》,《全唐文》卷五一二李吉甫《忠州刺史谢上表》。

按:《全唐文》卷五一二李吉甫《忠州刺史谢上表》:"受命之日,心魂载驰,属楚越途遥,奔驰道阻,溯流七千,涉险非一,虐暑婴疴,羸骸仅存,以今月七日昇曳到所部上讫。"③ 此所谓"今月",当指"虐暑"之夏月。傅璇琮《李德裕年谱》谓"陆贽之贬在四月,则吉甫赴任或当在六、七月间"④,可从。又,吉甫于贞元十一年量移忠州刺史,六岁未徙,后以疾罢免,则其量移郴州当已至贞元十七、八年,而至十九年复移饶州刺史。检《全唐文》卷五一二,载李吉甫《柳州刺史谢上表》("柳"当为"郴"之讹),中云:"臣前岁以疾停官,去年蒙恩除授,便欲裂裳裹足,趋赴京师,以旧疾所婴,弥年未愈,逮及今夏,始就归

① 〔后晋〕刘昫等:《旧唐书》卷一四八,中华书局,1975 年,第 3992—3993 页。
② 〔宋〕欧阳修、宋祁:《新唐书》卷一四六,中华书局,1975 年,第 4738 页。
③ 〔清〕董诰等编:《全唐文》卷五一二,中华书局,1983 年,第 5201 页。
④ 傅璇琮:《李德裕年谱》,中华书局,2013 年,第 24 页。

途。"① 因知其"以疾停官"之"前岁"为贞元十七年,"蒙恩除授"之
"去年"为十八年,"始就归途"之"今夏"为十九年,即贞元十九年夏
始自忠赴郴。

贞元十五年(799)七月,谏议大夫苗拯,坐议朝事且争上疏次
数,贬万州刺史。

《旧唐书》卷一三《德宗纪下》:"(贞元十五年七月)戊午,贬谏
议大夫苗拯万州刺史,左拾遗李繁播州参军,以私议除拜严砺不当
而无章疏,而伪言累上疏故也。"②《旧唐书》卷一一七《严砺传》:"严
砺,(严)震之宗人也。……贞元十五年,严震卒,以砺权留府事,兼
遗表荐砺才堪委任。七月,超授兴元尹,兼御史大夫,山南西道节
度、支度营田、观察使。诏下,谏官御史以为除拜不当。是日,谏议、
给事、补阙、拾遗并归门下省共议:……拾遗李繁独奏云:'昨除拜
严砺,众以为不当。谏议大夫苗拯云:"已三度表论,未见听允。"给
事中许孟容曰:"诚如此,不旷职矣。"'……上遣三司使诘之。拯状
云:'实于众中尝论奏,不言三度。'繁证之不已。孟容等又云:'拯
实言两度。'拯请依众状。翌日,贬拯万州刺史,李繁播州参军,并同
正。"③ 参看《新唐书》卷一四四《严砺传》、《册府元龟》卷四八一《台
省部·谴责》、《全唐文》卷五八八柳宗元《先君石表阴先友记》。

宪宗朝:元和二年(807),殿中侍御史独孤士衡,因私怨被劾,贬
万州司户。

于浑《唐故朝散大夫检校太子中允兼殿中侍御史独孤公(士衡)
墓志铭并序》:"维元和十二年六月丙戌,独孤公寝疾终于安邑里第,

---

① 〔清〕董诰等编:《全唐文》卷五一二,中华书局,1983年,第5202页。
② 〔后晋〕刘昫等:《旧唐书》卷一三,中华书局,1975年,第390—391页。
③ 〔后晋〕刘昫等:《旧唐书》卷一一七,中华书局,1975年,第3407页。

享年□十四。……公讳士衡,其先河南人。……初仕陕州参军,尉猗氏、武功、长安三县,大理评事,监察御史,充京北陆运使,殿中侍御史,赐紫金鱼袋。……司计郑公元蓄其私憾,绳以他事,竟坐贬万州司户,寻量移唐州随州上佐。司空严公绶统汉南,辟署使府。淮右用兵,襄师备境。拜太子中允兼殿中侍御史,停领唐州留务,严公方荐其能而竟屈其命。"①

按:《旧唐书》卷一四六《郑元传》:"元和二年,转户部侍郎、兼御史大夫、判度支。三年春,迁刑部尚书,兼京兆尹。……元性严毅,有威断,更践剧任,时称其能。元和四年,以疾辞职,守本官,逾月卒。"据此,知郑元判度支在元和二年,至三年春已迁刑尚,则士衡被劾当在元和二年,在万州未久即量移唐州上佐。又,《旧唐书》卷一四《宪宗纪上》,元和六年三月,"丁未,以检校右仆射严绶为江陵尹、荆南节度使"②。同书卷一五《宪宗纪下》,九年九月,"以荆南节度使严绶检校司空、襄州刺史、山南东道节度使"③。则士衡入严绶幕在元和六年后。

元和中期,长安令郑易,擅于永平坊开渠,累移忠州刺史。

李正辞《唐故朝散大夫尚书工部郎中荥阳郑公(易)墓志铭并序》:"元和初,朝政惟新,申沉屈而登畯贤。正拜侍御史,转起居郎。清近之地,世奉识业。后拜长安县令,京毂之下,理声有裕。为中官所谮,祸出微细,贬汀州刺史,又转忠州刺史。……元和十一年五月

① 赵文成、赵君平编:《秦晋豫新出墓志蒐佚续编》,国家图书馆出版社,2015年,第1065页。
② 〔后晋〕刘昫等:《旧唐书》卷一四,中华书局,1975年,第434页。
③ 〔后晋〕刘昫等:《旧唐书》卷一五,中华书局,1975年,第450页。

廿一日终于修行里私第。"① 郑易《唐故郑氏嫡长殇墓记》亦载："始就外傅。余自长安令贬汀州刺史。"②

按:《墓志》所称"祸出微细",当为"开渠"之事。《册府元龟》卷一五三《帝王部·明罚》:"(元和四年)五月,长安县令郑易以擅于永平坊开渠,贬汴州刺史。京兆尹杨凭以不闻奏,罚一月俸料。左巡使、殿中御史李建不觉察,罚两月俸料。"③"汴州刺史",误,当为汀州。郑易出刺汀州在元和四年五月,卒于元和十一年五月,则其移刺忠州当在此期间。

元和中期,监察御史李景俭,坐窦群累,累转忠州刺史。

《旧唐书》卷一七一《李景俭传》:"窦群为御史中丞,引为监察御史。群以罪左迁,景俭坐贬江陵户曹。累转忠州刺史。元和末入朝,执政恶之,出为澧州刺史。"④《新唐书》卷八一《李景俭传》《册府元龟》卷九四五《总录部·附势》略同。

按:《旧唐书》卷一四《宪宗纪上》:"(元和三年十月)甲子,以御史中丞窦群为湖南观察使,既行,改为黔中观察使。"⑤ 因知景俭坐窦群累于元和三年末贬江陵户曹,后转刺忠州,至元和末入朝,复除澧州刺史。

① 赵文成、赵君平编:《秦晋豫新出墓志蒐佚续编》,国家图书馆出版社,2015年,第1057页。
② 吴钢主编:《全唐文补遗》第一辑,三秦出版社,1994年,第228页。
③〔宋〕王钦若等编纂,周勋初等校订:《册府元龟》卷一五三,凤凰出版社,2006年,第1708页。
④〔后晋〕刘昫等:《旧唐书》卷一七一,中华书局,1975年,第4455页。
⑤〔后晋〕刘昫等:《旧唐书》卷一四,中华书局,1975年,第426页。

元和十一年（816）九月，屯田郎中李宣，坐与韦贯之善，贬忠州刺史。

《旧唐书》卷一五《宪宗纪下》：元和十一年，"八月壬寅，以宰臣韦贯之为吏部侍郎，罢知政事。贯之以淮西、河北两处用兵，劳于供饷，请缓承宗而专讨元济，与裴度争论上前故也。……（九月）丙子，新除吏部侍郎韦贯之再贬湖南观察使。辛未，贬吏部侍郎韦颛为陕州刺史，刑部郎中李正辞为金州刺史，度支郎中薛公干为房州刺史，屯田郎中李宣为忠州刺史，考功郎中韦处厚为开州刺史，礼部员外郎崔韶为果州刺史，并为补阙张宿所构，言与贯之朋党故也"①。参看《册府元龟》卷九三三《总录部·诬构》、《资治通鉴》卷二三九元和十一年条。

按：王建《送吴郎中赴忠州》诗云："西台复南省，清白上天知。家每因穷散，官多为直移。"②陶敏《全唐诗人名汇考》据《文苑英华》卷二七五考此王诗谓"吴"当作"李"，李郎中，即李宣③。可参看。

元和十二年（817）四月，驸马都尉于季友，坐居丧宴饮，笞四十，忠州安置。

《旧唐书》卷一五《宪宗纪下》：元和十二年四月，"辛丑，驸马都尉于季友居嫡母丧，与进士刘师服欢宴夜饮。季友削官爵，笞四十，忠州安置；师服笞四十，配流连州；于頔不能训子，削阶"④。

元和十三年（818）十二月，江州司马白居易，徙忠州刺史。

《旧唐书》卷一六六《白居易传》："（元和）十三年冬，量移忠州刺史。自浔阳浮江上峡。……（元和十四年）其年冬，召还京师，拜司门员外郎。"① 参见《新唐书》本传、《全唐文》卷七八〇李商隐《刑部尚书致仕赠尚书右仆射太原白公墓碑铭并序》。

按:白居易《忠州刺史谢上表》:"臣某言:臣以去年十二月二十日伏奉敕旨,授臣忠州刺史,以今月二十八日到本州,当日上任讫。"② 知其次年正月到任,年底返朝。

元和十三年,福建盐铁使卢昂,赃罪发,贬万州司户。

白居易《卢昂量移虢州司户长孙铉量移遂州司户同制》:"敕:'万州司户参军卢昂等,顷负疵瑕,各从谴谪,或远窜荒裔,或未复班资。既逢荡涤之恩,俾及转迁之命。况闻修省以克己,固将校试而用能。吾无弃人,汝宜自效。可依前件。'"③

按:卢昂以赃罪被按事,所见史料记载不一。一云案鞫者为孟简,《唐国史补》卷中:"卢昂主福建盐铁,赃罪大发,有瑟瑟枕,大如半斗,以金床承之。御史中丞孟简案鞫旬月,乃得而进。宪宗召市人估其价直,或云:'至宝无价',或云:'美石,非真瑟瑟也。'"④ 一云案鞫者为卢简辞,《旧唐书》卷一六三《卢简辞传》:"又福建盐铁院官卢昂坐赃三十万,简辞按之,于其家得金床、瑟瑟枕大如斗。昭愍见之曰:'此宫中所无,而卢昂为吏可知也!'寻转考功员外郎,转郎中。"⑤《新唐书》卷一七七《卢简辞传》略同。今按:白居易制文称"既逢荡涤之恩",则制当于长庆元年大赦、白居易知制诰时所作,因知卢昂赃发在宪宗时。检《旧唐书》卷一六三《孟简传》:"(元和)十三年,代崔元略为御史中丞,仍兼户部侍郎。是岁,出为襄州刺史、

① 〔后晋〕刘昫等:《旧唐书》卷一六六,中华书局,1975年,第4352—4353页。
② 〔清〕董诰等编:《全唐文》卷六六六,中华书局,1983年,第6772页。
③ 〔清〕董诰等编:《全唐文》卷六五七,中华书局,1983年,第6688页。
④ 〔唐〕李肇:《唐国史补》卷中,古典文学出版社,1957年,第45页。
⑤ 〔后晋〕刘昫等:《旧唐书》卷一六三,中华书局,1975年,第4270页。

山南东道节度使。"① 据此可推知卢昂之贬当在元和十三年孟简任御史中丞期间。又，制文称"万州司户参军卢昂"，知卢昂先被贬万州司户参军，继于长庆元年量移虢州司户。

元和十三年，杨归厚，坐事，左迁万州刺史。

白居易《赠杨使君》："曾嗟放逐同巴峡，且喜归还会洛阳。"②《初到忠州登东楼寄万州杨八使君》："我怀巴东守，本是关西贤。平生已不浅，流落重相怜。"③《题郡中荔枝诗十八韵兼寄万州杨八使君》："物少尤珍重，天高苦渺茫。已教生暑月，又使阻遐方。粹液灵难驻，妍姿嫩易伤。近南光景热，向北道途长。"④

按：上引诗皆作于元和十四年白居易刺忠州时。"杨八"即杨归厚。谢思炜《白居易诗集校注》卷一一《初到忠州登东楼寄万州杨八使君》注"杨八使君"引朱笺曰："花房英树《白氏文集の批判的研究》中之'杨万州'及'杨使君'均误作'杨虞卿'。白氏以元和十三年十二月二十日自江州司马授忠州刺史，元和十五年夏召为司门员外郎，此时期内，酬杨万州之诗甚多……诗中之'杨八''杨使君''杨万州'均指归厚，而非杨虞卿。盖杨虞卿在元和末、长庆初任职京曹，固未出长州郡，至大和七年始出为常州刺史。……杨归厚，元和七年十二月，自拾遗贬国子主簿分司，历典万、唐、寿、郑、虢五州，大和六年卒于虢州任上。"⑤ 其说甚是，可从。又，据上引诸诗意，知归厚元和十四年已在万州任，其出刺万州或与白移刺忠州相前后，姑系于本年。《全唐文》卷六一〇刘禹锡《祭虢州杨庶子（归厚）

① 〔后晋〕刘昫等：《旧唐书》卷一六三，中华书局，1975 年，第 4258 页。
② 〔清〕彭定求等编：《全唐诗》卷四四六，中华书局，1960 年，第 5014 页。
③ 〔清〕彭定求等编：《全唐诗》卷四三四，中华书局，1960 年，第 4798 页。
④ 〔清〕彭定求等编：《全唐诗》卷四四一，中华书局，1960 年，第 4919 页。
⑤ 谢思炜：《白居易诗集校注》卷一一，中华书局，2006 年，第 850 页。

文》云：“历佐侯藩，拾遗君前，伏合论事，侵及内欢；克扬直声，不愠
左迁，一斥于外，君门邈然。五剖竹符，皆有声绩。南湘潜化，巴人哑
哑。”① 按：“湘”当从宋刻浙本《刘宾客文集》作“浦”，南浦郡即万州。
《全唐文》卷六六三有白居易《唐州刺史韦彪授王府长史杨归厚授
唐州刺史刘旻授雅州刺史制》：“以归厚文行器能，辱在巴峡，励精为
理，绩茂课高，区区万州，岂尽所用，且移大郡，稍展奇才。”② 长庆初白
居易在知制诰、中书舍人任，则归厚约于长庆元年自万州移刺唐州。

元和中，后军兵马使、太子詹事杨随，遭谗，左转忠州。

《唐故银青光禄大夫忠州司马兼监察御史杨府君（随）墓志铭并
序》：“君讳随，华阴潼乡人也。……筮仕至荆南节度押衙、后军兵马
使，兼官至太子詹事。遭谗，左转忠州。秩满，风眩闲居。长庆元年
九月七日，终于江陵千箱坊私第。”③

文宗朝：大和（827—835）中，尚书员外郎吴武陵，出为忠州
刺史。

《旧唐书》卷一七三《吴汝纳传》：“武陵进士登第，有史学，与刘
轲并以史才直史馆。武陵撰《十三代史驳议》二十卷。自尚书员外
郎出为忠州刺史，改韶州。坐赃贬潘州司户卒。”④《新唐书》卷二〇
三《吴武陵传》：“大和初，礼部侍郎崔郾试进士东都，公卿咸祖道长
乐……武陵请曰：‘（杜）牧方试有司，请以第一人处之。’郾谢已得
其人。至第五，郾未对，武陵勃然曰：‘不尔，宜以赋见还。’郾曰：‘如

① 〔清〕董诰等编：《全唐文》卷六一〇，中华书局，1983 年，第 6171 页。
② 〔清〕董诰等编：《全唐文》卷六六三，中华书局，1983 年，第 6742 页。
③ 吴刚主编：《全唐文补遗·千唐志斋新藏专辑》，三秦出版社，2006 年，第
　 338 页。
④ 〔后晋〕刘昫等：《旧唐书》卷一七三，中华书局，1975 年，第 4500 页。

教。'牧果异等。后出为韶州刺史,以赃贬潘州司户参军,卒。"①《唐诗纪事》卷四三《吴武陵》:"武陵有文而强悍,尝为韶州刺史……寻贬潘州司户,卒,时大和八年也。"②参见《新唐书》卷一八一《吴汝纳传》、卷一八一《李绅传》,明邵经邦《弘简录》卷五四。

按:据上引《新书》本传及《纪事》,武陵大和初尚向礼部侍郎崔郾举荐杜牧,至大和八年卒于潘州,则其出刺忠州、韶州当在此数年间。《金石补正》卷七一《隐山李渤等题名》:"《宏简录·武陵传》:长庆初曾擢户部员外郎,刺韶之前尝刺忠州。"③《唐刺史考全编》卷二〇二系武陵出刺忠州约在长庆中,疑误。

大和九年(835)七月,考功郎中苏涤,坐李宗闵党,贬忠州刺史。

《册府元龟》卷七〇八《宫臣部·选任》:"太和九年二月,以(崔)楠及考功员外郎、史馆修撰苏涤兼充皇太子侍读。"④《新唐书》卷一七七《李景让传》:"所善苏涤、裴夷直皆为李宗闵、杨嗣复所擢。"⑤《旧唐书》卷一七下《文宗纪下》:大和九年七月,"壬子,再贬李宗闵为处州长史。……戊午,贬工部侍郎、充皇太子侍读崔侑为洋州刺史,贬吏部郎中张讽虁州刺史,考功郎中皇太子侍读苏涤忠州刺史,户部郎中杨敬之连州刺史"⑥。参看《资治通鉴》卷二四五大和九年条,《册府元龟》卷四八一《台省部·谴责》、卷九四五《总录部·朋

---

① 〔宋〕欧阳修、宋祁:《新唐书》卷二〇三,中华书局,1975年,第5791—5792页。
② 〔宋〕计有功撰,王仲镛校笺:《唐诗纪事校笺》卷四三,中华书局,2007年,第1480页。
③ 〔清〕陆增祥:《八琼室金石补正》卷七一,文物出版社,1985年,第490页。
④ 〔宋〕王钦若等编纂,周勋初等校订:《册府元龟》卷七〇八,凤凰出版社,2006年,第8177页。
⑤ 〔宋〕欧阳修、宋祁:《新唐书》卷一七七,中华书局,1975年,第5291页。
⑥ 〔后晋〕刘昫等:《旧唐书》卷一七下,中华书局,1975年,第559页。

党》。

宣宗朝：会昌六年（846）三月甲子，李忱即位，是为唐宣宗。四月，工部尚书、判盐铁转运使薛元赏，坐李德裕党，贬忠州刺史。

《资治通鉴》卷二四八会昌六年："（三月）甲子，上崩。以李德裕摄冢宰。丁卯，宣宗即位。宣宗素恶李德裕之专，即位之日，德裕奉册；既罢，谓左右曰：'适近我者非太尉邪？每顾我，使我毛发洒淅。'夏，四月，辛未朔，上始听政。……壬申，以门下侍郎、同平章政事李德裕同平章事，充荆南节度使。德裕秉权日久，位重有功，众不谓其遽罢，闻之莫不惊骇。甲戌，贬工部尚书、判盐铁转运使薛元赏为忠州刺史，弟京兆少尹、权知府事元龟为崖州司户，皆德裕之党也。"①

按：《通鉴》谓贬薛元赏为忠州刺史，然据《新唐书》卷一九七《薛元赏传》："宣宗立，罢德裕，而元龟坐贬崖州司户参军，元赏下除袁王傅。久之，复拜昭义节度使。"②又《全唐文》卷四三八李讷《授薛元赏昭义军节度使制》称"银青光禄大夫袁王傅薛元赏"③，未知孰是。元赏或贬忠州刺史后改袁王傅，俟再考。

僖宗朝：光启元年（885）七月，右补阙常濬，上疏得罪，贬万州司户。

《资治通鉴》卷二五六光启元年：秋，七月，"乙巳，右补阙常濬上疏，以为：'陛下姑息藩镇太甚，是非功过，骈首并足，致天下纷纷若此，犹未之寤，岂可不念骆谷之艰危，复怀西顾之计乎！宜稍振典刑以威四方。'田令孜之党言于上曰：'此疏传于藩镇，岂不致其猜忿！'庚戌，贬濬万州司户，寻赐死"。《考异》曰："《实录》不言令孜党为

---

① 〔宋〕司马光编著，〔元〕胡三省音注：《资治通鉴》卷二四八，中华书局，1956年，第8023—8024页。

② 〔宋〕欧阳修、宋祁：《新唐书》卷一九七，中华书局，1975年，第5633页。

③ 〔清〕董诰等编：《全唐文》卷四三八，中华书局，1983年，第4469页。

谁。按萧遘等请诛令孜表云：'韦昭度无致君许国之心，多丑正比顽之迹。'令孜党，盖谓昭度也。《续宝运录》曰：'七月三日，表入，上览之，不悦，顾谓侍臣曰："藩镇若见此表，深为忿恨。自此猜间，其何可堪！"至二十八日，敕贬濬为万州司户。'疑三日脱误，当为二十三日。今从《实录》。"①

光启二年（886）四月，神策军使张造，出为万州刺史；李师泰，出为忠州刺史，并坐田令孜之党。

《资治通鉴》卷二五六光启二年：夏，四月，"田令孜自知不为天下所容，乃荐枢密使杨复恭为左神策中尉、观军容使，自除西川监军使，往依陈敬瑄。复恭斥令孜之党，出王建为利州刺史，晋晖为集州刺史，张造为万州刺史，李师泰为忠州刺史"②。《十国春秋》卷四〇《张造传》："事唐僖宗，拜卫将军，盖随驾五都之一也。已而授神策军使。僖宗幸兴元时，遣高祖帅兵屯三泉，复命造与晋晖领四都兵屯黑衣，修栈道以通往来。未几为杨复恭所忌，斥为万州刺史。时秦宗权党常厚屯白帝，为成汭将许存所破，奔万州，造百计拒之。厚走绵州，万州以是得全。后从高祖官茂州刺史，无何，卒。"③

同书同卷《李师泰传》："李师泰，初与高祖及晋晖等为唐僖宗随驾五都，久之出为忠州刺史，最后从高祖于西川，历官蜀州刺史、节度判官，加司徒，卒。"④

综上，唐近三百年间，贬、流忠、万二州可考者 34 人，其中忠州

---

① 〔宋〕司马光编著，〔元〕胡三省音注：《资治通鉴》卷二五六，中华书局，1956年，第 8323 页。

② 〔宋〕司马光编著，〔元〕胡三省音注：《资治通鉴》卷二五六，中华书局，1956年，第 8334—8335 页。

③ 〔清〕吴任臣：《十国春秋》卷四〇，中华书局，2010 年，第 596 页。

④ 〔清〕吴任臣：《十国春秋》卷四〇，中华书局，2010 年，第 596 页。

19 人,万州 15 人。以时段多寡论,宪宗朝 9 人,德宗朝 6 人,玄宗朝 5 人,代宗、僖宗朝各 3 人,中宗、肃宗、文宗朝各 2 人,高宗、宣宗朝各 1 人。以谪罚性质论,贬官 30 人,流放、安置及官职不详者 4 人。以贬后任职论,刺史 15 人,长史、别驾 4 人,主簿、参军、司马、司户 8 人,尉 3 人。以诗文创作论,张志和、刘晏、陆贽、李吉甫、吴武陵、白居易、李景俭、于季友诸人均有诗文传世,就中尤以张志和、陆贽、白居易、李吉甫、吴武陵等较知名。

作者系武汉大学文学院教授

原刊《长江学术》2022 年第 2 期

巴渝唐诗之路的诗歌生成

论杜甫的夔州山水诗

蒲惠民

杜甫在唐代宗永泰元年（765）五月离开成都，乘船沿岷江转长江东下，途经嘉州、戎州、泸州、渝州、忠州，九月初到达云安。因旅途劳顿，舟行受潮，旧疾复发，暂住云安，伏枕养病半年。次年，即代宗大历元年（766）暮春，病势稍轻，迁居夔州。至大历三年（768）正月出川，杜甫在夔州住了一年零九个月，写了435首诗，其中以夔州的山川形胜为题材的山水诗就有四十多首。这些山水诗向世人展现了夔州山水雄奇峻险的独特风貌，寄寓了诗人深沉悲凉的人世感慨，为我们学习和研究杜甫，提出了一个新的课题。

一

杜甫的夔州山水诗，真实地再现了夔州山水奇险壮丽的独特风貌，具有真切传神、撼人心魄的艺术魅力。

唐代的夔州属山南东道，辖奉节、云安、巫山、大昌（今巫山县西北大昌镇）四个县。杜甫在云安期间，寄寓在严明府的水阁里，他在《客居》一诗里描绘的水阁周围的自然景色，已颇具夔州山水的特点："客居所居堂，前江后山根。下垫万寻岸，苍涛郁飞翻。葱青众木梢，邪竖杂石痕。子规昼夜啼,壮士敛精魂。峡开四千里,水合数百源。人虎相半居,相伤终两存。……"水阁面临大江,悬崖峭壁下波涛奔腾汹涌;后背高山,树木葱绿,杂石纵横。峡江千里,水合百源,滔滔滚滚,气象万千。山中杜鹃哀鸣,虎豹横行。云安的自然风光,已经体现了夔州山水奇峭险绝的特色。而在《子规》一诗中,这种特色表现得更加凝练隽永:"峡里云安县,江楼翼瓦齐。两边山木合,终日子规啼。眇眇春风见,萧萧夜色凄。客愁那听此,故作傍人低。"难怪苏轼读了这首诗以后赞叹不已,满怀深情地说:"非亲到其地,不知此诗之工也。"[①]

半年以后,杜甫迁居夔州。在寓居夔州的将近两年中,他曾经几度迁居,有机会仔细观察夔州的山山水水,真切传神地描绘了夔州不同山水的独特风貌。

杜甫夔州山水诗的题材十分广泛。他将自己亲眼看到的瀼西、东屯、赤甲、白盐、瞿塘峡、滟滪堆等不同的自然景物,以其独特的审美理想,形象地展现在读者面前,使我们也与诗人一道目睹了这些景物的壮美丰姿:

> 中巴之东巴东山,江水开辟流其间。白帝高为三峡镇,夔州险过百牢关。[②]

三国时刘璋据蜀,分四川为西巴、中巴、东巴,夔州属东巴。巴东山即夔州一带的高山峻岭,连绵不绝;长江滔滔滚滚,开山辟岭,奔腾咆哮

① 〔元〕陶宗仪:《说郛》卷八一,《景印文渊阁四库全书》第 880 册,台湾商务印书馆,1983 年,第 471 页。

② 〔唐〕杜甫:《夔州歌十绝句》之一,〔清〕彭定求等编《全唐诗》卷二二九,中华书局,1960 年,第 2507 页。

在莽莽群山之间。三峡入口处的白帝城,从江中望去,高耸入云;瞿塘峡西口的瞿塘关雄奇壮险,滟滪堆兀立江中,江流汹涌。两岸奇峰突起,瞿塘关的雄奇壮险远远超过了诸葛亮在沔县西南所建的百牢关。这首描写夔州山高水险的诗,可以说是夔州山水的一幅鸟瞰图,总摄了夔州山水的基本特点。

我们再看几组夔州山水的特写镜头:

> 赤甲白盐俱刺天,间阎缭绕接山颠。枫林桔树丹青合,复道重楼锦绣悬。①

这是一幅绝妙的山水画图。在白帝城东十多里的地方,赤甲山和白盐山隔江对峙,刺破云天,红色的枫林、碧绿的桔树,相映生辉;逶迤的道路、蜿蜒的山庄,如同锦绣高悬于山间。这里人口稠密,物产丰富,楼阁掩映,呈现出一派生机勃勃的景象。

> 卓立群峰外,蟠根积水边。他皆任厚地,尔独近高天。白榜千家邑,清秋万估船。词人取佳句,刻画竟谁传。②

白盐山高千余丈,壁立如削。对这样的悬崖峭壁,诗人驰骋笔势,挥洒描摹。诗一开头,陡然而起,白盐山卓立于群峰之表,有一种突兀超凡的气势。千仞山崖"蟠根"于水势险急的黄龙滩中,更显得峦峦险峭。接着诗人用对比的手法,极力描写白盐山的高耸近天。在夔

① 〔唐〕杜甫:《夔州歌十绝句》之四,〔清〕彭定求等编《全唐诗》卷二二九,中华书局,1960年,第2508页。
② 〔唐〕杜甫:《白盐山》,〔清〕彭定求等编《全唐诗》卷二二九,中华书局,1960年,第2504页。

州附近的群峰中,白盐山蔚为奇观。绕山而上,只见千家民房聚集;
俯瞰江中,万船穿梭往来,突出峡中景物的特色。尾联,正如王嗣奭
所说:"向者春望此山,虽有断壁红楼之句,今秋亲历其地,苦心刻画,
而始得此山真面目,但恐词人取句,未必能传耳。"(转引自《杜诗详
注》)这首精心刻画的五言律诗,突出了白盐山的傍水耸立,高入云
表,给人一种巍巍乎唯此为高的崇高感。

> 三峡传何处,双崖壮此门。入天犹石色,穿水忽云根。猱玃
> 须髯古,蛟龙窟宅尊。羲和冬驭近,愁畏日车翻。①

这首极力刻画三峡奇险特点的诗,首先点出三峡之首的瞿塘峡,
两岸对峙如门的形势,然后着力刻画双崖上插青空,崖天一色,下穿
深塘,不见其极的矗立陡峭之势。因此,王嗣奭赞叹"此联描写双崖
入神"(《杜臆》)。因为山峦层崖高耸入云,故而猿猱长久居于其间;
由于水深浪急,蛟龙才能以此作宅,深藏其中。这是借物以衬托瞿塘
峡的险峭。最后以羲和驭日车过瞿塘也畏触崖翻车而忧愁作结,进
一步烘托瞿塘两崖之峻险。这一神话传说的活用,给人带来一种神
秘莫测之感。诗中巨大奇险的艺术形象,给人以神惊骨悚的强烈审
美感受。

在杜甫的夔州山水诗中,以咏唱白帝城风光的为最多,大约有十
多首诗都是写白帝城登高见闻的,但就其峥嵘奇险而言,当首推《白
帝城最高楼》:

---

① 〔唐〕杜甫:《瞿塘两崖》,〔清〕彭定求等编《全唐诗》卷二二九,中华书局,
1960年,第2507页。

城尖径昃旌旆愁,独立缥缈之飞楼。峡坼云霾龙虎卧,江青
日抱鼋鼍游。扶桑西枝对断石,弱水东影随长流。杖藜叹世者
谁子,泣血迸空回白头。①

这是一首具有古风意味的拗体七律。开头就落笔奇特,妙绝千古,用
"城尖径昃"四个字,把白帝城的尖峭高危形象展现在读者面前。接
着点出若隐若现、其势如飞的白帝城楼。正是在这"缥缈飞楼"之
中,诗人极目四望:近处,峡中层峦叠嶂,峻岭巨峰,被云雾所笼罩,突
兀盘结,有如龙睡虎卧;眼下清澈的江流被日光照射,波光、日光两相
闪烁,犹如鼋鼍游动。远处,东望日出处的扶桑,那扶桑西枝仿佛正
对着瞿塘断石;西望昆仑山的弱水,它好像随着长江向东流逝。这两
联,诗人以丰富的想象力,把险奇难状之景生动地描绘出来,把"举天
地之大"(《杜诗论文》)的远景尽收眼前,使白帝城的"最高楼"更
加巍峨险峻,横绝奇突,令人惊叹。

杜甫的夔州山水诗,不仅真切地描绘了不同景物的独特风貌,而
且生动地描绘了同一景物在不同季节的突出特色。同是长江,春季
暮霭缭绕,江流静静地涌动,"春气晚更生,江流静犹涌"(《晚登瀼上
堂》);夏季常常是天空浓云覆盖,鸟儿双双飞去,风吼雷鸣如蛟龙腾
空,"江天漠漠鸟双去,风雨时时龙一吟"(《滟滪》);秋天往往是江
上波浪滔天,"江间波浪兼天涌"(《秋兴八首》之一);隆冬季节寒气
弥漫江上,江水缓缓东流,"寒江流甚细"(《夜宿西阁晓呈元二十一
曹长》)。就是名闻遐迩的滟滪堆,也因一年四季江水流量的变化而
呈现出不同的风姿。江水暴涨时,"滟滪既没孤根深,西南水多愁太

① 〔唐〕杜甫:《白帝城最高楼》,〔清〕彭定求等编《全唐诗》卷二二九,中华书
　局,1960年,第2506页。

阴"(《滟滪堆》);水落石出时,"巨石水中央,江寒出水长。沉牛答云雨,如马戒舟航"(《滟滪堆》)。这些淋漓尽致的描写,充分表现出夔州山水雄奇壮伟的气象。

杜甫的夔州山水诗,还善于从不同角度,表现同一景物的不同风貌。我们看诗人笔下的白帝城:"高江急峡雷霆斗,翠木苍藤日月昏"(《白帝》),这是大雨滂沱中的景象;"楼光去日远,峡影入江深"(《白帝楼》),这是丽日高照时的风采;"翠屏宜晚对,白谷会深游"(《白帝城楼》),这是夕阳晚对时的景色。诗人从不同的角度,表现了"江城含变态,一上一回新"(《上白帝城二首》之一)的雄伟气象。我们再看诗人笔下多姿多彩的白帝城秋日晨景:"白帝更声尽,阳台曙色分。高峰寒上日,叠岭宿霾云。地坼江帆隐,天清木叶闻。荆扉对麋鹿,应共尔为群。"(《晓望》)这首诗描绘了由"更声尽"到天明的景象。曙光破晓,一轮寒日腾空,这是空中晨景;山峦起伏,云雾蒙蒙,落木萧萧,麋鹿跳跃,这是山上晨景;万丈悬崖下,击鼓发船,樯帆若隐若现,这是江上晨景。寥寥40个字,就为我们描绘了一幅由天空到江上变化万千的白帝城秋晨山水画卷。

大历三年(768)春,杜甫自夔州放船赴江陵。他在《大历三年春白帝城放船出瞿塘峡……四十韵》中,描绘了沿途所见的峡中景色:"叠壁排霜剑,奔泉溅水珠。杳冥藤上下,浓淡树荣枯。神女峰娟妙,昭君宅有无?"这是巫峡景色,峭壁有如霜剑,直插云霄;奔泉飞溅,水珠晶莹;藤蔓由上而下盘于崖壁,杳杳冥冥;树木或枯或荣,浓淡相间。神女峰娟妙多姿;舟中只看得见香溪而看不到昭君宅,因此,诗人发出了"昭君宅有无"的叹息。"鹿角真走险,狼头如跋胡。恶滩宁变色,高卧负微躯。"船入西陵峡,险滩密布。"峻激奔暴,鱼鳖所不能游"(《钱注杜诗》),何况行船?因此,诗人发出了"宁变色""负微躯"的惊叹。杜甫从白帝城放船出瞿塘峡,目睹了三峡的雄奇壮丽,亲历了长江的奔腾汹涌,以他超乎常人的捕捉形象的能力和卓越的艺术才能,描绘了长江三峡中令人惊心动魄的图景,使读者的心灵受到了强烈的震撼和激动,在心灵的震撼中感受到了我们祖国的伟大。

二

杜甫的夔州山水诗,不仅描绘了夔州山水雄奇壮丽的景象,而且寄寓了诗人忧国忧民的无限感慨,从而使诗人笔下的自然景物带上了强烈的主观感情色彩。

我们知道,杜甫是个政治诗人。他青年时候就胸怀大志,"会当凌绝顶,一览众山小"(《望岳》),表现了青年诗人的开阔胸襟和进取精神。虽然他一生壮志未遂,但他忠君报国的思想毫未动摇。安史之乱以后,诗人随着动荡的局势,漂泊西南,寓居夔州。但他并不是对夔州的山水流连忘返,而是年老多病,思归不得的羁旅栖迟。杜甫滞留夔州期间,安史之乱虽已平息,但不少安史余孽仍盘踞在河北诸镇,拥兵自重,逐渐形成藩镇割据;在北方爆发了仆固怀恩叛乱;其后,吐蕃又多次进扰;蜀中爆发了震动全川的崔旰之乱,地方军阀相互残杀、吞并。朝政腐败,宦官专权,将相不得其人,人民仍处于水深火热之中。这时,杜甫的生活虽然得到了夔州都督柏茂琳等人的资助,但他多种疾病缠身,急于出峡回京,只是由于战乱、旅资和病体的原因久久不能成行。"不眠忧战伐,无力镇乾坤"(《宿江边阁》),这种心境反映在诗歌创作中,给他的夔州山水诗打上了浓厚的主观感情色彩,其主要表现在以下三个方面:

一是借山水寄寓对人民疾苦的关心和同情。杜甫一生关心人民的疾苦,深切同情人民的命运。而藩镇割据,军阀混战,吐蕃、回纥的侵扰,给人民带来了巨大的灾难。当时很多青壮年被抓去当兵,赋敛加重,百姓十室九空,一贫如洗:"盗贼浮生困,诛求异俗贫。空村惟见鸟,落日未逢人。步壑风吹面,看松露滴身。远山回白首,战地有黄尘。"(《东屯北崦》)东屯北崦本是东屯北面的山阿,杜甫出游到这里,看到的却是一派荒凉萧疏的景象。诗人按捺不住内心的激愤,本是写山,开头却抛开山而发议论,直接指斥军阀割据给百姓造成的苦难。结尾指出战乱仍在继续,人民在战乱中挣扎。在乱离中,劳苦妇女的处境尤为凄苦,《白帝》就反映了战乱给她们带来的灾难:

> 白帝城中云出门,白帝城下雨翻盆。高江急峡雷霆斗,翠木苍藤日月昏。戎马不如归马逸,千家今有百家存。哀哀寡妇诛求尽,恸哭秋原何处村。[①]

前四句写雨景,山上乌云翻滚,雷鸣电闪,翠木苍藤覆盖,一片昏天黑地。山下暴雨倾盆,江流冲击着峡壁,如雷霆轰鸣。后四句由白帝城暴雨给人阴森昏暗的感受,联想到战祸连年,赋役繁重,哀鸿遍野,生活在这一地区的人民所剩无几,连残留下来的寡妇都被压迫得喘不过气来,荒凉的秋天原野到处传来哀痛的哭声。这与其说是描绘雨中的夔州山水景色,还不如说是对军阀混战的控诉!诗中寄托了对于人民,特别是妇女疾苦的深厚同情,蕴含着深刻的社会内容。

二是借山水寄托对国家大事的关注和对朝廷政局的忧虑。杜甫一生关心政治,忧心朝廷,眼见军阀混战,吐蕃进扰,宦官专权,朝政不修,国力日衰,他忧心忡忡:"乱离闻鼓角,秋气动衰颜。"(《峡口

---

① 〔唐〕杜甫:《白帝》,〔清〕彭定求等编《全唐诗》卷二二九,中华书局,1960年,第2505页。

二首》之一）诗人每见山水形胜而伤世乱,在《上白帝城》一诗中,他借山水而抒发对时局的担忧：

> 城峻随天壁,楼高更女墙。江流思夏后,风至忆襄王。老去闻悲角,人扶报夕阳。公孙初恃险,跃马意何长。①

“天壁”“江流”写的是山水,见山水而抒发怀古之幽情和对政局的担忧。长江三峡传说是夏禹穿凿,故因江流而思夏禹。战国时的楚庄襄王,曾游夔东兰台赞叹“快哉此风”,故因风至而忆襄王。东汉初年,公孙述曾据益州,仗恃蜀中地势险要,跃马称帝,得意扬扬。在鱼复浦筑城,色尚白,称白帝城。后城为汉军所破,被杀。尾句的“意何长”与前两句的“悲角”“夕阳”相映衬,显然含有意虽长却难持久的意思。仇兆鳌认为这是在借古喻今,“诗有‘悲角’句,故知公孙当指崔旰也”,这看法是正确的。

我们再看《夔州歌十绝句》之二：

> 白帝夔州各异城,蜀江楚峡混殊名。英雄割据非天意,霸主并吞在物情。②

第一、二句写山水,第三句说公孙述割据分裂不合天意,第四句说刘邦能统一天下就在于顺乎民情。这也是借山水怀古讽今,是对当时割据势力的警告。杜甫这些天命君臣观念的背后却是一颗反对

---

① 〔唐〕杜甫:《上白帝城》,〔清〕彭定求等编《全唐诗》卷二二九,中华书局,1960年,第2503页。

② 〔唐〕杜甫:《夔州歌十绝句》之二,〔清〕彭定求等编《全唐诗》卷二二九,中华书局,1960年,第2507页。

分裂割据、维护国家统一的火热的心。

在《长江二首》中，诗句不离长江，言外却寄托了对国家统一的无限感慨："众水会涪万，瞿塘争一门。朝宗人共挹，盗贼尔谁尊？""浩浩终不息，乃知东极临。众流归海意，万国奉君心。"杜甫由众水会于涪州和万州，争赴夔门，终归大海，感到水也像万国之人一样，有朝尊之义、奉君之心，而像崔旰这样的盗贼却不知尊君。愤激之情溢于言表，表现了杜甫坚定不移地反对分裂割据、维护国家统一的思想。

三是借山水抒发自己穷老漂泊、怀君恋阙的感情。杜甫是一位具有浓厚忠君思想的诗人，他虽然穷愁潦倒，漂泊江湖，却心系朝廷。他客居夔州，是为了实现"便下襄阳向洛阳"的夙愿，北返故乡并"朝谒"代宗。这种感情，随着时间的推移、生活遭遇的变化，愈来愈炽烈，也愈来愈感伤。"老马终望云，南雁意在北。……尚想趋朝廷，毫发裨社稷"（《客堂》）；"心虽在朝谒，力与愿矛盾"（《赠郑十八贲》）；"我多长卿病，日夕思朝廷"（《同元使君春陵行》）。这种感情本身，就是因为理想不得实现，抱负无由施展而产生的，因此又自然地和对人民疾苦的同情、对国家大事的关心融合在一起，这就形成了杜甫后期思想感情的基本特点。《秋兴八首》就是这种思想感情最集中最完整的表现。第一首写道：

> 玉露凋伤枫树林，巫山巫峡气萧森。江间波浪兼天涌，塞上风云接地阴。丛菊两开他日泪，孤舟一系故园心。寒衣处处催刀尺，白帝城高急暮砧。[1]

---

① 〔唐〕杜甫：《秋兴八首》之一，〔清〕彭定求等编《全唐诗》卷二三〇，中华书局，1960年，第2509页。

这一首是秋兴的发端,着重刻画了巫山巫峡从早到晚的萧森气氛:枫树凋零、波浪滔天、风云阴晦、丛菊独芳、孤舟寂寞、暮砧急促,抒发了深思"故园"而不得的苦闷。

第二首紧扣"孤舟一系故园心",抒发从黄昏到深夜"每依北斗望京华"的思念故园之情。第三首写夔州晨景,引出对平生遭际的感叹。

第四首是承上启下的枢纽,抒写"故园心"的核心精神:

> 闻道长安似弈棋,百年世事不胜悲。王侯帝宅皆新主,文武衣冠异昔时。直北关山金鼓振,征西车马羽书迟。鱼龙寂寞秋江冷,故国平居有所思。①

诗人抚今追昔,遥思政局变迁,边事纷繁,正值国家多难之秋,自己却"寂寞秋江""无力正乾坤",不禁思潮起伏,感慨万千。

后四首是"故国平居有所思"的具体内容。思念长安宫阙、曲江池水、漾陂旧游,叹息自己穷老漂泊,远离朝廷,报国无门,充满了个人身世的今昔盛衰之感,表现出对国家命运的深切关注和忧虑。

《秋兴八首》通过身居巫峡心忆京华的种种描写,集中地表现了杜甫晚年伤弃置、感流寓、怀君恋阙的思想感情。这是他早年一贯的激烈忠恳的忧国忧民精神在穷老漂泊处境下的表现。全诗以身在夔州、心系长安为线索,由己及国,抚今追昔,沉郁顿挫,悲愤苍凉,读后使人深深地感到杜甫理想崇高,品质淳厚,意志坚强,人格伟大,而现实对诗人太不公正,从而激起人们对历史的思考和探索,产生一种悲

---

① 〔唐〕杜甫:《秋兴八首》之四,〔清〕彭定求等编《全唐诗》卷二三〇,中华书局,1960年,第2510页。

壮激昂的感情,更加关心国家的前途和民族的命运。

三

　　杜甫的夔州山水诗,不仅思想感情复杂深沉,在艺术上也和他以前的山水诗有很大的不同,表现出独具一格的艺术风格。

　　杜甫早年的山水诗境界雄奇阔大,如"浮云连海岱,平野入青徐"(《登兖州城楼》);他在秦州和入蜀途中的山水诗大都冷峻峭拔,如"云门转绝岸,积阻霾天寒"(《寒峡》);安居成都的山水诗多明媚轻快,如"三月桃花浪,江流复旧痕。朝来没沙尾,碧色动柴门"(《春水》)。而夔州山水诗却给人一种沉郁悲凉、奇崛厚重的审美感受。我们看诗人独自登高远望,描绘大江边的深秋景象,抒发悲凉心情的《登高》:

　　　　风急天高猿啸哀,渚清沙白鸟飞回。无边落木萧萧下,不尽长江滚滚来。万里悲秋常作客,百年多病独登台。艰难苦恨繁霜鬓,潦倒新停浊酒杯。[1]

　　前四句写景。其中一、三句写山,风急天高,落木萧萧,猿声哀鸣。二、四句写水,渚清沙白,江鸟回翔,大江滚滚。诗人登高望远,映入视线的是萧瑟的秋景,收入耳中的是悲凉的秋声,这秋景秋声造成浓厚的萧森冷清的气氛。在这样的气氛里,怎能不使漂泊异乡、衰年多病的诗人引起身世之感呢? 于是自然而然地引出后四句的抒

---

[1]〔唐〕杜甫:《登高》,〔清〕彭定求等编《全唐诗》卷二二七,中华书局,1960年,第2467—2468页。

情。在这悲凉的秋天里,诗人漂泊万里,长期在异乡作客,而又年过半百,衰老多病,独自登台,深感时势艰难,潦倒日盛,不得不连浊酒也停饮了。全诗感情沉郁悲凉,境界雄奇阔大,语言凝练隽永,对仗字字工稳,在这位大诗人的腕底,思想和艺术已经达到了高度完美的统一。

杜甫夔州山水诗的又一艺术特色是奇崛厚重。奇崛美表现在语言方面,就是重拙生新、奇矫突兀。诗人往往选择一些奇崛的词语入诗,造成突兀峭奇的形象,给人以奇特的感受。如写瞿塘峡的险:"西南万壑注,劲敌两崖开。地与山根裂,江从月窟来。"(《瞿塘怀古》)写白盐山的高:"卓立群峰外,蟠根积水边。他皆任厚地,尔独近高天。"(《白盐山》)用"万壑注""劲敌开""山根裂""月窟来""卓立""蟠根""厚地""高天"等生僻新奇的词语,真可谓写其形,传其神,坚其骨,实其髓,险峭怪异,奇崛雄壮。

诗人还善于从动态中描写自然景物的特点,使景物具有出奇制胜的艺术魅力。"众水会涪万,瞿塘争一门。"(《长江二首》之一)一个"争"字,把奔腾汹涌的江水争先恐后涌入峡谷的场面写得十分传神,真可谓一字出奇。特别是"四更山吐月,残夜水明楼"(《月》),一"吐"一"明",更被苏轼誉为"古今绝唱"。诗人更善于通过自己的行动和对客观景物动态的描写相结合表现动态美。例如《晓望白帝城盐山》:

　　　徐步移斑杖,看山仰白头。翠深开断壁,红远结飞楼。日出清江望,暄和散旅愁。春城见松雪,始拟进归舟。[1]

---

[1] 〔唐〕杜甫:《晓望白帝城盐山》,〔清〕彭定求等编《全唐诗》卷二二九,中华书局,1960年,第2505页。

开头就描绘诗人的行动：手中拄着斑杖，徐步出门，仰望高耸的白盐山。接着写望中所见：清晨雾霭渐退，断壁开处，一片翠色；远处山巅，朱红色的高楼，其势若飞。在白盐山的白色背景中，以"翠"和"红"来点染，顿觉璀璨夺目，同时诗人望的神态也跃然纸上。随着时间的推移，旭日已升，山城晓雾散尽，江边眺望，倍感景物清新。日出则气暖，这"暄和"的氛围，足以驱散浓愁。因之诗人拟乘舟而寻幽探胜。诗人锻词炼意，精心描绘，从而瘦硬通神，使诗人望中之动与客观景物的动态妙合无垠，把山水写得雄奇壮崛而生动传神，这是杜甫夔州山水诗的一大特色。

　　厚重不只是语言表达问题，更重要的是生活与思想问题。在杜甫之前，山水诗几乎以"清空"的境象出现，究其原因，与时代风尚和诗人的生活有关，与诗人的创作思想更有着密切的联系。我们知道，中国山水诗的鼻祖谢灵运本是家资丰厚的庄园主，他是在政治上失意之后寄情山水的，因而他的山水诗显得超然玄妙，悠然自得。王维、孟浩然无论是隐逸庄园，还是漂泊吴楚，都有开元盛世的雄厚基础，他们的山水诗或飘逸，或闲适，或旷放，或含蓄，终有超凡脱世、神游物外的兴象。同时，谢灵运、王维、孟浩然虽然处于不同的时代，但他们都不同程度地接受了佛教和道家思想的影响。释、道都讲求"清虚""静寂"，反映到创作上，偏重于对景物的客观描写和对自然美的追求，寻求在美丽的山水中净化灵魂，从而进入明净澄澈的境界，这样就形成了他们山水诗清寂淡远的艺术风格。杜甫则不然，他生活在唐王朝由盛而衰的时代。他的思想属于儒家的范畴，"法自儒家有，心从弱岁疲"（《偶题》）。他一生追求经邦济国、致君尧舜、再淳风俗。尽管他的理想不得实现，但他的信念始终不变。反映到山水诗的创作上，他不是像前人那样把自然美与社会生活对立起来，而是融家国之恨、身世之感于山水之中，从而体现出深沉厚重的独特风格。我们读杜甫的夔州山水诗,单纯写景的极少,往往是前半写景,精绝如画,后半抒情,感人肺腑;或者写景抒情,虚实相间,起伏变化,不主常规。即使是写景的诗句,笔墨之中,气象之外,也都蕴含着深邃的思想和厚重的感情。《秋兴八首》就是杜甫后期思想感情最强烈、最集中的表现,是杜甫晚年灵魂的投影。从前面的分析中,我们已经领略了其思想感情的深沉和厚重,由此可以窥见一般。

杜甫寓居夔州的一年多时间,是他一生创作的第二个高峰。在这里他创作的诗歌约占杜诗全部总数的30%,占蜀中诗总数的47%,其中山水诗占10%。夔州雄奇险峻的自然风光,经过杜甫真切传神的描绘,千百年来,才保留在伟大祖国传世不衰的诗卷中,这是值得我们认真学习和借鉴的一份宝贵的文学遗产。

作者系西南民族大学文学院教授

原刊《西南民族学院学报(哲学社会科学版)》

1997年第4期

杜甫晚年的家国情怀与诗歌艺术创新

——以寓居夔州之初的诗歌创作为中心

李芳民

杜甫自大历元年春晚携家自云安移居夔州,至大历三年正月从白帝城放船出峡东下,其寓居夔府,计约一年零九个月。虽然这段时间不算长,但却是他诗歌创作最高产的时期。据统计,杜甫这段时间共作有诗歌四百三十余首,占其现存诗歌 30% 左右。夔州时期不仅创作量高,题材内容丰富,且在艺术上也取得了突出成就。宋人黄庭坚曾称道说:"观杜子美到夔州后诗,韩退之自潮州还朝后文章,皆不烦绳削而自合矣。"[①] 清人彭端淑亦云:"工部至夔州后诗,年愈老,识愈精,阅历弥深,而笔力弥健。不独《秋兴》《诸将》等篇为前此未有,即将前后纪行诗较之,意见笔力,自判然各别。故吾以山谷之言为定。"[②] 而若从诗歌所表现的情怀及其艺术探索看,则夔州诗亦别具价值与意义。本文拟以这一时期杜诗往事回忆与故国之思主题表现为中心,对其暮年心理、情怀以及诗歌艺术探索做一论析。

---

① 〔宋〕黄庭坚:《豫章黄先生文集》卷一九《与王观复书三首》,《四部丛刊》第990 册(景宋乾道刻本),商务印书馆,1922 年。
② 〔清〕彭端淑:《雪夜诗谈》卷上,清乾隆四十二年刻本。

一、"忆往事""思故国"的创作心理基础

杜甫夔州四百三十余首诗歌,其题材内容非常丰富。清人黄生在评杜甫《返照》诗时,曾因此诗而及杜晚年诗作之特点云:"年老、多病、感时、思归,集中不出此四意。横说竖说,反说正说,无不曲尽其情。"① 这个概括,就杜甫晚年创作的大致情形而言是不错的,但若就夔州诗来说,却也不尽全面。一是就感时而言,由于夔州地僻,消息迟缓,故杜甫这一时期反映时事之作就相对较少;二是杜甫晚年诗歌有关往事回忆这一内容,黄生却未提及。而就这方面来看,杜甫夔州诗歌中有影响的作品,大多与此有关,如《八哀诗》《往在》《壮游》《昔游》《遣怀》《秋日夔府咏怀奉寄郑监审李宾客之芳一百韵》《解闷十二首》《秋兴八首》《返照》等作。其中《八哀诗》与《秋兴八首》皆为组诗,《壮游》《昔游》《往在》《秋日夔府咏怀》诸诗,亦皆为五古或五排长篇,这些作品不仅对后世影响大,且皆为作者当时用心经营之作,因此在讨论杜甫晚年诗歌创作时,显然是不可遗漏的。

杜甫诗歌中这类主题与内容,何以在这一时期,尤其是初居夔府时表现得特别突出,实值得注意。事实上它确也曾引起了学人的关注与讨论。冯至先生以为,杜甫此类诗的写作,与其此时创作时间的充裕有关。他说:

> 除了歌咏山川和人民生活外,杜甫在这时有了充裕的时间,回忆他的青年时代。他在这偏僻的山城与外边广大的世界隔绝,朋友稀少,生活平静,因此过去的一切经历在他的面前活动起

---

① 〔清〕黄生撰,徐定祥点校:《杜诗说》卷八,黄山书社,2014年,第341页。

来。他写了不少长篇的诗叙述他过去的生活。①

　　陈贻焮先生则以为与杜甫对自身的健康之忧有关。他在分析杜甫大历元年秋所作《奉汉中王手札报韦侍御萧尊师亡》及《存殁口号二首》诗后,联系此前所作《贻华阳柳少府》一诗中的情绪,指出:

　　　　老杜意识到自己在世不会太久,已在考虑身后事了。这种身世之忧,可说是他当时感伤情绪所由产生的主要根源。《奉汉中王手札报韦侍御萧尊师亡》《存殁口号二首》本身的价值并不大,但从中可以窥见诗人思想感情中的新变化,有助于理解他近来何以写作了那么多忆旧怀人、悼友自伤的诗篇来。②

　　莫砺锋先生的看法则稍有不同,他认为杜甫此时之喜欢追忆过去,既与其人生走到尽头的心理有关,也与杜甫对国家和个人前途的失望情绪有关③。
　　如果从杜甫夔州生活整体情况看,上述诸家对杜甫心态的把握,可以说都有其道理,但如果仔细考察杜甫夔州诗歌中这类往事回忆

---

① 冯至:《杜甫传》,百花文艺出版社,1999年,第138—139页。冯文炳先生也有类似的意见,以为"杜甫在夔州两年,因为生活单调,又比较地安闲",所以一组一组地写往事回忆诗。见氏著《杜诗讲稿》,《东北人民大学人文科学学报》1956年第4期。
② 陈贻焮:《杜甫评传》(下卷),北京大学出版社,2003年,第910页。
③ 见莫砺锋:《杜甫评传》,南京大学出版社,2019年,第131页。莫的这一看法与程千帆、张宏生论文《晚年:回忆与反省》大致相近。见程千帆、莫砺锋、张宏生著《被开拓的诗世界》,凤凰出版社,2020年,第158—159页。而沙先一《试论杜甫的夔州回忆诗》文中,曾概括诸家之说,终则赞同程、张文之观点。沙文见《杜甫研究学刊》2001年第1期。

与思念故国主题的时间点,则对搞清这类诗歌创作心理形成的决定性因素,或不无帮助。现据《杜甫全集校注》,对这一时期此两类主题诗歌的系年,列表如下:

杜甫夔州忆往事与思故国(乡)主题诗歌表

序号	忆往事	系年	序号	思故国(乡)	系年
1	《八哀诗》	大历元年	1	《客堂》	大历元年
2	《壮游》	大历元年	2	《忆郑南》	大历元年
3	《昔游》	大历元年冬	3	《夔州歌十绝句》其八	大历元年秋
4	《往在》	大历元年	4	《夜》	大历元年秋
5	《遣怀》	大历元年	5	《秋兴八首》	大历元年秋
6	《夔府书怀四十韵》	大历元年	6	《月圆》	大历元年
7	《又上后园山脚》	大历二年秋	7	《中宵》	大历元年
8	《秋日夔州咏怀奉寄郑监审李宾客之芳一百韵》	大历二年	8	《远游》	大历元年
9	《解闷十二首》其九	大历二年秋	9	《雨晴雨时山不改》	大历元年
10	《洞房》	大历二年秋	10	《摇落》	大历元年
11	《宿昔》	大历二年秋	11	《中夜》	大历元年
12	《能画》	大历二年秋	12	《返照》	大历元年
13	《斗鸡》	大历二年秋	13	《吹笛》	大历元年
14	《历历》	大历二年秋	14	《览镜呈柏中丞》	大历元年
15	《洛阳》	大历二年秋	15	《立春》	大历二年
16	《骊山》	大历二年秋	16	《江梅》	大历二年
17	《观公孙大娘弟子舞剑器行并序》	大历二年十月	17	《愁》	大历二年
			18	《怀灞上游》	大历二年
			19	《上后园山脚》	大历二年夏

据表中统计可知,杜甫夔州寓居期间涉及追忆往事内容的诗歌共计17题24首,涉及思故国(乡)内容者共计19题26首,两者合计36题50首。而依年度分析,大历元年忆往事与思故国(乡)两者合计20题34首,大历二年为16题16首,则杜甫在大历元年所作的追忆往事与思念故国诗篇的数量,是大历二年的两倍。而以上数量统计,还有几点因素需要考虑:一是从创作时间看,杜甫是永泰二年(本年十一月改元大历)春晚由云安至夔州的,因此,其大历元年的夔州生活,总计约只有九个月,而大历二年的夔州生活则为一整年;二是从诗歌本身的特点看,大历元年有关往事追忆以及思念故国之作,主题与内容比较集中,且多为组诗与长篇之作,如《八哀诗》《秋兴八首》皆组诗,《壮游》《昔游》《往在》等皆五古长篇,而大历二年所作,除《洞房》《宿昔》几篇外,诗中忆往事或思故乡往往仅是作品在叙事抒情中的情绪流露或个别诗句的表现,而非整个作品主题表现的核心;三是从作品的成就看,其中影响较大者,大抵皆大历元年之作。由此看来,杜甫夔州寓居时,大历元年是其往事追忆与思念故国作品表现较为集中的时期,而其中的组诗写作,显然更是刻意为之的创作行为。

那么,杜甫何以在大历元年比较集中且刻意写作以往事追忆与故国之思为主题的作品呢?这显然和此时特殊的心理状态有关。而这种心理状态,又与其身体健康状态有着密切的关联。

杜甫离开成都,原本拟出三峡而北归,但至云安后却不得不因病滞留。从杜诗所述看,他这次病得实在不轻。其在云安时所作《别常征君》诗云:

> 儿扶犹杖策,卧病一秋强。白发少新洗,寒衣宽总长。故人

忧见及，此别泪相忘。各逐萍流转，来书细作行。[①]

　　诗前两句，可见当时之病情病状。因病体虚弱，致使行走困难，即便有子相搀扶，仍不能脱离拐杖，且病情拖延了整个秋天，犹未见好转。次联"白发少新洗，寒衣宽总长"，写病后之衰容体态，极为生动传神。三联"故人忧见及，此别泪相望"，其中信息十分重要。于前句，清人黄生《杜诗说》引汪几希语曰："'故人忧见及。'言恐大命之见及。见常厚于己，深以其病为忧也。"[②] 于后句，杨伦谓是故人见其病况，"言不觉而下泪也"[③]。可见故人已担忧杜甫病之不治，虑大命之将及，不免伤心落泪。总之，从此诗所透露的信息来看，杜甫的病情是十分严重的。

　　杜甫此次所患何病，竟至如此境地？从杜甫此间所写涉及他身体健康情况的诗歌来看，当是糖尿病以及由此引发的并发症。杜甫《别蔡十四著作》有句云："我虽消渴甚，敢忘帝力勤。尚思未朽骨，复睹耕桑民。"复据诗中"主人薨城府，扶榇归咸秦。巴道此相逢，会我病江滨。忆念凤翔都，聚散俄十春"句可知，诗应是郭英义被崔旰所杀后，蔡著作扶护郭灵枢归秦，杜与之在三峡相逢时作，而郭之被杀在永泰元年闰十月，则此诗作年应在永泰元年末至大历元年初之间，此时杜甫恰因病滞留云安。而永泰元年末所作《十二月一日三首》，又分别有"明光起草人所羡，肺病几时朝日边"与"新亭举目风景切，茂陵著书消渴长"句，移居夔州初所作《客堂》诗亦称"栖泊云安县，消中内相毒"。以上诸诗，三次提及"消渴（中）"，一次提及"肺

────────────────

① 萧涤非主编：《杜甫全集校注》卷一二，人民文学出版社，2014 年，第 3440 页。
②〔清〕黄生撰，徐定祥点校：《杜诗说》卷一二，黄山书社，2014 年，第 464 页。
③〔唐〕杜甫著，〔清〕杨伦注：《杜诗镜铨》卷一二，上海古籍出版社，2019 年，第 572 页。

病",可知其病乃以消渴为主,又兼肺病。而古人所谓"消渴",即今之糖尿病。从现代医学观点看,糖尿病是一种由胰岛素分泌或利用障碍所导致的以慢性高血糖为特征的代谢疾病,主要症状为多饮、多尿、多食和消瘦以及疲乏无力等,其危害在于可引起多种并发症,导致全身重要器官发生病变,而下肢无力、麻木乃至引起坏疽,则是诸多症状之一。糖尿病一般为慢性病,但若急性并发症不及时处理,严重者可危及生命。杜甫《客堂》诗曾说"旧疾廿载来",则他可能早就患此病,而这次之所以在东下半途而滞留不前,应是旧病复发且极为严重。正缘于此,他此时不仅形神消瘦、虚弱疲乏,甚至连行走都极为困难了。《客居》诗写及他的病状与心理云:"我在路中央,生理不得论。卧愁病脚废,徐步视小园。……览物想故国,十年别荒村。"其中说到因担心腿脚功能遭病被废,故强力徐步小园的情形,亦可见病情之严重,而"览物想故国"二句,则是因病而思念故国故乡之情的自然流露。至移居夔州后,忧虑病情与思乡之心理,无疑就更加强烈了,《客堂》诗云:

　　　　忆昨离少城,而今异楚蜀。舍舟复深山,窅窕一林麓。栖泊云安县,消中内相毒。旧疾廿载来,衰年得无足?死为殊方鬼,头白免短促。老马终望云,南雁意在北。别家长儿女,欲起惭筋力。客堂叙节改,具物对羁束。石暄蕨芽紫,渚秀芦笋绿。巴莺纷未稀,徽麦早向熟。悠悠日动江,漠漠春辞木。台郎选才俊,自顾亦已极。前辈声名人,埋没何所得!居然绾章绂,受性本幽独。平生憩息地,必种数竿竹。事业只浊醪,营葺但草屋。上公有记者,累奏资薄禄。主忧岂济时?身远弥旷职。循文庙筹正,献可天衢直。尚想趋朝廷,毫发神社稷。形骸今若是,进退委行色。[1]

---

[1] 萧涤非主编:《杜甫全集校注》卷一二,人民文学出版社,2014年,第3538页。

　　此诗内容，有三点值得注意：其一是"死为殊方鬼，头白兔短促"二语，已言及生死问题。二句看似达观，细味乃极悲哀语；其二是"老马终望云，南雁意在北"所流露出的思念故国故乡之情；其三是"尚想趋朝廷，毫发裨社稷"的恋阙报国之意与"形骸今若是，进退委形色"的无奈。而将后二者与前者做对比，则更可体会杜甫此时心境的悲凉。对故乡的思念与对朝廷的依恋，使他岂能甘愿为殊方之鬼？但死亡的阴影却已无情地逼来。特别是自去年春晚移居夔州后，夔州极为难挨的炎热之夏，令其特别感到不适应①，而虚弱的病体，遭逢炎热的气候，导致"多病纷倚薄"（《赠李十五丈别》），使他每每产生死亡将至之虞。其《贻华阳柳少府》中即云："南方六七月，出入异中原。老少多暍死，汗愈水浆翻。……余生如过鸟，故里今空村。"南方夏日炎热，乃至无论老少，皆有因热而死者，对他这样身体虚弱的病人，死亡当然就更属寻常之事了，"余生如过鸟"正是对生命无多的悲叹。但是对社稷苍生与故国故乡的眷恋，使他深感在死亡到来之前，对自己的一生不能不有所交代。他感到应在生命的最后时刻，把他个人的身世经历与对社稷兴衰的认识及故乡故国的深情，做一次梳理，因此，杜甫在度过了夔州难挨的炎热之夏后，便有了追忆往事与思念故国的系列诗作。由此而言，他这一时期诗中的追忆往事与思念故国主题，实应是感受到生命危机即将来临的产物。

---

① 至云安后，杜甫对当地气候之干旱炎热感觉很不好，《寄常征君》中曾云："开州入夏知凉冷，不似云安毒热新。"大历元年移居夔州后，于夔之风土印象也不佳，谓其是"形胜有余风土恶"（《览物》），而整个夏季，夔州之炎热尤令杜甫感到不适，在《雷》《热三首》《火》《毒热寄崔评事十六弟》等诗中，他反复言及当地之炎热及瘴气。毫无疑问，对于身体本就不佳的杜甫来说，这种气候无疑会加重其对己性命之忧的负面心理。

二、往事追忆与故国之思的抒写

杜甫夔州追忆往事与思念故国故乡之作,虽约有五十首,但主题表现集中且影响较大者,则为《壮游》《昔游》《往在》《遣怀》《八哀诗》《秋兴八首》诸篇。而无论是往事回忆还是思念故国故乡,都不同程度地表现为将个人遭际与命运放在国家盛衰变化的大背景下展开,因而两者的主题,就显得特别深厚而具有深刻的意义。而就艺术表现而言,杜甫于两种主题又采取了不同的策略,前者以叙事为主,形成了其独特的传记性书写;而后者则以抒情为主,将诗歌的抒情艺术推向了极致。

杜甫追忆往事的诗歌,细分又有围绕个人生活经历为主的回忆与围绕国家盛衰变迁为主的公共回忆之别。个人生活经历为主的回忆以《壮游》《昔游》《遣怀》等为代表,国家盛衰变迁为主的回忆则集中于《往在》与《八哀诗》诸作。这些诗歌固然可以单独成篇,但如果综合考量,其相互之间实际上又存在着内在的关联。

《壮游》《昔游》与《遣怀》,作为个人经历回忆的集中代表,每一篇当然都有各自的意义与价值,但是三者合观,则可看出杜甫以诗歌叙事的形式追忆个人生活经历时极为巧妙的叙事策略。三首诗可说是《壮游》属经,《昔游》《遣怀》为纬,各自特色分明,合观则又相互补充,共同织就了杜甫平生经历的往事图景。

《壮游》一诗甚长,其价值主要在于叙述杜甫一生经历的完整性。诗从杜甫十四五岁出入翰墨场叙起,按照时间顺序,分别写了早年的吴越与齐赵漫游,中年的长安经历,以及安史乱后长安沦陷、二帝蒙尘与入朝仕宦,最后写到晚年漂泊夔州与中朝隔绝的遭际与心理,可说是一篇较为完整的杜甫诗歌传记。对于此诗的传记意义,后世论者也多有论及。宋人赵次公即云："公之平生出处,莫详于此篇,而史官为传,当时之人为墓志,后人为集序,皆不能考此以书之,甚可惜也。"① 明人王嗣奭则谓"此诗乃公自为传"②,浦起龙也将之与《八哀诗》相提并论,称"此诗可续《八哀》,是自为列传也"③。

《壮游》作为杜甫的自我传记对杜甫一生的叙述是比较完整的,但是从叙事角度看,它主要还是以杜甫生平中几个主要时段的经历、际遇为核心,故其纵向的叙述较为丰满,而横向的延展则略显不足。比如,杜甫一生中个人交游层面及与之相关的社会空间与生活内容,诗中虽有涉及,却显得较为模糊,这样作为个人传记的丰富性就不免受到影响。而《昔游》与《遣怀》则是对于《壮游》的线性叙事为主而横向延展不足的补充。盛唐士人多个性豪迈,颇尚交游,友朋往来是其个人生活不可或缺的重要方面。杜甫一生交往甚广,但自其晚年看,最值得回忆的则是天宝三载与李白、高适的梁宋、齐鲁之游。《昔游》一诗,即是对三人早年交往的追忆:

　　　昔者与高李,晚登单父台。寒芜际碣石,万里风云来。桑柘叶如雨,飞藿共徘徊。清霜大泽冻,禽兽有余哀。是时仓廪实,洞达寰区开。猛士思灭胡,将帅望三台。君王无所惜,驾驭英雄材。幽燕盛用武,供给亦劳哉。吴门转粟帛,泛海陵蓬莱。肉食三十万,猎射起黄埃。隔河忆长眺,青岁已摧颓。不及少年日,无复故人杯。赋诗独流涕,乱世想贤才。有能市骏骨,莫恨少龙媒。商山议得失,蜀主脱嫌猜。吕向封国邑,傅说已盐梅。景晏

① 〔唐〕杜甫著,〔宋〕赵次公注,林继中辑校:《杜诗赵次公先后解辑校》,上海古籍出版社,2012年,第1198—1199页。
② 〔明〕王嗣奭:《杜臆》卷八,中华书局,1963年,第257页。
③ 〔清〕浦起龙:《读杜心解》卷一,中华书局,1961年,第162页。

楚山深,水鹤去低回。庞公任本性,携子卧苍苔。①

　　《壮游》一诗,写及与友朋的齐赵之游曾云:"放荡齐赵间,裘马颇清狂。春歌丛台上,冬猎青丘旁。呼鹰皂枥林,逐兽云雪冈。射飞曾纵鞚,引臂落鹙鸧。苏侯据鞍喜,忽如携葛强。"《昔游》与之相较,不仅有叙写繁简之别,而且在诗的蕴涵上,也有深浅之异。《昔游》将三人梁宋之游,放在当时的时代背景下展开,不仅补充了《壮游》中未及的内容,同时通过今昔盛衰变迁的感慨,使个人传记性叙事增添了丰厚的历史蕴涵。诚如清人浦起龙所说,此诗乃"专忆东游宋、齐时事,以致今昔之感。在昔朋游寄兴,正值国运丰盈之时;今观乱后登庸,独成羁孤远引之迹,能无慨然"②。而《遣怀》一诗,则专写其与高适、李白三人在宋中之游,这既是对《壮游》诗中交游一节的又一次补充,也是对《昔游》诗高、李、杜三人交游的再次补叙。浦起龙尝谓此诗,"大意与《昔游》同旨。但《昔游》专慨本身,兹篇系怀故友,由前诗递及之也。首段从宋中形胜风俗说起,雄姿侠气,足以助发豪情。次段入高、李同游事,文酒相从,平台吊古,诚为不负名区。三段带述明皇黩武,指出盛衰聚散关头。末段遣怀本旨,'拓境'四句,总括乱端离绪。十余年事,一笔凌驾。以下客怀交谊,一往情深,此老平生肝膈,于斯见焉"③,比较准确地概括了其意旨与内容。而与《昔游》相较,此诗开端叙述宋中风俗习尚、都市情景,尤见出色,可谓是唐代盛时宋中都市面貌之写真影像。

　　如果说杜甫此类诗歌是以个人生活经历的追忆为主而兼及历史

① 萧涤非主编:《杜甫全集校注》卷一四,人民文学出版社,2014 年,第 4111 页。
② 〔清〕浦起龙:《读杜心解》卷一,中华书局,1961 年,第 163 页。
③ 〔清〕浦起龙:《读杜心解》卷一,中华书局,1961 年,第 165 页。

的盛衰变化与诗人身世之感的话，那么在公共性往事追忆诗歌中，时代变迁与历史盛衰则成为其叙写的焦点。他在诗中不只是简单地追忆往昔历史，而是力图通过诗歌叙事，追溯国家盛衰之变的原因。如其《又上后园山脚》：

> 昔我游山东，忆戏东岳阳。穷秋立日观，矫首望八荒。朱崖著毫发，碧海吹衣裳。蓐收困用事，玄冥蔚强梁。逝水自朝宗，镇石各其方。平原独憔悴，农力废耕桑。非关风露凋，曾是戍役伤。于时国用富，足以守边疆。朝廷任猛将，远夺戎虏场。到今事反覆，故老泪万行。龟蒙不复见，况乃怀旧乡。肺萎属久战，骨出热中肠。忧来杖匣剑，更上林北冈。瘴毒猿鸟落，峡乾南日黄。秋风亦已起，江汉始如汤。登高欲有往，荡析川无梁。哀彼远征人，去家死路傍。不及父祖茔，累累冢相当。①

诗从早年东岳泰山之游写起，但除了开头数句写游观外，自"平原独憔悴"以下，即转入对时代之盛衰变化原因的追溯，指出当国家富盛之时，玄宗不能节用自守，反任用猛将，轻启边衅，极意武功，致使国事反覆，贻害至今，而追惟往昔，故老伤心，真乃噬脐无及也。此诗虽从追忆个人往昔经历起，但核心却在于对国事反覆的慨叹，因此，它实则是将个人经历的追忆与宏大的历史记忆结合起来，从而构成了公共性往事追忆以审视历史兴衰为核心的诗歌主题。诚如清人汤启祚所云，此诗乃是"因上山脚，感念昔游，匪志见闻，有悲时事"② 也。

---

① 萧涤非主编：《杜甫全集校注》卷一六，人民文学出版社，2014 年，第 4660 页。
② 萧涤非主编：《杜甫全集校注》卷一六，人民文学出版社，2014 年，第 4665 页。

杜甫这种往事追忆的主题,于《八哀诗》表现得尤为突出。《八哀诗》不惟题目别有新创,用意也与前人有所不同①。杜甫没有袭前人《七哀》之旧题,沿用《七哀》之故意,而是改《七哀》为《八哀》,变"抒七情"为"哀八人"。对于《八哀》之命意,杜甫在《八哀诗》的"序"中曾有说明,云:"伤时盗贼未息,兴起王公、李公,叹旧怀贤,终于张相国。八公前后存殁,遂不复诠次焉。"则于所哀之八人,各有侧重,后人围绕此"序",于《八哀》之意旨多有诠释。明人王嗣奭云:"王、李名将,因盗贼未息,故兴起二公,此为国家哀之者。继以严武、汝阳、李、苏、郑皆素交,则叹旧。九龄名相,则怀贤。序简而该,亦非今人所及。"②明末清初的卢元昌所解更周详,云:"《序》曰:'伤时盗贼未息,兴起王公、李公',是于王、李二公,当从'伤时盗贼未息'六字洗发。乾元初,邺城师溃,九节度惟李光弼、王思礼军独完。寻破史思明。后思礼为河东节度,治太原,持法严整,人不敢犯。假令思礼未殁,幽蓟荡平,河北诸蕃,谁敢负固!李光弼畏程元振中伤之,吐蕃之寇,代宗诏入援,迁延不行,遂疾笃而薨。假使谗口不行,主眷如故,光弼无恙,为万里长城,不惟可抗幽燕,即怀恩亦何至反侧!此公伤时之意。……《序》曰:'叹旧怀贤,终于张相国。'是于严武以下六人,当就'叹旧怀贤'四字洗发。公于苏源明、郑虔、李邕、汝阳、严武,皆有旧谊,苏、郑为生死交;李邕为忘年交;汝阳门下,自居申白;严公幕中,本为旧僚。'叹旧'二字,划在苏源明等五人。'怀贤'二字,则专属张相国。公于相国,平生一字不及,乃《八哀诗》独以相国作殿者,盖伤代宗时朝廷无贤宰相,以李岘、颜真卿之直而不用,所

①关于《八哀诗》题目的特点,宋葛立方曾有论及,见《韵语阳秋》卷四,上海古籍出版社,1984年,第60页。
②〔明〕王嗣奭:《杜臆》卷七,中华书局,1963年,第235页。

宠任者惟元载,如明皇用李林甫,疏张九龄。此'怀贤'二字宜专属之。"① 从诠解看,卢氏于杜甫"伤时盗贼未息"与"叹旧怀贤"之意,体贴更细致,发掘也更深入。但是,其诠解也只就《八哀》"序"以及所涉八人而论,对于杜甫何以选此八人而致哀,仍未有所解说。即以杜甫旧交论,房琯与杜之交谊,不下严武,舍房琯而取严武,宜乎人有所疑②。诸将之可哀者,亦非仅王思礼、李光弼二人,若高仙芝、封常清于安史之乱中守潼关,因中人边令诚之谮含冤而死,无论于国家于个人,岂不可哀? 而汝阳王李琎,杜甫固然自居为申白,然其一生安享富贵,卒后亦蒙玄宗褒崇③,又何以置于八哀之列? 苏、郑与杜交谊不浅,而杜于李白亦终生不忘,频致云树之思,且白暮年长流,老无所依,沦落而殁,亦甚可哀,而诗则未及之。由此可知,"八哀"所选,杜甫必经仔细斟酌与考量,而"序"之"八公前后存殁,遂不复诠次焉",自也不能无深意存焉④。

其实,从《八哀诗》之所哀人物看,杜甫是兼顾了唐之盛衰也即

① 〔清〕卢元昌:《杜诗阐》卷二一,清康熙二十一年刻本。

② 《八哀诗》不取房琯,清人施鸿保《读杜诗说》卷一三曾有解说,今人曹慕樊则驳辩之,刘明华复有《〈八哀诗〉无房琯辨》文,提出新解。曹之辩驳见氏著:《杜诗杂说》,四川人民出版社,1981 年,第 215—216 页。刘之新解,见《杜甫研究学刊》1995 年第 1 期。

③ 《旧唐书》本传载:"琎封汝阳郡王,历太仆卿,与贺知章、褚庭海为诗酒之交。天宝初,终父丧,加特进。九载卒,赠太子太师。见〔后晋〕刘昫等:《旧唐书》卷九五,中华书局,1975 年,第 3014 页。《新唐书》本传云:"琎眉宇秀整,性谨洁,善射,帝爱之。封汝阳王,历太仆卿。与贺知章、褚庭海、梁涉等善。薨,赠太子太师。见〔宋〕欧阳修、宋祁撰:《新唐书》卷八一,中华书局,1975 年,第 3599 页。

④ 此意王嗣奭、卢元昌皆未及,今人曹慕樊谓:"'不依存殁先后',就是说次序别有用意。""八人中三方镇居先(王思礼、李光弼、严武),意在'天下危,注意将'。张九龄贤相,排在最后,重'功人'之意。"见氏著:《杜诗杂说》,四川人民出版社,1981 年,第 214 页。

自玄宗之盛世至肃、代之动荡两个阶段的代表性人物的。八人中，李邕、苏源明、郑虔、李琎、张九龄主要活动于玄宗时代，而王思礼、李光弼、严武，则主要活动于肃、代二帝时期，各时代人物的特点也有所不同，故借此八人，实含有总结唐之由盛而衰历史教训之意。李邕一代文宗而终遭杖杀，乃有慨于权奸之害贤；苏源明、郑虔才艺之士，皆沦落而殁，乃为盛世之才士遭际鸣不平；李琎为让皇帝李宪长子，不惟以"谨洁"著称，且礼敬贤才，是杜甫眼中宗室人物之楷范，哀李琎者，哀宗室之礼贤者之不复见也；九龄则治世贤相，忠耿立身，政治与文学俱佳，而终被疏远，致使延颈恋阙，归老故林。此五人之哀者，正哀玄宗治世之失也。肃、代处战乱不宁之时，正当用将之时，而王思礼禁暴御乱，勇略过人；严武瑚琏之器，镇守西南，治蜀有方，却于国家用才之时，不幸而殁，是为国而致慨也；李光弼一代名将，却因受谤忧谗，赍志以殁，是为肃、代之不能善待名将而致哀。至若八哀所及之人排列顺序，于"不复诠次"中，当然也含有其深意。其意殆将人物分为三组，分别述之。因伤时乱未靖，故以武将（王、李）能臣（严武）为首；贤才系乎世之盛衰，故汝阳次之，并接以李邕、苏源明及郑虔等贤能才士。而治乱根本，贤相至为关键，故以曲江殿之。总之，《八哀诗》诚为杜甫用心结撰之作，其借追忆八位已逝之名将、才士与贤相，于人物之遭际，见历史兴衰之迹，用心之良苦，实不可忽。

"此生那老蜀？不死会归秦！"（《奉送严公入朝十韵》）返归故乡，原本就是杜甫旅居异乡一直未能忘怀的夙愿，愈到暮年，其思乡之情愈加浓烈。特别是他自滞留云安起，病体缠绵，深恐大命之将及，思乡之念更为迫切。在诗歌创作中，这种情感几成为作品之主调。"他日一杯难强进，重嗟筋力故山违"（《十二月一日三首》其三），"览物想故国，十年别荒村"（《客居》），"有猿挥泪尽，无犬附书频。故国愁眉外,长歌欲损神"(《雨晴》),"南菊再逢人卧病,北书不至雁无情。步檐倚杖看牛斗,银汉遥应接凤城"(《夜》),"中夜江山静,危楼望北辰"(《中夜》),"不可久留豺虎乱,南方实有未招魂"(《返照》),"故园杨柳今摇落,何得愁中却尽生"(《吹笛》),等等,皆可见其于唱叹之际,眷念故国故乡之浓情愁思。而集中体现这种情怀的,则当推《秋兴八首》。

《秋兴八首》是杜甫一生七律组诗之绝唱。其气势雄浑,韵律严整,虽各自成章,却浑然一体,固然内容丰富,但却主题集中。对于组诗的主题、意脉与艺术表现特点,前人多有概括总结。其中清人范廷谋的解说更见细致周详:

> 此诗八章,公身寓夔州,心忆长安,因秋遣兴而作,故以秋兴名篇。八章中,总以首章"故园心"为枢纽,四章"故国平居有所思"为脉络,方得是诗主脑。若浑沦看去终无端绪可寻。首章以"凋伤"二字作骨,凡峡中天地、山川、草木、人事,无不萧森,已说尽深秋景象,提出"故园心"三字,点明遣兴之由。"暮砧"句,结上生下。"孤城落日"承上咏暮景,"山郭"、"朝晖",又承上咏朝景。虽俱就夔府而言,细玩次章曰"望京华",三章曰"五陵衣马",仍是不忘长安,正所谓"一系故园心"也。四章则直接长安,煞出"故国平居有所思",将"故园心"三字显然道破。下四章即承此句分叙,抚今追昔,盛衰之感,和盘托出,却首首不脱秋意。"蓬莱"一章,指盛时言。"瞿唐"、"昆明"二章,指陷后言。"昆吾"一章,追忆昔游而言,皆故国平居之所思者。末则以"白头吟望"结出作诗之意,总收全局。统观篇法次第,一首有一首之照应,八首有八首之联贯。气体浑厚,法脉周密,词意雄壮。其间抑扬顿挫,慷慨淋漓,全是浩然之气相为终始。公之心细如发,笔大

于椽,已可概见。至于忧国嫉时,怀才不偶,满腔愤懑,却出以温厚和平之语,全然不露圭角。怨而不怒,哀而不伤,《三百篇》之遗响犹存,真所谓大家数也。①

就八首之主旨而论,诚如范氏所说"故园心"为其枢纽,即对故国故乡的思念是八首之核心。此外,还需要注意的是范氏所谓"忧国嫉时,怀才不偶,满腔愤懑"之意,这实际也就是八诗中所蕴含的忧国伤时之情怀。这一内容,八诗中的表现隐显不同,而其四则较为显豁:

　　　　闻道长安似弈棋,百年世事不胜悲。王侯第宅皆新主,文武衣冠异昔时。直北关山金鼓振,征西车马羽书迟。鱼龙寂寞秋江冷,故国平居有所思。②

此首所慨叹者,乃自安史之乱以后至作者寓居夔府时之历史迁变。首联点明长安,盖长安为唐政治之中心,观长安自可觇当代政治之晴雨,而今睹世事之变幻有若弈棋,则悲慨油然而生。颔联集中表现肃、代二帝两朝之人事更迭,蕴涵极为丰富,诚如叶嘉莹先生所说:"大抵杜甫所慨非止一端,缙绅之非故,冠裳之倒置,官爵之滥赏,时俗之异旧,皆在其中。"③而颈联写战乱不宁的时事,据史书所记,亦皆有据。《通鉴》卷二二三载,代宗广德元年七月,吐蕃入寇,陷兰、廓、河、鄯、洮、岷、秦、成、渭等州,尽取河西、陇右之地。未久即东向攻长

---

① 〔清〕范廷谋:《杜工部七言诗选直解》卷二,清雍正范氏稼石堂刻本。
② 萧涤非主编:《杜甫全集校注》卷一三,人民文学出版社,2014年,第3807—3808页。
③ 叶嘉莹:《杜甫秋兴八首集说》,河北教育出版社,1997年,第193页。

安,代宗于仓皇之际,命郭子仪出咸阳以御敌,而郭则因长期闲废,部曲离散,仅募得二十余骑而行,逮至咸阳,吐蕃帅吐谷浑、党项、氐、羌二十余万已渡渭桥,代宗狼狈幸陕,长安失陷。其时六军叛散,吐蕃大肆劫掠,京城一片狼藉,幸赖郭子仪苦心招募,竭力苦战,吐蕃方退,代宗也才得以返驾回銮。又两《唐书》之《李光弼传》载,当吐蕃犯京师时,代宗曾诏天下兵,李光弼因与宦官程元振有隙,虑遭其陷害,因迁延不至①。杜甫此时虽远在殊方,但当耳闻时事,遥想故国政局,反思自身如鱼龙之寂寞,自不能不生深切之感怀,此即末联"有所思"之深衷所在。"公诗叙乱离多百韵,或五十韵,或三四十韵,惟此篇最简而切也。"②宋人刘克庄的评论,颇为中肯。

　　杜甫寓居夔府孤城,深感生命无多,故回顾生平,眷恋故乡,成为其诗中的重要内容。尤其初居夔州的大历元年,他通过往事回忆,为自己也为时代写真存照,又以对重要人物的传记书写以及对故国往事的追忆,表达对历史兴衰与世事沧桑的认识与感受,凡此都可见出其一生始终不渝的家国情怀。

三、"千秋之绝调"与"自我一家则"

　　追忆往事与思念故国,是杜甫寓居夔府诗歌创作的重要主题与

---

① 《旧唐书》载:"广德初,吐蕃入寇京畿,代宗诏天下兵。光弼与程元振不协,迁延不至。"见〔后晋〕刘昫等:《旧唐书》卷一一〇,中华书局,1975年,第3310页。《新唐书》亦载:"吐蕃寇京师,代宗诏入援,光弼畏祸,迁延不敢行。"见〔宋〕欧阳修、宋祁撰:《新唐书》卷一三六,中华书局,1975年,第4590页。杜甫所谓"征西车马羽书迟",当谓此也。

② 〔宋〕刘克庄撰,王蓉贵、向以鲜校点,刁忠民审定:《后村先生大全集》卷一八二,四川大学出版社,2008年,第4613页。

内容,而这两者虽有多篇作品涉及,但以表现之集中论,则不能不推《八哀诗》和《秋兴八首》。《八哀诗》与《秋兴八首》皆为组诗,前者为五古,后者为七律,各由八篇构成,无论就作品内容之分量还是艺术形式之严整,都可谓是杜甫用心结撰与苦心经营之作,在某种意义上,也可看作是杜甫晚年在诗歌艺术上追求创新与突破的代表作。但是,就后世的影响看,《八哀诗》却远不及《秋兴八首》。

后世对《八哀诗》虽不乏褒赞,但批评之声亦不少。刘克庄曾说到宋人对此诗的不同意见,云:"杜《八哀诗》,崔德符谓可以表里《雅》《颂》,中古作者莫及。韩子苍谓其笔力变化,当与太史公诸赞方驾。惟叶石林谓长篇最难,晋魏以前无过十韵,常使人以意逆志,初不以叙事倾倒为工。此八篇本非集中高作,而世多尊称,不敢议其病,盖伤于多。如李邕、苏源明篇中多累句,刮去其半方尽善。余谓崔、韩比此诗于太史公《纪》《传》,固不易之语,至于石林之评累句之病,为长篇者不可不知。"① 明人卢世㴑(德水)也说:"《八哀诗》,伤烦,又伤泛,中有数十光洁语,与日月并垂者,又为浓云所掩。然而诗家之元气在焉,杜诗之体统存焉,不可遗,亦不容选。"② 这些评论所涉及的批评,虽有所指摘,但还算客气,至清人王士禛所论,出语就严苛得多:"杜《八哀诗》最冗杂不成章,亦多嘌呓语。而古今称之,不可解也。"又云:"杜甫《八哀诗》钝滞冗长,绝少剪裁。而前辈多推之,崔鹏至谓'可表里《雅》《颂》',过矣。试摘其累句,如《汝阳王》云:'爱其谨洁极,上又回翠麟;天笑不为新,手自与金银;匪唯帝老大,皆是王忠勤。'《李邕》云:'盼睐已皆虚,跋涉曾不泥;众归赒济美,摆

① 〔宋〕刘克庄撰,王蓉贵、向以鲜校点,刁忠民审定:《后村先生大全集》卷一七六,四川大学出版社,2008年,第4477页。

② 〔明〕卢世㴑:《杜诗胥钞余论·论五言诗》卷一,明崇祯七年卢氏尊水园刻本。

落多藏秽;是非张相国,相扼一危脆。'《苏源明》云:'秘书茂松意,
溟涨本末浅。'(《文苑英华》本异,亦不可晓。)《郑虔》云:'地崇士
大夫,况乃精气爽;方朔谐太枉,寡鹤误一响。'《张公九龄》云:'骨
惊畏曩哲,鬒变负人境;讽咏在务屏,用才文章境;散帙起翠螭,末缺
只字警。'云云率不可晓。披沙拣金,在慧眼自能辨之,未可为群瞽
语白黑也。"[1] 除了指摘诗中之颣句外,亦有人批评其叙事选材之失
者,如明人杨慎颇不满意杜甫《八哀诗》之张九龄一篇,乃别作一首,
并作跋语谓:"刘须溪云:九龄大节,在奏请斩禄山以绝后患。杜公
《八哀诗》,既不明白,末亦不及另祭事,殆失'诗史',未免拾其细而遗
其大也。慎辄为补一篇,岂敢以庞凉斗华衮,铅刃齿步光哉,亦续须
溪之余蕴,发曲江之幽光,观者勿哂之。"[2] 由此可见,围绕《八哀诗》
之批评,确存在褒贬毁誉之异,对此,《御选唐宋诗醇》做调停云:"子
美《八哀》,自是钜篇。然以韵语作叙述,情绪既繁,笔墨不无利钝。
大家之文,正如黄河之水,滔滔莽莽,鱼龙砂石与流俱下,非如沼沚之
观,清泠可喜而已。论此诗者,誉之或过其实,毁之或损其真。惟卢
世㴼曰:《八哀诗》未免伤烦、伤泛,然诗家之元气在焉,杜诗之体统
存焉,不可遗,亦不容选。斯言得之。"[3]

　　相较而言,对《秋兴八首》的褒赞则要远多于对它的批评[4]。在后

————————————

[1] 〔清〕王士禛:《带经堂诗话》卷二,人民文学出版社,1963 年,第 53—54 页。

[2] 〔明〕杨慎:《补杜子美哀张九龄诗》,《升庵集》卷二二,清文渊阁四库全书补
配清文津阁四库全书本。

[3] 〔清〕佚名:《御选唐宋诗醇》卷一二,《景印文渊阁四库全书》第 1448 册,台
湾商务印书馆,1983 年,第 278 页。

[4] 今所见持批评意见者,仅明人卢世㴼、清人袁枚与今人冯文炳。卢世㴼的批评
主要集中于八首中的其三与其五,见〔明〕卢世㴼:《杜诗胥钞余论·论七言律
诗》,明崇祯七年卢氏尊水园刻本。袁枚的批评则出于个人的趣味,见〔清〕袁
枚:《随园诗话》卷七,人民文学出版社,1960 年,第 245 页。冯文炳(转下页)

人心目中,《秋兴八首》不惟被当作杜甫七律的代表,甚至还被认为是唐人七律之作中难以企及的典范。清人徐增谓:"《秋兴八首》规模弘远,气骨苍丽,脉络贯通,精神凝聚。痛真是痛,痒真是痒,笑真是笑,哭真是哭,无一假借,不可动摇。论才情,真正是才情。论手笔,真正是手笔。七字之内,八句之中,现出如是奇观、大观,直使唐代人空,千秋罢唱。寄语世间才人,勿再和《秋兴》诗也。"[①]沈德潜亦称其"怀乡恋阙,吊古伤今,老杜生平,具见于此。其才气之大,笔力之高,天风海涛,金钟大镛,莫能拟其所到"[②],而清佚名则从七律角度推尊其无上之地位,谓:"盖唐人七律,以老杜为最。而老杜七律,又以此八首为最者,以其生平之所郁结,与其遭际,暨其伤感,一时荟萃,形为慷慨悲歌,遂为千古之绝调。余尝总而计之:唐人七律,莫盛于早朝应制诸篇,而未免言之太庄,工丽有余而生动不足。中晚以后,鲜新旖旎,而气格浸微。若高华典赡,而望之又如出水芙蕖,妍秀轻灵,而按之又龙文百斛,则惟此《秋兴》之为独步也。"[③]又云:"八首先后次第,彼此映照。如游蓬山,处处溪壑迥别。如登阆苑,层层户牖相通。以言格律,则极其崇闳,议论则极其博大,性情则极其温厚,罕譬则极其精当。然皆其兴会所至,一笔写来,自然妙丽天成,不待安排思索。此天地间至文也! 读者详之。"[④]

　　后世围绕《秋兴八首》与《八哀诗》的褒赞与批评,实际上也反

（接上页）则认为杜甫夔州诗因多用典故、注重形式而缺少了生活气息,见冯文炳:《杜诗讲稿》,《东北人民大学人文科学学报》1956年第4期。但总体看,这些批评属于少数派,而对《秋兴八首》的褒赞要远多于这类批评。

①〔清〕徐增:《而庵说唐诗》卷一七,《四库全书存目丛书》集部三九六册,齐鲁书社,1997年,第755页上。

②〔清〕沈德潜:《杜诗偶评》卷四,清乾隆十二年赋闲草堂刻本。

③〔清〕佚名:《杜诗言志》卷一一,江苏人民出版社,1983年,第225页。

④〔清〕佚名:《杜诗言志》卷一一,江苏人民出版社,1983年,第229—230页。

映了杜甫在五古组诗与七律组诗创作上进行创新探索的成败与得失,因此,对之做出分析与总结,对于整体认识杜诗在各体诗歌创作史上的贡献,应是颇有意义的。

杜甫的诗歌淹有众家之长,因而有"集大成"之誉。但杜诗的价值不仅在于能够继承前人,而且还在于能够在继承的基础上有所创新与发展,守正而又能变,正如明人胡应麟所言:"杜诗正而能变,变而能化,化而不失本调,不失本调而兼得众调,故绝不可及。"①《秋兴八首》与《八哀诗》也可以说是他在七律组诗与五古组诗两种体式上创新探索的具体实践。

七律是唐人发展起来的一种新的诗歌体式,定型于初唐,此后历盛、中、晚而又有所变化与发展。在初盛唐时期,七律的题材尚较狭窄,内容较单薄,主要为宫廷场合的应酬与唱和。而杜甫对于唐代七律的发展则做出了巨大的贡献。明人胡震亨曾指出:"少陵七律与诸家异者五:篇制多,一也;一题数首不尽,二也;好作拗体,三也;诗料无所不入,四也;好自标榜,即以诗入诗,五也。此皆诸家所无。其他作法之变,更难尽数。"②概括言之,在七律创作上,杜甫除了晚年所作拗体外,正格七律的新变与贡献,则主要以题材内容的开拓、体制的变化、结构的讲究最为显著,而这几点,《秋兴八首》也可以说表现得最为突出与典型。

杜甫七律题材内容的开拓,主要在于突破了初盛唐诗人仅限于奉和唱酬、登临游览的狭窄范围,而把唐诗所能表现的几乎所有题材内容,都引入到了七律这一体式之中。"他在奉酬赠别之外,把题材

---

① 〔明〕胡应麟:《诗薮》内编卷四,上海古籍出版社,1979年,第73页。
② 〔明〕胡震亨:《唐音癸签》卷一〇,古典文学出版社,1957年,第80页。

扩大到忧时伤乱、咏物怀古、羁旅述怀、日常遣兴等多方面。"① 而就《秋兴八首》而言,杜甫对七律表现内容所做出的开拓创新,也基本上都有所体现。以内容与格调而言,《秋兴八首》所表现的家国之思与沉郁之情,无疑是杜甫诗歌同时也是其七律创作特征的最集中体现。杜甫把诗歌最崇高的主题与最沉挚的情怀融入《秋兴八首》的创作之中,当然也就具有开拓唐人七律题材内容方面的典范意义。但是,这只是其中一个方面,更重要的,还体现在他运用组诗形式对七律艺术的创新与发展上。杜甫晚年曾先后创作有《将赴成都草堂途中有作先寄严郑公五首》《诸将五首》《秋兴八首》及《咏怀古迹五首》等几组大型的七律组诗,这是他在七律创作方面对前人的重要突破。而从创作时间看,杜甫的这些七律组诗,比较集中地出现于寓居夔州的大历元年②。很显然,这是杜甫有意识进行大型组诗创作的新实践。前人曾将早前创作的《将赴成都草堂途中有作先寄严郑公五首》一组与后来所作的几组做过比较。清人仇兆鳌即云:"杜律如《秋兴》八首,《诸将》《古迹》诸首,虽叠章联络,而语无重复,故其气骨丰神,俊迈不群。若《寄严公》五首,意思颇嫌重出,盖赴草堂只是一事,寄严公只是一人,缕缕情绪,终觉言之繁絮耳。"③ 他认为《将赴成都草堂途中有作先寄严郑公五首》一组诗,从整体结构来看,不免有所欠缺。这说明,杜甫最初所作之七律组诗,尚未臻于尽善尽美,而后来再作《诸将》《秋兴》与《咏怀古迹》就不同了,无论结构还是

① 葛晓音:《杜诗艺术与辨体》,北京大学出版社,2018 年,第 229 页。
② 《将赴成都草堂途中有作先寄严郑公五首》作于广德二年,是杜甫最早的七律组诗,也可说是杜甫的初次尝试。但夔州寓居以前,大型七律联章组诗仅此而已。
③ 〔唐〕杜甫著,〔清〕仇兆鳌注:《杜诗详注》卷一三,中华书局,1979 年,第 1110 页。

整体艺术,都臻于极高的境地。清人吴农祥即云:"公诗藏议论于抑扬之间,陈世事于音律之外,自辟堂奥,独树旌旗,《秋兴》《诸将》与《咏怀古迹》而已。"①但是,从组诗结构的首尾呼应、脉络贯通、各自成章而又有机统一来看,《秋兴八首》似又更为出色。清人陈廷敬曾称道说:"杜此八首,命意炼句之妙,不必论,以章法论,章各有法,合则首尾如一章,兵家常山阵庶几似之。人皆云李如《史记》,杜如《汉书》,予独谓不然。杜合子长、孟坚为一手者也。或八章择取一二者,非。又杜此诗古今独绝,妄拟者尤非。"②清人吴瞻泰则有更细致的分析,谓:"至其惨澹经营,安章顿句,血脉相承,蛛丝马迹,则又八篇如一首,其序次不可紊焉。"③可见《秋兴八首》在组诗的结构艺术上,已达到了炉火纯青之境界。由此也可以说,《秋兴八首》是杜甫在唐人七律创新上运用组诗形式成就最突出之作。

　　与《秋兴八首》不同,《八哀诗》则为五古组诗。五古是源远流长的诗体之一,不过后世的诗论家论及五古,大多以汉魏为典范,而于唐人五古则褒贬不一④。杜甫的五古,对前代多所继承,但同时也做出了很多创新,而在五古艺术及体式上的革新尤为显著。清人沈德潜即谓:"苏、李《十九首》后,五言最胜。大率优柔善入,婉而多风。少陵才力标举,纵横挥霍,诗品又一变矣。要其感时伤乱,忧黎

---

①〔清〕刘濬:《杜诗集评》卷一一引,清嘉庆九年藜照堂刻本。

②〔清〕陈廷敬:《午亭文编》卷五〇,《景印文渊阁四库全书》第1316册,台湾商务印书馆,1983年,第739—740页。

③〔清〕吴瞻泰撰,陈道贵、谢桂芳校点:《杜诗提要》卷一二,黄山书社,2015年,第294页。

④如明人李攀龙、陆时雍即从汉魏典范出发,对唐人五言多有贬抑,分别见李攀龙《选唐诗序》(《沧溟集》卷一五,清文渊阁四库全书补配清文津阁四库全书本)、陆时雍《诗境总论》(丁福保辑:《历代诗话续编》,中华书局,1983年,第1413页)。

元,希稷、卨,生平抱负,悉流露于楮墨间,诗之变,情之正也。"又云:
"五言长篇,固须节次分明,一气连属。然有意本连属而转似不相连
属者;叙事未了,忽然顿断,插入旁议,忽然联续,转接无象,莫测端
倪,此运《左》《史》法于韵语中,不以常格拘也。千古以来,且让少
陵独步。"[1] 这主要是针对杜甫五古叙事与议论的运用技巧而言的。
管世铭则从体式的创新上,指出杜甫的开创性贡献,云:"杜工部五
言诗,尽有古今文字之体。《前后出塞》《三别》《三吏》,固为诗中绝
调,汉、魏乐府之遗音矣。他若《上韦左丞》,书体也;《留花门》,论体
也;《北征》,赋体也;《送从弟亚》,序体也;《铁堂》《青阳峡》以下诸
诗,记体也;《遭田父泥饮》,颂体也;《义鹘》《病柏》,说体也;《织成
褥段》,箴体也;《八哀》,碑状体也;《送王砅》,纪传体也。可谓牢笼
众有,挥斥百家。"[2]

　　不同文体之间相互吸收彼此的手段与技巧,通过"破体"而寻
求艺术上的突破,是中国古代各体文学获得新发展且被一些具有创
新意识的作家所采用的艺术创新方式。杜甫五古组诗的创作,也是
如此。但是,以"破体"创新,既有成功的可能,也有失败与失误的风
险。《八哀诗》的创作以及由此引致的后世相关之批评,大致即反映
了这一点。

　　管世铭以《八哀诗》为碑状体,大致是说其兼有古代碑、状两种
文体的特征。但在古代文体学家划分的文体类型中,"碑"与"状"
实为两种不同属类。清人姚鼐《古文辞类纂》将古文体式划分为
十三大类,其中传状与碑志即在不同属类中。"传状"类中,"传"本

---

① 〔清〕沈德潜:《说诗晬语》,王夫之等撰《清诗话》,中华书局,1963 年,第
　　534 页。
② 〔清〕管世铭:《读雪山房唐诗序例》,郭绍虞编选,富寿荪校点《清诗话续编》,
　　上海古籍出版社,1983 年,第 1546 页。

之于史传之人物传记;而"状"即"行状",其以记述人物事迹为主,目的是备史传与碑碣作者之采择。二者侧重虽略有不同,而皆以记述人物生平事迹为主,所以姚鼐将其归为一类。而"碑"之用,则在刻石。姚鼐谓:"碑志类者,其体本于《诗》,歌颂功德,其用施于金石。"① 因传状与碑志两者用途不同,故行文风格也有所不同。传状写人,多受史传传统的影响,叙述人物事迹,往往选择典型之言行以传其神,而碑志则重在忠实记录志主之生平大略,语以典雅为则,多质朴凝重,故姚鼐称"金石之文,自与史家异体"②。

　　说杜甫《八哀诗》为碑传体,也即是说杜甫吸收了"碑"与"传"的一些表现手法,将二者兼而用之。对于《八哀诗》与史传之间的关联,前人多有论及。明人郝敬称:"《八哀》诗雄富,是传纪文字之用韵者。文史为诗,自子美始。"③ 清人李因笃也说:"《八哀诗》叙述八公生平,称而不夸,老笔深情,得司马子长之神矣。"④ 应该说,《八哀诗》确有一些因吸收史传写人技巧而显得生动传神处,如《故司徒李光弼》之"青蝇纷营营,风雨秋一叶。内省未入朝,死泪终映睫",写李光弼遭谗不敢入朝及其临死之悲愤;《赠太子太师汝阳郡王琎》之"汝阳让帝子,眉宇真天人。虬须似太宗,色映塞外春",刻画李琎容貌特征与气质等。但以诗融碑志手法,整体上看,毕竟还是显得板滞有余而韵致不足。诚如王夫之所云:"诗有叙事叙语者,较史尤不易。史才固以檃括生色,而从实著笔自易。诗则即事生情,即语绘状。一

---

① 〔清〕姚鼐:《古文辞类纂·序目》,上海古籍出版社,2016年,第12页。
② 〔清〕姚鼐:《古文辞类纂·序目》,上海古籍出版社,2016年,第12页。
③ 〔唐〕杜甫著,〔清〕仇兆鳌注:《杜诗详注》卷一六引,中华书局,1979年,第1420页。
④ 〔清〕刘濬:《杜诗集评》卷三引,清嘉庆九年藜照堂刻本。

用史法,则相感不在永言和声之中,诗道废矣。"① 而碑志体又讲究用语凝重典奥,这也使《八哀诗》语言风格整体上偏于古奥典雅而清新自然不足。如《赠秘书监江夏李公邕》之"丰屋珊瑚钩,麒麟织成罽。紫骝随剑几,义取无虚岁。分宅脱骖间,感激怀未济。……荣枯走不暇,星驾无安税。几分汉庭竹,凤拥文侯彗。终悲洛阳狱,事近小臣毙",用事典赡,而终欠灵动。刘克庄亦曾谓:"《八哀》诗中,如郑、苏二首,非无可说,但每篇多芜辞累句,或为韵所拘,殊欠条鬯,不如《饮中八仙》之警策。盖《八仙歌》,每人只三四句,《八哀》诗,或累押二三十韵,以此知繁不如简,虽大手笔亦然。"② 其实,这里还不仅是繁简的问题,关键在于以碑志语为诗,不免造成诗语典重板滞之弊。

无论是传状还是碑志,一般皆以叙事为特色,作者的主观情感应尽量藏而不露。但是,《八哀诗》叙八公事迹,乃以诗作志,而诗歌体式的特点,又使作者不能不在其中表现对八公之情感。"八哀"以"哀"名题,本身就体现了作者主伤悼的情感基调。不仅如此,作者写《八哀诗》,也还隐然有融入自身身世之感在内,故其对所传人物之事迹,多有从自己感受认知出发的特殊剪裁。浦起龙在分析《故右仆射相国张公九龄》一诗不写张九龄早识禄山一节时曾说:"此篇为《八哀》之殿,须融汇老杜一生心迹看。识更卓,意更微,自来罕有窥测者……直借曲江作我前身。因而序中特许为'贤',诗中特略其彰彰事迹。专以忧谗寄兴,为一篇宗旨。此又寓怀之微意也。太史公作《史记》,杜公作诗,都是借题抒写。彼曰'成一家之言',此曰'自我一家则',意在斯乎。论者徒观曲江本传,以为能识禄山反相,乃一

---

① 〔明〕王夫之著,李中华、李利民校点:《古诗评选》卷四,上海古籍出版社,2011 年,第 139 页。

② 〔唐〕杜甫著,〔清〕仇兆鳌注:《杜诗详注》卷一六引,中华书局,1979 年,第 1414 页。

生大节,讥此诗不免挂漏。不知'伤时盗贼'之意,已发露于王、李两篇。此篇本旨,不属乎此。"①其实不惟写张九龄一篇如此,写严武也是这样。严武镇蜀,破吐蕃,收盐川,为当时第一功,而诗中未叙,却于严武承命赴灵武谒肃宗事特别著笔,自是别有意味在。清人杨伦即指出:"镇蜀为严公一生事业,且知己之感存焉。至扈从赞议事,本可简笔带过,以公于是时亦自陷贼谒上凤翔,触着当时情景,故不觉言之详耳。"②

　　杜甫一生的诗歌创作,都在继承传统的基础上不断创新,而夔州时期是杜甫晚年于诗歌艺术臻于极诣的阶段,其创新意识也更为自觉。《秋兴八首》与《八哀诗》既分别是七律组诗与五古组诗的精心结撰之作,当然也应该是其创新诗歌体式与艺术表现的重要成果。前者将七律的艺术表现功能发展到了极致,显然是七律艺术创新的巨大成功,故受到了人们的高度评价与推崇;而《八哀诗》则是他融合碑、传二体来拓展五古艺术表现的一种新尝试,只是由于未能使不同体式间的融合达致尽美尽善之境,不免使人稍有缺憾之感。《秋兴八首》或可以受"千秋之绝调""天地之至文"之美誉,而《八哀诗》之"自我一家则",则因这种缺憾,未能成为后世诗家普遍所许之"诗家之通则"。尽管如此,杜甫于诗歌艺术追求上所显示的探索与创新精神,毫无疑问是值得人们永远尊敬的。

作者系西北大学文学院教授

原刊《复旦学报(社会科学版)》2022 年第 2 期

---

①〔清〕浦起龙:《读杜心解》卷一,中华书局,1961 年,第 158—159 页。
②〔清〕杨伦:《杜诗镜铨》卷一四,上海古籍出版社,2019 年,第 680 页。

白居易忠州诗文与刘禹锡夔州诗文之比较

熊 笃

白居易和刘禹锡是中唐同年(772)出生的两位著名诗人,都曾贬谪巴渝任刺史,白于元和十四年三月至十五年初夏(819—820)在忠州,刘于长庆二年正月至四年秋(822—824)在夔州。白忠州存诗113首(含来去峡江5首),散文6篇①;刘夔州存诗49首,散文13篇②。后两人先后都任过苏州刺史,连同韦应物被吴人并列为苏州三贤堂奉祀;晚年白、刘又同以太子宾客分司东都(白后升为太子少傅)。本文拟比较二人巴渝时期诗文之异同,并从中探索两人在逆境中的人生态度、性格心态和胸襟气度上所存在的差异。

---

① 〔唐〕白居易:《白氏长庆集》卷一一、一七、一八,《景印文渊阁四库全书》第1080册,台湾商务印书馆,1986年;又陈贻焮主编:《增订注释全唐诗》第三册卷四二三、四二九、四三〇、四三一,文化艺术出版社,2001年。下文所引与统计白诗文均自此二书。

② 〔唐〕刘禹锡著,瞿蜕园笺证:《刘禹锡集笺证》卷四、九、一四、二〇—二一、二五—三〇,外集卷一、五、六、八,上海古籍出版社,1989年。下文所引与统计刘诗文均自此书。

一、同赴荒州,情绪判然:白厌恶而颇沮丧, 刘从容而感新鲜

　　白居易赴忠州途经瞿塘峡作《初入峡有感》,写"瞿塘呀直泻,滟滪屹中峙。……大石如刀剑,小石如牙齿"等险峻之后云:"一跌无完舟,吾生系于此。……常恐不才身,复作无名死。"《夜入瞿塘峡》又云:"逆风惊浪起,拔筈暗船来。欲识愁多少,高于滟滪堆。"《自江州至忠州》云:"今来转深僻,穷峡巅山下。……巴人类猿狖,矍铄满山野。敢望见交亲?喜逢似人者。"《初到忠州赠李六》云:"吏人生梗都如鹿,市井疏芜只抵村。……更无平地堪行处,虚受朱轮五马恩。"峡江的险山恶水已使他惊恐万分,生怕淹死,而满山遍野的土著巴人,在他眼里像一群惊视的猿猴,根本不"似人者";忠州的衙吏呆板得像笨鹿。其对此地的厌恶、鄙视、失望、沮丧之情,已溢于言表。

　　而刘禹锡来夔州途中所作的《松滋渡望峡中》云:"渡头轻雨洒寒梅,云际溶溶雪水来。梦渚草长迷楚望,夷陵土黑有秦灰。巴人泪应猿声落,蜀客船从鸟道回。十二碧峰何处所,永安宫外是荒台。"描写出春寒料峭中傲雪寒梅、轻雨雪水、云梦泽州渚的春草,联想起白起攻郢都、烧夷陵黑灰化成的黑土,以及三峡的猿声、鸟道、十二峰、永安宫等景观,虽也写了荒凉艰苦,但并无个人得失的牢骚。王夫之《唐诗评选》谓此诗"笔力高秀,卓绝古今"[1]。又《始至云安寄兵部韩侍郎中书白舍人二公近曾远守故有属焉》写其对夔州的第一印象:

---

① 〔明〕王夫之评选,王学太校点:《唐诗评选》,文化艺术出版社,1997年,第99页。

天外巴子国,山头白帝城。波清蜀栋(株)尽,云散楚台倾。迅濑下哮吼,两岸势争衡。阴风鬼神过,暴雨蛟龙生。硖断见孤邑,江流照飞甍。蛮军击严鼓,笮马引双旌。望阙遥拜舞,分庭备将迎。铜符一以合,文墨纷来萦。暮色四山起,愁猿数处声。重关群吏散,静室寒灯明。……

云安,即夔州,天宝曾改称云安郡。韩、白,指韩愈、白居易。描写的是夔州山川的雄奇险峭,守军的威严整肃,毫无厌恶之情;后四句意象悲壮,且只在"愁猿""寒灯"景中含敛隐露。与白居易对忠州、巴人厌恶鄙视之情迥异。

白居易忠州诗中,用感伤的字词如:愁、愁杀、愁牵、愁色、破愁、抛愁、恨、苦、忧、哭、断肠、伤心、伤嗟、忧恼、懊恼、憔悴、寂寥、怨咽、心灰、鬓雪、鬓霜、白头、老、病、悲、忧悲、惆怅、可怜、消沉、怏怏、笼禽、牢笼、浮生若梦等类,达74处之多。且多为个人的得失荣辱而发,并非为国事时事而忧。其心情戚戚、消沉就可想而知了。相反,刘禹锡在夔州比白在忠州时间长得多,但刘的夔州诗中却很少有这类感伤词语,只有"愁猿""莫道专城管云雨,其如心似不燃灰""日暮江头闻竹枝,南人行乐北人悲"寥寥几处。

二、均关心民生,白仅限于州治, 刘还关注天下利病

白居易在忠州虽心情恶劣,但作为州官,他还是很关心民生,为地方做了不少好事的。其主要举措:一是劝农均赋,省事宽刑。如《东坡种花》其二,叙述挖沟引水、培土灌溉之后说:"养树既如此,养民亦何殊?将欲茂枝叶,必先救根株。云何救根株?劝农均赋租。

云何茂枝叶？省事宽刑书。移此为郡政，庶几疲俗苏。"以养树喻养民，使民休养生息。二是开山修路，莳花造林，以美化环境。如《代州民问》："龙昌寺底开山路，巴子台前种柳林。官职家乡都忘却，谁人会得使君心？"《种桃杏》说："忠州且作三年计，种杏栽桃拟待花。"甚至自己花钱买树种，常带童仆在东坡栽花种树："持钱买花树，城东坡上栽。但购有花者，不限桃杏梅。……巴俗不爱花，竟春无人来。唯此醉太守，尽日不能回。"（《东坡种花》其一）又大量栽种柳树："野性爱栽植，植柳水中坻。……无根亦可活，成阴况非迟。"（《东溪种柳》）又在庭前种荔枝，感叹道："十年结子知何在，自向庭中种荔枝。"（《种荔枝》）忠州本盛产荔枝，诗人曾两次寄荔枝与万州刺史杨归厚，还专门请人画图，亲作《荔枝图序》。三是接近民众，与民同乐。如《郡中春宴因赠诸客》云："薰草席铺座，藤枝酒注樽。中庭无平地，高下随所陈。蛮鼓声坎坎，巴女舞蹲蹲。使君居上头，掩口语众宾。勿笑风俗陋，勿欺官府贫。蜂巢与蚁穴，随分有君臣。"从刚到忠州与民众有隔膜到后来与民众打成一片了。此外他还赠送孤身老人棉衣（见《赠康叟》）。以上三点是白居易"兼济忠州"的具体表现。

但有的论者引白《贺上尊号后大赦天下表》中"命黜陟而别能否，开谏议而策贤良""蠲免赋租，收拔淹滞"等句，说这是白"恳求皇上""任人唯贤"，"还要广泛听取民众意见"，提出"蠲免赋租"的"建议"云云①。这完全是论者的误读。所谓"命黜陟""开谏议""蠲免赋租"等语，都是白对宪宗即位以来政绩的歌颂，都是"过去时"，而非什么"恳求皇上""提出建议"的"现在时"；而且"开谏议"意指宪宗虚心采纳臣下意见，并非什么"广泛听取民众意见"。事实上，

---

① 吴应发：《白居易在忠州》，《写作学习》，1986年（内刊）；袁代奎：《白居易忠州功德考略》《白居易与忠州》，忠县政协编印，1993年（内刊）。

唐宪宗十分刚愎自用,白的歌颂有夸大失实之处。当然这类贺表乃是例行公事的官样文章,谀辞难免,但这是歌颂,绝不是什么"建议"。

刘禹锡在《夔州奏记丞相府论学事》一文中,先举出"贞观中增筑学舍千二百区,生徒三千余人。时外夷上疏,请遣子弟入附于三雍者五国",再指出"今之胶庠不闻弦歌,而室庐圮废,生徒衰少。非学官不能振举也,病无赀财以给其用"。然后引《礼记》说明春祭孔子只限于朝廷学宫,而现在却泛滥于"四海郡县",认为"其礼不应于古,且非孔子意也"。批评这是唐高宗时许敬宗和玄宗时李林甫二人奏议乱搞的。作者核算说,仅夔州四县每年祭孔就费钱十六万多,"举天下之郡县,当千七百不啻,羁縻者不在数中。凡岁中所出于经费过四千万,适资三献官饰衣裳饱妻子而已,于尚学之道无有补焉"。建议废除州县祭孔制度,将这笔开支"半附益所隶州,使增学校,其半率归国库,犹不下万计。筑学室,备器用,丰饔食,增掌固以备使令"。刘禹锡在朗州时曾以唯物论立场作《天论》《因论》等哲学论文,故其对天下利病具有宏观性的远见卓识,且对历代典章制度了如指掌。他参加过永贞革新,曾任度支员外郎,又屡任地方官,故对财政收支靡费情况十分熟悉,计算也很周详。这篇针对天下文教弊端的奏记,有理有据,发前贤时人之所未发,很有真知灼见,也是唐代教育史不可多得的珍贵文献。可惜宰相杜元颖、王播、李逢吉、牛僧孺等人均未能采纳。

此外他还有两篇《夔州论利害表》:"谨准敕上利害论当州公务,且各具状以闻。""伏以华夏不同,土宜各异。详求利病,谨具奏闻。"可惜这两篇"别状"文本失传,难知其具体内容,但可以肯定是关于因地制宜治理夔州的方略。又长庆四年二月,唐敬宗即位大赦天下,刘在《贺赦表》中盛赞"止进献""已责逋"(停止追欠赋税)、"涤凤瑕"(清除以往弊政)、"归嫔嫱"(释放宫女)、"放鹰犬""菲食遵夏禹之规,弋绨法汉文之俭"(衣食节俭)。总之刘禹锡虽连谪朗、连、夔等边荒之地,却始终心系天下利病,谏诤建言从未消沉。较白居易只对本州做些善事,而对天下利病缄口不言,刘禹锡的政治态度明显更为积极上进。

三、同是登临写景,白诗但写个人感伤嗟怨,刘诗却抛开个人私念,昂扬向上

　　忠州、夔州唐代均有不少历史名胜古迹,忠州有禹庙、巴王台、无名阙(又名屈原塔)、严颜碑、龙兴寺、陆宣公墓等。杜甫路过忠州仅留数日,尚写有《禹庙》《龙兴寺题壁》;苏轼过忠州也写过《屈原塔诗》《严颜碑诗》;陆游过忠州也留下《禹庙》《龙兴寺吊少陵先生寓居》。战国时巴国蔓子、东汉严颜皆忠州人,前者存城刎颈[1],后者宁死不降[2],唐太宗贞观八年为表彰此郡忠义之士,特改临江郡为忠州[3]。故后代诗人多有诗咏之。奇怪的是白居易任忠州刺史所作113首诗中,对上述古迹贤人竟无一首诗凭吊。虽两登巴王台,却都只写个人乡愁。《登城东古台》说"不知何代物,疑是巴王台。……唯有故园念,时时东北来";《九日登巴台》云"今岁重阳日,萧条巴子台。旅鬓寻已白,乡书久不来",只字未涉巴王或巴蔓子事迹。《龙昌寺荷池》云:"冷碧新秋水,残红半破莲。从来寥落意,不似此池边。"《登龙昌上寺望江南山怀钱舍人》云:"忽似青龙阁,同望玉峰时。……

---

① 〔晋〕常璩撰,刘琳校注:《华阳国志校注》(修订版)卷一,巴蜀书社,1984年,第32页。
② 〔晋〕陈寿撰,陈乃乾校点:《三国志》卷三六,中华书局,1959年,第943页。
③ 〔宋〕欧阳修、宋祁:《新唐书》卷四〇,中华书局,1975年,第1029页。

六年不相见,况乃隔荣衰。"龙昌寺即巴台寺。青龙寺在长安,白氏自注:"昔常与钱舍人登青龙寺上方,同望蓝田山,各有绝句……"所谓"隔荣衰",指钱徽时任中书舍人,而自己却贬荒州,故一荣一衰。对量移此地充满牢骚忧戚,只望早日调回京城。这类情感在其诗中甚多,正如其《遣怀》中所云:"我今无所求,庶离忧悲域。"《不二门》中说:"至今金阙籍,名姓独遗漏。……行藏事两失,忧恼心交斗。"他在忠州心情之恶劣、消沉,可以说是一生之最,比在江州更甚。故禹庙、巴蔓子、严颜、杜甫等前贤,已丝毫激不起他的诗情;就连十几年前才贬死忠州的贤相陆贽,在忠州有陆宣公墓,他也无一诗凭吊过。其忠州诗中虽不乏写景诗,但多数也是触景生悲生厌。如《和行简望郡南山》:"试听肠断巴猿叫,早晚骊山有此声。"《西楼夜》:"年光东流水,生计南枝鸟。"《阴雨》:"望阙云遮眼,思乡雨滴心。"《东城寻春》:"老色日上面,欢情日去心。……东城春欲老,勉强一来寻。"《郊下》:"兀兀长如此,何许似专诚。"《东亭闲望》:"东亭尽日坐,谁伴寂寥身。"但当他调离忠州,回京任司门员外郎时,因心情欢喜,故在《自蜀江至洞庭湖口有感而作》中,终于写出昂扬的气势,高歌大禹的功绩:"不尔民为鱼,大哉禹之绩。……安得禹复生,为唐水官伯。手提倚天剑,重来亲指画。"这种情调是忠州诗所没有的。

　　刘禹锡却不同,唐代夔州也并不比忠州好到哪里,但其夔州诗中却几乎未涉及个人处境,未发牢骚。他的登临怀古诗中,或蕴含着耐人寻味的理趣,或寄托了借古讽今的史识。前者如《巫山神女庙》:"巫山十二郁苍苍,片石亭亭号女郎。晓雾乍开疑卷幔,山花欲谢似残妆。星河好夜闻清佩,云雨归时带异香。何事神仙九天上,人间来就楚襄王。"前六句写景,移情入景,温馨浪漫,结尾别出机杼,认为九天仙女那么高尚圣洁,怎么会到人间来低就昏庸无能的楚襄王呢? 其中使人联想到良禽择木、贤士择主的理趣。后者如《蜀先主庙》:"天地英雄气,千秋尚凛然。势分三足鼎,业复五铢钱。得相能开国,生儿不象贤。凄凉蜀故妓,来舞魏宫前。"前五句歌颂刘备恢复汉室的英雄帝业和得孔明辅佐的风云际会。"生儿不象贤"指刘禅,实暗讽唐穆宗和刘禅一样昏庸无能,只知游猎骊山,禁中踢球,28岁就受惊中风,不能履地。大病缠身犹不知摄生,又妄用金石之药[①],致使三十而亡。结二句用典:刘禅降晋,封安乐县公,司马炎宴请之,使蜀故妓歌舞,旁人感怆,而禅独嘻笑自若,乐不思蜀[②]。此外,《八阵图》表现了诗人对诸葛亮"神机"的歌颂、智慧的崇敬。写景诗如《松滋渡望峡中》《秋江晚泊》《鱼复江中》《和东川王相公新涨驿池八韵》等,都是胸怀开朗之作,不以个人得失为念。

四、同写民俗诗和竹枝词:白诗含怨,寄主体悲情;刘诗赞赏,重客体描写

　　忠、夔二州皆巴人同俗,如种地皆畲田刀耕火种,民间文艺皆流行演唱竹枝歌。刘、白诗中对此都有描写,然审美角度、表现情感都大相径庭:白诗在描写中总是感伤自己的遭遇和寄寓乡愁,竹枝词则用第三人称;刘诗则重客体描写,多写民众的欢乐,竹枝词则多用第一人称的代言体。如同写畲田耕种,白诗中没有专门写畲田的,只在《初到忠州登东楼寄万州杨八使君》诗中顺带写了几句:"山束邑居窄,峡牵气候偏。林峦少平地,雾雨多阴天。隐隐煮盐火,漠漠烧畲烟。……水梗漂万里,笼禽囚五年。"刘禹锡却有一首《畲田行》诗:

①〔宋〕司马光编著,〔元〕胡三省音注:《资治通鉴》卷二四二、二四三,中华书局,1956年,第7822、7830页。
②〔晋〕习凿齿著,〔清〕汤球辑:《汉晋春秋辑本》卷二,王五云主编《丛书集成初编》,商务印书馆,1936年,第33页。

> 何处好畲田,团团缦山腹。钻龟得雨卦,上山烧卧木。惊麏
> 走且顾,群雉声咿喔。红焰远成霞,轻煤飞入郭。风引上高岑,
> 猎猎度青林。青林望靡靡,赤光低复起。照潭出老蛟,爆竹惊山
> 鬼。夜色不见山,孤明星汉间。如星复如月,俱逐晓风灭。本从
> 敲石光,遂至烘天热。下种暖灰中,乘阳拆牙蘖。苍苍一雨后,苕
> 颖如云发。巴人拱手吟,耕耨不关心。由来得地势,径寸有余金。

诗写烧荒之烈焰张天、麏惊雉飞的壮观和夜间火光照天、如星如月的
神奇景象。从"晓风"句可见作者通宵无眠,与烧畲农民一起待到天
明,被此场面深深吸引。刀耕火种虽较落后,但刘禹锡历来主张"夷
夏异法""因俗便安",故毫无鄙视之意,反而满怀热情。末四句对此
事半功倍、因地制宜之法表示赞赏。

白诗《和万州杨使君四绝句》其一《竞渡》写当地民俗活动:

> 竞渡相传为汨罗,不能止遏意无他。自经放逐来憔悴,能校
> 灵均死几多。

写端午赛龙舟,末二句感叹历来被放逐的人无不憔悴,但没有几个能
像屈原那样投江死去的。其中自然也隐含诗人自己的共鸣。

同写民俗活动,刘诗《踏歌词四首》其一、其二却不写自己,而写
民众的欢乐情景:

> 春江月出大堤平,堤上女郎连袂行。唱尽新词欢不见,红霞
> 映树鹧鸪鸣。
> 桃蹊柳陌好经过,灯下妆成月下歌。为是襄阳故宫地,至今
> 犹自细腰多。

两首皆写夔州女郎春夜在月下大堤、桃蹊柳陌连袂欢歌的情景。"欢不见",当地女子称相爱之郎为"欢"。"细腰",是用《墨子·兼爱》中楚灵王好细腰典故,赞美夔州女子苗条轻盈之美。虽写客体,但也洋溢着诗人的赞赏喜悦之情。

川东峡江是竹枝词的发祥地,白、刘又是最早将民间竹枝词加工提高的两位作家。刘有竹枝词 11 首。白有《竹枝词四首》,是以第三人称写的,情调凄清抑郁,如前二首:

> 瞿唐峡口水烟低,白帝城头月向西。唱到竹枝声咽处,寒猿暗鸟一时啼。
>
> 竹枝苦怨怨何人,夜静山空歇又闻。蛮儿巴女齐声唱,愁杀江楼病使君。

此外还有《听竹枝赠李侍御》云:"巴童巫女竹枝歌,懊恼何人怨咽多。暂听遣君犹怅望,长闻教我复如何!"他无论写竹枝还是听竹枝,都是幽咽苦怨的情调,是因诗人主体满腹忧愁因而发生共鸣。事实上,竹枝词也有欢乐的情调,但因诗人心情不快,故难发生共鸣,也就没有写。正如《礼记·乐记》所说:"乐者,音之所由生也。其本在人心之感于物也。是故其哀心感者,其声噍以杀;其乐心感者,其声啴以缓……"① 故同是竹枝词,刘禹锡是以"乐心感者",故不焦戚急杀,而是宽绰舒缓,热烈向上,题材也宽广得多。如《竹枝词二首》其一和《竹枝词九首》中其二、其五、其七、其九:

---

① 〔清〕孙希旦撰,沈啸寰、王星贤点校:《礼记集解》卷三七,中华书局,1989年,第 976—977 页。

　　杨柳青青江水平,闻郎江上踏歌声。东边日出西边雨,道是无晴却有晴。

　　山桃红花满上头,蜀江春水拍山流。花红易衰似郎意,水流无限是侬愁。

　　两岸山花似雪开,家家春酒满银杯。昭君坊中多女伴,永安宫外踏青来。

　　瞿唐嘈嘈十二滩,人言道路古来难。长恨人心不如水,等闲平地起波澜。

　　山上层层桃李花,云间烟火是人家。银钏金钗来负水,长刀短笠去烧畲。

　　前两首皆写爱情纠葛中女子的微妙心态,完全用第一人称,为女子代言。这是因为诗人把自我融入了演唱者之中,仿佛已是民众中的一员了,因而倍感亲切。第三首写春暖踏青,热烈欢快。第四首写滩陡浪险以比人心,充满理趣。末首写夔州女子主外的生产劳动习俗。

五、同是赠答、悼友,白诗多牢骚而萎靡不振,
　　刘诗多激扬而奋发劝勉

　　白、刘二人在忠、夔期间的诗作,均以同友人赠答、送别、悼友一类居多。白有 36 首,约占忠州诗的三分之一;刘有 23 首,占夔州诗的近二分之一。白诗如《南宾郡斋即事寄杨万州》:"山上巴子城,山下巴江水。中有穷独人,强名为刺史。时时窃自哂,刺史岂如是? 仓粟喂家人,黄缣裹妻子。莓苔翳冠带,雾雨霾楼雉。"自注:"忠州,刺史以下,悉以畲田给禄食,以黄绢支给充俸。"写自己穷愁寒酸,哪像

个刺史,充满牢骚愤懑。《题郡中荔枝诗十八韵兼寄万州杨八使君》"已教生暑月,又使阻遐方。……不得充王赋,无由寄帝乡",隐喻自己如美味荔枝被弃边荒,不为朝廷所用。他多次把任忠州喻为"入笼鹤",如《寄王质夫》云:"君作出山云,我为入笼鹤。笼深鹤残悴,山远云漂泊。"《答杨使君登楼见忆》:"各是笼禽作使君。"《京使回累得南省诸公书因以长句诗寄……杨十二员外》首称自己是"雪压泥埋未死身",结句"瘴乡得老犹为幸,岂敢伤嗟白发新",明显是反语牢骚。《即事寄微之》云:"畬田涩米不耕锄,旱地荒园少菜蔬。……衣缝纰颣黄丝绢,饭下腥咸白小鱼。"抱怨吃涩米腥咸小鱼,穿有疙瘩、瑕疵的黄绢。《酬严中丞晚眺黔江见寄》云:"江水三回曲,愁人两地情。……临流有新恨,照见白须生。"《江上送客》:"杜鹃声似哭,湘竹斑如血。"悼友诗《哭诸故人因寄元八》:"昨日哭寝门,今日哭寝门。……我今头半白,焉得身久存?"悲哀而近绝望。

　　刘的赠答诗多为激扬劝勉、奋发向上的情怀,极少涉及个人的穷愁处境。如《酬杨八副使将赴湖南途中见寄一绝》:"知逐征南冠楚材,远劳书信到阳台。明朝若上君山上,一道巴江自此来。"首句比杨敬之为征南大将军杜预,末二句写得雄壮,寄望后会有期。《送义舟师却还黔南》结云:"常说摩围似灵鹫,却将山屐上丹梯。"鼓励沙门义舟在佛学道路上攀登高峰,直至佛祖说法的灵鹫山顶。《送张盥赴举》《送裴处士应制举》也总激励后进:"火后见琼璜,霜余识松筠。""由来草泽无忌讳,努力满挽当云衢。"《送鸿举师游江西》为对方介绍了江南名胜和社友之后说:"与师相见便谈空,想得高斋狮子吼。"用《楞严经》"我于佛前助佛转轮,因狮子吼成阿罗汉"典故,祝愿其修成正果。其他如《寄唐州杨八归厚》《别夔州官吏》也都写得昂扬乐观。《寄朗州温右史曹长》云:

暂别瑶墀鸳鹭行，彩旗双引到沅湘。城边流水桃花过，帘外春风杜若香。史笔枉将书纸尾，朝缨不称濯沧浪。云台功业家声在，征诏何时出建章？

朗州曾是刘禹锡当年贬谪过的蛮荒之地，而他对温造由起居舍人贬朗州刺史却通篇充满昂扬向上的慰勉，不发一句个人处境的牢骚。这种乐观向上的寄赠情调，在白诗中很难找到一首；而在刘诗中却率皆如此，只有《酬杨司业巨源见寄》末联"莫道专诚管云雨，其如心似不燃灰"是唯一一例外，尚且是针对对方诗所作的自我调侃而已。

刘有《伤愚溪三首》是悼念已死三年的战友柳宗元的。诗前《引》云："有僧游零陵，告余曰：愚溪不复曩日矣。一闻僧言，悲不自胜，遂以所闻为七言以寄恨。"这是刘夔州时唯一的悼友诗：

溪水悠悠春自来，草堂无主燕飞回。隔帘惟见中庭草，一树山榴依旧开。

草圣数行留坏壁，木奴千树属邻家。唯见里门通德榜，残阳寂寞出樵车。

柳门竹巷依依在，野草青苔日日多。纵有邻人解吹笛，山阳旧侣更谁过。

第一首写柳宅虽已荒凉，但主人虽死而精神长存。第二首写柳草书留壁，所种果树草药而今已属别人。"通德榜"用《后汉书·孔融传》典：孔为纪念郑玄，广开门衢，令容高车，喻柳生前受人景仰、车马盈门的盛况，而今只有樵车通行，以吊昔盛今衰。第三首末二句用向秀《思旧赋》典：向秀过嵇康庐，闻邻人吹笛诱发思友之情而作赋。嵇康、吕安均因钟会诬陷而被司马昭杀害，寄寓了诗人为柳之含冤而死鸣不平；末句谓嵇康死后尚有至友向秀过而吊念，而柳之至友即作者想去吊念却不能啊！

　　白、刘的悼友诗对挚友都写得真诚痛切，笃于友情。但白诗是直说无余，并无寄托；刘诗则写景起兴，用典隐喻，含蓄不露，意在言外。有论者认为白《哭王质夫》中"江南有毒蟒，江北有妖狐。皆享千年寿，多于王质夫"这四句是"直指当时盘踞在江南、江北的剧镇强藩和贪官污吏"[1]，未免牵强附会，强求微言大义；果真如此，藩镇和贪官能活"千年寿"吗？白居易断不会作这种极不贴切的讽喻吧！况且白忠州诗既无讽喻时政之作，王质夫之死乃病故，又与藩镇贪官何涉？

六、总体比较逆境中的胸襟气节：白软弱
多伤个人荣辱，刘豁达而见坚韧顽强

　　综上所述，白、刘在忠、夔二州，虽只是他们一生创作的短暂时期，但却可以管窥其贬谪中的不同性格和胸襟气度。白元和十年十月贬江州至十五年离忠州，两任不足 5 年；刘贬朗州、连州、夔州三任共 17 年，是白的三倍多，比白所受打击之重、所贬边荒之远更甚。然而，白从此一蹶不振，思想消沉，诗中多发个人荣辱得失的牢骚；刘却坚韧而又豁达，故能乐观从容，诗中多昂扬向上的激情。这种区别，并不只限于忠、夔期间，而是在此前后一直存在的。白在赴江州路上《舟行阻风寄李十一舍人》中云："且愁江郡何时到，敢望京都几岁还。"到江州后即使鸟语花香，也触景生愁，听鹧鸪叫就"梦乡迁客

---

[1] 吴应发：《白居易在忠州》，《写作学习》，1986 年（内刊）；袁代奎：《白居易忠州功德考略》，《白居易与忠州》，忠县政协编印，1993 年（内刊）。

展转卧,抱儿寡妇彷徨立"(《山鹧鸪》);听雁声就感伤"人鸟虽殊同是客,见此客鸟伤客人"(《放旅雁》);又自比庐山桂、溢江竹、白莲等,伤其"贞劲秀异"却命运不好,任人砍伐焚烧,招人白眼,喟叹"予憎其不生于北土也"(《浔阳三题并序》)。借凭吊李白而自伤:"但是诗人多薄命,就中沦落不过君。"(《李白墓》)即使艳阳春景,也是"不道江南春不好,年年衰病减心情"(《南湖早春》)。在《东南行一百韵寄通州元九侍御……》中,述江州饥寒穷愁:"防瘴和残药,迎寒补旧襦。书床鸣蟋蟀,琴匣网蜘蛛。贫室如悬磬,端忧剧守株。时遭人指点,数被鬼揶揄。……女惊朝不起,妻怪夜长吁。……壮志因愁减,衰容与病俱。"因此"若不坐禅销妄想,即须行醉放狂歌"(《强酒》),"面上减除忧喜色,胸中销尽是非心。妻儿不问唯耽酒,冠盖皆慵只抱琴。长笑灵均不知命,江蓠丛畔苦悲吟"(《咏怀》),"空门不去欲何之"(《自题》),"身似浮云心似灰"(《赠韦炼师》)。

相比之下,刘的胸襟态度要积极开朗得多。在贬朗州9年中,他以辛辣的笔触写了《聚蚊谣》《飞鸢操》《百舌吟》《昏镜词》《有獭吟》《鸲鹆吟》等寓言诗,给镇压永贞革新的政敌以有力的讽刺还击,表现出不妥协的斗争精神。《砥石赋》说:"既赋形而终用,一蒙垢焉何耻!感利钝之有时兮,寄雄心于睊视。"虽处逆境,仍不坠青云之志,充满自信。《秋词二首》其二云:"自古逢秋悲寂寥,我言秋日胜春朝。晴空一鹤排云上,便引诗情到碧霄。"一反前人悲秋为欢秋,是何等雄豪!他还撰写出《天论》《救沉志》等哲学政治论文,不信天命,强调人事;主张对善人"不救不祥",对恶人"不去亦不祥",蕴含着对永贞革新失败教训的深沉总结。在连州他写了赞美农民劳动的《插田歌》和写景诗《海阳十咏》《连州腊日观莫徭猎西山》,皆热情豪放之作。无论在朗州还是连州,他始终关怀国事。如朗州的《武陵抒怀五十韵》,连州的《平蔡州》三首、《平齐行》三首,翁方纲《石洲诗话》盛称其为"造老杜诗史之地位"。赴和州途中写的《西塞山怀古》，也是针对河北三镇复叛再次割据有感而发提出的讽喻和警告。直到和州任后，宝历二年（826）回洛阳途中在扬州与白居易相逢时，刘虽已屡经贬谪，却仍发出"沉舟侧畔千帆过，病树前头万木春"（《酬乐天扬州初逢见赠》）的豪壮强音，对比白居易原诗中"举眼风光长寂寞，满朝官职独蹉跎"（《醉赠刘二十八使君》）的个人荣辱得失，其胸襟气度真是不可同日而语了。总之，从白、刘贬谪各地的创作总体来看，刘作的思想价值都远远高出于白作之上，并不仅限于忠、夔时期如此。

作者系重庆工商大学文学与新闻学院教授
原刊《重庆师范大学学报（哲学社会科学版）》
2011 年第 3 期

论刘禹锡谪守夔州期间的诗歌创作

肖瑞峰

一

元和十四年（819），时任连州刺史的刘禹锡因母亲逝世返回故乡洛阳"丁忧"（守丧）。元和十五年（820）正月，唐宪宗为宦官陈弘志所弑。变故骤起之际，穆宗李恒得以即位，次年改年号为长庆。为了巩固自己的统治根基，穆宗登基后，必然要依循历代封建帝王的惯例，进行政治利益格局的调整和权力的再分配。他与永贞党人历史上夙无恩怨，现实中也没有直接的利害关系，因此不可能像宪宗那样对他们采取绝不姑息的敌视态度。而朝廷内部的主要矛盾此时业已演变为朝官与宦官、牛党与李党的斗争。时过境迁，"永贞革新"已不再是十分敏感、人人忌讳的话题。长庆元年（821）冬，已能初步掌控政局的穆宗任命行将丁忧期满的刘禹锡为夔州（今重庆奉节）刺史。

赋闲已久的刘禹锡迅即由洛阳启程赴夔州就任。夔州雄踞长江上游，扼夔门之首，锁三峡之喉，地当要冲，形势险峻，在初盛唐时期本属下州；但到中唐时其地位有所擢升，已经"秩与上郡齿"① 了。因

---

① 〔唐〕刘禹锡著，瞿蜕园笺证：《刘禹锡集笺证》卷九《夔州刺史厅壁记》，上海古籍出版社，1989年，第214页。

此,转任夔州,或可谓"量移善地"。刘禹锡一度降至冰点的用世热情此时开始回暖与升温,尽管很快它又复归于低迷。

刘禹锡本具"烹大国若小鲜"的宰辅之才,又多年主政地方,熟谙治道。所以,处理夔州一地的公务,对于刘禹锡来说,自是游刃有余,无需耗费全部精力。这样,他就有较多的时间来从事文学创作。范摅《云溪友议·中山诲》条:

> 中山刘公曰:"顷在夔州,少逢宾客。纵有停舟相访,不可久留。而独吟曰:'巴人泪逐猿声落,蜀客舟从鸟道来。'"忽得京洛故人书题,对之零涕,又曰:"浮生谁至百年,倏尔衰暮,富贵穷愁,实其常分,胡为嗟惋焉!"[①]

可知刘禹锡此时虽不至闭门谢客,但待客的热情大减,他更喜欢的是独处与独吟,尤其是在他渐渐发现穆宗并非他心目中的"明主""贤君"之后。政治诉求的难以实现,使他更坚定地把诗歌当作心灵的栖居地,更执着地试图在诗歌创作的苑囿中多多耕耘、多多收获,以弥补在政治领域里无所作为的人生缺憾。

的确,诗歌可以为人们提供心灵的慰藉。当寂寞的灵魂在现实中感到孤独无依时,无妨把诗歌当作休憩的驿站。一旦契合于诗歌那高邈的意境,心灵就会得到安抚与安顿,宠辱不惊,陶然忘机,不再纠结于仕途的失意或其他种种人生的不快,至少在创作或吟咏的瞬间。刘禹锡早已体会到这一点,而此时的感受尤为深刻。在逶迤起伏的巴山深处,在绵延不绝的夜雨声中,他与诗歌至死不渝的情缘得到了固化与强化。

---

① 〔唐〕范摅:《云溪友议》卷中,古典文学出版社,1957年,第50页。

二

咏史怀古，是刘禹锡这一时期诗歌创作的重要题材之一。

咏史之名，起自东汉班固；但班固的《咏史》只是将"缇萦救父"的历史故事连缀成诗，因而被钟嵘《诗品》讥为"质木无文致"[①]，萧统《文选》亦弃而未录。其后王粲、曹植等人的咏史之作虽然不乏文采，却鲜有寄托。直至西晋左思，才跳出传统的窠臼，将一己情怀注入咏史诗中，开创了借咏史以咏怀的先河。

刘禹锡不仅在咏史与咏怀的结合上效法左思，而且继杜甫之后，将咏史诗导向"怀古""述古""览古""咏怀古迹"的方向，从历史胜迹和地方风物起笔来评论史事、抒发感慨，因而其取材更为广泛。同时，他还常常借古人之针砭，刺现实之痼疾；征前代之兴亡，示不远之殷鉴。这样，他对题材的发掘，也就较前人及时人更深一层。

且看他创作于夔州的《蜀先主庙》：

> 天下英雄气，千秋尚凛然。势分三足鼎，业复五铢钱。得相能开国，生儿不象贤。凄凉蜀故妓，来舞魏宫前。[②]

"蜀先主庙"，即蜀汉先主刘备庙，位于夔州境内。诗中通过鲜明的盛衰对比，将欲挽狂澜的热情与国势日颓的忧思交织在一起，抒发了深沉而又浓烈的兴亡之感。首联发唱警挺，气象雄浑。"天下英

---

① 〔南朝梁〕钟嵘著，曹旭集注：《诗品集注》，上海古籍出版社，1994年，第12页。

② 〔唐〕刘禹锡著，瞿蜕园笺证：《刘禹锡集笺证》卷二二，上海古籍出版社，1989年，第594页。

雄",暗用《三国志》所录曹操语"今天下英雄,唯使君与操耳"[①]。虽属用典,却不见用典痕迹。尤妙者乃在添一"气"字,使巍巍庙堂气象跃然纸上。而"天下"与"千秋"对举,又使时空皆得以拓展而变得浩浩无垠,刘备之"英雄气"也就随之而鼓荡于宇宙、磅礴于古今。如此开篇,笔力若有千钧。颔联盛赞刘备功业,将"英雄气"落到实处。刘备戎马半生,创业维艰,奠定三分,实非易事。"势分"句一笔概尽其间之曲折过程,积淀极为丰富,意蕴极为深广。"业复五铢钱",巧借钱币为喻,对刘备力图振兴汉室、统一中国的勃勃雄心深表欣羡与崇敬。两句各有出典,殊难牵合。但一经诗人运思,即铸为工对,颇具浑成自然之致。颈联感叹刘备虽得良相辅佐,成就帝业,却因生子不肖,功败垂成,以致最后江山易主,鹿死人手。语意一正一反、一扬一抑,不惟寄慨遥深,转接之妙,亦堪称赏。尾联藉歌舞场面之特写,承前指责刘禅不恤祖业、忘怀国耻、但求逸乐。字里行间,既渗透着嗟悼刘备事业后继无人之情,亦隐约可见慨叹唐王朝日薄西山、国势危殆、执政者昏庸无能、亲佞远贤之意,所谓"婉言寄讽"也。

　　联系这篇咏史怀古之作的现实创作背景,明眼人不难看出,诗中几乎不假掩饰地予以指斥的刘禅实际上是影射当时君临天下的唐穆宗。刘禹锡对穆宗的态度是有着前后的变化的;但变化的过程十分短暂,短暂到连刘禹锡自己也为之吃惊的地步。穆宗刚登基时,曾将包括刘禹锡在内的永贞党人量移至"善地",于是,一度使刘禹锡产生了朝政或将有所刷新、穆宗或将有所作为的错觉,随着贬谪生活的旷日持久而不断衰减的政治热情又开始上涨起来。正因为这样,他才会在《夔州谢上表》《夔州论利害第一表》《夔州论利害第二表》中

---

① 〔晋〕陈寿撰,陈乃乾校点:《三国志》卷三二,中华书局,1959年,第875页。

劝谏穆宗"照烛无私"[①]，开塞纳听。当然，劝谏的方式极其婉转与隐曲。因为饱经风霜的刘禹锡此时在政治运作上已相当成熟与老练，不会轻易涉险。这实际上相当于先试放出一只政治气球，来探触穆宗的政治底线。

但刘禹锡的苦心进谏就如同对牛弹琴，根本无法触动穆宗早已被酒精麻痹的神经。这之后，再也没有看到他采取任何试图改善朝政的动作，甚至再也没有表现出一丝一毫的励精图治的意愿。相反，不断传来的是有关他穷奢极欲的消息，过度的纵情声色，过早地损害了他的健康，使他不到而立之年就因"风眩"而卧床。病入膏肓而犹不知摄生，依然极度愚昧地把服食烈性的金石之药当作延年益寿的不二法门。因为一开始曾对他抱有希望，所以，刘禹锡后来的失望也就比常人更深一层了。

刘禹锡不能不表达他的失望。那么，如何表达？当然不能直抒胸臆、放言无忌，而只能托古讽今、婉言寄慨。于是，当地的名胜古迹"蜀先主庙"便成为他托讽的材料。诗的落点其实是"生儿不象贤"这一句。在刘禹锡心目中，贤与非贤，这是判别明主与昏君的试金石。"不象贤"，貌似发语轻淡，实则已对酷肖刘禅的穆宗彻底加以否定，将无法抑制的失望之情和盘托出。

另一值得注意的怀古咏史之作是《观八阵图》：

> 轩皇传上略，蜀相运神机。水落龙蛇出，沙平鹅鹳飞。波涛无动势，鳞介避余威。会有知兵者，临流指是非。[②]

---

① 〔唐〕刘禹锡著，瞿蜕园笺证：《刘禹锡集笺证》卷一四，上海古籍出版社，1989年，第358页、第373页、第375页。

② 〔唐〕刘禹锡著，瞿蜕园笺证：《刘禹锡集笺证》卷二二，上海古籍出版社，1989年，第595页。

　　"八阵图",指三国时蜀相诸葛亮创制的一种阵法。其遗址,史载有三处,其中一处即在夔州。兼具文韬武略的刘禹锡在治理夔州期间,自不免经常视察八阵图遗址,从中揣摩诸葛亮的军事思想和变幻莫测的用兵技巧。这首诗以"观八阵图"为题,着意突出一个"观"字,正折射出诗人时而远眺、时而近览、时而俯视、时而仰望的观察过程和观赏神态。全诗将历史传说与眼前景物杂糅起来,以虚实互幻、略带夸张的笔墨,将"龙蛇""鹅鹳""波涛""鳞介"等物象一一驱遣入阵,相互生发,相互激荡,各自张目,各自造势,从而渲染出八阵图的精妙,借以表达诗人对诸葛亮将略兵机的无限向往和景仰之情。然后再拉开历史的帷幕,走入现实的舞台,慨然以"知兵者"自命,表示有心踵武蜀相诸葛,指点江山,明断是非,建立煌煌功业。然而,现实又怎么可能给他排兵布阵的机会?充其量,刘禹锡只是在诗中一骋快想而已,这本身又是何等悲哀!

　　这一时期创作的咏史怀古之作还有《鱼复江中》和《巫山神女庙》。

　　相形之下,这两篇作品停留于咏怀古迹,而没有寄寓更多的现实感慨,所以显得不够深沉与厚重。《鱼复江中》说:

　　　　扁舟尽室贫相逐,白发藏冠镊更加。远水自澄终日绿,晴林长落过春花。客情浩荡逢乡语,诗意留连重物华。风樯好住贪程去,斜日青帘背酒家。①

　　"鱼复"为夔州旧名。八阵图遗址在鱼复江边,所以,后人习惯

――――――――

① 〔唐〕刘禹锡著,瞿蜕园笺证:《刘禹锡集笺证》外集卷八,上海古籍出版社,1989年,第1476页。

于称其为"鱼复八阵图"或"鱼复江八阵图"。或许已有《观八阵图》一诗吟咏诸葛不世功业的缘故，这首诗跳过历史传说，而仅就眼前景物加以铺陈。眼前景物的美好，又在很大程度上稀释了他的怀古之幽情。于是，全诗也就异化为毫无深意和新意的景物写生了。

《巫山神女庙》一诗亦以景物描写见长：

> 巫峰十二郁苍苍，片石亭亭号女郎。晓雾乍开疑卷幔，山花欲谢似残妆。星河好夜闻清佩，云雨归时带异香。何事神仙九天上，人间来就楚襄王。[1]

最早以巫山神女故事入咏的是南齐王融的《巫山高》，通篇想象在阳台山上与神女心神相会的情景。隋代李孝贞的《巫山高》也化用朝云暮雨的美丽传说，抒写阳台之上的感受。一个有趣的现象是，到此顶礼膜拜的文人墨客留下了浩如烟海的诗歌作品，却大多选择《巫山高》这一乐府旧题来驰骋才思，而且都表现出对传统的近乎偏执的依循，无一能跳出宋玉《高唐赋》《神女赋》之窠臼，翻来覆去，总是不脱巫山神女"朝云暮雨"之情境。出自唐代诗坛名家的作品亦复如此：

> 巫山望不极，望望下朝氛。莫辨啼猿树，徒看神女云。惊涛乱水脉，骤雨暗峰文。沾裳即此地，况复远思君。[2]
> 碧丛丛，高插天，大江翻澜神曳烟。楚魂寻梦风飔然，晓风

---

① 〔唐〕刘禹锡著，瞿蜕园笺证：《刘禹锡集笺证》外集卷八，上海古籍出版社，1989 年，第 1441 页。

② 〔唐〕卢照邻著，李云逸校注：《卢照邻集校注》卷二《巫山高》，中华书局，1998 年，第 91 页。

飞雨生苔钱。瑶姬一去一千年，丁香筇竹啼老猿。古祠近月蟾桂寒，椒花坠红湿云间。①

这两首同题之作，在遍布巫山神女庙的即兴题咏中已属上乘，却难称精品。卢诗沿用乐府旧题，却以五言律诗为载体，通观全篇，属对固然工切矣，韵律则多有未协。中间的写景状物和篇末的思君怀人也缺乏新意。"徒看神女云"一句更显得过于直白，了无余蕴。李诗保持着其固有的想象奇诡、遣词生冷、造句拗折、着色秾艳的风格特征，写作手法倒是不落俗套，把神女称作"瑶姬"也透出几分骨子里的俏皮，而意境的凄迷亦契合于历史传说的特定氛围；但除了炫示技巧外，作者并没有给读者提供更多的值得长久回味的东西。

和诸葛八阵图一样，巫山神女庙也是刘禹锡经常流连的当地名胜。据说，他曾细细阅览题刻于庙中的数千首诗歌，品其高下，鉴其优劣。出人意表的是，他独对沈佺期、王无竞、皇甫冉和李端四人的《巫山高》评价甚高，誉之为"绝唱"。这四首诗的共同特征是以宋玉的《高唐赋》作为形象思维的基点，紧扣楚怀王与神女的本事加以生发，但又不过多地粘着于那令人欣羡的艳遇本身，而将主要笔墨用于刻画景物和渲染环境氛围。这种刻画与渲染既深度切合眼前的独特风光，传写出景物的神韵和环境的特质，又处处照应优美动人的历史传说，带有浓重的感情色彩，这就难怪刘禹锡要对它们垂青了。

既然游览巫山神女庙的文人墨客几乎都要挥毫染翰，留下作品，刘禹锡自也不免技痒，何况闻见之间他确有所感？这就有了《巫山神女庙》一诗。他原本无意与前贤时彦竞技，但题于壁、刻于碑、书

---

① 〔唐〕李贺著，王琦评注：《三家评注李长吉歌诗》卷四《巫山高》，中华书局，1959年，第141—142页。

于廊的名篇佳作历历在目,不能不成为他写作时参照的标杆,而以其争强好胜的习性,当然不甘拾人牙慧、步人后尘。这就必须在命意谋篇、状物写景、遣词造句等方面有所创新、有所突破。刘禹锡同样从有关巫山神女的传说起笔,但其想象力和表现力都迥然拔乎侪类,达到匪夷所思的地步。仰望巫山十二峰,无不挺拔秀美,郁郁葱葱,何以唯独其中一片石头被人视为"神女"? 它究竟有什么不同寻常的灵异之处? 诗人便就此"片石"展开想象的翅膀,以一系列精妙而又贴切的比喻,点染出"神女"的绰约风姿:清晨雾霭散去,犹如神女在闺中卷起了洁白的罗帐;暮春时分即将凋谢的山花,则好似是神女尚未卸尽的残妆;在星月交辉、银汉灿烂的夜晚,仿佛能听见神女出行时环佩的清响;雨霁云收之后,依稀可以闻到神女归来时通体散发的异香。就中,"晓雾"二句尤见精工:不仅将眼前景物加以人格化,一一驱遣到以神女为主角的历史舞台上来,参演融合古今、穿越时空、打通神人的活剧,而且赋予其浓厚的浪漫和传奇色彩。其一似作者晚年创作的《和乐天春词依忆江南曲拍为句》词中的佳句:"弱柳从风疑举袂,丛兰裛露似沾巾。"[1]同样以细致入微的观察力和出人意表的想象力,生动地传写出景物之精神和人物之风韵。或许作者自己也视其为妙手偶得的神来之笔,所以后来才会重复这一取譬造句方式。走笔至此,虽然尚无一字正面描写神女,但神女清极丽绝的形象已呼之欲出。于是,诗人笔锋一转,以感慨作结:如此清丽不可方物的神女本当无视人世间的凡夫俗子,为什么要从"九天上"翩然降临,与楚襄王缔结一段巫山云雨之情呢? 这一故作不解的怅问,既多少带有戏谑成分,使情感旋律更趋活泼,又增加了作品的悬疑意味,留下

---

① 〔唐〕刘禹锡著,瞿蜕园笺证:《刘禹锡集笺证》外集卷四,上海古籍出版社,1989年,第1255页。

无穷余韵。同时,这还在一定程度上体现了诗人的好古、疑古精神。因此,看似漫不经心的一问,实际上凝聚了诗人覃思精微的匠心。

从总体上看,这首《巫山神女庙》诗主要以想象取胜,而想象本身则呈现出渐次提升、逐层推进的态势。开篇处明言号为女郎者乃"片石"也,点出吟咏的对象其实是"片石"而非"女郎",女郎不过用以形容片石而已。三、四句则已轻轻撇开片石,而仅就女郎来发挥奇妙的想象,将"晓雾""山花"想象成"卷幔""残妆",但仍着以"疑""似"二字,使意境介乎虚实之间。五、六句又推进一层,从听觉和嗅觉两方面为神女传神写照。依然是想象之词,不过已化虚为实,着力以环佩的清响和奇异的香味来淡化神女的虚幻色彩、强化她的现实属性。结尾二句更对其加以诘问,将神女峰完全人格化。诗人在历史与现实的交汇处拓展出一片充满诗性的空间,而让想象的翅膀尽情地遨游和回旋于其中,激荡起时隐时现的情感波澜,挥洒出令人寻味无尽的审美意象。在汗牛充栋的巫山神女诗中,刘禹锡此诗虽不能推许为翘楚之作,却绝对可以厕身于上乘之列,至少较之刘禹锡自己推崇的四篇作品毫不逊色。当然,和《鱼复江中》一样,这首诗因为无政治寄托和政治感慨,不可能达到《蜀先主庙》和《观八阵图》那样的思想高度、感情深度和语言力度,但在咏史怀古之作中,它亦足自备一格。

三

最能反映刘禹锡这一时期创作实绩的,是他在夔州独创(或曰首创)的民歌体乐府诗。

刘禹锡主动从民歌中汲取营养始于朗州。永贞革新的失败,一方面给他带来了长期被放逐的厄运,另一方面却也使他获得了取之不竭的创作源泉,逐渐找到了最适合自己驾驭的诗歌形式——民歌体乐府诗。如果说朗州十年是其民歌体乐府诗的奠基时期,连州五年是其民歌体乐府诗的拓展时期的话,那么,夔州三年则是其民歌体乐府诗创作的集大成时期。

夔州是流播遐迩、绵延古今的《竹枝词》的故乡,其地歌风较朗、连二州尤甚。刘禹锡《踏歌词》纪其民俗说:"自从雪里唱新曲,直到三春花尽时。"①生活在这样的歌风骀荡的环境里,渴望融合文人诗与民歌的刘禹锡如鱼得水。他不仅亲自观摩郡人"联歌竹枝"的盛会,而且刻苦学习《竹枝词》的演唱技巧,达到了能使"听者愁绝"的高妙境界——白居易《忆梦得》诗于"几时红烛下,闻唱竹枝歌"句下自注:"梦得能唱《竹枝》,听者愁绝。"②在这一过程中,他对巴渝民歌所独具的歌辞、音乐、舞蹈三位一体的艺术形式由陌生到熟谙,由熟谙到模拟,由模拟到改造,终于成功地创作出以《竹枝词》《踏歌词》《浪淘沙词》为代表的一组又一组脍炙人口的民歌体乐府诗。

在《竹枝词并引》中,刘禹锡曾自述其创作经过与动机:

　　四方之歌,异音而同乐。岁正月,余来建平,里中儿联歌《竹枝》,吹短笛击鼓以赴节。歌者扬袂睢舞,以曲多为贤。聆其音,中黄钟之羽。卒章激讦如吴声,虽伧儜不可分,而含思宛转,有淇澳之艳。昔屈原居沅湘间,其民迎神词多鄙陋,乃为作《九歌》,到于今荆楚鼓舞之。故余亦作《竹枝词》九篇,俾善歌者飏

---

① 〔唐〕刘禹锡著,瞿蜕园笺证:《刘禹锡集笺证》卷二六,上海古籍出版社,1989年,第816页。
② 谢思炜:《白居易诗集校注》卷二六,中华书局,2006年,第2109页。

之,附于末,后之聆巴歈,知变风之自焉。①

诗人以屈原的后继者自许,在他看来,其《竹枝词》诸章是堪与屈原的《九歌》相比并的。确实,刘禹锡写于夔州的民歌体乐府诗是深得《九歌》之风神的。它们都在某种程度上吸收了当地民歌的健康朴素的思想感情和丰富多彩的表现手法,并将它与文人诗的写作技巧糅合起来,或多或少地达到了风景画与风俗画的融合、人情美与物态美的融合、诗意与哲理的融合、雅声与俚歌的融合②。

风景画与风俗画的融合,不仅表现在同一组诗中风景篇与风俗篇的并存,而且表现在同一首诗中风景图与风俗图的交汇。诗人善于将秀丽的风景与淳朴的风俗揉为一体,使它们在相互映照中蔚为风采独具的大观。如《竹枝词》九首其三:

> 江上朱楼新雨晴,瀼西春水縠文生。桥东桥西好杨柳,人来
> 人去唱歌行。③

彩绘一般的明丽风景,配之以行人路歌、声韵相和的风俗,显得那样气象氤氲。这是一幅有声的立体画,一部有画的交响乐。生活的重压没有使喜讴的夔州生民改变积习,他们以历代沿袭的方式,借助对歌来抒发积郁在内心的不平或五谷丰登的怡悦。这是使诗人怎样迷恋和沉醉的一种习俗啊!在这种习俗的熏陶下,诗人又怎能不

---

① 〔唐〕刘禹锡著,瞿蜕园笺证:《刘禹锡集笺证》卷二六,上海古籍出版社,1989年,第852页。
② 肖瑞峰:《刘禹锡诗论》,浙江大学出版社,2013年,第143—171页。
③ 〔唐〕刘禹锡著,瞿蜕园笺证:《刘禹锡集笺证》卷二七,上海古籍出版社,1989年,第853页。

诗兴勃发,欣然启开自己的歌喉,加入那雄浑有力的合唱呢?

　　刘禹锡的民歌体乐府诗有风景篇、风俗篇,亦有风情篇。诗人不无兴味地关注着当地青年男女的爱情生活,细腻而又婉转地传达出他们在恋爱过程中所经历的欢乐、痛苦、彷徨以及种种"欲说还休"的微妙心理。诗的抒情主人公多为失意女子。在表现她们的怨尤时,诗人除了以拟人化的手法赋物态以人情外,还以感物起兴的手法,借物态写人情——往往让自己所喜爱和同情的女主人公面对美好的自然风物,勾起内心的隐忧,产生痛苦的联想。而她的一片痴情便流溢在这痛苦的联想中。如《竹枝词》九首其二:

　　　　山桃红花满上头,蜀江春水拍山流。花红易衰似郎意,水流无限似侬愁。[①]

　　那鲜艳夺目的"山桃红花",和奔流不息的蜀江春水一下子就触动了女主人公敏感的神经,扣响了那根紧绷在她心灵深处的悲剧之弦。她想到,当初相恋时,自己的爱情犹如江水一般深沉,而"他"的热情也曾像山花一样奔放。然而花有衰时,水无尽期。他的热情很快便和山花一起衰谢了,使得她愁满春江,不胜悠悠。这真是伤心人别具眼目,断肠人另有意会。读着这哀婉的文字,谁能不和作者一样感其真情、哀其不幸呢? 这里,诗人将山花和江水作为女主人公触景生情的"景"、睹物伤怀的"物",兼用了比兴二法。以红花喻美女,已成陈陈相因的俗套。诗人避熟就生,抓住"花红易衰"的特点,以之比喻男子的负心,这就推陈出新、别具风貌了。

---

① 〔唐〕刘禹锡著,瞿蜕园笺证:《刘禹锡集笺证》卷二七,上海古籍出版社,1989年,第853页。

　　诗意与哲理的融合,也是刘禹锡创作的民歌体乐府诗的特点之一。巴渝等地的民歌中不乏富有哲理的议论,这一特点也为刘禹锡的民歌体乐府诗所汲取。这类诗中的哲理,不是抽象的说教,也不是空洞的信条,它总是附丽于诗意化的形象,从具体、生动的景物或事物中自然而然地萌发和跳跃出来。如《浪淘沙词九首》其六:

　　　　日照澄洲江雾开,淘金女伴满江隈。美人首饰侯王印,尽是沙中浪底来。①

　　淘金这一劳动本身并无不寻常之处,淘金者只是把它当作维持生计的一种手段。然而,别具慧眼的诗人却看到了它与"美人首饰侯王印"的联系:金钿、金印等统治阶层用以炫示财富的饰品,都来源于底层民众的艰苦劳动;离开了底层民众的创造,统治阶层的"奢华"便无从谈起。诗人着意表现了淘金劳动的艰苦卓绝:不仅要早出晚归,而且有葬身"浪底"的不测之虞。而这样艰苦的劳动又是由"女伴"担负的。这就含蓄地点出:统治阶层的奢华是建筑在底层民众的苦难之上的。这里,哲理渗透在诗意中,诗意又包含在哲理内。

　　刘禹锡的民歌体乐府诗大多是可以入乐演唱的。其创作的本来目的便是"俾善歌者飏之"②,因此,不仅在当时,而且直到宋代,"犹有能传刘氏之声者"。胡仔《苕溪渔隐丛话后集》记载说:

　　　　《竹枝歌》云:"杨柳青青江水平,闻郎江上唱歌声。东边日

---

① 〔唐〕刘禹锡著,瞿蜕园笺证:《刘禹锡集笺证》卷二七,上海古籍出版社,1989年,第864页。
② 〔唐〕刘禹锡著,瞿蜕园笺证:《刘禹锡集笺证》卷二七《竹枝词并引》,上海古籍出版社,1989年,第852页。

出西边雨,道是无晴也有晴。"予尝舟行苕溪,夜闻舟人唱吴歌,歌中有此后两句,余皆杂以俚语,岂非梦得之歌,自巴渝流传至此乎?①

　　传唱如此之久,除了内容本身富有生命力和吸引力以外,自当还有其音韵和语言上的特点。为了便于传唱,诗人一方面将民歌的浏亮音节吸收入诗,一方面又参酌取用文人乐府诗的婉转曲调,造成雅声和俚歌的融合,使自己的作品不仅富于画面美、人情美、哲理美,而且也富于音乐美。以《竹枝词》为例,《竹枝词》在民间有现成的音调曲谱,这由《竹枝词并引》所说的"聆其音,中黄钟之羽"②可知。"黄钟之羽"是一种比较高亢激越的音调,与民歌的奔放情绪适相契合;但诗人在依曲填词的过程中,却参考文人乐府诗的发声技巧和平仄要求,对它做了适当的改造,柔曼其调,低昂其节,浏亮其音,使之"圆美流转如弹丸"③。《竹枝词》九首及《竹枝词二首》全押平声韵,无一例外,这与《竹枝词》的固有音韵虽不甚相合,却显得更加轻快悠扬,适于曼声歌唱。在平仄安排上,首句多以仄声起音,先造成一种激厉、昂扬之感。第二句则改为平声起落,舒缓其势,节奏顿变。第三句有意与上句失粘,复用仄声起音,形成中顿转调,又由舒曼转入高亢。最后再以平声收束全篇,归于悠扬婉转。这样便使得全诗的音调活泼流畅,跌宕多变,时而如行云流水,时而如骤雨狂风,时而如洞箫横吹,时而如金钹齐鸣,这对表达复杂的思想感情是颇为适宜的。

---

① 〔宋〕胡仔纂集,廖德明校点:《苕溪渔隐丛话后集》卷一二,人民文学出版社,1962 年,第 91—92 页。

② 〔唐〕刘禹锡著,瞿蜕园笺证:《刘禹锡集笺证》卷二七,上海古籍出版社,1989年,第 852 页。

③ 〔唐〕李延寿:《南史》卷二二,中华书局,1975 年,第 609 页。

正因为刘禹锡创作的以《竹枝词》为代表的民歌体乐府诗具有如此鲜明的特色,所以很快便不胫而走,传唱四方,成为京都受人追捧的流行歌曲。孟郊《教坊歌儿》诗有句:

> 去年西京寺,众伶集讲筵。能嘶竹枝词,供养绳床禅。能诗不如歌,怅望三百篇。[1]

可知佛寺讲经的时候,有伶人演唱《竹枝词》以娱乐听众、调节气氛。伶人以能唱《竹枝词》而得到丰厚的供养,乃致蹭蹬科场的孟郊产生巨大的心理落差,感慨自己能诗,现实境遇反倒不如伶人能歌。其主旨是痛惜诗道的没落,却也反证了《竹枝词》在当时的风靡。孟郊另有《自惜》诗说:

> 倾尽眼中力,抄诗过与人。自悲风雅老,恐被巴竹嗔。[2]

这是说他不顾老眼昏花,把自己的诗抄送给朋友看,却又担心它们还保持着风雅的传统,只怕在世俗之人眼里已经过时,反而会被巴州的竹枝词嗔笑。孟郊的愤慨完全可以理解,其间之是非却涉及读者审美选择的嬗变,很难加以评判;但这一案例同样表明《竹枝词》是当时备受大众推崇的作品。

刘禹锡本来就已是享有盛誉的诗坛名家,朗州十年和连州五年的辛勤笔耕业已奠定他在群雄逐鹿的中唐诗坛的尊荣地位,而创作

---

[1]〔唐〕孟郊著,韩泉欣校注:《孟郊集校注》卷三,浙江古籍出版社,1995年,第105页。

[2]〔唐〕孟郊著,韩泉欣校注:《孟郊集校注》卷三,浙江古籍出版社,1995年,第112页。

于夔州的以《竹枝词》为代表的民歌体乐府诗，又高度契合了读者阶层追求新变的审美趣尚，从而极大地提高了他在受众层面的知名度和影响力。无论作品本身的艺术成就还是作品以外的社会评价，都激发着同时代的其他诗人试手民歌体乐府诗的创作热情，当时学作《竹枝词》并有作品留存至今的著名诗人就有顾况、白居易、李涉以及稍后的皇甫松、孙光宪等人。

四

刘禹锡在夔州创作的民歌体乐府诗以描写风土人情为主，但也有一部分篇章属于表现稼穑之艰的农事诗和感慨世道之险的政治诗。这类作品，既袭用了民歌体乐府诗的外在的艺术形式，又具有农事诗和政治诗内在的品质特征。

涉及农事的作品有《竹枝词》九首其九和《畬田作》等。《竹枝词》九首其九摄录下了当地土著从事农耕的场面：

> 山上层层桃李花，云间烟火是人家。银钏金钗来负水，长刀短笠去烧畬。[1]

诗人以漫山开放的鲜花和缭绕在蓝天白云之间的缕缕炊烟作为农耕的自然背景。在这一背景上，点缀并活动着汲水为炊的妇女和以刀耕火种的原始方式在田间播种的男子。他们秉承祖辈的衣钵，各尽所能，劳作不辍。这里，诗人运用借代的修辞手法，以"银钏金

---

[1]〔唐〕刘禹锡著，瞿蜕园笺证：《刘禹锡集笺证》卷二七，上海古籍出版社，1989年，第853页。

钗"指代妇女,"长刀短笠"指代男子,使全诗具有更鲜明的地方色彩、更浓烈的异乡情调。如果说这首诗还只是对巴渝生民的农耕场面作鸟瞰式的观照和粗线条式的勾勒的话,那么,《畲田作》则是作纤毫毕现的精雕细刻了:

> 何处好畲田? 团团缦山腹。钻龟得雨卦,上山烧卧木。惊麏走且顾,群雉声咿喔。红焰远成霞,轻煤飞入郭。风引上高岑,猎猎度青林。青林望靡靡,赤光低复起。照潭出老蛟,爆竹惊山鬼。夜色不见山,孤明星汉间。如星复如月,俱逐晓风灭。本从敲石光,遂致烘天热。下种煨灰中,乘阳坼芽蘖。苍苍一雨后,茗颖如云发。巴人拱手吟,耕耨不关心。由来得地势,径寸有余阴。[①]

诗人以生动逼真的画面,循序渐进地展示了巴人畲田劳动的全过程,从畲田前对地点和时间的煞费苦心的选择,到畲田时烈焰腾空、灿若云霞乃至走兽惊窜、飞禽骇鸣的景象,再到畲田后新芽得力于春雨滋润,拱土而出、拔节猛长的结局,无不详尽铺叙,刻意形容。自然,最为壮观的还是畲田时的景象。诗人以虚实结合的笔法,不遗余力地渲染火势风威,不仅将"惊麏""群雉"驱入画面,而且引来神话传说中的蛟龙、山鬼,让它们在巴人放火烧荒的巨大声势面前惶恐不知所措。这就反衬出人类征服自然力量的雄伟。诗中的畲田者,虽然为时代和地理条件所限,未能完全摆脱原始和蒙昧的状态,却显示出不畏艰难困苦的气概和在改造荒山野岭的过程中所积累起来的

---

① 〔唐〕刘禹锡著,瞿蜕园笺证:《刘禹锡集笺证》卷二七,上海古籍出版社,1989年,第839—840页。

一定的聪明才智。对此,诗人是赞赏多于叹惋的。如此全方位、多层次、立体化地观照并描绘农耕场面,在古代的农事诗中是不多见的。当然,在刘禹锡的民歌体乐府诗中也是不多见的。

　　在一部分民歌体乐府诗中,刘禹锡还寄托了自己作为一个政治上的失意者的别样怀抱,或愤慨人心不古,或自伤身世不幸,可以把它们视为借题发挥的政治诗。如《竹枝词》九首其六、其七:

　　　　城西门前滟滪堆,年年波浪不能摧。懊恨人心不如石,少时东去复西来。(其六)①

　　　　瞿唐嘈嘈十二滩,此中道路古来难。长恨人心不如水,等闲平地起波澜。(其七)②

　　由滟滪堆的挺立中流、坚不可摧,想到人心的见异思迁、反复无常;又由瞿塘峡的水流湍急、舟行不易,想到人心的无端生衅、风波迭起,触物感兴,辗转生发,言近旨远,寄慨遥深。这可以是一个爱情受挫的女子的怨恨,也可以理解为政治上受到排挤和打击的诗人自己的愤慨。诗中的"懊恼"之词和"长恨"之语,虽然出自抒情主人公的声口,实际上却是诗人自己内心的不平之鸣。看得出,诗人故意自托为失意女子的口吻,借其酒杯,浇己块垒。《竹枝词》九首其八则是自伤身世之作:

　　　　巫峡苍苍烟雨时,清猿啼在最高枝。个里愁人肠自断,由来

①〔唐〕刘禹锡著,瞿蜕园笺证:《刘禹锡集笺证》卷二七,上海古籍出版社,1989年,第853页。

②〔唐〕刘禹锡著,瞿蜕园笺证:《刘禹锡集笺证》卷二七,上海古籍出版社,1989年,第853页。

不是此声悲。①

　　诗中的"愁人"虽然不仅仅是指诗人自己,却无疑包括诗人自己。它是所有爱情或政治上的失意者的概称。"愁人"柔肠寸断,却不是悲秋,非关猿声,这就说明他"别有幽愁暗恨生"②。显然,这里不仅是在抒写思妇的离愁,也融入了诗人自己几遭贬黜、久滞巴蜀的遭遇的感慨和嗟叹。

　　刘禹锡这一时期以民歌体乐府诗为载体的政治诗,有自伤,也有自励。《浪淘沙词九首》其八就是一首用以自励的作品:

　　　　莫道谗言如浪深,莫言迁客似沙沉。千淘万漉虽辛苦,吹尽狂沙始到金。③

　　诗人以淘金为喻,生动地揭示了从自身遭际中悟出的真理:正如"狂沙"终究掩不住真金的光辉一样,任何美好的事物经过一番痛苦的"淘漉"后,终将战胜邪恶,赢得世人的认可和本该属于它的荣誉。诗的前两句于句首冠以"莫道""莫言",构成排比句式,表现了诗人对谗言的蔑视和对播迁的达观。后两句则以"狂沙"状政敌,"真金"喻自己,暗示挫折只能磨炼自己的意志,最终被历史长河中的大浪淘去的将是那些"狂沙"般的进谗者。这种昂扬、乐观的情绪与民歌是相通的。无妨认为,正是民歌固有的明朗风格和欢快旋律给刘禹锡

① 〔唐〕刘禹锡著,瞿蜕园笺证:《刘禹锡集笺证》卷二七,上海古籍出版社,1989年,第853页。
② 谢思炜:《白居易诗集校注》卷一二《琵琶引》,中华书局,2006年,第962页。
③ 〔唐〕刘禹锡著,瞿蜕园笺证:《刘禹锡集笺证》卷二七,上海古籍出版社,1989年,第864页。

以情绪上的感染,并进而给他的政治抒情诗注入了高亢的元素;这种高亢的元素与其始终保持的刚强不屈的性格相融合,便形成了诗中掷地有声的金石之音。这是一个沉沦已久的失意者身处逆境时的一种自我激励,也是一个永不消沉、永不屈服的有志者对沉冤终将昭雪的未来的热切期盼。

五

刘禹锡对自己创作于夔州的作品从未正面进行过评骘,但"文章千古事,得失寸心知"①。他其实最看重的也许还是追步屈原《九歌》而又试图超越《九歌》的民歌体乐府诗,尽管《蜀先主庙》《观八阵图》等咏史怀古诗也是他的得意之作。因为后者更多体现的是立意的高远、思想的深刻和技巧的精湛圆熟,而前者除了兼容上述优长外,还突破了传统的创作路径,展示了体制上的创新。刘禹锡离开夔州时吟成的《别夔州官吏》一诗透露了其间的消息:

> 三年楚国巴城守,一去扬州扬子津。青帐联延喧驿步,白头俯伛到江滨。巫山暮色常含雨,峡水秋来不恐人。唯有九歌词数首,里中留与赛蛮神。②

临别之际,自称别无所馈,只有苦心创作的与屈原《九歌》一脉相承而又变化生新的民歌体乐府诗,可以留给巴山儿女,供他们在

---

① 〔清〕浦起龙:《读杜心解》卷五《偶题》,中华书局,1961 年,第 761 页。
② 〔唐〕刘禹锡著,瞿蜕园笺证:《刘禹锡集笺证》外集卷八,上海古籍出版社,1989 年,第 1465 页。

"赛蛮神"时尽情演唱。只字不提治理夔州的一系列政绩,而以民歌体乐府诗作为唯一值得自豪的留赠,正说明它们在诗人心目中的分量之重和位置之高。这是刘禹锡的看法,又何尝不是诗坛中人的共同看法呢?

当然,刘禹锡在夔州的创作领域同样是宽广的,创作成就也同样是全面的。民歌体乐府诗及咏史怀古诗创作成就的突出,或许有可能一时遮蔽人们对其散文创作实绩的关注,却终究掩盖不了其散文创作亦有所斩获的事实。刘禹锡在巴山深处写作的散文中,最富于思辨色彩,因而也最发人深省的是《因论》七篇,限于篇幅,笔者拟另撰文论述。

从咏史怀古诗的新拓展,到民歌体乐府诗的新探索,刘禹锡谪守夔州期间的诗歌创作一如既往地保持着连年丰收。巴山一带的气候特点是潮湿多雨,但刘禹锡在巴山深处的生活却并不总是凄风苦雨,也有丽日晴空、鸟语花香。他坦然接受命运的安排,体验着新的风土人情,同时也不断抒写着新的见闻感受。他习惯于在雨声淅沥中写作。适时而来的巴山夜雨,不仅给静谧的夜晚增添了生趣,也将他的文思牵引到浩渺无垠的艺术太空,在自由的翱翔中,源源不断地生发出丰沛的灵感、挥洒出灿烂的篇章。当唐代另一位优秀诗人来到这里,深情缱绻地唱出"君问归期未有期,巴山夜雨涨秋池"①的相思曲时,刘禹锡早已在深受巴山夜雨滋润的艺术世界中完成了一次华丽的转身。

作者系浙江工业大学人文学院教授
原刊《宁波大学学报(人文科学版)》2014年第6期

---

① 刘学锴、余恕诚:《李商隐诗歌集解》编年诗《夜雨寄北》,中华书局,1988年,第1355页。

巴渝唐诗之路的研究范式探赜

我的杜甫夔州诗现地研究

简锦松

一、前言

《杜甫夔州诗现地研究》^①是我近年来具体实践的一条杜诗研究新道路,目前已经获致初步的成果,写成二十余万言的专著,有效地改善了传统杜注的缺失。非常感谢大会给我这个机会,向各位学界先进提出报告。

杜诗学者将杜甫一生作品分为"壮游诗""长安诗""秦中诗""入蜀诗""成都诗""出蜀诗""夔州诗""两湖诗"八个时期,而"夔州诗"则被定位为晚年成熟期的重要阶段。它包括杜甫从离开夔州所属的云安县以后,到离夔途中暂泊巫山县接受送别酒宴之前的诗篇,所有的诗都是作于夔州州治所在之地(中心位置在今奉节县白帝镇),数量约四百三十余首,占全集一千四百余首中的七分之二。它们原原本本地,不说空话,把当时的山川风月、人文物象,个人的妻儿生活、住宅田园、舟马交谊,都做了深入的观察与描述,创造了写实诗风的新境界,成为历来杜诗研究者最重视的一个部分。

十多年来,当我讲授杜诗的时候,常发现许多不可解之处,翻遍

---

① 简锦松:《杜甫夔州诗现地研究》,台湾学生书局,1999年。

古注,只觉得治丝益棼,问题更多。早期两岸尚无往来,无从到现地探访。后来开放交流,数年之间,我走马观花地踏勘过许多与杜诗相关的地方,但还谈不上深入研究。

两年前,我正在处理杜诗中关于"楚宫阳台"记载的诸多疑点,曾利用1990年在瞿塘峡口所拍摄的照片和录影带,这给研究工作带来很大的好处,但是我也明显地感觉到,必须以更进步的方法,进行更严谨的现地研究,才能真正达到预期的效果。

我真正进行严肃的现地研究工作,是在1999年1月22日至2月3日第二次到奉节的时候。这次到奉节县之前,我已经做了很好的安排和妥善的准备,包括事先联系了奉节县人民政府,熟记了每一首杜甫诗,拟订了必须查证的要点,以及希望测量和拍照的目标。抵达之后,在奉节县旅游文物局赵贵林书记和文物队姚炯队长的建议下,还修改了部分计划,所以完全没有浪费什么时间,工作进度很快。每天一早,便与赵、姚两人或其他县府人员,外出考察,有时午饭、晚饭都没吃,有时合并只吃一餐,夜晚就在旅馆柔和的灯光下,整理一日所见,每晚打字到深夜三点。回台之后,我马不停蹄地写成了《杜甫夔州诗"楚宫阳台"之现地研究》,在台湾大学文学院出版的《文史哲学报》上发表。从此一步步走上了杜甫夔州诗现地研究的道路。

同年8月21日至31日,我第三次到奉节。鉴于夔州长江冬夏水位落差极大(以白帝城水位站为例,多频率高低水位落差约三十、四十余米,如以1870年发生的历史最大洪水与枯水年份特低水位对比时,相差达七十米以上)①,而且确实会影响到景观的差异,所以我第二次来夔时选择了冬天。第三次再度来夔,选择的是夏末秋初。

---

① 据清光绪九年在永安镇鲍超府所立的《同治九年(1870)季夏洪水至此碑》,当地海拔146.5米。

由于有上次研究的基础,对东屯稻田了解得更为彻底,对冬夏水位变化与滟滪堆的实际大小,也得到许多具体的数据,还找到极为可信的东屯茅屋与瀼西草堂的可能位置,也登上了今称白盐山(唐代名不详,可能无名称,也可能与江北的山合称白盐山),观测了今称赤甲山上(唐名白盐山)宋代古峰岭驿道的可能路径①。此外,我还测量了白帝山及马岭的大小,所得的数据虽然不及专业测量人士精确,但已经是研究白帝山最具参考价值的第一手资料。

通过严谨的研究工作,我又写下《杜甫夔州诗"赤甲白盐"之现地研究》,在广州中山大学所举办的学术会议上宣读;另一篇《杜甫夔州诗"东屯茅屋"之现地研究》,也通过了台北"中央研究院"文哲研究所的《中国文哲研究集刊》的学术审查;其后又写成《杜甫夔州诗"瀼西草堂"之现地研究》一文,并将上述所有内容汇编成专著《杜甫夔州诗现地研究》。

二、现地研究之释名、渊源

"现地研究"四字是我所创立的名词,目的在强调这项研究是在真实的土地上做的,与传统书面研究的观念完全不同。何以不用大家所熟悉的"田野调查"这个名词呢?这是因为近百年来"田野调查"的工作已经有它既成的形态,而"现地研究"顾名思义虽然有几分像"田野调查",内在的研究精神与实际的执行方法,都与一般认知的"田野调查"并不相同,所以另立了这个名词。

---

① 参见拙著《李白〈经瞿唐峡登巫山最高峰〉现地研究》,《中国语文论丛》88辑,首尔:高丽大学,2018年,第101—126页。本文部分内容,曾授权奉节县文化和旅游发展委员会以《李白登上三峡之巅》为题转载。

　　"现地研究"是以被研究的诗篇为对象主体,研究时亲自到作品原产地去做实物的比对勘验工作。以本研究的对象——杜甫夔州诗来说,杜甫在夔州所作的四百三十余首诗,是我的对象主体,夔州的山川景物是对比客体,研究时对象主体与对比客体,必须在科学的验证下达成相应的关系。简而言之,我的工作,就是把诗句所描写的形貌,在现地景物中找出对应之处,将诗句和实地结合起来。至于杜诗古注与前人的各种文献记载以及许多与本研究有关的跨学科专业论著,将被以类似法律事件的证人身份,运用在比对研究时的验证工作上。在法律案件的审理中,证人言词虽然不及实物证据的效力,但也会影响法官的判断,所以,审慎地检视这些材料,也是绝对必要的。

　　类似这种现地研究的方法,在自然科学界经常被用到。比如生物学者必须利用现有的植物图鉴,与实际从山野中采集来的草木样本比对特征,确认品种。天文学者必须依据现有的星图和运算,去和实际观测的天空星象比较其变化。水文学者必须从各控制点、水文站取得实地收集的河川水位、流量、泥沙等资料。考古学者必须从实际发掘的工地取得古代实物。这些学科的成就,其研究基础都是从现地工作中,沾满泥土,遍身血汗换来。这次我把这种观念横向移植到中文学术的研究上来,是追随整体学术的脚步,并非我的独创。

　　其实,任何研究都是踩着前人的足迹进步的。以现地研究的精神来说,这种工作,并不始于今日,司马迁写《史记》之前,走遍全国,从许多篇传文后面的"太史公曰"可以发现司马迁的旅行其实是一种现地研究的雏形。又如杜甫青壮年时期,曾经在华北、华中、华东的不少地区旅行,由《壮游》一诗看来,那也可以说是一种对古代史迹的现地研究。至于唐代刘禹锡、李贻孙以本地刺史的身份,特别注意到杜诗中经常使用的"瀼西"等名词,则是以杜甫为目标的现地研究的滥觞。

　　到了南宋,王十朋、范成大、陆游都做过类似于现地研究的工作。特别是陆游,他的学诗方法,有很大的成分是以现场参与的观念去追摹古人,不论在他的《入蜀记》还是一般诗文中,都有很多证据。他研究的对象不限于杜甫,还有李白、苏轼等。范成大热爱杜甫,在出任四川制置使时,来回两度泊船夔州,留有《吴船录》和一些诗篇纪念杜甫。他在夔州时所做的工作,也近似现地研究。到了明、清两代,由于杜诗极受重视,历任四川布、按、督、抚官员,夔州知府、奉节知县,常常会或多或少运用现地求证的观念来谈杜诗,夔州本地官吏并无杜诗专著,暂不必说,以著《杜臆》闻名的王嗣奭,他由四川涪州知府任满东归时,曾在夔州特别停留,在《杜臆》书中曾以此经验来校正前人杜注。而清代王士禛的《蜀道驿程记》、陶澍的《蜀輶日记》也值得一提。

　　但是,限于时代因素、历史眼光、研究方法及客观资源,前人所能提供给我们的成果仍有限。如南宋的陆游在夔州居住一年多,他虽然大量使用杜甫用过的词汇作诗,但总令人觉得模拟用词的气氛高于现地比对的意求,他又误信本地人李襄对东屯的说法,因此,他虽然有现地研究的雏形,却终仍旧是访古探奇的性质。范成大只在旅行途中经过夔州,虽然登上过白盐山上的驿路,在白盐山绝顶燕子坡留下了诗作,也曾经到访白帝山上宋人仿建的杜甫高斋,也谈到赤甲山,更注意到山与月的角度①,不过他对赤甲、白盐二山的认知是错误的,但他关心现地景物的态度,算是相当有意义了。至于以注杜为职志的王嗣奭,因为停留时间甚短,观念上又未能完全脱离传统注释家

---

① 指范成大《鱼复浦泊舟望月出赤甲山,山形断缺如鼍龙坐而张颐,月自缺中腾上山顶》一诗。范成大眼中的赤甲山,乃是唐人所称的白盐山。白盐与赤甲的两个山名,从北宋开始转变,到南宋时,王十朋虽然正确地使用过白盐山名,而与王十朋年代相近的范成大,已经称此山为赤甲山了。以后,以长江瞿塘峡为分别,江之北为赤甲山,江之南为白盐山,流传至今,没有再改变。

依恋官方地理书籍的习惯,虽然常有创见,但也往往被他本人的积习所否定。至于王士祯、陶澍二公只是拿着既有文献去游览山川,所获更为有限。

山东大学《杜甫全集》校注组的同仁,在已故萧涤非老教授(1991年逝)的领导下,已经突破旧格局。他们曾于1979年、1980年两度组织考察团,沿着杜甫的旅行路线,走访了山东、河南、陕西、四川、湖南等省,也曾到夔州,上白帝,登西阁,览赤甲、白盐之山,记东屯、瀼西之迹,对有关杜甫的行踪遗迹及影响做了一番访古考察之旅,并出版《访古学诗万里行》一书(108页,六万余言)。这次工作,不仅引起学界重视,他们的创造性作为实已指向杜诗研究的正确新方向,小组成员对杜诗的熟悉程度也令人赞叹。因为是首次采取开创性的新方法,效果颇受局限,大多只是核对历史文献既成的记载,求证于本地耆老而已,还不是从现代精密学术出发的研究,但即使是这样,已经是开天辟地的大成就了。

至于峡中人士,有重庆三峡学院文学院的谭文兴等几位先生从事夔州杜诗研究。谭先生与我的研究观念甚为接近,承蒙他将自己的论文赠送给我,篇篇都十分精彩。奉节本地学人胡焕章等人的工作,更是发挥了本地人就地研究的优势。可惜他们在传统学风的影响下,尚未抛却尊崇古注的心理,所作论证不免受到古注的限制,尚不是真正独立的"现地研究"。

杜诗研究必须走出新路,已是未来可见的趋势,不论是要寻求杜甫诗的真实境界,重整宋、明、清的旧注,还是要从事诗意诠释与美学分析,重建杜甫诗的编年,把工作现场转移到现地去研究,都将会成为所有研究者的共识。

三、现地研究对杜诗古注的廓清作用

现地研究的精神,就是对古注做一次科学的检验,所以,现地研究的根本态度便是掌握古注而不轻率地相信古注。现地研究可以将杜诗古注的误谬彻底做一番清理。

事实上,发展了近千年的杜诗学,就是以宋、元、明、清各家杜诗注本为中心,汇整了历代史书、地理志书、诗文别集、诗话笔记等种种记述,所形成的具有年谱、传记、作品编年、考据、详注等各个功能的庞大古注系统。近年兴起的美学分析、传记论证、资料汇编等工作,也只是结合了传统杜诗学和中西美学理论,再加上资料库观念,所形成的综合研究,其基础仍是建立在传统的杜诗古注系统上。不幸的是,传统杜诗古注本身早已潜藏着难以解决的根本问题。何以言之?

传统杜诗古注虽如百花争放,千岩竞流,各占胜场。但是,早期以宋人赵次公、黄鹤注为主,后期以钱谦益、仇兆鳌注为主,却是不争的事实。然而赵、黄、钱、仇各家注,都是经由唐、宋、明、清以来私家或官方的地理总志、方志、单篇诗文,先定位了瀼西、瀼东、赤甲、白盐、白帝、西阁、东屯等地名位置,然后才以此为经为纬,结合其他时间条件、人事条件,去系联整个夔州诗。

问题是,我们都知道写实作风是杜诗的特色,那么,当杜甫在小小的夔州城内外就写了四百三十余首诗,会有什么结果呢?

唐代夔州城位于瞿塘峡口的白帝山和马岭,根据我以平面控制测量法,在海拔 127—157 米一线(大体上沿着长江干流 T11 级阶地 135—140 米,顺着现地小径的实际高程而稍做变动),沿环山小径对白帝山和马岭实测的结果,白帝山东西长约四百八十一米,南北宽约四百三十七米,马岭南北长约二百二十四米,东西宽约一百九十七米,环绕一周约为一千八百七十三点七米,再加上马岭北方的赤甲山(唐称)山坡的城区,就是唐代夔州城的样貌。至于唐代夔州城的周边,由马岭向西到今奉节县政府前,即使是迂曲的公路,也只有9.8公里的里程;由白帝山向北,沿东瀼水河谷到主要农耕区的北界(即上坝的北方山口,黄连村一组),公路仍只有9公里,以四百三十余首诗写十几公里内、前后23个月的起居生活[1],重视写实的杜甫,当然会写得非常具体而仔细。

赵、黄、钱、仇诸人没有到夔州去看过现地景物,一遇到具体的地方就无法作注,本来是可以预料的事,他们且又过度依赖古代书面文献,对夔州地名的注释几乎全部是错读或误解,由此而推演出来的注解与编年,更是误谬连连。例如以《水经注》来说,它所记载的八阵碛、马岭、白帝山等,全部都是冬日所见的景物,长江冬夏水位相差那么大,杜甫的夔州诗又绝大部分不是作于冬日,这些不熟悉奉节现地情况的注家,援引了《水经注》的冬日记载去诠释杜甫非冬日的诗,怎么可能做出正确的解释?

下面我再以三个例子说明注家如果没有夔州现地研究经验,会造成多大失误。

例一,杜甫《秋兴八首》之一有"巫山巫峡气萧森"之句,所有杜注一概以巫山县的山与峡来注解这两个名词。但是,杜甫当时只住在夔州奉节县,绝对不可能到巫山县,把巫山巫峡解释到巫山县去,说得太勉强。而且,杜甫经常在奉节县谈楚宫阳台,在《咏怀古迹》

---

[1] 杜公自永泰二年(大历元年,766)二月十四日抵夔府,泊舟城下水驿,作"江月去人只数尺"之篇,到大历三年(768),作《大历三年春,白帝城放船出瞿塘峡,久居夔府,将适江陵漂泊,有诗凡四十韵》,共计居住夔府23个月。旧说杜甫于永泰元年暮春始至夔府,是错误的。

五首中他还说："最是楚宫俱泯灭,舟人指点到今疑。"然而古注多把楚宫泯灭注到巫山县去,也有注到荆州江陵去。可能是这样吗?人在夔州奉节县作诗,写作手法又是就眼前指点之事去着墨,怎么会远远牵扯到其他州县去呢?如果作注者了解瞿塘峡口的江路和山脉的实情,便不会做出这样不合理的注释来。

例二,在《秋兴八首》之三还有"信宿渔人还泛泛"之句,瞿塘峡口汛期径流量较大的时候,水面比降甚大,水流湍急,根本不可能让一艘古代小渔船过了两夜仍在同一处泛泛而打鱼。《秋兴八首》作于深秋,在汛期之末,径流量较小,但也无法让渔船在江面停留。如果不是在特定的位置,因为特殊的地理条件,这句诗所描写的内容就成空话了。

经过现地研究之后,便知道杜甫当时的作诗地点,乃是他赁居的位于赤甲山腰的山阁,山阁之前,是一个特殊的渟水湾地形,水湾的北面就是赤甲山坡,东面是马岭和白帝山,白帝山前又有形似巨幅屏障的滟滪堆,把长江主流隔绝开来,形成一个广大的回水沱(今称南门沱)。当夏日洪水浩浩时,南门沱与长江主流相连,但水势已有主从之别;到深秋水落时节,长江主流被隔在沱外而行,南门沱内水势平缓,可泊可留,便可能出现杜甫所看见的"信宿渔人还泛泛"的画面。像这样的情形,没有到过现场的古注作者怎能了解?难怪所有的古注对此都没有加注。

例三,杜甫《柴门》诗:"泛舟登瀼西,回首望两崖。东城干旱天,其气如焚柴。长影没窈窕,余光散嵽𡾋。大江蟠嵌根,归海成一家。下冲割坤轴,竦壁攒镆铘。萧飒洒秋色,氛昏霾日车。峡门自此始,最窄容浮查。……"

关于这首诗,各家古注都解为由东屯归瀼西之作(此处各注所称瀼西,乃承宋人之误,以今奉节县城为瀼西),如果熟悉现地情况,便知其不然。

首先就诗意来说,本诗的基准位置是设定在舟中,诗人泛舟溯溪要回到所住的瀼西草堂,登字乃是溯溪而上之意。这时是夏末,即使本地干旱,长江进入瀼溪的回水,水位仍很高,基本上仍会维持着可行船的水位,所以,诗人在东瀼水的入江口上船,回首望峡门两崖,这时候他注意到东城的城影映入大江,城上仍有西来的日光由林间散射而下。夔州有三个相连的城区,在西是赤甲山城区、马岭城区,在东是白帝山城区。此诗的东城,即是白帝山东侧的白帝城东门区。由于夏日午后太阳角度关系,东城区城墙与门楼的长影会投入水中,今日虽已无高耸的夔州城,但在白帝山东南端有铁柱溪吊桥的索塔可以类比,下午四点吊桥索塔的倒影,映照在东瀼水入江口的水面上,与此诗所描写的情景相合。由于这两句诗的地点在东瀼水入江口,正面对着瞿塘峡口两崖,所以,接下去的句子,诗人乃写瞿塘峡内的景物,时空还是在第一、二两句的设定情境下,整首诗非常有秩序。

如果依照各家古注所说,杜甫的瀼西草堂在梅溪河(大瀼水)之西的今奉节县城,而杜甫由东瀼水流域的东屯回瀼西草堂,就必须沿着白帝山边逆流而上至少 251.5 米,而后越过滟滪堆和白帝山之间的急流,再沿着白帝山西侧逆行至少 248.6 米,才能到比较安全的南门沱内。这时是高水位期,峡内水面比降在 2.07‰—3.17‰。从东瀼口至滟滪西,这一段是急流中的急流,水面比降甚至可达 10‰,危险性甚高。自古瞿塘峡在洪水期都是封峡的,连远行的大船都无法能行,行驶溪流的小船又如何能通过呢?这是绝无可能之事。

以上仅仅是三个小例子,说明古注在完全忽略现地条件的情况下所可能犯下的错误,小而言之,可能只是对一首诗的解释不够周延,大而言之,还会连带把瀼西草堂、柑林及东屯稻田的位置通通讲错,让所有相关的诗篇全部无法解释。

像这样误注、失注的情形一再发生,并不是少数几处。然而,古今注杜者不但不注意这一点,更不幸的是,他们在作注过程中,大量地彼此辗转传抄。我曾经用列表方式,把古注中相互抄袭的地方一一指出,情节十分严重[①]。所以,表面上看是千种百种杜注,其实都是同一个口径,不但不能彼此发明新义,还拑制了修正错误的管道。因此,现代学者如果不另寻新途径,太过度倚重和根据古注做基础,所进行的种种研究便可能失去应有的正确性。

四、外人可能的疑虑与解决之道

在研究过程中,本人曾得到许多师友的协助,他们有的从反面提出质疑,有的从正面表示支持,都有重大的益处。下面举出一些反面的思考,比如有人说:

1. 现代的自然地理和唐代不同吧!山川地貌都改变了,你怎么可能从一千多年后的现地研究看到杜甫当年的景象?

2. 现代的人文环境也和唐代不同,像杜甫时代用竹筒接水,现在你到哪里去找?这种研究,对诗意诠释有什么益处?

3. 长江从葛洲坝建好以后,水位大幅提升,你要考虑这个问题。更何况唐代距今千年以上,长江河床一定淤高了,还会是现在的样子吗?

4. 杜诗注是外地人根据书面资料做的,可能会不确实。地方志是当地人记载地方事,一定有相当的准确度,你有没有查过方志呢?

5. 你是中文系的人,这个研究计划牵涉到那么多跨学科的研究,怎么能够兼顾呢?你的学历背景,应该无法完成吧!

---

① 详见拙著《亲身实见——杜甫诗与现地学》,高雄"中山大学"出版社,2018年,第365—398页。

6. 研究诗人作品,只是要了解诗人的情意,有必要这样大费周章地考察地理吗? 这样的研究方式会不会本末倒置,变成以地理为重,诗只成了研究地理的配角棋子呢?

7. 你在书中提到古今地名的改变,如赤甲山和白盐山、子阳山,现在的称谓和唐代完全不同。但是,地名改变有这么容易吗? 我现在住的地方,从先祖定居至今已经六代了,都没有改变,地名改变一定有重大条件,还有内在的人文因素,你都考虑到了吗?

8. 山东大学的萧涤非先生所发起的"访古学诗万里行",已经访查了所有的杜甫走过的路线,你参考过吗? 他们已经做过了的工作,你何必再做?

以上八种意见,有来自私人交谊,也有来自学术会议,还有来自一些书面讨论,以前常常听见,近年来渐渐听不到了。

其实,这些质疑,都不成问题。

例如古今山川变化这个问题,杜甫所居住的唐代夔州州治位于瞿塘峡口,虽然现代的城市与杜甫当年所居住的环境必然有所差异,但是,由于峡区交通不便的封闭性,使得此地一千多年来进步得比较迟缓,相对的,也减少了对古代地貌的破坏程度。而且,根据《三峡工程地质研究》一书的结论,本地区地质稳定,历史上没有灾害性的地震记录,未来也没有诱发地震的可能,因此,白帝山和周围诸山的结构性关系,以及两条瀼溪的地理景观,从唐至今应无重大变化。若经由今日所见的实境,有条件地推测古代的情况,原则上应可成立。

至于有人担心宜昌葛洲坝水库完工已十余年,可能会影响对瞿塘峡及奉节县城的水情的解读,根据《三峡工程水文研究》《三峡工程泥沙研究》各书所载的葛洲坝水库全部库区(坝前至 G118)的回水及淤沙资料,可确定葛洲坝并没有抬高奉节水位,换句话说,瞿塘峡与白帝山及至奉节今县城的长江河道,仍是天然河道,不会影响到本研究。

至于杜诗古注、历代诗文及地理总志、地方志的问题,我以资料原文的精密比对为基础,再辅以现地调查成果为推论,相当完整地做了条列式比对和交错式分析,其间并多次运用"完全模拟实际状况"等多种先进的研究方法,对各种文献资料核实考证。这一切都明白详载于论文中了。

此外,对于自然科学的地理、地质、水文、泥沙、交通等跨学科的问题,我以各学科的专业学术论文为基础,再辅以我的现地测量记录,都能适得其用。

总之,以上所有问题,都在《杜甫夔州诗现地研究》书中得到圆满的解决,可以毋庸置疑。

五、小结

以上,我将这几年以"现地研究"方法研究杜甫夔州诗的成绩,简要地向各位报告。我想,大家必须正视的是,所有杜甫在夔州的活动史迹,都面临公元2003年长江三峡工程完工的问题。一旦长江三峡工程完成,大坝的正常蓄水位是175米,枯水期最低消落水位是155米,防洪限制水位是145米,不论在哪一种情况下,都足可以改变白帝山、东瀼水与周边诸山的相对视觉结构。将来,杜甫曾经生活过的大部分地点,甚至包括宋、明、清人所误指的杜甫遗址,若非沦为库底,便是相对视觉结构已经改变,丧失了参考的价值,断绝了考证的可能。本研究的成果虽然微不足道,但对未来的研究者,可以说不无参考价值。

谈到后续的工作,由于本研究的成果能修订古注的错误,对诗篇做出更接近真相的诠释,将来可逐首完成新注,并重新为夔州诗做好正确的作品编年，重写杜甫传记。至于本阶段研究中尚未完成的白帝山、白帝城、赤甲宅、西阁等问题，也在后续的论著中陆续完成了。

六、后记

这篇文章是笔者在 2000 年参加唐代文学会议时首次发表的，以后又被收入 2002 年 4 月出版的《唐代文学研究》一书，这次受到卢盛江教授主持的中国唐诗之路研究会和中华书局的邀请，收入黄贤忠教授主编的《巴渝唐诗之路的文化缘起与地域流布》论文集，感到十分荣幸。

由于是二十多年前的旧稿，我重新检视全文，做了一些简要的修改，并拟简单报告一下我在《杜甫夔州诗现地研究》一书出版以来的后续研究：

1. 笔者在 2006 年出版《唐诗现地研究》（高雄"中山大学"出版社），其中第 223 页至 260 页，即《第四章 现地研究对诗篇诠释的积极作用》，对杜甫《柴门》诗及东屯问题，做了补充。

2. 笔者在 2009 年承奉节县政府执事人员的邀请，参加《夔州诗全集》详注的工作，承担《杜甫卷》部分，完成《夔州诗全集·杜甫卷》上下两册，全书 920 页，2009 年 12 月由重庆出版社印行。

3. 笔者在 2018 年出版《亲身实见——杜甫诗与现地学》，由高雄市"中山大学"出版社印行。这本书所收录的内容，都是我在 2017 年以前发表于台湾地区主要一级期刊的杜甫现地研究论文。

作者系台湾"中山大学"中文系教授

原刊《唐代文学研究》第九辑，广西师范大学出版社，2002 年，第 297—313 页，原名《杜甫夔州诗现地研究》，收录时作者略做修改

巴渝唐诗之路研究述评

黄贤忠

作为一个创新型的研究领域,唐诗之路研究正在全国推开,一个不可回避的问题是,唐诗之路研究具有鲜明的学科交叉和跨专业融合的特性,而过去的研究习惯严守某一个学科边界,所以它们也很难被认定为严格意义的唐诗之路研究,也许只能被称为唐诗之路的相关研究,甚至有些研究还处于完全空白的状态。当然,直接以巴渝唐诗之路研究为主旨的研究成果自然少之又少。与浙江、江苏等人文兴盛的地方相比,巴渝地区的历史文献积累较少,唐代以前传世的纸质文献更少,名家论文又更少。唐代在巴渝一地的诗歌创作活动不够繁荣,留下行走记忆的诗人也不多。除了陈子昂、沈佺期、宋之问、李白、杜甫、王维、白居易、刘禹锡等屈指可数的诗人外,其余作者的行迹则少有记载。此外,"巴渝"概念兴起较晚,历史上,"巴渝"和"巴蜀"常常被世人泛指混用,大量的研究对象是以巴蜀,或以四川为概念范围来界定的,由此也带来研究对象宽泛和焦点不够专注的问题。

虽然面临的问题很多,但只要我们意识到唐诗之路研究是一个跨学科交叉的新型研究,就会发现其他的基于历史、地理、文学、文献、文化等学科的研究积淀相当丰富。卢盛江先生在唐诗之路研究会的第二届年会上提出,我们可以将过去的相关研究,大致分为三类：直接研究、间接研究、相关研究。所以，我们现在亟需解决的问题是，一方面要分类梳理唐诗之路研究的前期成果，另一方面要从上述研究中萃取出唐诗之路研究的独特逻辑路径与研究范式。有鉴于此，本文拟定从五个方面来梳理过去近一百年的巴渝唐诗之路相关研究的发展变化，它们分别是：巴渝唐诗之路的文化理据；巴渝唐诗之路的地理交通；巴渝唐诗之路的诗人行迹与交游；巴渝唐诗之路的唐代诗作与文化地理关系；巴渝唐诗之路的研究范式探索。

一、巴渝唐诗之路的文化理据研究

长期以来，人们习惯于用巴蜀来泛指中国的大西南，尤其是川渝两地有很长时间都属于同一行政区，远离西南地区的人们不免会认为川渝两地的文化习俗几无区别。加之巴蜀概念历史悠久，"巴渝"则是新兴概念，所以人们认为巴蜀文化理应统领巴渝文化，甚至有人直接否认巴渝文化存在的合理性①。显然，就巴渝唐诗之路研究而言，一系列需要解答的问题是，巴渝唐诗之路的文化理据是否成立？或者说巴渝文化是否成立？巴渝在古代的疆域又是如何？回顾自1930年以来近百年的时间里，该区域的地域文化研究沿着一条由巴蜀文化独大，再到巴蜀文化与巴渝文化分立，再到巴文化不断凸显，最后"三巴"鼎立的路径曲折前行。有关研究自然也兵分四路，按照时间序列逐次展开。

首开地域文化研究风气之先的是巴蜀文化。不过也许会让很多人意外，其实巴蜀文化并不是一个历史久远的文化概念，从发端至今，还不到百年。1930年，吴致华发表的《古巴蜀史考略》是关于巴

---

① 王定天：《论"巴渝文化"应该缓行》，《四川文学》2007年第5期。

蜀文化的第一篇文章^①，随着 1931 年四川广汉真武宫出土了古蜀文化遗存，1934 年华西大学博物馆葛维汉主持发掘清理和研究，才陆续开启了巴蜀文化兴起的序幕。严格来说，1941—1943 年，卫聚贤两次发表的《巴蜀文化》才首次提出巴蜀文化的概念^②。其后以顾颉刚、董作宾、唐兰、陈梦家、胡厚宣、徐中舒等人为代表的甲骨文专家和文史学者分别从历史文献、考古材料与甲骨文等角度，对此展开研究，相互印证、相互补充。他们初步提出了巴蜀文化研究的一些基本课题，如巴蜀的地理位置、巴蜀与中原的关系等。其后巴蜀文化的研究逐渐进入深水区，发表于 1959—1960 年间的一系列代表性论文，如徐中舒《巴蜀文化初论》、缪钺《〈巴蜀文化初论〉商榷》、蒙文通《巴蜀史的问题》、徐中舒《巴蜀文化续论》成为这一时期的标志性成果。1980 年三星堆等地出土文物的发现，让人们对巴蜀文化内涵有了新的认识，赵殿增认为巴蜀文化应是新石器晚期到汉初巴蜀民族的文化。20 世纪 90 年代以来，以谭洛非、谭继和、袁庭栋为代表的一批学者提出广义的巴蜀文化新概念，即是指从古至今的四川文化。按照段渝先生的归纳，1950 年以后，巴蜀文化七十余年的研究史大致可分为三个阶段。"第一阶段，20 世纪 50 年代至 60 年代，主要研究巴人和蜀人的族属、地域、迁徙、列国关系等。第二阶段，20 世纪 70 年代至 80 年代中期，主要研究巴蜀的来源、政治、经济、社会制度等，对传统研究有所突破。第三阶段，20 世纪 80 年代后期至今，主要研究巴蜀文化的来源，巴蜀古文明的起源、形成、内涵、内外关系等。"^③这些研究为巴蜀文化在大半个世纪中逐渐家喻户晓，起到了非

---

① 吴致华：《古巴蜀史考略》，《史学杂志》1930 年第 2 期。

② 卫聚贤：《巴蜀文化》，《说文月刊》1941 年第 4 期；卫聚贤：《巴蜀文化》，《说文月刊》1943 年第 7 期。

③ 段渝：《七十年来的巴蜀文化研究》，《中华文化论坛》2019 年第 5 期。

常重要的传播作用,但需要注意的是,从徐中舒等前辈学者最初的巴蜀文化研究开始,巴蜀文化就一直存在巴、蜀并举的问题。例如徐中舒的《巴蜀文化初论》有六部分内容,除其二为"蜀的历史",剩余的四个部分都是论述巴的历史[1]。缪钺说:"徐先生文中分论巴蜀,蜀在川西,巴在川东,经济文化,各有不同,并非一族,极为明晰。"[2]巴蜀并举的问题在其后的巴蜀文化研究中不仅未能根本解决[3],而且分离之势更趋明显。随着重庆市直辖日久,巴渝文化的自觉和崛起已成为不可阻挡的新趋势。

　　严格说来,把巴渝文化与重庆市直辖简单挂钩也是一个人们想当然的错误认识。真相是,巴渝文化与三峡工程的抢救性发掘,以及长江三峡一带众多考古发现有着重大的直接关系。首次提出巴渝文化概念的时间也不是1997年之后,而是在《巴渝文化》论文集刊第一辑出版的1989年,这个集刊的问世就是巴渝文化概念形成的重要标志。截至2000年,《巴渝文化》一共出版了四辑,收录了众多关于巴渝文化的论文,其中张之恒于1994年发表的《巴渝文化的起源和发展》正式拉开了巴渝文化建构和阐释的序幕。文章将巴渝文化分为前巴渝文化、早期巴渝文化、后期巴渝文化三个发展阶段,明确指出:"一般认为,巴渝文化的下限到秦灭亡巴、蜀(前316),但秦灭巴、蜀以后,巴渝文化仍然存在一个相当长的时间,在这期间巴渝文化与其周边地区的其他文化互相渗透融合,约到西汉中后期才形成具有

---

① 徐中舒:《巴蜀文化初论》,《四川大学学报(社会科学版)》1959年第2期。

② 缪钺:《〈巴蜀文化初论〉商榷》,《四川大学学报(社会科学版)》1959年第4期。

③ 谭继和曾提出:"巴和蜀既是地域的概念,又是特定地域内生活的众多民族或部族的复合概念。"参见谭继和:《巴蜀文化研究趋向平议》,《社会科学研究》1996年第2期。

地方特色的汉文化。巴渝文化与中原地区的商周青铜文化,以四川盆地为中心的蜀文化,湘鄂地区的楚文化及黔、滇地区少数民族的古文化,都有密切的联系。"①其后,从1998年到2003年,陆续发表了马培汶《论巴渝文化》,余楚修《巴渝文化刍议》,熊笃《论巴渝文化十大系列》,俞荣根《巴渝文化与易文化》,薛新力《略论巴渝文化与蜀文化、楚文化的关系》,张友谊、管维良《浅论巴渝文化之特征》等一系列的论文。它们围绕着巴渝文化的起源、内涵体系、文化表征,以及与周边地区的文化关系展开了深入的论证和阐释。其要点可以归纳为:其一,原四川周边广袤的区域存在着三个相对独立的文化区,即川西蜀文化区、川东巴文化区和川南原始文化区。其二,巴渝之名,不仅古已有之,而且它发源于以巴山渝水为核心的川东巴文化区,源于历史上的巴文化,具有特殊的山地环境和长江三峡水系的地域特色。它在古居民人种、体质特征、神话拟构、文化渊源、个性特征、民俗信仰、文学艺术等诸多方面都具有不同于川西地区文化的相对独立的特点。其三,他们承认巴渝文化与蜀文化,以及楚文化均有交流和融合,但巴渝文化与蜀文化是既有联系又有区别的两种文化。其四,巴渝文化不是凭空杜撰的无根之物,而是有着十大文化体系作为内涵支撑。其后巴渝文化研究学者熊笃再发两篇论文——《论"巴渝文化"是贯通重庆古今的主流文化》《巴渝文化论纲》,更是从历史源流和纲领展望的视角完整地阐释了巴渝文化体系的合法性。他从民族来源、祖先世系、图腾崇拜论述了巴与蜀、巴与楚在文化渊源上的不同,明确指出:"如果重庆文化要寻找一个能贯通古今历史源流的、代表主流而又具有地域文化个性特色的文化,那就非'巴渝文化'

---

① 张之恒:《巴渝文化的起源和发展》,重庆市博物馆《巴渝文化》编辑委员会编《巴渝文化》第三辑,西南师范大学出版社,1994年,第195—201页。

莫属。"①杨华等人基于考古学的证据提出,从历史源头来看,巴人发源于三峡地区,与楚地接壤且部分重叠,无疑,楚文化深远地影响了巴文化,影响的时间明显早于蜀文化,而且它还一路向西,最后助推了川西的蜀文化②。2017年,黎小龙为巴蜀与巴渝文化之争画上了一个阶段性的句号。他说:"20世纪80年代后期至90年代,是'巴蜀文化'概念发展最明显和丰富多彩的时期,川渝两地出现分流:四川出现由'巴蜀文化'向'古蜀文明'和'巴蜀文明'的提升和拓展,而重庆则出现从'巴蜀文化''巴文化'向'巴渝文化'的嬗变。'巴蜀文化'与'巴渝文化'概念的提出和形成,既顺应了学术发展的趋势,也适应了特定历史时期社会发展的需要。而文化概念的创新,意义非凡,不仅直接推动了学术的发展繁荣,更为社会的进步提供了精神动力和文化源泉。"③针对所谓"巴渝文化"是一个伪概念的指控,他在文中用翔实的事实表明:"巴渝文化是历史考古学术界以严肃、科学的精神和态度,通过学术研究的方式提出的文化概念。时间不是1997年设立直辖市以后,而是1989年。……提出这一概念的背景和目的,不是迎合设立重庆直辖市的政治需要,也不是适应什么市民心态,而是'巴蜀文化''巴文化'学术研究内在发展与三峡文物抢救性保护的社会推动双重因素的结果。"④

　　早在巴渝文化与巴蜀文化相互纠缠争论的时候,巴文化的研究

---

① 熊笃:《论"巴渝文化"是贯通重庆古今的主流文化》,《重庆社会科学》2005年第6期。

② 杨华:《从鄂西考古发现谈巴文化的起源》,《考古与文物》1995年第1期。

③ 黎小龙:《"巴蜀文化""巴渝文化"概念及其基本内涵的形成与嬗变》,《西南大学学报(社会科学版)》2017年第5期。

④ 黎小龙:《"巴蜀文化""巴渝文化"概念及其基本内涵的形成与嬗变》,《西南大学学报(社会科学版)》2017年第5期。

就一直不断地开展,相关论文如林时九《巴文化与土家族刍议》、刘纲纪《试谈巴文化的渊源、特征及"白虎"的含义》、赵冬菊《三峡考古与巴文化研究》、周兴茂《三峡文化、巴文化与土家文化》、张正明《巴人起源地综考》等。近十年来研究巴文化的论文不断增加,例如朱世学《三峡考古与早期巴文化源头研究》、王晓天和黎小龙《板楯蛮(賨人)源流考略——廪君之后还是"百濮"先民》、薛宗保《古代巴地的地域及民族考辨》、赵炳清《"巴人起源"问题的检讨》、黄剑华《略论巴文化与天府文化的关系》、谭继和《巴文化的发生与发展》、朱圣钟《西周巴国疆域考》、屈小强《刍议巴文化精神》等。从 2005 年以后,研究巴文化的硕士论文和单篇学术论文都在大幅增加。这些研究正沿着文献学、历史学、考古学的路径,不断向巴文化——这一远古文明深处走去,巴文化作为巴渝文化和巴蜀文化的底色,正在受到越来越多的重视。正如一位学者所说:"从巴蜀文化的历史上看,'巴'的影响并不亚于'蜀'……巴蜀文化是一个整体,两种文化互相影响和渗透,对巴文化的研究,应该予以特别的重视。"[①] 而最后我们必须提到的是,针对蜀、巴、楚这三个相近地域的文化关系的思考也一直伴随着上述的研究不断涌现,这其中又有两种声音值得关注:其一,文化分区理论,例如徐吉军《论长江文化区的划分》;其二,文化纵贯理论,例如邱述学《重构长江文明》。

究其本源,巴渝文化、巴蜀文化、巴文化都是地缘文化,其中"地域"应该具备四个特点:其一,相对明确而稳定的空间形态和文化形态;其二,它是一个历史发展到一定水平形成的文化概念;其三,包含着区域内人们约定俗成的文化认同;其四,"地域"是一个比较性

---

① 李殿元:《应该重视对巴文化的研究——从巴蜀关系论巴蜀文化研究》,《地方文化研究辑刊》第十八辑,巴蜀书社,2021 年,第 39—40 页。

的概念①。"地域文化既是客观的实体存在,也是地域群体的主观文化认同所形成的'想象的共同体'。"②巴渝文化不是一个凭空生出的概念,它是依托巴渝这个地理区域的历史文化建立起来的,巴文化是其重要的历史文化内核,而长江三峡的考古发掘和重庆市的直辖让这种文化自觉和建构变得越发清晰和凸显。本质上它体现了区域文化研究不断细化和深入的发展趋势。同时它也让人们更加关注巴渝和巴蜀共有的一个历史文化底色——"巴文化"。

二、巴渝唐诗之路的地理交通研究

梳理本部分的研究是一个复杂而艰难的工作,除了受限于本人的学术积淀和专业背景,也是因为相关研究同时兼有自然和人文的双重属性,所有诗人的活动和行迹不是存在于想象之中,而是以地理环境为依托。本部分并不仅限于考证某位诗人经行的轨迹,而是集中考察他们的行旅共同要经过的道路、道路周边的地理环境、山川河流,以及那些与之相关的交通制度与社会性实物。从广义的范围而言,这些研究应属于历史地理学范畴,但其中又涉及历史经济地理、历史人口地理,历史交通地理、历史人文地理等多个分支体系。这些研究多为新兴学科,研究对象极为分散,所以本部分拟从历史时期、地理区域、对象类别三个维度来梳理有关研究。

首先,从历史时期的维度来看,相关的研究从上古到明清大致呈现出一种逐次递增的态势,越是早期的历史,相关的研究就越少。例

---

① 严飞生:《地域文化学的若干问题研究》,南昌大学 2006 年硕士学位论文,第 10 页。
② 严飞生:《地域文化学的若干问题研究》,南昌大学 2006 年硕士学位论文,第 11 页。

如涉及中古以前的研究,仅有《魏晋南北朝隋唐佛教传播与"西南丝路"》《两汉时期西南人才地理特征探析》《魏晋南北朝时期的三峡航运研究》等寥寥数篇。涉及唐宋时期的研究始逐渐增多,约占检索材料的百分之四十,而涉及明清的研究约占剩余的百分之五十五。究其原因,应该与文献的匮乏有关,巴渝大部分地区曾长期被少数民族占据,以书面文字为载体的文献极少,明清之后大量涌现的地方志成了保存相关史料的重要载体。或许正是因为上述原因,巴渝一地的历史地理研究,若以断代研究、跨代研究、通史研究来划分,则通史研究的专著最多,成就和影响也更大更广;跨代研究也比较常见,动辄以"明清""唐宋"为题的研究甚为多见;而单纯以某朝某代的研究则相对较少。

其次,从地理区域来看,对夔州的研究最为繁盛,追本溯源,应与唐宋时期巴渝地区的经济以夔州最为发达有关。各种研究均表明,夔州的繁荣昌盛景象远胜其他诸州,文化活动也更加频繁,因此相关研究大量集中于夔州和三峡地区自是必然的选择。事实上,唐代诗人在巴渝地区留下的历史记载也多集中于渝东北的夔州和三峡地区。其余渝州和合州区域仅有少量的研究成果,渝东南则甚少被提及。

最后,我们再从研究对象分类来看,研究的对象和领域牵涉较广,但具体类别之间则多寡不一。总体而言,今天纯粹研究地理山川的成果不多,类似的论文有王建纬《古渝水考》、冯汉镛《僰道支线考》、蓝勇和陈俊梁《古代巴蜀界山:青石山、龙多山异同考》、杨文华《清代四川津渡地理研究》等,专著有方国瑜《中国西南历史地理考释》、平冈武夫《唐代的行政地理》、黄健民编著《长江三峡地理》等。单纯研究历史建筑和城池建制的论文不多,代表性的有蓝勇《中国古代栈道初步研究》《中国古代栈道的类型及其兴废》《西南古代索桥研究》《关于〈汉白帝城位置探讨〉有关问题的补充》、杨君昌《汉代朐䏰县的"大小石城"与唐代云安县盐官的位置》等系列论文,还有陈剑《白帝寺始建时代及现存文物概论》、熊炜《忠州镇巴王庙略考》等。相关的制度研究也较少,主要有蓝勇《唐宋四川馆驿汇考》《元代四川驿站汇考》,田青、喻学忠《宋初西南区域文书通信系统的建构述论》,孙明理《清代巴渝地区的塘汛制度初探——以北碚水土渡口塘汛石碑为例》,李久昌《荔枝道早期史考述》,刘小锋《唐代中朝交通与驿馆》等。相较而言,围绕经济活动,研究历史交通的成果最多,除了赫赫有名的严耕望《唐代交通图考》外,比较有代表性的有辛德勇《古代交通与地理文献研究》,蓝勇《古代交通生态与实地考察研究》《四川古代交通路线史》《魏晋南北朝隋唐佛教传播与"西南丝路"》,罗传栋《长江航运史》,熊树明《长江上游航道史》,陈伟明《唐五代岭南道交通路线述略》,曹家齐《宋代西南陆路交通及其发展态势》,李浩、李林照《清代川黔古盐道上的盐夫初探》,黄小刚《线性文化遗产视野下川黔古盐道的价值转换与功能转型》。此外,还有一些对历史地理文献进行梳理、探索研究范式创新的论文也值得关注。

概而言之,巴渝唐诗之路的地理交通研究具有非常强的专业性和实证色彩,其涉及的领域和专业特别多,学科交叉的特征非常鲜明。而与巴渝唐诗之路研究直接相关,且针对性强的具体的山川道路的研究,还有待深入和强化。因为其细碎分散,也很难通过大范围的论文检索来查找。值得关注的是,在大量明清巴渝地方府县志中,各地的山川地理的考证,兼讨论人文历史的文献其实非常多,值得唐诗之路的研究者仔细梳理。

三、巴渝唐诗之路的诗人行迹与交游研究

如前所述,古代入蜀的诗人固然不少,但在巴渝大地经历且留下重要线索的人却并不多,这点笔者在明清方志的整理中已经意识到。这些诗人中最著名者首推杜甫,对他的研究也非常之多。较早研究杜甫交游问题的是闻一多,他的《少陵先生交游考略》是开先河之作。就目前学界而言,研究杜甫交游活动的资料中,影响较大的有杨廷福《杜甫交游考略》、李云逸《杜甫交游补笺》、陶敏《杜甫交游新考》《杜甫交游续考》、胡可先《杜甫交游补考》、郁贤皓《李杜交游新考》等,上述研究成果集中考订杜甫的交游情况、厘清杜甫的交游史实,使研究者对杜甫交游的情况有了清晰的认识。另外尚有不少对杜甫交游个案研究的文章,如王辉斌《孔巢父与李白、杜甫交游考》、乔长阜《杜甫与高适李白游宋中考辨——兼辨杜李游鲁及杜入长安时间》、邓小军《杜甫与李泌》、张清华《杜甫与孟云卿》、任桂圆《杜少陵先生客居云安县交游诗考释》等。此外还有刘刚《文章有神交有道——试论杜甫的交游诗》、刘文军《杜甫寄赠诗研究》、赵天一《杜甫交往诗研究》等交游分类研究。就巴渝一地而言,从单篇论文来看大致有以下近十篇:陈尚君《杜甫为郎离蜀考》,孙士信《杜甫客秦州赴两当县考——关于杜甫由秦陇入蜀路线的质疑》,陈淑宽《杜甫夔州行止浅索》,任桂园《杜少陵先生客居云安县交游诗考释》(一)、(二)、(三),王大椿、李江《杜甫夔州高斋历代考察述评》等。陈文重点考察了杜甫离开成都的时间和原因,为杜甫寓居巴渝的原因提供了合理的解释。孙文则详细考证了杜甫由秦陇入蜀的路线。两篇文章立论严谨翔实,有据可征,为后来的杜甫行迹考奠定了坚实的基础。另外几篇文章则直接与杜甫在巴渝一地的行迹相关,或者考证

杜甫的行动路线，或者考证其交游情况，或者考察杜甫在渝的居住地等。此外，还有一些零星的研究其他诗人在渝行迹的论文，如陈建中《刘禹锡竹枝词写作地点考辨》，汤绪泽《李白三峡游踪及其有关诗作探讨》，李俊、郑宗荣《唐代诗人李远故土考论》等。

与前者单论某一位诗人行迹不同，尚永亮《唐五代夔、归二州贬流官考》《唐代忠、万二州贬流官考》两篇文章，通过对大量墓志和文史材料的梳理，对唐代流寓夔州、归州、忠州、万州的被贬官员，按照初盛唐、中唐、晚唐三期分别做了详细的考证，明确得出结论："唐五代三百余年贬流夔、归二州官员可考者27人。……以诗文创作论，有文名或诗文创作者有孔巢父、唐次、窦常、刘禹锡、袁循、朱朴、欧阳彬诸人，就中尤以刘禹锡、窦常知名。"① "唐近三百年间，贬、流忠、万二州可考者34人……以诗文创作论，张志和、刘晏、陆贽、李吉甫、吴武陵、白居易、李景俭、于季友诸人均有诗文传世，就中尤以张志和、陆贽、白居易、李吉甫、吴武陵等较知名。"② 这些结论表明，学界对巴渝地区唐代诗人和作品的研究还有很多遗漏和空白之处，此举极大地拓展了巴渝唐代诗人交游考论的学术空间。

除了上述的单篇论文，还有5篇硕士论文专门研究白居易和杜甫在巴渝、巴蜀的交游与创作，分别是蔡江涛《白居易在长江流域的游历及创作》、邓景年《杜诗地理》、刘丹《杜甫漂泊荆湘行迹交游考论》、杜文静《杜甫夔州时期的交游考论》、刘悦祺《杜甫流落两川时期交游考论》。蔡文并非严格的交游行迹考论，而是结合长江流域的地理空间综合论述白居易诗文创作概况。其他四篇均是针对杜甫在

---

① 尚永亮：《唐五代夔、归二州贬流官考》，《武汉大学学报（哲学社会科学版）》2022年第2期。

② 尚永亮：《唐代忠、万二州贬流官考》，《长江学术》2022年第2期。

长江流域的交游活动,论证也较为详细。其中尤以杜文静《杜甫夔州时期的交游考论》最为切题,其文重点论述了杜甫抵夔途中和在夔州期间所交游的人物。证据多从杜甫诗歌中归结而来,文献梳理颇为翔实。邓景年《杜诗地理》的研究颇具新意,是典型的文学地理研究。

大致而言,巴渝唐诗之路诗人行迹与交游详于杜甫,而略于其余。究其原因,资料文献的多寡和诗人的影响力是重要的原因,但上述研究都存在偏重文献而疏于地理实证的倾向,事实上,就巴渝一地,具体哪些名胜和地点是诗人所经历,所吟咏,需要结合现场实地道路和遗物考察,方可更加准确。至于如何结合地方志与山川地理实地考察唐代诗人的行迹,应是唐诗之路研究未来需要思考的新问题。

四、巴渝唐诗之路的唐代诗作
与文化地理关系研究

由于这类研究和文学紧密相关,相关的论文可谓汗牛充栋,以下只能选择代表性的作家来梳理。若以作家而论,杜甫、白居易、刘禹锡当位列前三;如果以对象而论,那竹枝词和巴渝舞则是最主要的研究对象。

自1978年,曾枣庄《杜甫在四川的诗歌》发表之后,杜甫在西南创作的诗歌逐渐成为学界关注的对象,并逐渐向夔州收缩。其研究的路径是从文学价值到思想价值,再延伸到文史价值。先是概貌,再到细分,再不断走向深入。20世纪80年代,前辈学者已搭建起了杜甫夔州诗歌研究的基本框架。主要研究方向首先是艺术研究,相关论文如王锡臣《论杜甫夔州诗的艺术成就》,梅俊道、谭耀炬《论杜

甫夔州诗的艺术创新》等。其次是思想研究,如张步云《论杜甫夔州诗的思想性》、梅俊道《简论杜甫夔州诗的思想意义》等。最后是社会文化研究,如张宏生《杜甫夔州诗中所反映的生活悲剧》等。其后的相关研究基本是沿着以上三大方向不断细化和拓展,并在内容和艺术方面不断地细分。相关论文如陈子建《试论杜甫夔州咏史怀古诗》、蒲惠民《论杜甫的夔州山水诗》、蒋先伟《杜甫云安诗论略》。目前从史料的角度研究杜甫在夔诗歌正逐渐成为一个重要的方向,相关论文不少,如蒋先伟《杜甫夔州诗所反映的唐代食盐问题》《论杜甫夔州诗的山川形胜和风土人情描写》《从杜甫〈负薪行〉谈古代夔州的民风习俗》、杨君昌《杜甫描写夔州景物风俗诗的层次》、许智银《杜甫笔下的唐代盐业经济》、卢华语《从杜甫的夔州诗看唐代夔州经济》等。这从一个侧面表明,当下的文学研究正在不断向泛文化的方向推进。而与此同时,杜甫在夔诗歌的研究也在不断走向细分和深化,话题在不断地缩小,不断向某类题材诗歌中的某种价值收缩。例如封野《论杜甫的归田意向及其在夔州的尝试》、周建军《从夔州物候民俗诗看杜甫之“仁”》、刘厚政《杜甫夔州诗的三国情结》、叶茸《杜甫夔州诗中的悲秋意识》、李俊《杜甫夔州诗歌的“纪异”意识》、马虹《杜甫流寓夔州期间的生命体验》等等。类似的趋势,我们在相关的硕士论文中也可见端倪,例如从 2009 年到 2018 年,相关论文的题目依次为《杜甫夔州诗歌研究》《杜甫夔州时期愁闷情怀的文化研究》《论杜甫夔州诗中的悲》[①]。而最新的研究动向则主要集中在两个方面:一是地域文化对杜甫在夔诗歌的影响和意义;二是杜甫夔州诗在后世的传播和接受。相关论文有曾超《杜甫夔州诗与三峡文化

---

① 参见陈默:《杜甫夔州诗歌研究》,内蒙古大学 2009 年硕士学位论文;雷田田:《杜甫夔州时期愁闷情怀的文化研究》,陕西师范大学 2016 年硕士学位论文;张磊:《论杜甫夔州诗中的悲》,西南民族大学 2018 年硕士学位论文。

关系论说》、常珺《论夔州山川对杜甫诗歌的影响》、郑倩颖《杜甫夔州诗中唐至北宋接受研究》。

此外,白居易和刘禹锡是唐人巴渝诗歌研究的另外两个次热点,相较而言,白居易的研究要略多一些,这也许与竹枝词的研究被笔者单列有关。与白居易有关的研究主要集中于他的忠州诗歌。自1982年范昌灼《白居易移忠州刺史诗》发表以来,相关研究方向比较多元,且集中发表于2000年之后。对白居易的思想心态研究是一个较为主流的基调,如陈忻《从"闲适"走向"自适"——论江州时期与忠州时期白居易思想的发展变化》,尹富《白居易思想转变之再探讨》,高月《焦虑的期待——白居易忠州诗词及心态探析》,邵明珍《论白居易的"知足"与"不足"——兼论其忠州起复后之仕隐心态》,傅艳华、付兴林《白居易笼禽诗所折射的贬谪苦闷》,焦尤杰《白居易"忠州情感"述论》等,都是这类研究的代表作。相关的硕士论文则主要从整体研究和比较研究来展开,代表性的论文有叶楠《白居易忠州诗研究》、杜娟《白居易山水诗研究》、黄茂玲《白居易忠州诗与杭州诗比较研究》、郭巍峰《白居易量移忠州及其忠州诗研究》等。

与白居易的情况颇为类似,刘禹锡的研究数量也较多。也许因为刘禹锡与竹枝词的紧密联系,对他诗歌研究的角度多与巴渝民风民俗有关。这一特征几乎贯穿始终。代表作有陈思和《试论刘禹锡的〈竹枝词〉》,邓小军《刘禹锡〈竹枝词〉、〈踏歌词〉研究》,张福清《刘禹锡乐府诗所受巴人土家族民歌影响之考论》,吴倩《刘禹锡诗歌创作与夔州文化》,梁颂成、艾瑛《刘禹锡与"竹枝词"的诞生》,兰翠《论刘禹锡诗歌对贬谪地异族文化的书写》。此外,研究刘禹锡在夔诗歌文学性的论文也不少,其中最具代表性的是肖瑞峰的《论刘禹锡谪守夔州期间的诗歌创作》,该文从咏史怀古诗的新拓展与民歌体乐府诗的新探索两个方面,指出了刘禹锡在夔诗歌对诗歌和文学史发展的演进意义。进入 21 世纪,研究刘禹锡文学性的硕士论文逐渐增多,相关论文有王丽芳《刘禹锡咏史诗的生成及影响》、吴珊珊《刘禹锡的夔州诗歌及其贬谪后期心态研究》、王建梅《刘禹锡的贬谪生活与诗歌创作》、周哲涵《刘禹锡辞赋研究》、卢猛《地域文化与刘禹锡诗歌创作研究》、王妍《刘禹锡民歌体诗研究》、乔艺《刘禹锡夔州诗研究》、王魏《刘禹锡词与诗比较研究》。令人遗憾的是,研究巴渝本地唐代诗人作品的较少,熊笃《略论晚唐巴渝诗人李远及其诗》是其中罕见的论文,这也表明相关的研究还需要从文献收集和研究范式、角度方面不断深化。

此外,巴渝诗文艺术研究中,巴渝竹枝词和巴渝舞是长盛不衰的热点,研究的视角涵盖考古学、音乐学、社会学、民俗学、文化学等多个学科,不断有人发表研究成果。这一现象表明古老的巴渝文化不仅神秘,而且具有极其强大的史学和文化学价值,比较有代表性的文章如屈小强《从民间"竹枝词"到文人"竹枝词"》、张琴《论唐代文人竹枝词》、丘良任《竹枝词与民俗学》、李良品《竹枝词源流考》《巴渝歌舞的起源、发展与动因》、黄晓东《竹枝遗韵土家歌——试论竹枝词与土家族民歌的关系》、季智慧《〈竹枝词〉与巴渝歌舞》《巴渝舞·踏碛·竹枝》、彭福荣《试论乌江流域竹枝词民俗内涵》、黄贤忠《巴渝竹枝词内涵三论》、陈敏《唐宋竹枝词研究》、唐兰妹《巴蜀竹枝词的文化研究》、段绪光《巴渝舞的源和流》、董其祥《巴渝舞源流考》、邓廷良《巴渝舞考》、王密《巴渝舞的发展过程探析》等。

在上述的梳理中,大家不难发现,对巴渝文化的研究正在从诗歌文学的艺术性研究,向民俗学、文化学方向转变。事实上,近年巴渝诗文在民俗学、社会学,乃至建筑学的研究中,正发挥着重要的史料支撑作用。

五、巴渝唐诗之路的研究范式探索

由于唐诗之路研究具有鲜明的学科交叉融合特性,以至于唐诗之路的研究在今天无论从理论基础,还是研究对象、路径和方式方法,仍然有很多亟需探索和解决的问题,相关的直接研究很少,这里列举四篇文章略做论述。

首先要提及的是简锦松的《杜甫夔州诗现地研究》,该文集中体现了简锦松的专著《杜甫夔州诗现地研究》的研究方法和思路。简锦松认为:杜甫夔州诗大约现存有四百三十多首,占全集的七分之二,其中最著名的作品如《秋兴八首》《诸将五首》《咏怀古迹五首》等皆作于夔州,夔州诗是杜甫诗的重中之重。简先生认为杜甫夔州诗歌中有许多不可解读之处,而这些疑惑必须要结合实地考察才能解决,于是他有针对性地提出了现地研究法。他在文章中具体论述了现地研究法的步骤和意义,明确提出了基本思路。首先系统分析整理杜甫原诗,然后辩证历代杜诗古注、古地理总志、分志及诗文记载,旁参考古、地质、水文、天文、历史地理等多种学科的科研资料,最后运用实地测量、拍摄的数据和影像,反复对比,据此指出传统注解中的失误,重新认定各个相关地点的正确位置。显然,这样的研究不仅有助于廓清杜甫诗歌的古代注释失误,也有助于我们具体深入地理解杜诗。他的文章还具体指出了楚宫阳台、赤甲白盐、东屯茅屋、瀼西草堂的实际位置,以及由此引发的误读。该文最后还提出了很多新的研究设想。此外,他的《李白登上三峡之巅》也有类似的创新之处,限于篇幅,不再赘述。

其次,必须提及的论文是萧驰先生的《杜甫夔州诗作中的"山河"与"山水"》。其文立足于文本内涵和意象内蕴解读的文学本位,拈出"山水"和"山河"这一组相关又不同的概念，结合杜甫的夔州诗歌，详细阐释了两者在诗歌传统中的意蕴异同，由现实而想象、由当下而远方、由历史而开创，探析二者彼此相互交织的复杂关系，并通过这种交织的关系，揭示出杜甫夔州诗歌在文学意蕴和价值开创上的重要意义。他认为，杜甫夔州诗歌的书写和创新展示了中国文学中山水书写由游览之作、别异乡、离别场景等三种自传性环境，向象征国家命运的隐性喻体转化的演变轨迹，揭示了山水诗在时代危机面前所引发的自我启悟和超越，以及由此给山水诗歌赋予的更深广的社会意义和文化价值。该文对于我们结合特殊历史、地域以及文学演变，深度挖掘诗歌的意蕴，解读其中内隐的深广复杂的文化内涵具有重要的指导意义。

　　若说具体以唐诗之路研究为主旨，肖瑞峰的《唐诗之路视域中的刘禹锡》无疑是值得认真思考和借鉴的文章。他提出："不仅从文学地理学的视角考察唐诗之路各个区段的地理环境、诗人行踪及创作指向，还要综合运用各种新老研究方法，对遍布天涯海角的唐诗之路进行全面观照和总体把握。"[①] 这种把握的目的和意义就是为了以此来正确理解诗人的个人成就与唐诗之路的互动关系。他说："唐诗之路与唐代诗人是相互依托、相互成就、相互辉映的。有必要从深层次上揭示代表性诗人与这条蕴含着多种政治元素和文化基因的道路之间的交涉与互动。"[②] 简单来说，诗歌的魅力和价值因为诗人行旅的所见所闻而成，而诗歌的流传和文化提炼又反过来给诗路赋能。

---

① 肖瑞峰：《唐诗之路视域中的刘禹锡》，《河南大学学报（社会科学版）》2022 年第 1 期。

② 肖瑞峰：《唐诗之路视域中的刘禹锡》，《河南大学学报（社会科学版）》2022 年第 1 期。

六、结语

综上所述,巴渝唐诗之路研究的前期积淀非常深厚,以上四篇文章也表明,相关研究具有广阔的空间,有待我们去开发和耕耘。但从目前的情况来看,相关的跨学科的方法、理念、工具的运用与融合,以及社会服务意识都还有待加强。就未来的研究而言,笔者认为可从以下几个方面着力推进。其一,对地方文献要予以更多的重视,尤其是各种版本和层级的地方志,它们记录了大量的与诗文有关的山川地理、人文掌故,这些需要我们投入更多的学术力量去梳理和发掘。事实上,受清代乾嘉学术的影响,不少巴渝府县志本身就是一部汇聚诗词、山水与文献考证的学术著作。其二,要增加对文学之外其他学科研究成果的融通。近年来,研究历史的学者正在越来越多地关注古代诗文,而研究古代文学的学者正不断转向与历史、地理的融合。学科间的交叉融合不仅是时代的呼吁,也是文科学术自身学术逻辑的要求。这需要我们在传世文献、出土文物、田野调查、实地测量等多重证据间展开更多维和系统的逻辑梳理。其三,我们需要积极地利用新兴的 AI 技术,去拓展唐诗之路的研究方法和路径。目前人工智能技术在古籍整理、数据图形化、数据相关性挖掘方面的运用已经取得了重大进展和突破,巴渝唐诗之路的研究需要建立有关的文本系统和数据库,建立更加高效、更加直观的分析平台与研究体系,形成新的学术思路与范式。其四,我们应该尽可能从理论上拓展唐诗之路的研究范式。例如近年来大行其道的空间理论就是一个重要的理论基础和学术增长点。其五,经世致用是读书人的本分,我们应该树立为地方政府和社会提供文化资源的服务意识,积极思考将学术成果转化为社会文化资料的实践路径。

　　最后我想用一段对唐诗之路研究的体会来结尾：于诗歌而言，唐诗之路是一条融天、地、人于一体的文学生成之路；于文化而言，唐诗之路是一条沟通古今才学情性的赓续和创新之路；于学人而言，唐诗之路是一条从书斋学术走向社会大众的济世之路。

　　　　　　　　　　　　作者系重庆文理学院文化与传媒学院教授

附录　巴渝唐诗之路研究论文论著要目

一、巴渝唐诗之路的文化理据研究

（一）期刊论文

［1］吴致华：《古巴蜀史考略》，《史学杂志》1930年第2期。

［2］卫聚贤：《巴蜀文化》，《说文月刊》1941年第4期。

［3］卫聚贤：《巴蜀文化》，《说文月刊》1943年第7期。

［4］徐中舒：《巴蜀文化初论》，《四川大学学报（社会科学版）》1959年第2期。

［5］缪钺：《〈巴蜀文化初论〉商榷》，《四川大学学报（社会科学版）》1959年第4期。

［6］蒙文通：《巴蜀史的问题》，《四川大学学报（社会科学版）》1959年第5期。

［7］徐中舒：《巴蜀文化续论》，《四川大学学报（社会科学版）》1960年第1期。

［8］陈启文：《鄂西土家族族源考略》，《武汉师范学院学报（哲学社会科学版）》1983年第2期。

［9］彭武一：《唐宋年间土家族先民的族属问题》，《江汉论坛》1983

年第 5 期。

［10］唐金裕:《汉水上游巴文化的探讨》,《文博》1984 年第 1 期。

［11］林时九:《巴文化与土家族刍议》,《吉首大学学报(社会科学版)》1987 年第 4 期。

［12］赵殿增:《巴蜀文化几个问题的探讨》,《文物》1987 年第 10 期。

［13］王毅:《蜀文化发展渊源的探索》,《成都大学学报(社会科学版)》1988 年第 1 期。

［14］马幸辛:《川东北考古文化分期刍论》,《四川文物》1989 年第 6 期。

［15］刘纲纪:《试谈巴文化的渊源、特征及"白虎"的含义》,《湖北民族学院学报(社会科学版)》1990 年第 2 期。

［16］张正明:《巴楚文化关系述要》,《湖北民族学院学报(社会科学版)》1990 年第 2 期。

［17］彭英明、段超:《略论巴文化和土家族文化的关系》,《湖北民族学院学报(社会科学版)》1990 年第 2 期。

［18］陈文学:《春秋战国时期楚、巴关系试探》,《江汉考古》1991 年第 2 期。

［19］祝注先:《加强对古代民族文人文学的研究》,《怀化师专学报》1991 年第 6 期。

［20］林忠亮:《巴蜀民俗文化初探》,《民俗研究》1992 年第 3 期。

［21］尹盛平:《略论巴文化与巴族的迁徙》,《文博》1992 年第 5 期。

［22］田耘:《巴蜀巫傩文化与文学》,《社会科学研究》1993 年第 3 期。

［23］傅正初:《巴蜀文化与西南各族文化的关系》,《文史杂志》1993 年第 4 期。

［24］张雄:《"巴文化"与毗邻诸文化关系概说》,《中南民族学院学

报(哲学社会科学版)》1993 年第 4 期。

[25]文玉:《巴蜀文化研究概述》,《中华文化论坛》1994 年第 1 期。

[26]张之恒:《巴渝文化的起源和发展》,《巴渝文化》第三辑,西南
师范大学出版社,1994 年,第 195—201 页。

[27]李世平:《试论巴文化对西南少数民族文化的传递》,《巴渝文
化》第三辑,西南师范大学出版社,1994 年,第 243—254 页。

[28]黎小龙、周庆龙、缪永舒:《"西夷"称号的方位观念及"西南
夷""南夷"文化内涵探析》,《巴渝文化》第三辑,西南师范大学出
版社,1994 年,第 255—264 页。

[29]徐吉军:《论长江文化区的划分》,《浙江学刊》1994 年第 6 期。

[30]杨华:《从鄂西考古发现谈巴文化的起源》,《考古与文物》1995
年第 1 期。

[31]《四川省志·哲学社会科学志》编写组:《巴蜀学术发展述略》,
《中华文化论坛》1996 年第 1 期。

[32]朱世学:《论早期濮文化与巴文化的关系》,《民族论坛》1996 年
第 2 期。

[33]谭继和:《巴蜀文化研究趋向平议》,《社会科学研究》1996 年第
2 期。

[34]丁长芬:《从昭通巴蜀土坑墓看巴人南迁》,《四川文物》1996 年
第 3 期。

[35]吴必虎:《中国文化区的形成与划分》,《学术月刊》1996 年第 3 期。

[36]刘玉堂:《长江文化及其研究概论》,《长江论坛》1996 年第 4 期。

[37]钱玉趾:《巴族蜀族彝族之虎考辨》,《四川文物》1996 年第 4 期。

[38]邓星盈:《巴蜀学术的渊源:先秦巴蜀文化》,《天府新论》1996
年第 5 期。

[39]魏昌:《论楚文化的内涵与历史价值》,《荆州师专学报》1997 年

第 1 期。

[40]王宏：《巴、蜀文化源流粗疏》,《江汉考古》1997 年第 3 期。

[41]李绪柏：《两汉时期的巴蜀文化与岭南文化》,《学术研究》1997
年第 3 期。

[42]姜孝德：《鱼复与鱼凫的源流探索》,《重庆师院学报（哲学社会
科学版）》1998 年第 1 期。

[43]马培汶：《论巴渝文化》,《涪陵师专学报》1998 年第 1 期。

[44]李福军：《略论南诏文化与巴蜀文化的关系》,《云南师范大学学
报（哲学社会科学版）》1998 年第 1 期。

[45]金秉骏、段渝：《巴蜀文化的地域差异及秦的郡县控制》,《中华
文化论坛》1998 年第 1 期。

[46]张天恩：《巴蜀文化与中原文化的关系试探》,《考古与文物》
1998 年第 5 期。

[47]李万斌：《巴蜀民俗文化略论》,《四川师范学院学报（哲学社会
科学版）》1998 年第 5 期。

[48]郑文：《巴楚关系刍议》,《西北师大学报（社会科学版）》1998 年
第 6 期。

[49]段渝：《巴蜀文化与汉晋学术和宗教》,《中华文化论坛》1999 年
第 1 期。

[50]宋治民：《试论蜀文化和巴文化》,《考古学报》1999 年第 2 期。

[51]余楚修：《巴渝文化刍议》,《重庆师院学报（哲学社会科学版）》
2000 年第 2 期。

[52]王玉德：《论廪君的历史功绩》,《湖北民族学院学报（哲学社会
科学版）》2000 年第 2 期。

[53]段渝：《巴蜀文化研究与学科建设》,《中华文化论坛》2000 年第
2 期。

[54]杨华:《三峡地区新石器时代古城遗迹的考古与研究》,《中南民族学院学报(人文社会科学版)》2000年第3期。

[55]王元林:《浅议巴蜀文化的地域差异》,《陕西师范大学学报(哲学社会科学版)》2000年第4期。

[56]赖悦:《清代移民与四川经济文化的变迁》,《西南民族学院学报(哲学社会科学版)》2000年第5期。

[57]段渝:《巴蜀古代文明的时空构架》,《文史杂志》2000年第6期。

[58]赵冬菊:《三峡考古与巴文化研究》,《中央民族大学学报》2001年第2期。

[59]周兴茂:《三峡文化、巴文化与土家文化》,《重庆三峡学院学报》2001年第3期。

[60]李明斌:《先蜀文化的初步探讨》,《四川文物》2001年第3期。

[61]熊笃:《论巴渝文化十大系列》,《重庆大学学报(社会科学版)》2001年第4期。

[62]赵娴:《战国时期巴蜀音乐文化初探》,《史学月刊》2001年第5期。

[63]俞荣根:《巴渝文化与易文化》,《西南师范大学学报(人文社会科学版)》2001年第6期。

[64]聂树平、赵心宪:《唐以前巴渝行政区划沿革考释》,《重庆教育学院学报》2002年第2期。

[65]谭继和:《巴蜀文化研究的现状与未来》,《四川文物》2002年第2期。

[66]吴洪成:《巴蜀文化述略》,《重庆社会科学》2002年第3期。

[67]薛新力:《略论巴渝文化与蜀文化、楚文化的关系》,《湖北民族学院学报(哲学社会科学版)》2002年第6期。

［68］黄开国、邓星盈：《巴蜀哲学发展略述》，《四川大学学报（哲学社会科学版）》2002 年第 6 期。

［69］刘茂才、谭继和：《巴蜀文化的历史特征与四川特色文化的构建》，《西南民族学院学报（哲学社会科学版）》2003 年第 1 期。

［70］梁廷保：《古代巴賨人浅议》，《四川文物》2003 年第 2 期。

［71］张友谊、管维良：《浅论巴渝文化之特征》，《重庆工学院学报》2003 年第 5 期。

［72］俞伟超：《四川地区考古文化问题思考》，《四川文物》2004 年第 2 期。

［73］邓经武：《巴蜀文化的肇始：神话和上古传说》，《西华大学学报（哲学社会科学版）》2004 年第 5 期。

［74］张正明：《巴人起源地综考》，《华中师范大学学报（人文社会科学版）》2004 年第 6 期。

［75］段渝：《先秦巴文化与巴楚文化的形成》，《华中师范大学学报（人文社会科学版）》2004 年第 6 期。

［76］蔡靖泉：《巴人的流徙与文明的传播》，《华中师范大学学报（人文社会科学版）》2005 年第 4 期。

［77］林向：《四川盆地巴文化的探索》，《中华文化论坛》2005 年第 4 期。

［78］熊笃：《论“巴渝文化”是贯通重庆古今的主流文化》，《重庆社会科学》2005 年第 6 期。

［79］曾毅：《巴蜀文化的特征及其研究意义》，《宜宾学院学报》2005 年第 7 期。

［80］唐世贵：《大禹神话与巴蜀文化之渊源新探》，《攀枝花学院学报》2006 年第 2 期。

［81］孙华：《西南考古的现状与问题——代〈南方文物〉“西南考古”

专栏主持辞》,《南方文物》2006年第3期。

[82]罗玲:《"巴渝文化研讨会"综述》,《重庆师范大学学报(哲学社会科学版)》2006年第4期。

[83]林向:《"巴蜀文化"辨证》,《华中师范大学学报(人文社会科学版)》2006年第4期。

[84]邹登顺:《论明清移民与巴渝文化的新变》,《重庆师范大学学报(哲学社会科学版)》2006年第5期。

[85]杨耀健:《巴渝婚俗的地域文化内涵》,《重庆邮电学院学报(社会科学版)》2006年第5期。

[86]杨颖:《〈华阳国志〉看东汉巴蜀地区的士族文化》,《淮阴师范学院学报(哲学社会科学版)》2006年第5期。

[87]余云华:《重庆文化主源头:来自伏羲族的"蛇"巴》,《重庆社会科学》2006年第8期。

[88]熊笃:《巴渝文化论纲》,《重庆大学学报(社会科学版)》2007年第1期。

[89]江章华:《渝东地区商周时期考古学文化研究》,《考古学报》2007年第4期。

[90]熊晓辉:《论早期时代巴文化与土家文化之融合》,《三峡大学学报(人文社会科学版)》2007年第4期。

[91]段渝:《"巴蜀文化"研究发轫》,《史学史研究》2007年第4期。

[92]周兴茂:《巴人、巴国与巴文化》,《徐州师范大学学报(哲学社会科学版)》2007年第4期。

[93]刘弘:《巴蜀文化在西南地区的辐射与影响》,《中华文化论坛》2007年第4期。

[94]罗华文:《巴渝文化与早期道教》,《重庆三峡学院学报》2007年第5期。

［95］王定天：《论"巴渝文化"应该缓行》,《四川文学》2007 年第
　　　5 期。

［96］易光：《异质互补：川渝文化合作的逻辑起点》,《长江师范学院
　　　学报》2007 年第 6 期。

［97］郝明工：《巴蜀文化流变论》,《长江师范学院学报》2007 年第
　　　6 期。

［98］冯广宏：《古蜀考古发现与古史传说的拟合》,《西华大学学报
　　　（哲学社会科学版）》2007 年第 6 期。

［99］曾超：《巴人乐器文化及其意蕴》,《长江师范学院学报》2008 年
　　　第 1 期。

［100］庞国栋、张万仪：《巴渝学术思想与人文资源考辨》,《重庆社会
　　　科学》2008 年第 1 期。

［101］黄萍：《巴楚文化的形成及其民族特性初探》,《华中科技大学
　　　学报（社会科学版）》2008 年第 1 期。

［102］程龙刚：《试论三峡盐资源对巴文化的重要作用》,《南方文物》
　　　2008 年第 1 期。

［103］沈荭：《重庆言子儿的文化透视》,《重庆大学学报（社会科学
　　　版）》2008 年第 2 期。

［104］黄尚明：《论楚文化对巴文化的影响》,《江汉考古》2008 年第
　　　2 期。

［105］托德宗：《唐宋时期的巴渝文化高潮及其当前意义——以杜甫
　　　等唐宋文学大家的三峡书写为例》,《长江师范学院学报》2008 年
　　　第 3 期。

［106］邱述学：《重构长江文明》,《西南民族大学学报（人文社科版）》
　　　2008 年第 3 期。

［107］李俊：《从三峡、三峡文化到长江三峡学》,《学习与实践》2008

年第 3 期。

[108] 王家德、王欢:《略论清江流域先秦时期的巴、楚文化》,《三峡大学学报(人文社会科学版)》2008 年第 4 期。

[109] 刘壮:《重庆文化新论:谱系、生态与分区》,《重庆社会科学》2008 年第 6 期。

[110] 张永安:《川江号子与巴渝地方戏曲音乐的发展》,《重庆社会科学》2008 年第 7 期。

[111] 周孝君:《论巴蜀文化研究取向》,《内江师范学院学报》2008 年第 7 期。

[112] 李伟、魏巍:《巴渝文化与重庆文化生态圈建设》,《文艺争鸣》2008 年第 7 期。

[113] 段渝:《巴国的历史和文化》,《文史知识》2008 年第 12 期。

[114] 胡道修:《巴渝的内涵与巴渝文化的本源探究》,《长江文明》第 3 辑,光明日报出版社,2009 年,第 79—88 页。

[115] 朱世学:《巴文化与三峡地缘文化的关系探析》,《湖北民族学院学报(哲学社会科学版)》2009 年第 1 期。

[116] 谭继和:《巴蜀文化共同体的形成与发展》,《西华大学学报(哲学社会科学版)》2009 年第 3 期。

[117] 袁泉、杨铭:《巴渝地区禹文化源流及其内涵》,《文史杂志》2009 年第 4 期。

[118] 文鹤:《鱼凫考》,《社会科学研究》2009 年第 5 期。

[119] 白九江:《巴文化西播与楚文化西渐》,《重庆社会科学》2009 年第 10 期。

[120] 朱世学:《三峡考古与早期巴文化源头研究》,《重庆三峡学院学报》2010 年第 1 期。

[121] 宋治民:《试论蜀文化和夏商文化的关系》,《洛阳师范学院学

报》2010 年第 1 期。

［122］张全之：《区域文化与文学研究的意义和限度》，《区域文化与
　　　文学研究集刊》第一辑，中国社会科学出版社，2010 年，第 32—
　　　34 页。

［123］张建锋：《重构现代巴蜀文学史的思考》，《区域文化与文学研
　　　究集刊》第一辑，中国社会科学出版社，2010 年，第 279—288 页。

［124］马强：《唐宋诗歌中的"巴蜀"及文化地理内涵》，《成都大学学
　　　报（社会科学版）》2010 年第 2 期。

［125］周兴茂、张晶晶、丁益：《论巴文化在中华文化发展史中的地位
　　　与作用》，《重庆邮电大学学报（社会科学版）》2011 年第 3 期。

［126］刘兴均：《说"巴"》，《成都大学学报（社会科学版）》2011 年第
　　　6 期。

［127］王晓天、黎小龙：《板楯蛮（賨人）源流考略——廪君之后还是
　　　"百濮"先民？》，《中国历史地理论丛》2012 年第 2 期。

［128］赵炳清：《"巴人起源"问题的检讨》，《江汉考古》2012 年第
　　　4 期。

［129］张中宇：《巴渝文化属性及其对文学艺术的影响》，《社会科学
　　　战线》2012 年第 10 期。

［130］蔡方鹿：《巴蜀哲学、蜀学、巴蜀经学概论》，《地方文化研究辑
　　　刊》第六辑，巴蜀书社，2013 年，第 36—40 页。

［131］舒大刚：《宋代巴蜀学术文化述略》，《湖南大学学报（社会科学
　　　版）》2013 年第 1 期。

［132］陈倩、王全康：《巴渝古盐业文化遗产与旅游开发价值研究》，
　　　《四川理工学院学报（社会科学版）》2013 年第 1 期。

［133］谢洪波：《巫鬼信仰视域下东汉巴蜀镇墓俑的功用分析》，《求
　　　索》2013 年第 4 期。

[134]杨华、粟慧:《巴文化研究活动的兴起及深入(上)》,《重庆文理学院学报(社会科学版)》2013年第6期。

[135]蓝勇:《巴蜀历史文化考二则》,《中华文化论坛》2013年第7期。

[136]邓晓、何瑛:《试论巫盐与巫巴文化》,《中华文化论坛》2013年第9期。

[137]李钊、张弘:《巴蜀文化与巴蜀非遗、农耕文化的关系研究述略》,《成都大学学报(社会科学版)》2014年第4期。

[138]陶丽萍:《长江三峡地区巴文化资源的保护与利用策略》,《长江大学学报(社科版)》2014年第9期。

[139]商拓:《试论巴蜀文化与陈子昂》,《中华文化论坛》2014年第9期。

[140]王隆毅:《打造巴文化起源与发展中心路径研究》,《中华文化论坛》2015年第12期。

[141]周书灿:《论徐中舒巴蜀文化与西南地方史研究》,《长江文明》第25辑,吉林文史出版社,2017年,第1—14页。

[142]白九江:《巴盐文化遗产资源、保护、利用:以盐道为中心》,《长江文明》第27辑,吉林文史出版社,2017年,第19—24页。

[143]薛宗保:《巴·彭·板楯蛮·賨》,《长江师范学院学报》2017年第5期。

[144]黎小龙:《"巴蜀文化""巴渝文化"概念及其基本内涵的形成与嬗变》,《西南大学学报(社会科学版)》2017年第5期。

[145]成良臣:《巴文化的精神内涵、价值及当代型转化》,《四川文理学院学报》2017年第6期。

[146]薛宗保:《古代巴地的地域及民族考辨》,《三峡论坛(三峡文学·理论版)》2017年第6期。

[147] 严正道:《巴蜀地区古代侠义文化论》,《西华师范大学学报(哲学社会科学版)》2018 年第 5 期。

[148] 谭继和:《巴文化论》,《中华文化论坛》2018 年第 9 期。

[149] 王小红:《从历史地理看蜀学的包容性》,《儒藏论坛》2019 年第 1 期。

[150] 谭继和:《巴文化的发生与发展》,《地方文化研究辑刊》第十四辑,四川大学出版社,2019 年,第 3—21 页。

[151] 黄剑华:《略论巴文化与天府文化的关系》,《地方文化研究辑刊》第十四辑,四川大学出版社,2019 年,第 34—41 页。

[152] 潘殊闲:《巴、蜀文化的互动与交融》,《地方文化研究辑刊》第十四辑,四川大学出版社,2019 年,第 42—48 页。

[153] 姜怡:《以巴蜀神话研究为切入点,加强巴蜀文化的挖掘和研究》,《神话研究集刊》第一辑,巴蜀书社,2019 年,第 11—12 页。

[154] 段渝:《70 年巴蜀文化研究的方向与新进展》,《中国史研究动态》2019 年第 4 期。

[155] 杜芝明:《巴渝民族研究与史料整理》,《重庆师范大学学报(社会科学版)》2019 年第 5 期。

[156] 马强:《论蜀道文献整理与研究的现状和拓展》,《西南大学学报(社会科学版)》2019 年第 5 期。

[157] 段渝:《七十年来的巴蜀文化研究》,《中华文化论坛》2019 年第 5 期。

[158] 戴连渠:《渠县"賨人"独特的历史与文化》,《文史杂志》2019 年第 6 期。

[159] 陈涛:《论楚文化对巴蜀文学的影响》,《内江师范学院学报》2019 年第 7 期。

[160] 梅强:《古代巴渝古琴文化考略》,《长江文明》2020 年第 1 辑,

四川美术出版社,第 33—44 页。

[161]蔡方鹿:《关于巴蜀哲学特色的思考》,《儒藏论坛》2020 年第 1 期。

[162]朱圣钟:《西周巴国疆域考》,《西部史学》2020 年第 1 期。

[163]向明文:《东周秦汉时期巴蜀文化墓葬等级分类新论》,《边疆考古研究》第 28 辑,科学出版社,2020 年,第 257—284 页。

[164]范勇:《试论巴蜀竹文化》,《长江文明》2020 年第 2 辑,四川美术出版社,第 109—116 页。

[165]张云:《廪君神话与巴蜀历史文化再探》,《区域文化与文学研究集刊》第七辑,中国社会科学出版社,2020 年,第 266—280 页。

[166]丁丹、叶明奉、黄权生:《"土蛮子"和"搬家子""调凡"研究——以巫山墓碑为切入点》,《长江文明》2020 年第 4 辑,四川美术出版社,第 23—34 页。

[167]李殿元:《应该重视对巴文化的研究——从巴蜀关系论巴蜀文化研究》,《地方文化研究辑刊》第十八辑,巴蜀书社,2021 年,第 39—40 页。

[168]侯开良:《阆中巴渝物质文化遗存爬梳》,《地方文化研究辑刊》第十八辑,巴蜀书社,2021 年,第 47—61 页。

[169]孙华:《巴蜀文化铜器初论》,《青铜器与金文》2021 年第 1 期。

[170]刘国勇:《巴蜀符号的巫文化解读与影响》,《民族学刊》2021 年第 5 期。

[171]程得中、彭万钧:《巴渝地区禹迹考略》,《重庆三峡学院学报》2022 年第 1 期。

[172]屈小强:《刍议巴文化精神》,《地方文化研究辑刊》第十九辑,巴蜀书社,2022 年,第 78—83 页。

[173]黄剑华:《廪君与板楯蛮》,《文史杂志》2023 年第 2 期。

[174]彭学斌、刘屏:《"巴渝神鸟"探究》,《长江文明》2022年第3辑,四川美术出版社,第17—21页。

（二）学位论文

[1]陈果:《试论早期巴文化》,重庆师范大学2006年硕士学位论文。

[2]赵炳清:《巴、楚关系诸问题之研究》,华中师范大学2006年硕士学位论文。

[3]严飞生:《地域文化学的若干问题研究》,南昌大学2006年硕士学位论文。

[4]唐妤:《扬雄与巴蜀文化》,四川师范大学2008年硕士学位论文。

[5]杨海艳:《巴文化与九歌》,山东大学2009年硕士学位论文。

[6]杜娟娟:《东周时期峡江地区的巴、楚文化交流研究》,中南民族大学2011年硕士学位论文。

[7]邹维一:《汉代周边对中原文化的影响研究》,上海师范大学2014年博士学位论文。

[8]向明文:《巴蜀古史的考古学观察》,吉林大学2017年博士学位论文。

[9]向自由:《巴中南龛石窟佛教造像艺术研究》,湖南师范大学2021年硕士学位论文。

[10]向金红:《宋前"望帝化鹃"传说流变研究》,四川师范大学2021年硕士学位论文。

[11]苏振华:《土家族民俗音乐文化史研究》,湖南师范大学2021年博士学位论文。

（三）学术专著

[1]顾颉刚:《论巴蜀与中原的关系》,四川人民出版社,1981年。

［2］蒙文通：《巴蜀古史论述》，四川人民出版社，1981年。

［3］徐中舒：《论巴蜀文化》，四川人民出版社，1982年。

［4］董其祥：《巴史新考》，重庆出版社，1983年。

［5］邓少琴：《巴蜀史迹探索》，四川人民出版社，1983年。

［6］〔晋〕常璩撰，刘琳校注：《华阳国志校注》，巴蜀书社，1984年。

［7］任乃强：《四川上古史新探》，四川人民出版社，1986年。

［8］张正明：《楚文化史》，上海人民出版社，1987年。

［9］徐中舒主编：《巴蜀考古论文集》，文物出版社，1987年。

［10］庄燕和：《古代巴史的几个问题》，重庆出版社，1988年。

［11］何光岳：《南蛮源流史》，江西教育出版社，1988年。

［12］蒙默、刘琳、唐光沛、胡昭曦、柯建中：《四川古代史稿》，四川人
　　民出版社，1988年。

［13］石泉：《古代荆楚地理新探》，武汉大学出版社，1988年。

［14］王光镐：《楚文化源流新证》，武汉大学出版社，1988年。

［15］重庆市博物馆《巴渝文化》编辑委员会编：《巴渝文化》第一辑，
　　重庆出版社，1989年。

［16］周集云：《巴族史探微》，四川省社会科学院出版社，1989年。

［17］长江流域规划办公室库区规划设计处编：《葛洲坝工程文物考
　　古成果汇编》，武汉大学出版社，1990年。

［18］李昭明、林向、徐南洲主编：《巴蜀历史·民族·考古·文化》，
　　巴蜀书社，1991年。

［19］重庆市博物馆《巴渝文化》编辑委员会编：《巴渝文化》第二辑，
　　重庆出版社，1991年。

［20］袁庭栋：《巴蜀文化》，辽宁教育出版社，1991年。

［21］赵世喻、周尚意：《中国文化地理概说》，山西教育出版社，
　　1991年。

［22］罗运环：《楚国八百年》，武汉大学出版社，1992 年。

［23］张步天：《中国历史文化地理》，湖南教育出版社，1993 年。

［24］陈侃言、吕嘉健、曾强、周兆晴：《中国地域文化论》，广州出版社，1994 年。

［25］徐少华：《周代南土历史地理与文化》，武汉大学出版社，1994 年。

［26］重庆市博物馆《巴渝文化》编辑委员会编：《巴渝文化》第三辑，西南师范大学出版社，1994 年。

［27］张正明：《楚史》，湖北教育出版社，1995 年。

［28］王恩涌、李贵才、黄石鼎编著：《文化地理学》，江苏教育出版社，1995 年。

［29］高至喜：《楚文化的南渐》，湖北教育出版社，1996 年。

［30］管维良：《巴族史》，天地出版社，1996 年。

［31］蒋宝德、李鑫生主编：《中国地域文化》，山东美术出版社，1997 年。

［32］童恩正：《古代的巴蜀》，重庆出版社，1998 年。

［33］黄淑聘、龚佩华：《文化人类学理论与方法研究》，广东高等教育出版社，1998 年。

［34］国家文物局三峡工程文物保护领导小组湖北工作站编：《三峡考古之发现》，湖北科学技术出版社，1998 年。

［35］宋治民：《蜀文化与巴文化》，四川大学出版社，1998 年。

［36］重庆市博物馆《巴渝文化》编辑委员会编：《巴渝文化》第四辑，重庆出版社，1999 年。

［37］董珞：《巴风土韵——土家文化源流解析》，武汉大学出版社，1999 年。

［38］段渝：《政治结构与文化模式——巴蜀古代文明研究》，学林出

版社,1999年。

[39]邓辉:《土家族区域的考古文化》,中央民族大学出版社,1999年。

[40]国家文物局三峡工程文物保护领导小组湖北工作站编:《三峡
考古之发现(二)》,湖北科学技术出版社,2000年。

[41]孙华:《四川盆地的青铜时代》,科学出版社,2000年。

[42]任桂园:《大巫山文化》,重庆大学出版社,2001年。

[43]重庆市文物局、重庆市移民局编:《重庆库区考古报告集·1997
年卷》,科学出版社,2001年。

[44]霍巍、王挺之主编:《长江上游早期文明的探索》,巴蜀书社,
2002年。

[45]管维良主编:《重庆民族史》,重庆出版社,2002年。

[46]彭林绪、冉易光编:《重庆民族研究论文集》,重庆出版社,
2002年。

[47]杨铭主编:《土家族与古代巴人》,重庆出版社,2002年。

[48]长江水利委员会编著:《宜昌路家河:长江三峡考古发掘报告》,
科学出版社,2002年。

[49]重庆市文物局、重庆市移民局编:《重庆2001·三峡文物保护学
术研讨会论文集》,科学出版社,2003年。

[50]重庆市文物局、重庆市移民局编:《重庆库区考古报告集·1998
年卷》,科学出版社,2003年。

[51]湖北省文物事业管理局、湖北省三峡工程移民局编:《2003三峡
文物保护与考古学研究学术研讨会论文集》,科学出版社,2003年。

[52]杨华:《三峡先秦考古文化》,武汉出版社,2003年。

[53]郑德坤:《四川古代文化史》,巴蜀书社,2004年。

[54]吴涛、柳春明、王玉、张谦毅编著:《巴渝文物古迹》,重庆出版
社,2004年。

［55］赵殿增、李明斌：《长江上游的巴蜀文化》,湖北教育出版社,
　　　2004 年。

［56］王善才主编：《清江考古》,科学出版社,2004 年。

［57］石泉：《古代荆楚地理新校·续集》,武汉大学出版社,2004 年。

［58］董其祥著,重庆中国三峡博物馆编：《董其祥历史与考古文集》,
　　　重庆出版社,2005 年。

［59］赵殿增：《三星堆文化与巴蜀文明》,江苏教育出版社,2005 年。

［60］尤中：《中国西南民族地区沿革史·先秦至汉晋时期》,民族出
　　　版社,2005 年。

［61］黄尚明：《蜀文化研究》,华中师范大学出版社,2007 年。

［62］宋治民：《蜀文化》,文物出版社,2008 年。

［63］张擎：《古蜀文明》,成都时代出版社,2009 年。

［64］朱萍：《楚文化的西渐——楚国经营西部的考古学观察》,巴蜀
　　　书社,2010 年。

［65］余西云：《巴史——以三峡考古为证》,科学出版社,2010 年。

［66］管维良：《巴蜀符号》,重庆出版社,2011 年。

［67］朱世学：《巴式青铜器的发现与研究》,科学出版社,2015 年。

［68］赵炳清：《巴与楚》,科学出版社,2016 年。

二、巴渝唐诗之路山川地理交通研究

（一）期刊论文

［1］董振藻：《牂牁江考》,《岭南学报》1930 年第 4 期。

［2］何观洲：《牂牁江考》,《燕京学报》1932 年第 12 期。

［3］陈源远：《唐代驿制考》,《史学年报》1933 年第 5 期。

［4］姚家积:《唐代驿名拾遗》,《禹贡》1936 年第 2 期。

［5］唐夫:《唐代交通考略》,《真知学报》1944 年第 3—4 期。

［6］严耕望:《唐金牛成都道驿程考》,《历史语言研究所集刊》第 40
本上（1968 年）。

［7］严耕望:《天宝荔枝道考》,《大陆杂志》1978 年第 1 期。

［8］严耕望:《唐代黔中牂牁诸道考略》,《历史语言研究所集刊》第
50 本第 2 分（1979 年）。

［9］陈伟明:《唐五代岭南道交通路线述略》,《学术研究》1987 年第
1 期。

［10］蓝勇:《中国古代栈道初步研究》,《西南师范大学学报（人文社
会科学版）》1988 年第 1 期（增刊）。

［11］蓝勇:《贵妃食荔自何来》,《史学月刊》1988 年第 3 期。

［12］张步天:《宋代地方行政区制度》,《益阳师专学报》1989 年第
3 期。

［13］蓝勇:《唐宋川滇、滇缅通道上的贸易》,《中国历史地理论丛》
1990 年第 1 期。

［14］林文勋:《北宋解盐入蜀考析》,《盐业史研究》1990 年第 2 期。

［15］蓝勇:《唐宋四川馆驿汇考》,《成都大学学报（社会科学版）》
1990 年第 4 期。

［16］刘希为:《对隋唐交通的宏观透视》,《徐州师院学报》1990 年第
4 期。

［17］刘希为:《隋朝交通路线考述》,《江海学刊》1991 年第 1 期。

［18］蓝勇:《元代四川驿站汇考》,《成都大学学报（社会科学版）》
1991 年第 4 期。

［19］吴郁芳:《先秦三峡航运质疑》,《江汉考古》1991 年第 4 期。

［20］蓝勇:《中国古代栈道的类型及其兴废》,《自然科学史研究》

1992 年第 1 期。

[21]黄修明:《关于唐代剑南道与吐蕃、南诏交通路线》,《四川师院学报》1992 年第 2 期。

[22]蓝勇:《魏晋南北朝隋唐佛教传播与"西南丝路"》,《西南师范大学学报(人文社会科学版)》1992 年第 2 期。

[23]蓝勇:《历史时期三峡地区的移民与经济开发》,《经济地理》1992 年第 4 期。

[24]蓝勇:《清代三峡地区移民与经济开发》,《史学月刊》1992 年第 5 期。

[25]段渝:《巴蜀古代城市的起源、结构和网络体系》,《历史研究》1993 年第 1 期。

[26]蓝勇:《明清西南丝路国际贸易研究》,《西南民族学院学报(哲学社会科学版)》1993 年第 3 期。

[27]蓝勇:《唐宋时期西南地区城镇分布演变研究》,《中国历史地理论丛》1993 年第 4 期。

[28]蓝勇:《历史时期三峡地区森林资源分布变迁》,《中国农史》1993 年第 4 期。

[29]蓝勇:《西南古代索桥研究》,《四川文物》1993 年第 6 期。

[30]杨君昌:《汉代朐䏰县的"大小石城"与唐代云安县盐官的位置》,《三峡学刊》1994 年第 1 期。

[31]蓝勇:《三峡的得名和演变》,《史学月刊》1994 年第 3 期。

[32]蓝勇:《近代三峡航道图编纂始末》,《近代史研究》1994 年第 5 期。

[33]蓝勇:《三峡最早的河道图〈峡江图考〉的编纂及其价值》,《文献》1995 年第 1 期。

[34]黎小龙:《两汉时期西南人才地理特征探析》,《西南师范大学学

报(哲学社会科学版)》1995年第2期。

[35]蓝勇:《清代四川土著和移民分布的地理特征研究》,《中国历史地理论丛》1995年第2期。

[36]蓝勇:《三峡历史地理考证三则》,《重庆师院学报(哲学社会科学版)》1995年第4期。

[37]熊炜:《忠州镇巴王庙略考》,《古建园林技术》1996年第2期。

[38]陈剑:《白帝寺始建时代及现存文物概述》,《四川文物》1996年第2期。

[39]蓝勇:《明清三峡地区农业垦殖与农田水利建设研究》,《中国农史》1996年第2期。

[40]蓝勇:《关于〈汉白帝城位置探讨〉有关问题的补充》,《四川文物》1996年第3期。

[41]蓝勇:《清代西南移民会馆名实与职能研究》,《中国史研究》1996年第4期。

[42]郭声波、蓝勇:《三峡移民与川西南开发的新思路》,《长江论坛》1997年第1期。

[43]赵冬菊:《三峡航运史述略》,《三峡学刊(四川三峡学院社会科学学报)》1997年第1期。

[44]冯汉镛:《僰道支线考》,《中国历史地理论丛》1997年第1期。

[45]王涯军:《宋代长江三峡地区草市镇地理考》,《中国历史地理论丛》1998年第1期。

[46]蓝勇:《宋〈蜀川胜概图〉考》,《文物》1999年第4期。

[47]沈颂金:《秦代漕运初探》,《中国经济史研究》2000年第4期。

[48]蓝勇:《唐代气候变化与唐代历史兴衰》,《中国历史地理论丛》2001年第1期。

[49]杭侃:《重庆忠州城址调查》,《四川文物》2001年第4期。

[50]王建纬:《古渝水考》,《四川文物》2001年第4期。

[51]马强、温勤能:《唐宋时期兴元府城考述》,《汉中师范学院学报（社会科学）》2001年第5期。

[52]李良品:《略论古代巴渝地区邮驿诗的艺术特色》,《成都教育学院学报》2002年第9期。

[53]黄豁、陈敏:《白帝城宋城遗址大规模发掘》,《瞭望新闻周刊》2002年第13期。

[54]黎小龙:《周秦两汉西南区域民族地理观的形成与嬗变》,《民族研究》2004年第3期。

[55]黎小龙:《战国秦汉西南边疆思想的区域性特征初探》,《中国边疆史地研究》2004年第4期。

[56]蓝勇:《西南边疆政区名称教化功能演变研究》,《中国边疆史地研究》2004年第4期。

[57]马强:《论唐宋时期对西南地区自然地理的考察及意义》,《西南师范大学学报（人文社会科学版）》2004年第6期。

[58]程地宇:《关于〈高唐赋〉中巫山地望的再探讨》,《重庆社会科学》2005年第3期。

[59]刘彦群:《川滇黔古盐道与旅游开发研究》,《盐业史研究》2005年第4期。

[60]马强:《地理体验与唐宋"蛮夷"文化观念的转变——以西南与岭南民族地区为考察中心》,《西南师范大学学报（人文社会科学版）》2005年第5期。

[61]马强:《唐宋时期关于汉水正源的考辨》,《陕西理工学院学报（社会科学版）》2006年第4期。

[62]张学君、张莉红:《长江上游市镇的历史考察》,《社会科学研究》2006年第5期。

［63］马强:《唐宋时期西部气候变迁的再考察——基于唐宋地志诗文的分析》,《人文杂志》2007年第3期。

［64］黄权生、蓝勇:《"湖广填四川"社会经济与生态效应的地名学研究》,《中国农史》2007年第4期。

［65］杜芝明:《清代合州的商业》,《乐山师范学院学报》2007年第7期。

［66］曹家齐:《宋代西南陆路交通及其发展态势》,《宋史研究论丛》第9辑,河北大学出版社,2008年,第539—558页。

［67］马剑:《唐宋时期长江三峡地区军政地位之演变——以夔州治所及其刺史人选为中心的考察》,《西华大学学报(哲学社会科学版)》2008年第2期。

［68］马剑:《夔州城市形态与空间结构的演变》,《中国历史地理论丛》2008年第3期。

［69］马强、魏春莉:《论唐宋时期西部都邑志的繁荣》,《中国地方志》2008年第11期。

［70］马强:《唐宋时期关于定都与迁都之议》,《人文杂志》2009年第1期。

［71］李杰:《北宋夔州路地区的井盐业》,《重庆三峡学院学报》2009年第2期。

［72］马强:《唐宋时期对西部地理认识若干特征初探》,《社会科学战线》2009年第9期。

［73］蓝勇:《巴蜀"朝天"地名变迁考》,《重庆社会科学》2010年第7期。

［74］夏自金:《隋唐时期西南地区的造船场》,《重庆科技学院学报(社会科学版)》2010年第14期。

［75］聂顺新:《再论唐代长江上游地区的荔枝分布北界及其与气温

波动的关系》,《中国历史地理论丛》2011 年第 1 期。

[76]黎小龙、高远:《三峡历史文献的研究范围和意义》,《重庆三峡学院学报》2011 年第 4 期。

[77]吴宏郡、易宇:《隋唐两宋时期合州赤水县治考》,《西南农业大学学报(社会科学版)》2011 年第 4 期。

[78]卢华语:《唐宋时期武陵山区药材贸易初探》,《中国社会经济史研究》2011 年第 4 期。

[79]陈鑫明:《川黔古盐道》,《寻根》2011 年第 5 期。

[80]田青、喻学忠:《宋初西南区域文书通信系统的建构述论》,《天府新论》2012 年第 1 期。

[81]罗美洁:《三峡航运水利研究拾遗》,《三峡论坛(三峡文学·理论版)》2012 年第 2 期。

[82]蓝勇:《明茶马贸易〈四川省四路关驿图〉考》,《中国边疆史地研究》2013 年第 2 期。

[83]蓝勇、龙驹、杨林军、栾成斌、罗权、姜海涛、曾维嘉、刘静:《三峡开县秦巴古道路线考述》,《三峡大学学报(人文社会科学版)》2013 年第 4 期。

[84]裴一璞:《宋代夔路食盐博弈与社会互动》,《盐业史研究》2013 年第 4 期。

[85]刘静、蓝勇:《历史时期重庆政区地名得名渊源初探》,《三峡大学学报(人文社会科学版)》2013 年第 5 期。

[86]张建兴:《宋代夔州路手工业、商业发展的空间地理考察》,《沧桑》2014 年第 3 期。

[87]张赢:《宋元时期夔州路鼎山县置废考》,《长江文明》第 18 辑,重庆出版社,2014 年,第 17—24 页。

[88]满黎、杨亭:《巴盐古道名称考辨》,《重庆文理学院学报(社会科

学版）》2014 年第 6 期。

[89]唐春生:《宋代长江航运与巴蜀地区的物流》,《重庆社会科学》2015 年第 1 期。

[90]罗秋香、杨亭:《巴盐古道的商贸体系化研究》,《重庆文理学院学报(社会科学版)》2015 年第 3 期。

[91]唐春生:《流寓生活与文化变迁:宋末元初出峡避乱的巴蜀士人》,《湖北民族学院学报(哲学社会科学版)》2015 年第 3 期。

[92]李水城、吴卫红、魏文斌、刘明利、王鑫、杨涛、吴欣、周建存、宋蓉:《重庆市忠县忠州镇考古调查简报》,《四川文物》2015 年第 4 期。

[93]何仁刚、吴俊范:《夔府:一个区域史研究中的行政文化区概念》,《三峡论坛(三峡文学·理论版)》2016 年第 1 期。

[94]程龙刚、邓军:《大西南盐运文化线路——自贡盐运陆路暨川黔古盐道综合考察掠影》,《盐业史研究》2016 年第 1 期。

[95]周铃、程龙刚、周聪、邓军:《川黔古盐道"綦岸"段考察取得重大成果》,《盐业史研究》2016 年第 3 期。

[96]李久昌:《荔枝道早期史考述》,《重庆交通大学学报(社会科学版)》2017 年第 2 期。

[97]刘兴亮:《宋代黔州知州群体考述——兼论夔州路官员的叙用、迁转诸问题》,《长江文明》第 31 辑,吉林文史出版社,2018 年,第 39—47 页。

[98]蓝勇、陈俊梁:《古代巴蜀界山:青石山、龙多山异同考》,《中华文化论坛》2019 年第 6 期。

[99]龚义龙:《清代巴蜀移民社会的时空考察》,《长江文明》2020 年第 1 辑,四川美术出版社,第 57—71 页。

[100]蓝勇:《文献与田野三视阈:中古州县治城位置考证方法研

究——以唐代昌州治所变迁及静南县治地考辨为例》，《历史地理研究》2020 年第 1 期。

［101］唐雯：《〈类要〉地理部分文献再考索》，《唐宋历史评论》2020年第 1 期。

［102］李浩、李林照：《清代川黔古盐道上的盐夫初探》，《贵州文史丛刊》2020 年第 2 期。

［103］蓝勇、陈俊梁：《唐宋历史记忆与巴蜀分界线复原——兼论历史研究中的"后代记忆"的科学运用》，《四川师范大学学报（社会科学版）》2020 年第 2 期。

［104］高宏：《清代〈合州志〉编纂述论》，《中国地方志》2020 年第2 期。

［105］李浩、黎弘毅：《川黔古盐道与西南地区民族交往交流交融》，《贵州民族大学学报（哲学社会科学版）》2020 年第 3 期。

［106］胡亮：《流过唐诗的涪江》，《中国三峡》2020 年第 3 期。

［107］马剑、孙琳：《唐宋时期长江三峡地区政治地域结构的演变》，《长江师范学院学报》2021 年第 3 期。

［108］刘应莎、邓修兰：《基调与变调：宋代四川酒政大背景下的夔州路酒政初探》，《长江文明》2022 年第 4 辑，四川美术出版社，第26—36 页。

［109］梁晓竹：《从背盐歌看清代川黔古盐道上的盐夫生计》，《遵义师范学院学报》2022 年第 5 期。

［110］彭兴隆、曹金发：《延续与断裂：明清〈合州志〉关系述论》，《中国地方志》2022 年第 6 期。

［111］陈俊梁、蓝勇：《从"马头"到"码头"：码头名称流变考》，《云南大学学报（社会科学版）》2023 年第 1 期。

［112］刘星：《路的社会生命与空间实践：人类学视野下的川黔古盐

道》,《西南民族大学学报(人文社会科学版)》2023 年第 3 期。

（二）学位论文

[1]张舜:《宋代长江三峡地区经济开发的整体研究》,华中师范大学
　　2003 年硕士学位论文。

[2]李中锋:《宋代政区地理研究及其信息系统处理》,四川大学 2003
　　年硕士学位论文。

[3]马强:《唐宋时期中国西部地理认识研究》,四川大学 2006 年博
　　士学位论文。

[4]雷科:《宋代四川商贸地理初探》,暨南大学 2007 年硕士学位
　　论文。

[5]陈晓娥:《唐代荆南地区历史文化研究》,陕西师范大学 2007 年
　　硕士学位论文。

[6]刘小锋:《唐代中朝交通与驿馆》,陕西师范大学 2007 年硕士学
　　位论文。

[7]夏自金:《隋唐五代时期西南地区造船业研究》,西南大学 2008
　　年硕士学位论文。

[8]李杰:《北宋夔州路井盐业研究》,重庆师范大学 2009 年硕士学
　　位论文。

[9]袁鑫:《北宋夔州路的民族关系及民族地区的发展》,重庆师范大
　　学 2009 年硕士学位论文。

[10]程东宇:《唐代西南地区商业都会研究》,西南大学 2009 年硕士
　　学位论文。

[11]韩平:《明代长江三峡乡镇里地理考》,西南大学 2009 年硕士学
　　位论文。

[12]裴洞毫:《宋代夔州路砦堡地理考》,西南大学 2009 年硕士学位

论文。

［13］沈桂钊:《晚清夔州府各县界线研究》,西南大学 2010 年硕士学位论文。

［14］刘勋:《唐代旅游地理研究》,华中师范大学 2011 年博士学位论文。

［15］杨强强:《明代夔州府的管理与经济文化研究》,重庆师范大学 2013 年硕士学位论文。

［16］李华扬:《渝西地区历史地理研究》,西南大学 2013 年硕士学位论文。

［17］杨文华:《清代四川津渡地理研究》,西南大学 2013 年博士学位论文。

［18］王丽歌:《宋代人地关系研究》,河北大学 2014 年博士学位论文。

［19］张建兴:《宋代夔州路地区经济发展研究》,重庆师范大学 2015 年硕士学位论文。

［20］张梓熙:《魏晋南北朝时期的三峡航运研究》,湖北大学 2015 年硕士学位论文。

［21］马向前:《宋王朝与南方羁縻各族盟誓研究》,云南大学 2015 年硕士学位论文。

［22］李大鸣:《先秦时期盐业生产与贸易研究》,吉林大学 2015 年博士学位论文。

［23］魏恩燕:《试论宋代川峡四路科举人才的分布》,贵州师范大学 2018 年硕士学位论文。

［24］刘媛:《川黔涪边古盐道民族村落(镇)研究》,贵州民族大学 2019 年硕士学位论文。

［25］苟欢:《北宋川峡地区转运使职能研究》,四川师范大学 2019 年

硕士学位论文。

［26］刘冰涛:《宋代五大地理总志中蜀道记述的历史地理研究》,西南大学 2020 年硕士学位论文。

［27］梁世玉:《北宋西南地区羁縻州蛮酋研究》,辽宁大学 2022 年硕士学位论文。

(三)学术专著

［1］顾颉刚、章巽编,谭其骧校:《中国历史地图集》(古代部分),地图出版社,1955 年。

［2］郭声波:《四川历史农业地理》,四川人民出版社,1983 年。

［3］蒲孝荣编:《四川政区沿革与治地今释》,四川人民出版社,1985 年。

［4］严耕望:《唐代交通图考》,"中央研究院"历史语言研究所,1986 年。

［5］方国瑜:《中国西南历史地理考释,中华书局,1987 年。

［6］李敬洵:《唐代四川经济》,四川省社会科学院出版社,1988 年。

［7］平冈武夫、市原亨吉编:《唐代的行政地理》,上海古籍出版社,1989 年。

［8］蓝勇:《四川古代交通路线史》,西南师范大学出版社,1989 年。

［9］罗传栋:《长江航运史》,人民交通出版社,1991 年。

［10］熊树明主编:《长江上游航道史》,武汉出版社,1991 年。

［11］史念海:《中国历史地理纲要》,山西人民出版社,1992 年。

［12］蓝勇:《历史时期西南经济开发与生态变迁》,云南教育出版社,1992 年。

［13］黎小龙、蓝勇、赵毅:《交通贸易与西南开发》,西南师范大学出版社,1994 年。

［14］曾大兴：《中国历代文学家之地理分布》，湖北教育出版社，
　　　1995 年。

［15］翁俊雄：《唐朝鼎盛时期政区与人口》，首都师范大学出版社，
　　　1995 年。

［16］辛德勇：《古代交通与地理文献研究》，中华书局，1996 年。

［17］蓝勇：《西南历史文化地理》，西南师范大学出版社，1997 年。

［18］黄健民编著：《长江三峡地理》，重庆出版社，1999 年。

［19］蓝勇：《古代交通生态与实地考察研究》，四川人民出版社，
　　　1999 年。

［20］刘复生：《契国与泸夷——民族迁徙、冲突与融合》，巴蜀书社，
　　　2000 年。

［21］邓少琴：《邓少琴西南民族史地论集》，巴蜀书社，2001 年。

［22］邹逸麟主编：《中国历史人文地理》，科学出版社，2001 年。

［23］陈可畏主编：《长江三峡地区历史地理之研究》，北京大学出版
　　　社，2002 年。

［24］卢华语：《古代重庆经济研究》，重庆出版社，2002 年。

［25］李孝聪：《中国区域历史地理》，北京大学出版社，2004 年。

三、巴渝唐诗之路诗人行迹与交游研究

（一）期刊论文

［1］吴明贤：《〈陈子昂生卒年辨〉补证》，《重庆师院学报（哲学社会
　　科学版）》1983 年第 3 期。

［2］陈尚君：《杜甫为郎离蜀考》，《复旦学报（社会科学版）》1984 年
　　第 1 期。

[3]胡焕章:《杜甫夔州故居考》,《汉中师院学报(哲学社会科学版)》1984 年第 2 期。

[4]吕志毅:《李吉甫及其〈元和郡县图志〉》,《河北大学学报(哲学社会科学版)》1984 年第 2 期。

[5]九嵏人:《〈陈子昂年谱〉之所失》,《内蒙古大学学报(哲学社会科学版)》1985 年第 4 期。

[6]孙士信:《杜甫客秦州赴两当县考——关于杜甫由秦陇入蜀路线的质疑》,《兰州大学学报》1986 年第 4 期。

[7]陈建中:《刘禹锡竹枝词写作地点考辨》,《上海师范大学学报(哲学社会科学版)》1988 年第 3 期。

[8]梁中效:《唐代诗人的蜀道之旅》,《成都大学学报(社会科学版)》1994 年第 3 期。

[9]谭文兴:《论杜甫夔州诗中的"江湖"》,《杜甫研究学刊》1994 年第 4 期。

[10]李文泽:《王十朋诗文系年》,《宋代文化研究》第五辑,巴蜀书社,1995 年,第 114—138 页。

[11]黄锦君:《陆游张缜交游考》,《宋代文化研究》第五辑,巴蜀书社,1995 年,第 235—243 页。

[12]汤绪泽:《李白三峡游踪及其有关诗作探讨》,《三峡学刊》1997 年第 4 期。

[13]任桂园:《巴道此相逢 别颜始一伸——杜少陵先生客居云安县交游诗考释(三)》,《四川三峡学院学报》1999 年第 6 期。

[14]陈淑宽:《杜甫夔州行止浅索》,《涪陵师专学报》2000 年第 3 期。

[15]蒋先伟:《"吴郎"为杜甫女婿考辨》,《杜甫研究学刊》2001 年第 4 期。

［16］李江:《谈杜甫夔州诗中的"赤甲白盐"》,《杜甫研究学刊》2004
　　年第 3 期。

［17］王大椿、李江:《杜甫夔州高斋历代考察述评》,《杜甫研究学刊》
　　2005 年第 2 期。

［18］吕华明:《李白〈大鹏赋〉系年考》,《吉首大学学报(社会科学
　　版)》2006 年第 2 期。

［19］谭文兴:《再谈杜甫诗中的赤甲山、白盐山、赤甲宅》,《重庆三峡
　　学院学报》2006 年第 6 期。

［20］李朝军:《晁公武兄弟在渝事迹考》,《中华文化论坛》2007 年第
　　3 期。

［21］伍联群:《论陆游在夔州的生存形态》,《南都学坛》2007 年第
　　6 期。

［22］张艳梅:《乌鬼考辨》,《重庆社会科学》2007 年第 7 期。

［23］封野:《杜甫迁离夔州原因新探》,《理论学刊》2008 年第 12 期。

［24］朱少山:《杜甫流寓夔州期间三诗编年琐考》,《宜宾学院学报》
　　2009 年第 9 期。

［25］蓝勇:《成化〈重庆郡志〉和万历〈重庆府志〉考》,《中国地方
　　志》2010 年第 2 期。

［26］马剑:《杜甫诗"白帝夔州各异城"考析》,《长江文明》第 9 辑,
　　光明日报出版社,2012 年,第 70—78 页。

［27］张邦炜:《王十朋悠然治夔州》,《四川师范大学学报(社会科学
　　版)》2013 年第 4 期。

［28］方向红:《白居易的旅游生活及旅游诗》,《宜宾学院学报》2014
　　年第 4 期。

［29］李俊、郑宗荣:《唐代诗人李远故土考论》,《重庆三峡学院学报》
　　2014 年第 5 期。

［30］刘自兵：《宋代长江三峡入蜀陆道研究——对范成大、王十朋入蜀诗文的考察》，《三峡文化研究》第十一辑，湖北人民出版社，2016年，第111—132页。

［31］曾育荣、葛金芳：《高氏荆南疆域考述》，《中华文史论丛》2016年第1期。

［32］张小平：《夔州诗风、三峡诗群及巴山丘庄》，《重庆三峡学院学报》2016年第4期。

［33］陈丽华：《南宋江湖诗人赵汝回宦游考》，《台州学院学报》2017年第1期。

［34］孙华：《蜀道遗产初论——年代、路线和遗产类型》，《遗产与保护研究》2017年第2期。

［35］陈道贵：《杜诗释地辨疑三题》，《中国文学研究》第三十辑，复旦大学出版社，2018年，第75—81页。

［36］党斌：《两方唐志合考》，《碑林论丛》第二十三辑，三秦出版社，2018年，第50—51页。

［37］张弛：《陆游剑南寻杜行迹考论》，《新国学》第十六卷，四川大学出版社，2018年，第137—153页。

［38］孙启祥：《杜甫〈夔州歌〉中"百牢关"地理位置考述》，《杜甫研究学刊》2018年第3期。

［39］刘兴亮：《宋代重庆知府述考》，《长江文明》第35辑，四川美术出版社，2019年，第31—44页。

［40］尚永亮：《唐代忠、万二州贬流官考》，《长江学术》2022年第2期。

［41］尚永亮：《唐五代夔、归二州贬流官考》，《武汉大学学报（哲学社会科学版）》2022年第2期。

［42］谭子玮：《〈入蜀记〉称引唐诗考论》，《滁州学院学报》2022年

第 6 期。

（二）学位论文

［1］蔡江涛：《白居易在长江流域的游历及创作》，中南民族大学 2009 年硕士学位论文。

［2］张仲裁：《唐五代文学家入蜀考论》，四川大学 2009 年博士学位论文。

［3］李晓敏：《南宋长江游记研究》，哈尔滨师范大学 2012 年硕士学位论文。

［4］姜立刚：《唐代流贬官员分布研究》，西南大学 2013 年博士学位论文。

［5］杜文静：《杜甫夔州时期的交游考论》，陕西师范大学 2017 年硕士学位论文。

［6］刘丹：《杜甫漂泊荆湘行迹交游考论》，陕西师范大学 2017 年硕士学位论文。

［7］刘悦祺：《杜甫流落两川时期交游考论》，陕西师范大学 2017 年硕士学位论文。

（三）学术专著

［1］岑仲勉：《唐人行第录》，上海古籍出版社，1962 年。

［2］傅璇琮、张忱石、许逸民编撰：《唐五代人物传记资料索引》，中华书局，1982 年。

［3］吴汝煜、胡可先：《全唐诗人名考》，江苏教育出版社，1990 年。

［4］吴汝煜主编：《唐五代人交往诗索引》，上海古籍出版社，1993 年。

［5］傅璇琮主编：《唐才子传校笺》，中华书局，2002 年。

［6］李德辉：《唐代交通与文学》，湖南人民出版社，2003 年。

四、巴渝唐诗之路诗文与文化地理关系研究

（一）期刊论文

［1］于豪亮：《几块画像砖的说明》，《考古通讯》1957年第4期。

［2］夏承焘：《论杜甫入蜀以后的绝句》，《文学评论》1962年第3期。

［3］饶宗颐：《论杜甫夔州诗》，《中国文学报》第17册，京都大学，1962年。

［4］费海玑：《杜甫的交游》，《醒狮》1968年第3期。

［5］萧涤非：《唐代法家诗人刘禹锡》，《文史哲》1975年第1期。

［6］曾枣庄：《杜甫在四川的诗歌》，《四川师范学院学报（社会科学版）》1978年第3期。

［7］李春光：《论陆贽的治国思想》，《辽宁大学学报（哲学社会科学版）》1981年第1期。

［8］陈思和：《试论刘禹锡的〈竹枝词〉》，《复旦学报（社会科学版）》1981年第2期。

［9］王锡臣：《论杜甫夔州诗的艺术成就》，《天津师院学报》1981年第3期。

［10］蔡起福：《凄凉古竹枝》，《文学遗产》1981年第4期。

［11］范昌灼：《白居易移忠州刺史诗》，《四川师院学报（社会科学版）》1982年第1期。

［12］方心棣：《刘禹锡民歌体诗艺术初探》，《安徽师大学报（哲学社会科学版）》1982年第2期。

［13］宋景昌：《身在夔州 心怀长安——说杜诗〈秋兴〉八首》，《河南师大学报（社会科学版）》1982年第5期。

[14]骆正深:《叶燮谈杜诗"晨钟云外湿",对吗?》,《文艺理论研究》1983 年第 3 期。

[15]邓小军:《刘禹锡〈竹枝词〉、〈踏歌词〉研究》,《安徽师大学报（哲学社会科学版）》1983 年第 4 期。

[16]张鬻:《唐代舞诗艺术散论》,《锦州师院学报（哲学社会科学版）》1984 年第 3 期。

[17]段绪光:《巴渝舞的源和流》,《中南民族学院学报（哲学社会科学版）》1984 年第 4 期。

[18]董其祥:《巴渝舞源流考》,《重庆师院学报（哲学社会科学版）》1984 年第 4 期。

[19]张宏生:《杜甫夔州诗中所反映的生活悲剧》,《文学评论》1984 年第 6 期。

[20]彭继宽:《摆手舞舞源浅议》,《民族论坛》1985 年第 1 期。

[21]胡问涛、彭华生:《略论冯时行及其作品》,《四川师范大学学报（社会科学版）》1985 年第 4 期。

[22]陈子建:《试论杜甫夔州咏史怀古诗》,《成都大学学报（社会科学版）》1986 年第 2 期。

[23]胡挠:《清江流域的萨尔嗬》,《鄂西大学学报（社会科学版）》1986 年第 3 期。

[24]张步云:《论杜甫夔州诗的思想性》,《上海师范大学学报（哲学社会科学版）》1987 年第 1 期。

[25]吴正纲:《巴人乐舞小考》,《中央民族学院学报》1988 年第 1 期。

[26]祝注先:《论"竹枝词"》,《西南民族学院学报（哲学社会科学版）》1988 年第 4 期。

[27]季智慧:《巴渝舞·踏碛·竹枝》,《文史杂志》1988 年第 6 期。

[28]丘良任:《竹枝词与民俗学》,《长沙水电师院学报（社会科学

版)》1989 年第 1 期。

[29]杨昌文:《从〈竹枝词〉看苗乡风情》,《贵州民族研究》1989 年第 1 期。

[30]梅俊道、谭耀炬:《论杜甫夔州诗的艺术创新》,《赣南师范学院学报》1989 年第 3 期。

[31]祝注先:《谈"竹枝词"和土家族诗人的〈竹枝词〉创作》,《中央民族学院学报》1989 年第 3 期。

[32]陈子建:《杜甫草堂诗平淡自然的风格艺术》,《成都大学学报(社会科学版)》1989 年第 4 期。

[33]季智慧:《探〈竹枝〉之源——从声音工具、宗教咒语到一种独立的民间艺术形式》,《民间文学论坛》1989 年第 6 期。

[34]彭武一:《摆手舞与巴渝舞》,《民族论坛》1990 年第 1 期。

[35]曾子鲁:《杜甫自传诗初探》,《江西师范大学学报》1990 年第 3 期。

[36]梅俊道:《简论杜甫夔州诗的思想意义》,《江西社会科学》1990 年第 5 期。

[37]蒋先伟:《说"乌鬼"》,《四川师范大学学报(社会科学版)》1990 年第 6 期。

[38]章起:《杜甫〈夔州歌〉小笺》,《安庆师院社会科学学报》1991 年第 2 期。

[39]蒋先伟:《杜甫夔州诗所反映的唐代食盐问题》,《成都师专学报》1991 年第 2 期。

[40]蒋先伟:《论杜甫夔州诗的山川形胜和风土人情描写》,《四川师范大学学报(社会科学版)》1991 年第 4 期。

[41]孙素琴:《杜甫夔州诗初论》,《辽宁师范大学学报》1992 年第 4 期。

[42]胡问涛:《论杜甫的田园诗》,《四川师范学院学报(哲学社会科

学版）》1992 年第 4 期。

［43］邓廷良：《巴渝舞考》，《东南文化》1992 年第 6 期。

［44］屈小强：《从民间"竹枝词"到文人"竹枝词"》，《民间文学论坛》
　　　1992 年第 6 期。

［45］杨先国：《"巴渝"及"巴渝舞"小议》，《民族艺术》1993 年第
　　　1 期。

［46］张琴：《论唐代文人竹枝词》，《山西大学师范学院学报（综合
　　　版）》1993 年第 1 期。

［47］杨先国：《再议巴渝舞》，《民族艺术》1993 年第 3 期。

［48］李华：《杜甫的旅寓诗（下）》，《首都师范大学学报（社会科学
　　　版）》1993 年第 4 期。

［49］程地宇：《山之灵与诗之魂——杜甫夔州诗研读札记》，《社会科
　　　学研究》1993 年第 6 期。

［50］蓝勇：《"巴蛇吞象"新解》，《文史杂志》1993 年第 6 期。

［51］程地宇：《生命体验的诗化形态——杜甫夔州诗研读劄记之
　　　二》，《三峡学刊》1994 年第 1 期。

［52］陈善蓉、杨先国：《巴渝情歌初探》，《民族艺术》1994 年第 3 期。

［53］胡继明：《巴人酒文化刍论》，《民族研究》1995 年第 1 期。

［54］杨君昌：《略论杜甫对成都草堂内外景物的描写》，《三峡学刊》
　　　1995 年第 1 期。

［55］汪少华：《杜甫〈八阵图〉"遗恨失吞吴"辨说》，《古典文学知
　　　识》1995 年第 2 期。

［56］程地宇：《生命体验的诗化形态——杜甫夔州诗的生存论美学
　　　意蕴》，《社会科学研究》1995 年第 2 期。

［57］胡继明：《历代文化名人与三峡》，《三峡学刊》1995 年第 4 期。

［58］蔡运生：《川北剑阁傩戏与道教》，《中国道教》1995 年第 4 期。

［59］胡昌健：《〈皇宋中兴圣德颂〉夔门、浯溪两摩崖考辩》,《文物》1995 年第 12 期。

［60］杨君昌：《杜甫描写夔州景物风俗诗的层次》,《三峡学刊》1996 年第 1 期。

［61］蒋志：《李白与巴蜀文化》,《成都大学学报（社会科学版）》1996 年第 3 期。

［62］廖仲安：《伟大诗人杜甫》,《首都师范大学学报（社会科学版）》1996 年第 3 期。

［63］林必忠：《巴渝舞与铜鼓》,《四川文物》1996 年第 3 期。

［64］蓝勇：《历史时期四川居民个性特征的地理分区及演变研究》,《中国历史地理论丛》1996 年第 3 期。

［65］蓝勇：《〈全蜀艺文志〉的编者是谁? —— 400 多年前的一桩著作权遗案》,《文史杂志》1997 年第 1 期。

［66］刘欢：《论刘禹锡的民风民俗诗》,《西北大学学报（哲学社会科学版）》1997 年第 2 期。

［67］蒲惠民：《论杜甫的夔州山水诗》,《西南民族学院学报（哲学社会科学版）》1997 年第 4 期。

［68］饶学刚：《楚地田歌"下里巴人"源流考》,《民间文学论坛》1998 年第 2 期。

［69］沙先一：《试论朱熹对杜甫夔州诗的评价》,《杜甫研究学刊》1998 年第 3 期。

［70］沙先一：《自适：当下日常生活的本真体验 生命苦涩欢愉的诗意品味——试论杜甫夔州自适诗的生存论美学意义》,《徐州师范大学学报》1998 年第 3 期。

［71］钟仕伦：《论巴蜀树神崇拜——兼论司马相如等人的"赋家之心"》,《社会科学研究》1998 年第 4 期。

［72］白俊奎：《杜甫渝、夔二州诗之"乌蛮"考论》，《杜甫研究学刊》1999 年第 1 期。

［73］张雄：《隋唐时期巴人的汉化趋势》，《中南民族学院学报（哲学社会科学版）》1999 年第 1 期。

［74］石峥嵘：《〈巴渝舞〉名称考辨》，《北京舞蹈学院学报》1999 年第 2 期。

［75］蓝勇：《老四川区域的文化特征及其形成原因》，《成都大学学报（社会科学版）》1999 年第 2 期。

［76］韩晓光：《杜甫绝句"别开异径"管窥》，《杜甫研究学刊》1999 年第 2 期。

［77］傅驰：《刘禹锡夔州诗词写作特色论略》，《西南师范大学学报（哲学社会科学版）》1999 年第 3 期。

［78］蒋先伟：《从杜甫〈负薪行〉谈古代夔州的民风习俗》，《杜甫研究学刊》2000 年第 1 期。

［79］李勇先、毛丽娅：《试论唐宋以后三峡地区寺庙文化及其旅游开发价值》，《宋代文化研究》第九辑，巴蜀书社，2000 年，第 339—356 页。

［80］周田青：《暮年诗赋动江关——杜甫夔州以来诗创作技巧浅析》，《杜甫研究学刊》2000 年第 2 期。

［81］蒋先伟：《杜甫云安诗论略》，《四川三峡学院学报》2000 年第 3 期。

［82］李良品：《竹枝词源流考》，《重庆教育学院学报》2000 年第 4 期。

［83］陈忻：《从"闲适"走向"自适"——论江州时期与忠州时期白居易思想的发展变化》，《重庆师院学报（哲学社会科学版）》2000 年第 4 期。

［84］谭文兴：《东屯、瀼西及其他——读〈杜甫夔州诗现地研究〉》，

《杜甫研究学刊》2000 第 4 期。

[85]蓝勇:《中国古代辛辣用料的嬗变、流布与农业社会发展》,《中国社会经济史研究》2000 年第 4 期。

[86]郭纪金:《对杜甫夔州诗的再认识》,《江西社会科学》2000 年第 5 期。

[87]沙先一:《试论杜甫的夔州回忆诗》,《杜甫研究学刊》2001 年第 1 期。

[88]金启华:《杜甫的〈夔州歌十绝句〉》,《南通师范学院学报(哲学社会科学版)》2001 年第 1 期。

[89]秦敏:《衰残生命和宗教心理依赖——试论杜甫夔州时期的宗教信仰》,《徐州教育学院学报》2001 年第 1 期。

[90]李祥林:《从人类学视角再识杜甫夔州诗中"土风"》,《杜甫研究学刊》2001 年第 2 期。

[91]金启华:《心忧社稷 喜庆家平——谈杜甫在夔州的两组七绝》,《盐城师范学院学报(人文社会科学版)》2001 年第 2 期。

[92]刘亚虎:《汉赋与南方民族文化》,《民族文学研究》2001 年第 3 期。

[93]安东俊六、李寅生:《论杜甫的夔州诗》,《杜甫研究学刊》2001 年第 4 期。

[94]朱炯远:《杜甫对谣谚的学习》,《辽宁大学学报(哲学社会科学版)》2001 年第 5 期。

[95]滕新才:《白帝城"吊何承光诗碑"笺释》,《三峡文化研究丛刊》第二辑,武汉出版社,2002 年,第 312—315 页。

[96]李建国:《峡江风物惹诗情——杜甫夔州诗浅谈》,《三峡文化研究丛刊》第二辑,武汉出版社,2002 年,第 332—342 页。

[97]刘铁峰:《"竹枝无限情"——论刘禹锡〈竹枝词〉的创作》,《娄

底师专学报》2002 年第 1 期。

[98] 蒋先伟:《如何评价杜甫夔州诗的风土人情描写》,《杜甫研究学刊》2002 年第 3 期。

[99] 陈正平:《巴渝〈竹枝歌〉与文人拟作的〈竹枝词〉》,《达县师范高等专科学校学报》2002 年第 3 期。

[100] 田喜洲:《巴渝古镇旅游开发与保护探讨》,《重庆建筑大学学报》2002 年第 6 期。

[101] 李良品:《巴渝歌舞的起源、发展与动因》,《成都教育学院学报》2002 年第 11 期。

[102] 郑敬东:《三峡竹枝词对历代文人的影响》,《求索》2003 年第 1 期。

[103] 陈正平:《巴渝古代民歌简论》,《四川师范学院学报(哲学社会科学版)》2003 年第 1 期。

[104] 傅德岷:《试论巴渝历代人才成长环境》,《西南师范大学学报(人文社会科学版)》2003 年第 1 期。

[105] 黄晓东:《竹枝遗韵土家歌——试论竹枝词与土家族民歌的关系》,《三峡文化研究丛刊》第三辑,武汉出版社,2003 年,第 222—235 页。

[106] 熊宪光、宁登国:《巴渝词鸟瞰》,《重庆工商大学学报(社会科学版)》2003 年第 2 期。

[107] 田劲松、夏金升:《壮心久零落 江山憔悴人——论杜甫夔州诗的生命意蕴》,《沧州师范专科学校学报》2003 年第 2 期。

[108] 杨金国:《简论杜甫夔州诗》,《南阳师范学院学报(社会科学版)》2003 年第 2 期。

[109] 傅德岷:《明代巴渝作家散文创作概观》,《渝西学院学报(社会科学版)》2003 年第 3 期。

[110]赵万民:《对巴渝历史古镇保护的区域性认识》,《重庆建筑》2003 年第 4 期。

[111]李进、徐敏:《巴渝古镇区域市场构成浅析》,《重庆建筑大学学报》2003 年第 4 期。

[112]杨金国:《论杜甫夔州诗歌的孤独意识》,《广州大学学报(社会科学版)》2003 年第 5 期。

[113]祝尚书:《论南宋的四川"类省试"》,《四川师范大学学报(社会科学版)》2003 年第 5 期。

[114]卢燕平:《论刘禹锡〈竹枝词〉》,《绍兴文理学院学报(哲学社会科学)》2003 年第 6 期。

[115]卢华语:《从杜甫的夔州诗看唐代夔州经济》,《西南师范大学学报(人文社会科学版)》2003 年第 6 期。

[116]李良品:《论巴渝舞的起源与嬗变》,《江西社会科学》2003 年第 9 期。

[117]熊笃:《略论晚唐巴渝诗人李远及其诗》,《重庆师范大学学报(哲学社会科学版)》2004 年第 1 期。

[118]尹富:《白居易思想转变之再探讨》,《求索》2004 年第 1 期。

[119]王艳军、刘素萍:《〈秋兴八首〉与杜甫论诗思想的转变》,《商丘师范学院学报》2004 年第 1 期。

[120]阮荣华:《略论三峡的交通与军事》,《三峡文化研究》第四辑,武汉出版社,2004 年,第 3—10 页。

[121]封野:《浅析杜甫夔州时期的社会关怀》,《淮海工学院学报(人文社会科学版)》2004 年第 2 期。

[122]许智银:《杜甫笔下的唐代盐业经济》,《盐业史研究》2004 年第 2 期。

[123]封野:《论杜甫的归田意向及其在夔州的尝试》,《淮阴师范学

院学报(哲学社会科学版)》2004 年第 3 期。

[124]杨爱华、李英:《"巴渝舞"历史渊源与特点的研究》,《解放军
　　　体育学院学报》2004 年第 3 期。

[125]胡昌健:《佛教传入巴渝地区的时间和路线》,《四川文物》
　　　2004 年第 3 期。

[126]雷恩海、李天保:《杜甫的夔州七律与盛唐气象》,《甘肃社会科
　　　学》2004 年第 5 期。

[127]蓝勇:《山川早水〈巴蜀〉与近代四川风情》,《西南师范大学学
　　　报(人文社会科学版)》2004 年第 5 期。

[128]谭子泽:《七绝、文人竹枝词与客家山歌》,《韶关学院学报(社
　　　会科学版)》2004 年第 7 期。

[129]周建军:《从夔州物候民俗诗看杜甫之"仁"》,《杜甫研究学刊》
　　　2005 年第 1 期。

[130]赵绉绉:《试论白居易江州、忠州时期的诗歌特点》,《玉溪师范
　　　学院学报》2005 年第 4 期。

[131]宋仕平:《土家族摆手舞的文化意蕴》,《周口师范学院学报》
　　　2005 年第 6 期。

[132]余霞:《试论陆游的巴渝诗》,《重庆社会科学》2005 年第 12 期。

[133]罗华文:《巴巫张修小考》,《重庆三峡学院学报》2006 年第 1 期。

[134]蔡致洁:《巴渝民居的文化品格》,《南方建筑》2006 年第 2 期。

[135]黄夏年:《楚山绍琦与巴渝佛教》,《西南民族大学学报(人文社
　　　科版)》2006 年第 2 期。

[136]余霞:《试论陆游的巴渝怀古诗》,《重庆工商大学学报(社会科
　　　学版)》2006 年第 3 期。

[137]鲜于煌:《白居易三峡及忠州诗的艺术特色》,《重庆教育学院
　　　学报》2006 年第 4 期。

［138］刘书东:《杜甫夔州诗景观淹没寻绎》,《杜甫研究学刊》2006年第4期。

［139］陈廷亮、黄建新:《摆手舞非巴渝舞论——土家族民族民间舞蹈文化系列研究之五》,《中南民族大学学报(人文社会科学版)》2006年第4期。

［140］康清莲:《巴蜀才子:诗人李士棻考略》,《新疆大学学报(哲学社会科学版)》2006年第4期。

［141］伍联群:《论陆游夔州诗对早期诗风的沿袭与新变》,《学术论坛》2006年第11期。

［142］付晓琪:《〈吴船录〉所见巴蜀民俗文化》,《宜宾学院学报》2007年第1期。

［143］李伟:《土家族摆手舞的文化生态与文化传承》,《中南民族大学学报(人文社会科学版)》2007年第1期。

［144］戴彦:《对巴渝古镇聚居形态的整合思考》,《重庆建筑大学学报》2007年第2期。

［145］罗晓容:《巴渝地区牌坊图形研究》,《装饰》2007年第2期。

［146］杨景春:《杜甫夔州诗的情感世界》,《重庆师范大学学报(哲学社会科学版)》2007年第3期。

［147］庞国栋:《论杜甫的巴渝诗》,《重庆广播电视大学学报》2007年第4期。

［148］胡虹:《巴渝传统家具研究》,《美术大观》2007年第4期。

［149］胡虹:《巴渝传统民间雕花架子床研究》,《装饰》2007年第4期。

［150］余霞:《陆游、范成大巴渝诗异同之原因探析》,《重庆工商大学学报(社会科学版)》2007年第5期。

［151］杨钊:《合川钓鱼城诗文及其文化意义》,《重庆社会科学》

2007 年第 5 期。

［152］高月：《焦虑的期待——白居易忠州诗词及心态探析》，《长江师范学院学报》2007 年第 6 期。

［153］刘金平、吕华明：《李白商游夔州诗歌探讨》，《湖南商学院学报》2007 年第 6 期。

［154］滕新才：《清代夔州诗论稿（上）》，《重庆三峡学院学报》2008 年第 1 期。

［155］赵玲：《古乐的沉浮——试论宫廷巴渝舞的传承与发展》，《天津音乐学院学报》2008 年第 1 期。

［156］滕新才：《清代夔州诗论稿（下）》，《重庆三峡学院学报》2008 年第 2 期。

［157］余霞：《论王十朋的夔州诗》，《重庆工商大学学报（社会科学版）》2008 年第 4 期。

［158］刘厚政：《杜甫夔州诗的三国情结》，《重庆三峡学院学报》2008 年第 4 期。

［159］张福清：《刘禹锡乐府诗所受巴人土家族民歌影响之考论》，《湖南工程学院学报（社会科学版）》2008 年第 4 期。

［160］顾农：《杜甫的最后两年》，《宁夏师范学院学报》2008 年第 5 期。

［161］黄潇：《巴渝传统民居中的风水探究》，《山西建筑》2008 年第 6 期。

［162］彭贵川、何光涛：《"巴渝舞"名称考略》，《四川戏剧》2008 年第 6 期。

［163］蓝勇：《巴蜀休闲好赌风考》，《西南大学学报（社会科学版）》2008 年第 6 期。

［164］季智慧：《〈竹枝词〉与巴渝歌舞》，《西南民族大学学报（人文

社科版）》2008 年第 6 期。

［165］彭恩：《从唐代夔州诗看当时三峡地区生态环境与经济开发》，《遵义师范学院学报》2008 年第 6 期。

［166］彭福荣：《试论乌江流域竹枝词民俗内涵》，《贵州社会科学》2008 年第 9 期。

［167］赵玲：《巴人音乐中的"乱"与"和声"》，《长沙大学学报》2009 年第 1 期。

［168］封野：《再论杜甫夔州时期的社会关怀》，《杜甫研究学刊》2009 年第 1 期。

［169］邵明珍：《论白居易的"知足"与"不足"——兼论其忠州起复后之仕隐心态》，《中山大学学报（社会科学版）》2009 年第 3 期。

［170］曾超：《巴渝古镇非物质文化遗产形态及其影响因素》，《重庆社会科学》2009 年第 4 期。

［171］邓乐群：《杜甫飘泊诗作中的陇蜀荆湘沿途生态环境》，《湖南社会科学》2009 年第 6 期。

［172］金启华：《杜甫〈夔州歌十绝句〉笺释》，《杜甫研究学刊》2010 年第 2 期。

［173］林晓娜：《论杜甫的夔州咏物诗》，《杜甫研究学刊》2010 年第 2 期。

［174］赵玲、张治平：《巴渝舞的巫鼓文化色彩》，《民族艺术研究》2010 年第 3 期。

［175］何光涛：《"巴渝舞"名号及曲辞嬗变探研》，《四川师范大学学报（社会科学版）》2010 年第 3 期。

［176］赵超：《夔州气象与杜甫诗歌创作》，《阅江学刊》2010 年第 3 期。

［177］段庸生：《王士祯巴渝诗文论略》，《重庆工商大学学报（社会科

学版)》2010 年第 4 期。

[178]程地宇:《王十朋的夔州心结与诗城情怀》,《重庆三峡学院学报》2010 年第 4 期。

[179]何光涛:《四川古戏"巴渝舞"推考》,《民族艺术研究》2010 年第 5 期。

[180]邓运佳:《"湖广填四川"与川、楚戏剧整合考(上)》,《四川戏剧》2010 年第 5 期。

[181]谭继和:《唐僧玄奘与巴蜀文化》,《西南民族大学学报(人文社科版)》2010 年第 5 期。

[182]高正伟:《巴渝舞的起源与流变》,《重庆社会科学》2010 年第 10 期。

[183]高正伟:《巴渝舞研究述评》,《宜宾学院学报》2010 年第 11 期。

[184]段绪懿、夏毅:《古"巴渝舞"之演变与消亡》,《宜宾学院学报》2010 年第 11 期。

[185]谢昌炜:《"巴渝舞"的档案文献佐证》,《宜宾学院学报》2010 年第 11 期。

[186]熊晓辉、熊剑:《论明清时期土家族竹枝词对地方音乐的影响》,《重庆三峡学院学报》2011 年第 1 期。

[187]胡小琴:《巴渝地区汉族乳名初探》,《乐山师范学院学报》2011 年第 1 期。

[188]徐晖:《杜甫夔州诗创造心态窥探》,《新疆大学学报(哲学·人文社会科学版)》2011 年第 1 期。

[189]邓洪强、官婷美:《从〈全唐诗〉看唐代巴渝竹枝词的流传地域及传播方式》,《西南农业大学学报(社会科学版)》2011 年第 1 期。

[190]叶楠:《地域文化视野下的白居易忠州诗述论》,《陕西理工学院学报(社会科学版)》2011 年第 2 期。

[191] 熊笃:《白居易忠州诗文与刘禹锡夔州诗文之比较》,《重庆师范大学学报(哲学社会科学版)》2011 年第 3 期。

[192] 罗钰坊:《奉节县夔州竹枝歌舞历史渊源与艺术特征初探》,《湖北民族学院学报(哲学社会科学版)》2011 年第 3 期。

[193] 刘玉堂、刘晓慧:《摆手舞与巴渝舞渊源和差异》,《武汉科技大学学报(社会科学版)》2011 年第 3 期。

[194] 舒大刚、李冬梅:《巴蜀易学源流考》,《周易研究》2011 年第 4 期。

[195] 傅艳华、付兴林:《白居易笼禽诗所折射的贬谪苦闷》,《渭南师范学院学报》2011 年第 5 期。

[196] 罗钰坊:《夔州竹枝歌舞与三峡地区诸歌舞形式的关系》,《重庆三峡学院学报》2011 年第 6 期。

[197] 熊晓辉:《土家族原生型民间音乐现状、特征与价值》,《民族音乐》2011 年第 6 期。

[198] 杨荔:《巴渝舞与竹枝(巴渝歌)的区别探析》,《前沿》2011 年第 6 期。

[199] 彭沁沁:《山水与风骨——试论杜甫夔州诗中的自然写作》,《华中农业大学学报(社会科学版)》2012 年第 1 期。

[200] 周星亚:《从竹枝词看巴蜀酒的区域分布和文化传播方式》,《四川理工学院学报(社会科学版)》2012 年第 1 期。

[201] 曾超:《宋代昭德晁氏家族与三峡文化的建构》,《重庆三峡学院学报》2012 年第 2 期。

[202] 申东城:《白居易巴蜀诗与唐宋诗歌嬗变》,《吉首大学学报(社会科学版)》2012 年第 2 期。

[203] 叶茸:《杜甫夔州诗中的悲秋意识》,《长春教育学院学报》2012 年第 3 期。

［204］余学新：《浅谈三峡竹枝词的表现手法》，《三峡论坛（三峡文学·理论版）》2012 年第 3 期。

［205］李俊：《杜甫夔州诗歌的"纪异"意识》，《中国青年政治学院学报》2012 年第 3 期。

［206］董小改：《陆游夔州诗中的"苦"与"恨"探究》，《天水师范学院学报》2012 年第 4 期。

［207］梁颂成、艾瑛：《刘禹锡与"竹枝词"的诞生》，《湖南科技大学学报（社会科学版）》2012 年第 6 期。

［208］唐亮、刘斌、陈丽玉：《巴蜀文化对白居易文学创作的影响》，《兰州教育学院学报》2012 年第 6 期。

［209］倪海权：《陆游蜀中时期心态发覆》，《牡丹江大学学报》2012 年第 12 期。

［210］毛晓红、甘成英：《巴蜀宗教文化对李白诗歌创作想象力的影响》，《绵阳师范学院学报》2013 年第 1 期。

［211］胡昌健：《巴歌与巴渝舞说》，《长江文明》第 12 辑，重庆出版社，2013 年，第 6—10 页。

［212］刘友竹：《谈杜甫在渝州的三首诗》，《杜甫研究学刊》2013 年第 2 期。

［213］刘春燕、李江：《夔州诗人傅作楫生平与创作考论》，《长江文明》第 13 辑，重庆出版社，2013 年，第 70—78 页。

［214］马强：《从出土墓志看唐代西南地区汉夷冲突及其消解》，《长江师范学院学报》2013 年第 6 期。

［215］王丽芳：《刘禹锡咏史诗生成因素探析》，《江西社会科学》2013 年第 6 期。

［216］陈小辉：《宋代巴蜀诗社略论》，《成都师范学院学报》2013 年第 12 期。

［217］陈珊：《杜甫苏轼农事诗比较举略》，《戏剧之家（上半月）》2014年第1期。

［218］张志全：《清代以来巴渝民俗节庆演剧考论——以清代巴渝方志为中心的考察》，《湖北民族学院学报（哲学社会科学版）》2014年第2期。

［219］黎小龙：《传统民族观视域中的巴蜀"北僚"和"南平僚"》，《民族研究》2014年第2期。

［220］曾超：《杜甫夔州诗与三峡文化关系论说》，《重庆师范大学学报（哲学社会科学版）》2014年第3期。

［221］黄慧娟：《冯唐虽晚达，终觊在皇都——出夔前后杜诗述评》，《杜甫研究学刊》2014年第3期。

［222］程得中：《杜甫入蜀诗歌刍议》，《杜甫研究学刊》2014年第3期。

［223］马廷中：《宋代四川少数民族分布研究》，《民族学刊》2014年第4期。

［224］李畅、杜春兰：《明清巴渝"八景"的现象学解读》，《中国园林》2014年第4期。

［225］肖瑞峰：《论刘禹锡谪守夔州期间的诗歌创作》，《宁波大学学报（人文科学版）》2014年第6期。

［226］姚菊：《杜诗真性情说》，《天中学刊》2014年第6期。

［227］王建生：《杜甫咏物诗中的"物理"与"性灵"》，《文艺评论》2014年第6期。

［228］焦尤杰：《白居易"忠州情感"述论》，《社会科学论坛》2014年第10期。

［229］张红：《巴蜀民族文化视阈下的唐代诗歌》，《贵州民族研究》2014年第12期。

［230］田恩铭：《从〈咏怀古迹〉（之三）看男性笔下的王昭君形象》，

《古典文学知识》2015 年第 1 期。

［231］胡永杰：《论杜甫对夔州文学的影响》，《杜甫研究学刊》2015
年第 2 期。

［232］漆娟：《文人竹枝词中的巴域文化特色》，《四川文理学院学报》
2015 年第 3 期。

［233］刘兴亮：《从任职蜀地官员看北宋巴蜀地区的士风》，《西南交
通大学学报（社会科学版）》2015 年第 4 期。

［234］常珺：《论夔州山川对杜甫诗歌的影响》，《运城学院学报》
2015 年第 5 期。

［235］汤棋夷：《论冯时行词中的巴渝文化色彩》，《重庆三峡学院学
报》2015 年第 6 期。

［236］马虹：《杜甫流寓夔州期间的生命体验》，《哈尔滨师范大学社
会科学学报》2015 年第 6 期。

［237］范明英：《巴渝竹枝词的雅俗文化互动研究》，《海南师范大学
学报（社会科学版）》2015 年第 11 期。

［238］何易展：《〈尚书传〉"前歌后舞"证疑》，《中国文学研究》第
二十七辑，复旦大学出版社，2016 年，第 18—28 页。

［239］闫运利：《论刘禹锡乐府诗的地域特色及其成因》，《邢台学院
学报》2016 年第 1 期。

［240］张宗福：《巴蜀文化与杜甫的诗意空间》，《阿坝师范学院学报》
2016 年第 3 期。

［241］贾琪：《苏轼号"东坡"与白居易之关联》，《重庆第二师范学院
学报》2016 年第 5 期。

［242］熊茂松：《巴渝方志所载三峡地区踏碛习俗考辨》，《重庆三峡
学院学报》2016 年第 5 期。

［243］谭小华：《丰都鬼神文化的思想内涵和社会功能初探》，《重庆

师范大学学报(哲学社会科学版)》2016年第6期。

[244]黄贤忠:《巴渝竹枝词内涵三论》,《湖北民族学院学报(哲学社
会科学版)》2016年第6期。

[245]彭邦本:《巴文化历史地位与核心价值》,《中华文化论坛》
2016年第12期。

[246]张建华:《巴文化资源的产业转化》,《中华文化论坛》2016年
第12期。

[247]李昇:《论巴渝方志民俗文献的内容及研究价值》,《重庆文理
学院学报(社会科学版)》2017年第3期。

[248]王密:《巴渝舞的发展过程探析》,《中华文化论坛》2017年第
4期。

[249]王乃芳、程得中:《浅论唐代三峡诗歌中的巴渝水文化》,《长江
师范学院学报》2017年第5期。

[250]华海燕:《兴盛与转移:明末清初四川忠州聚云禅派发展史》,
《重庆师范大学学报(社会科学版)》2017年第5期。

[251]杨名:《唐代楚地〈竹枝〉乐舞考述》,《理论月刊》2017年第
5期。

[252]张超林、卢华语:《唐五代时期夔州军事初探》,《江汉论坛》
2017年第12期。

[253]李俊:《论刘禹锡刺夔期间的人生心态》,《绵阳师范学院学报》
2017年第12期。

[254]黄坤尧:《巴渝组曲与〈竹枝词〉的演变》,《词学》第三十八辑,
华东师范大学出版社,2018年,第1—17页。

[255]陈忻:《杜甫夔州诗的悲情》,《重庆工商大学学报(社会科学
版)》2018年第1期。

[256]马璐瑶:《魏晋时期巴渝舞考述》,《四川文理学院学报》2018

年第 3 期。

［257］穆树荣:《浅谈刘禹锡〈竹枝词〉与夔州民俗文化》,《新余学院学报》2018 年第 3 期。

［258］罗秋菊:《明清时期重庆府志研究》,《佳木斯大学社会科学学报》2018 年第 4 期。

［259］马璐瑶:《两汉巴渝舞名称及功能考述》,《成都大学学报(社会科学版)》2018 年第 5 期。

［260］段庸生:《夔州诗人傅作楫论略》,《区域文化与文学研究集刊》第五辑,中国社会科学出版社,2019 年,第 242—252 页。

［261］刘晓娟:《记载与遗存——夔州竹枝歌舞的舞蹈形态探析》,《四川戏剧》2019 年第 1 期。

［262］童强:《李杜三峡诗的空间形象》,《古典文学知识》2019 年第 3 期。

［263］李晓龙:《巴渝舞宫廷流变考述》,《北京舞蹈学院学报》2019 年第 5 期。

［264］林宗毛:《刘禹锡"刺和"三题》,《宁波大学学报(人文科学版)》2019 年第 6 期。

［265］刘国勇:《巴渝舞:原始狩猎巫舞到宫廷武舞的嬗变》,《四川戏剧》2019 年第 9 期。

［266］曹璐、何明:《博物馆巴渝巫文化数字化保护与传承研究》,《传媒论坛》2019 年第 10 期。

［267］付兴林:《论量移忠州之于白居易的政治意义》,《河南科技大学学报(社会科学版)》2020 年第 1 期。

［268］鞠培泉、黄一如:《郡圃与城东——白居易忠州东坡之解析》,《西部人居环境学刊》2020 年第 2 期。

［269］胡绍文:《杜诗"乌鬼"考——兼谈注释对词义演变的影响》,

《语言研究》2020年第2期。

[270] 齐柏平:《唐代"山歌"的内涵与外延》,《音乐探索》2020年第4期。

[271] 兰翠:《论刘禹锡诗歌对贬谪地异族文化的书写》,《东方论坛》2021年第1期。

[272] 李珊:《试论汉朝"大一统"思想对"巴渝舞"传播的影响》,《蜀学》第十九辑,巴蜀书社,2021年,第238—242页。

[273] 滕新才、陈厚清、雷庭军:《夔州文化论纲(上)》,《重庆三峡学院学报》2021年第4期。

[274] 徐希平:《杜甫与巴蜀民族文化及文学再探》,《杜甫研究学刊》2021年第4期。

[275] 张谦:《夔州精神与杜诗本色》,《绵阳师范学院学报》2021年第4期。

[276] 滕新才、陈厚清、雷庭军:《夔州文化论纲(下)》,《重庆三峡学院学报》2021年第5期。

[277] 傅晓岚、袁佳红:《论客籍作者对巴渝历史文化的贡献——基于〈巴渝文献总目〉的研究》,《西南大学学报(社会科学版)》2021年第5期。

[278] 吴芳:《夔州竹枝歌舞身体表达中的文化符号》,《戏剧之家》2021年第14期。

[279] 李芳民:《杜甫晚年的家国情怀与诗歌艺术创新——以寓居夔州之初的诗歌创作为中心》,《复旦学报(社会科学版)》2022年第2期。

[280] 林航:《何以悲情做歌——论杜甫夔州诗之哀及其发轫》,《佳木斯大学社会科学学报》2022年第2期。

[281] 黎荔:《杜甫夔州诗的悲情色彩及成因》,《内蒙古财经大学学

报》2022 年第 2 期。

［282］桑东辉:《〈民国巴蜀学术研究〉的地域文化书写》,《地域文化研究》2022 年第 4 期。

［283］范明英、彭体春:《古代竹枝舞特点探析》,《四川戏剧》2022 年第 4 期。

［284］亓颖:《从"客夔"到"吾蜀"——陆游夔州诗的叙事心态研究》,《贵州师范学院学报》2022 年第 7 期。

［285］陈都:《杜甫夔州时期诗歌创作特点探究》,《新纪实》2022 年第 9 期。

［286］康璇:《巴蜀文化旅游走廊文旅融合的路径探析——以乐山市为例》,《太原城市职业技术学院学报》2022 年第 12 期。

（二）学位论文

［1］李卉:《巴渝古镇人居环境研究》,重庆大学 2003 年硕士学位论文。

［2］李进:《巴渝古镇聚居文化研究》,重庆大学 2003 年硕士学位论文。

［3］李和平:《重庆历史建成环境保护研究》,重庆大学 2004 年博士学位论文。

［4］李霜琴:《杜甫两川诗研究》,福建师范大学 2004 年博士学位论文。

［5］张志全:《冯时行及其诗歌艺术风格研究》,重庆师范大学 2005 年硕士学位论文。

［6］梁海燕:《舞曲歌辞研究》,首都师范大学 2005 年硕士学位论文。

［7］曾超:《巴人尚武精神研究》,中央民族大学 2005 年博士学位论文。

［8］杜娟:《白居易山水诗研究》,安徽大学 2006 年硕士学位论文。

［9］王丽芳:《刘禹锡咏史诗的生成及影响》,东北师范大学 2006 年硕士学位论文。

［10］董小改:《论陆游川陕诗歌及其"功夫在诗外"》,陕西师范大学 2007 年硕士学位论文。

［11］赵玲:《巴人音乐文化之研究》,陕西师范大学 2007 年硕士学位论文。

［12］吴珊珊:《刘禹锡的夔州诗歌及其贬谪后期心态研究》,厦门大学 2007 年硕士学位论文。

［13］戴蕾:《巴渝地区山地建筑形态与城市文脉延续》,昆明理工大学 2008 年硕士学位论文。

［14］邹婷:《白居易的诗歌创作与中国佛学》,苏州大学 2008 年博士学位论文。

［15］陈默:《杜甫夔州诗歌研究》,内蒙古大学 2009 年硕士学位论文。

［16］林萍:《巴蜀文化与唐代诗歌》,陕西师范大学 2009 年硕士学位论文。

［17］王建梅:《刘禹锡的贬谪生活与诗歌创作》,西北师范大学 2009 年硕士学位论文。

［18］康文籍:《宋代四川地区民间信仰研究》,西南大学 2009 年硕士学位论文。

［19］谭光月:《清代重庆民间信仰研究》,重庆大学 2010 年硕士学位论文。

［20］郄普:《刘禹锡〈竹枝词〉及其政治品格》,重庆师范大学 2010 年硕士学位论文。

［21］屈丙之:《汉唐巴蜀道教文化地理学考察》,陕西师范大学 2010 年硕士学位论文。

［22］叶楠：《白居易忠州诗研究》，重庆工商大学 2011 年硕士学位论文。

［23］朱宏璐：《钟云舫〈振振堂诗稿〉研究》，重庆工商大学 2011 年硕士学位论文。

［24］刘睿：《两宋巴蜀词研究》，河北大学 2011 年硕士学位论文。

［25］杜书方：《魏晋南北朝杂舞与歌诗关系研究》，青岛大学 2011 年硕士学位论文。

［26］魏红翎：《魏晋南北朝巴蜀文学研究》，四川师范大学 2011 年硕士学位论文。

［27］付秋雯：《巴渝竹枝乐舞考证》，重庆大学 2012 年硕士学位论文。

［28］秦思：《赵熙巴渝诗歌研究》，重庆工商大学 2012 年硕士学位论文。

［29］余婷：《刘禹锡夔州诗文研究》，重庆工商大学 2012 年硕士学位论文。

［30］陈敏：《唐宋竹枝词研究》，辽宁大学 2012 年硕士学位论文。

［31］李祥鹏：《杜甫“行诗”研究》，山东大学 2012 年硕士学位论文。

［32］梁谋燕：《中唐文人入蜀研究》，扬州大学 2012 年硕士学位论文。

［33］周建军：《民族文学视野下的竹枝词研究》，中央民族大学 2012 年博士学位论文。

［34］周非非：《杜甫排律研究》，吉林大学 2013 年硕士学位论文。

［35］周倩：《论杜甫诗歌的漂泊意识》，南京师范大学 2013 年硕士学位论文。

［36］倪辉：《江南竹枝词研究》，上海师范大学 2013 年硕士学位论文。

［37］左超慧：《论白居易诗歌中的亲情》，陕西师范大学 2013 年硕士

学位论文。

[38] 程萌:《"刘白"贬谪诗之比较》,西北师范大学 2013 年硕士学位论文。

[39] 刘宁:《陆游夔州诗研究》,重庆工商大学 2014 年硕士学位论文。

[40] 王莉:《邹智及其诗文研究》,重庆工商大学 2014 年硕士学位论文。

[41] 刘蕾:《白居易效陶心态研究》,陕西师范大学 2015 年硕士学位论文。

[42] 全亚兰:《近代竹枝词转型与都市文化研究》,上海师范大学 2015 年博士学位论文。

[43] 常珺:《杜甫与陆游夔州诗比较研究》,重庆师范大学 2016 年硕士学位论文。

[44] 王星:《杜甫绝句组诗研究》,海南大学 2016 年硕士学位论文。

[45] 雷田田:《杜甫夔州时期愁闷情怀的文化研究》,陕西师范大学 2016 年硕士学位论文。

[46] 牛睿:《杜甫拗体诗研究》,西藏民族大学 2016 年硕士学位论文。

[47] 吴玲玲:《唐宋西南竹枝词及其地域文化研究》,陕西师范大学 2016 年博士学位论文。

[48] 周晓娟:《王十朋夔州诗用典研究》,重庆大学 2017 年硕士学位论文。

[49] 李小红:《王十朋夔州诗研究》,重庆工商大学 2017 年硕士学位论文。

[50] 苏宗元:《杜甫山水诗研究》,重庆工商大学 2017 年硕士学位论文。

[51] 汤肖肖:《夔州诗人傅作楫诗歌研究》,重庆工商大学 2017 年硕士学位论文。

［52］何启波：《巴盐文化中的盐神崇拜》，湖北民族学院 2017 年硕士学位论文。

［53］唐兰妹：《巴蜀竹枝词的文化研究》，湖北民族学院 2017 年硕士学位论文。

［54］黄艳：《宋代三峡诗研究》，南京师范大学 2017 年硕士学位论文。

［55］郝青萍：《宋代蜀籍遗民诗人研究》，西南民族大学 2017 年硕士学位论文。

［56］黄茂玲：《白居易忠州诗与杭州诗比较研究》，重庆师范大学 2018 年硕士学位论文。

［57］万秋霞：《唐代巴蜀进士与文学》，陕西师范大学 2018 年硕士学位论文。

［58］张磊：《论杜甫夔州诗中的悲》，西南民族大学 2018 年硕士学位论文。

［59］周秋实：《杜甫疾病诗研究》，哈尔滨师范大学 2019 年硕士学位论文。

［60］孙明明：《清前中期巴渝移民社会》，华中师范大学 2019 年硕士学位论文。

［61］李靖琳：《清至民国时期巴渝地区清明会研究》，西南大学 2019 年硕士学位论文。

［62］汤怡：《先秦至魏晋南北时期巴蜀地区饮食文化研究》，重庆师范大学 2020 年硕士学位论文。

［63］刘霞：《明清四川书院记研究》，贵州大学 2020 年硕士学位论文。

［64］卢猛：《地域文化与刘禹锡诗歌创作研究》，湖北师范大学 2020 年硕士学位论文。

[65] 王妍:《刘禹锡民歌体诗研究》,哈尔滨师范大学 2020 年硕士学位论文。

[66] 王思雨:《张佳胤〈居来先生集〉研究》,海南师范大学 2020 年硕士学位论文。

[67] 吉牛乌合:《唐代文人入蜀诗研究》,吉林大学 2020 年硕士学位论文。

[68] 乔艺:《刘禹锡夔州诗研究》,上海师范大学 2020 年硕士学位论文。

[69] 郭巍峰:《白居易量移忠州及其忠州诗研究》,陕西理工大学 2020 年硕士学位论文。

[70] 郑倩颖:《杜甫夔州诗中唐至北宋接受研究》,陕西师范大学 2020 年硕士学位论文。

[71] 王魏:《刘禹锡词与诗比较研究》,上海师范大学 2021 年硕士学位论文。

[72] 寇铃曼:《清代四川竹枝词研究》,西华师范大学 2021 年硕士学位论文。

[73] 邓梦诗:《唐宋文人竹枝词研究》,湖北师范大学 2022 年硕士学位论文。

五、巴渝唐诗之路研究范式探赜

(一)期刊论文

[1] 简锦松:《杜甫夔州诗现地研究》,《唐代文学研究》第九辑,广西师范大学出版社,2002 年,第 297—313 页。

[2] 任桂园:《古夔州地望形胜与唐诗互证(上)》,《重庆三峡学院学

报》2009 年第 1 期。

［3］任桂园：《古夔州地望形胜与唐诗互证（下）》，《重庆三峡学院学报》2009 年第 2 期。

［4］田峰：《杜甫从秦州到巴蜀荆湘的地理感知与文化体验》，《中国韵文学刊》2016 年第 1 期。

［5］萧驰：《杜甫夔州诗作中的"山河"与"山水"》，《中华文史论丛》2016 年第 1 期。

［6］孙振涛：《地理交通视角下的五代巴蜀文学生态》，《重庆邮电大学学报（社会科学版）》2017 年第 2 期。

［7］王猛：《杜甫夔州诗中的"空间"抒写》，《杜甫研究学刊》2018 年第 3 期。

［8］简锦松：《李白登上三峡之巅》，《中国三峡》2018 年第 9 期。

（二）学位论文

［1］邓景年：《杜诗地理》，广州大学 2011 年硕士学位论文。

（三）学术专著

［1］简锦松：《杜甫夔州诗现地研究》，台湾学生书局，1999 年。

［2］简锦松：《山川为证——东亚古典文学现地研究举隅》，台北台大出版中心，2018 年。

编后记

编著本书是为了汇集巴渝唐诗之路研究的代表性成果，对相关成果做一阶段性的总结。全书收录论文 14 篇，或因篇幅所限，或因未获授权，尚有不少重要篇目未能收录。敬请参阅附录"巴渝唐诗之路研究论文论著要目"。而这只是"要目"，我所整理的论文论著约四千余篇（部）。

最初受命于卢盛江先生时，以为此事甚易，然事非经历不知其难。本书论文作者多为资深学者，德高望重、成就卓越，更有退隐多年的前辈耆旧，若非卢盛江、王兆鹏、徐希平等名家贤达勉力引荐，杜芝明、张仲裁等同道费心协助，论文作者慨然惠允，此书断不能成。我曾为寻访作者，专程自重庆到成都。其间曲折一言难尽。自 2023 年初启动，一年多来，为编此书，我有幸与专家们无数次地信函往复，受益匪浅。本编论文涉及学科甚多、发表时间跨度超卅年有余，文字转录、注释转引、格式调整所滋生的错讹与问题不胜枚举，校改难度远超本人才力。感谢我的学生团队，为转录书稿、核对引文，所付出的艰辛劳动。感谢卢盛江先生，为确保学术和校改质量，不仅耳提面命，用心指导，更是二度审读文稿，殚精竭虑，令人感佩。最后，特别致谢本书的责编余瑾老师。她功力深厚，严谨负责，发现并改正了不少疏误，保证了全书的校改质量，也让我深深感受到了中华书局高端的学术品味和编辑出版质量。

黄贤忠

2024 年 4 月 2 日于重庆